COLECCIÓN TIERRA FIRME

# POESÍA

(1943-1997)

# TOMÁS SEGOVIA

# POESÍA
## (1943-1997)

PAÍS DEL CIELO · FIDELIDAD · LA VOZ TURBADA ·
LA TRISTE PRIMAVERA · EN EL AIRE CLARO · LUZ
DE AQUÍ · EL SOL Y SU ECO · HISTORIAS Y POEMAS ·
ANAGNÓRISIS · TERCETO · FIGURA Y MELODÍAS ·
PARTICIÓN · CANTATA A SOLAS · LAPSO · ORDEN
DEL DÍA · NOTICIA NATURAL · FIEL IMAGEN ·
LO INMORTAL Y OTROS POEMAS

FONDO DE CULTURA ECONÓMICA
MÉXICO-ARGENTINA-BRASIL-CHILE-COLOMBIA-ESPAÑA
ESTADOS UNIDOS DE AMÉRICA-PERÚ-VENEZUELA

Primera edición, 1998

I.S.B.N.: 84-375-0450-3
D. L.: M-20.783-1998

Impreso en España

Para mis hijos RAFAEL, INÉS, ANA y FRANCISCO, en sus maneras de amor.

# NOTAS BIBLIOGRÁFICAS

*[La primera recopilación de mis poemas, aunque tardó tanto en imprimirse que lleva la fecha de 1980 (México, Fondo de Cultura Económica), abarcaba hasta 1976. Llevaba al final unas Notas bibliográficas que reproduzco a continuación tal cual, salvo los dos últimos párrafos:]*

Los libros agrupados aquí bajo el título general de «Primeros poemas» son todos inéditos, con excepción de *La triste primavera*, si es que puede llamarse edición a la tirada de 200 o 300 diminutos ejemplares fuera de comercio (se distribuían «por suscripción»), impresos en multilith (una especie de offset de los pobres) y formados, pegados, doblados, cosidos y encuadernados a mano por el autor con la ayuda de algún amigo, que hicimos con el pie de imprenta bastante imaginario de Publicaciones de la Revista «Hoja» y repartimos a principios de 1950 con otro título, o más bien con dos títulos: el de *La triste primavera*, restituido aquí, fue cambiado a última hora por el de *La luz provisional*, con tanta precipitación (y acaso con tan poca convicción inconsciente) que permaneció, por olvido, en la última página. Algo parecido sucedió con los poemas mismos: algunos fueron introducidos en los últimos pliegos cuando ya estaban impresos los primeros, y otros más quedaron fuera por haber sido hechos con días de retraso. Esta precipitación me dejó tan insatisfecho que poco después de la publicación corregí profusamente todos los poemas y agregué los que obviamente pertenecían al mismo conjunto pero habían llegado tarde, tal vez pensando con conmovedora ingenuidad en una «segunda edición».

De esta nueva versión de *La triste primavera,* ya con el título restituido, y de los poemas anteriores, escritos entre los 16 y los

20 años, hice más tarde una ordenación con algunas podas y revisiones que tenía ya los títulos que aquí aparecen y esencialmente la misma disposición, aunque los poemas incluidos eran sin duda más numerosos: pues la copia en limpio de estos libros (naturalmente única) se perdió hace más de quince años y nunca hemos vuelto a vernos. Me ha acompañado en cambio una selección que hice con no sé qué ilusiones mucho después, en 57, y cuya sistemática torpeza me sorprende mucho ahora. Más recientemente unos amigos encontraron en viejos cajones arrumbados, en una dependencia universitaria en la que trabajé hace años, teatralmente roídos por las ratas y amarilleados por el tiempo (como dicen) un tambache de viejos papeles míos entre los que había bastantes copias desperdigadas de poemas de aquellos libros y borradores diversos. Con ellos y la autopunitiva «antología» que, ésa sí, no se perdió nunca y hasta constaba de dos copias, he reconstruido por puro homenaje a mi adolescencia los cuatro primeros libros de este volumen, cuya lectura, como se habrá comprendido ya por todo lo anterior, es perfectamente soslayable, salvo que se participe de esa propensión a celebrar la simpleza (o el frescor) de los brotes tempranos.

Aclaro sin embargo (o algunos preferirían que dijera: confieso) que todas las veces que ordené o recopié esos poemas hice retoques, y que todavía ahora he hecho algunos. Pero diré también entonces que la gran mayoría de esos retoques eran supresiones (y los leves cambios necesarios para soldar las puntas de estos cortes) y que siempre estuve convencido de haber respetado las chispas poéticas, de no haber introducido nuevas y de haber sido profundamente fiel, en los pasajes que esas chispas iluminaban (con sombras a veces), a la luz propia del poema particular y del poeta que en su momento la vio.

Volviendo a la honesta bibliografía: de esos «Primeros poemas», diez o doce de *La triste primavera* se publicaron en un suplemento cultural antes de la confección del libro; sólo uno de los anteriores (por lo demás suprimido aquí) apareció en 45 en una revista estudiantil, y tres décimas de *En el aire claro* en otra no menos efímera, creo que en 52. Este último librito no cambió nunca desde que fue terminado. Los posteriores siguieron el proceso normal: algunos poemas publicados en revistas y suplementos, a veces pequeños grupos en cuadernos, y luego recopilados, con variantes o no, en volúmenes:

De *Luz de aquí* aparecieron primero *Siete poemas* en un cuaderno de la colección Los Presentes que hacía Juan José Arreola, en 1955. El libro completo dormía desde el año anterior en una editorial, cuyas prensas no más de cuatro años después produjeron al fin un pequeño volumen de la Colección Tezontle (Fondo de Cultura Económica, 1958). Es el que se reproduce aquí, con muy pocos cambios en muy pocos poemas: los más visibles están en «Vientos», cuyo manuscrito reencontrado (y no roído) tenía cinco cuartillas, que para la edición reduje incomprensiblemente a una, y que ahora prefiero a ésta porque me recuerda de antemano, si eso es posible, un libro muy posterior.

*El sol y su eco* dio también anticipos: en 1957 aparecieron unas *Apariciones* como primero y último de unos Cuadernos de la RML (detrás de esta siglas esperaba ser desenmascarada la *Revista Mexicana de Literatura*), muy fuera de comercio, por supuesto. No mucho más dentro estuvo la edición completa, incluida en la Colección Ficción de la Universidad Veracruzana (Jalapa, 1960), con ilustraciones que estuve cerca de poder evitar, intentona que dejó un solo rastro, pero oprobioso: el colofón dice con chillante injusticia «Dibujos y viñetas del autor» (dato que falta en cambio en el volumen precedente, el de Tezontle, cuya viñeta era efectivamente de la pluma del autor). El texto que se lee aquí es todavía más idéntico al de la edición original que el del libro anterior, salvo que he restituido un poema «Armado» que hacía juego con el «Desarmado», y que en «El silencio» he suprimido todo menos cuatro versos que justamente no incluí en la versión publicada.

*Historias y poemas* se formó de retazos: aparte de las «Historias», casi todos sus otros poemas se hicieron sin imaginar que podrían publicarse y tardé mucho en dejarme persuadir por algunos amigos de que los había que hasta podrían ser «de antología», como se demostró al menos para «Besos» (caso sin duda único). No hace falta decir que es erótico. Aunque publicado (en la Colección Alacena de Ediciones Era, en México y 68) después del que aquí le sigue, ninguno de los textos que incluye (sin contar el «Don» en que los incluí) es posterior a los últimos de éste, y se hizo después que él con lo que quedaba; por eso aquí va antes. El texto de ahora tiene algunos cortes, todos menos uno en la primera sección, que sin embargo, reprimiéndome, no he encogido mucho. «La semana sin ti» recobró el título con que intencionalmente se pensó y ha vuelto a su sitio un segundo «Impromptu» escrito el mismo día que la «Espita» que le precede, y que tal vez por eso, para no parecer tan incontinente, sustraje del manuscrito casi en la puerta de la editorial.

*Anagnórisis* fue publicado por Siglo XXI en el año 67 de éste. Las fechas dadas en el título son de la construcción del poema y la redacción de la mayoría de sus partes; pero las Canciones incrustadas en el «Preludio» incluyen algunas muy anteriores, y un poco anteriores las «Primeras señales» (como se ve por algunas fechas de fragmentos). Mi ausencia de México cuando se terminaba la edición me impidió acabar de decidirme sobre sucesivos arrepentimientos tipográficos, que ahora he tratado de hacer más congruentes, y escoger con conocimiento de causa el epígrafe que debía acolchar un poco el modesto impacto del título, obviamente chocante —epígrafe que no era el que puse ahora. He quitado además una Canción (en prosa) que primero por error y luego por gusto aparecía también en el libro que aquí precede. Las flechas que remiten a otras páginas fueron producto de una inesperada colaboración entre el azar, el tipógrafo y el autor, el cual probablemente no se habría puesto nunca por sí solo en la alternativa de asumir o rechazar la coquetería que supone ese juego, *fashionable* a bajo costo, y que sin embargo resolvía instantáneamente y como sabiéndolo una prolongada vacilación sobre el orden del libro, que antes de eso no había caído nunca en la posibilidad de órdenes coexistentes.

*Terceto* no pudo variar, puesto que la presente recopilación se hizo antes de que apareciera la edición de Joaquín Mortiz (México, 1972). Su división en tres partes B-C-B quiere significar la manera en que los eruditos representan el esquema de rimas de un terceto (un *segundo* terceto en este caso) por el simple motivo de que al autor le parece que partes de ese libro riman con otras partes de otros o del mismo libro y con otras trinidades de su vida. Falta decir que las fechas de poemas las he añadido para esta edición (cuando las he encontrado en los borradores), no sé bien por qué (tal vez siguiendo un hábito no tanto de poetas como de pintores y dibujantes). Y que casi todas las dedicatorias de poemas y todas las de libros faltaban en las ediciones originales: los poquísimos poemas dedicados desde antes llevan las dedicatorias arriba, los de ahora al pie de texto. Esta vez quise completar este repaso de mi poesía con esa alusión a un repaso de afectos y homenajes y darme el gusto de (simbólicamente) hacer modestos regalos y dar tímidas sorpresas.

[...]

*México, noviembre de 1980*

\*

Añado ahora que esta nueva recopilación no hace más que sumar los libros terminados desde entonces, sin introducir en los anteriores más alteraciones que las siguientes:

La última sección, *Cuaderno del Nómada,* era parte de un libro entonces todavía inconcluso: *Partición.* En su lugar, naturalmente, aparece ahora el libro completo tal como se imprimió (Valencia, Pre-Textos, 1983).

Por otra parte, las dedicatorias de poemas añadidos para aquella edición han quedado suprimidas aquí. Fue una experiencia un poco melancólica, pues muchos de los amigos así saludados nunca se enteraron de ello, y sospecho que a muchos de los que se dieron cuenta no les di con ello tanto gusto como yo suponía. Además, el juego consistía en enviar a través de las prensas esos guiños una sola vez; no tendría gracia repetirlo. A ese repaso de afectos y admiraciones tendría que añadir ahora los que me han sido dados desde entonces, y todo eso acabaría por convertirse en una manipulación de listas que tomaría un sentido que no me gusta nada. Siempre tuve renuencia a seguir ese difundido hábito de las dedicatorias, que en mi idiosincrasia aparece (no afirmo que lo sea en sí) como una práctica demasiado cortesana, o exhibicionista, o interesada, o como un altanero cerrar de filas, en cualquier caso algo ajeno a mí. Si en mi anterior recopilación me di el gusto de jugar a eso, fue intentando mostrar claramente que jugaba en la cancha de mi vida cotidiana y mis afectos naturales y no en la cancha de mi vida literaria: mis dedicatorias no citaban nombres prestigiosos salvo por accidente.

Eso en cuanto a las dedicatorias de poemas individuales; pero también añadí en aquella recopilación dedicatorias de libros completos que no aparecían en las ediciones originales. Tenían un sentido un poco diferente: marcaban sobre todo periodos de mi vida de poeta, que nunca he sabido separar de mi vida de hombre. Por eso las he conservado, y hasta he proseguido esa práctica en los títulos añadidos ahora.

Finalmente, así como antes restituí el título original de *La triste primavera*, ahora he restituido el de *Figura y melodías*. Poco antes de publicarlo, algún amigo me dijo que «melodías» era cursi, y cometí la cursilería de creerlo. Lo cambié pues por «secuencias», que no sólo era más cursi (o sea, más a la moda), sino que oscurece el sentido, pues el libro tiene claramente un aspecto plástico y otro musical, que era el contraste que yo quería señalar con el título. Por lo demás, esa restitución la había hecho ya hace unos años, un poco subrepticiamente, al utilizar ese libro en la antología *Huésped del tiempo* (Valencia, Els Quatre Vents, 1992).

*

Los libros añadidos ahora se reproducen literalmente, salvo algunas correcciones de erratas. Por supuesto, he tenido muchas veces la tentación de corregir viejos poemas, pero desde hace mucho tiempo puede más en mí el prejuicio romántico del carácter sagrado del pasado —y también la experiencia, que me muestra que es más frecuente arrepentirse de una corrección ulterior que de un error inicial. No descarto, sin embargo, el viejo sueño de que un día, cuando por fin tenga calma (pero, ¿la tendré algún día?), revisaré toda mi obra y la sanaré de todas las cojeras, ronqueras, hinchazones e hipos que me desazonan al releerme. Pero sé que nunca podré estar seguro de no dejarle más invalideces y entumecimientos que los que le quito.

Y ahora pasemos ya a los datos y constancias. Después de la ya mencionada *Partición,* se publicó *Cantata a solas* (México, Premiá, 1984). *Lapso* y *Orden del día* vieron ambos la luz en Valencia (Pre-Textos, 1986 y 1988 respectivamente). Más tarde, estos dos libros, junto con *Partición,* aparecieron también en México reunidos en un solo volumen bajo el título de *Casa del Nómada* (Vuelta, 1992). *Noticia natural* apareció casi simultáneamente en Valencia (Pre-Textos, 1992) y en México (El Tucán de Virginia, 1992). Más o menos la misma suerte tuvo *Fiel imagen* (Valencia, Pre-Textos, 1996; México, Ediciones Sin Nombre, 1997). *Lo inmortal y otros poemas* estaba todavía inédito al organizar el original de la presente recopilación.

Debo añadir que desde hace unos pocos años he iniciado una labor editorial que presentará, me temo, muchas perplejidades a los bibliógrafos del futuro: unas ediciones caseras para regalar, con el pie de El Taller del Poeta, en pequeñas tiradas irregulares y espaciadas de 20 o 50 ejemplares que se van sumando y repartiendo a lo largo de los años (incorporando además sucesivas correcciones de erratas). El plan es reimprimir así toda mi poesía (además de otras cosas) en pequeñas recopilaciones de dos o tres títulos. En el momento de preparar el presente volumen sólo habían salido de mi taller 25 ejemplares de una de esas recopilaciones, la que lleva el número V, que comprende *Cantata a solas, Lapso* y *Orden día.* Otro dato que no mencioné en la primera recopilación es que ni en aquélla ni en ésta he incluido los juegos poéticos recogidos en el volumen *Bisutería* (México, Imprenta Universitaria, 1981), del que el Taller del Poeta tiene en preparación una nueva edición muy aumentada con el título de *Bisutería (saldo total).*

T. S.

*México, enero de 1998*

# PRIMEROS POEMAS

# 1

# *País del cielo*

[1943-1946]

A Emilio Prados,
*in memoriam*

### CIELO

A solas
con el cielo.

Como en dos playas
el mundo viene a morir
a los bordes de mis ojos.

Y quedo con sus tesoros,
los ojos por él regados
ya sin sed,

a solas
con el cielo.

### NIÑO

Es demasiada luz.

Yo vengo de la sombra,
blanco como un niño

que duele
con tanta luz,
y traigo un llanto oscuro
que da miedo
con tanta luz.

Es demasiada.


PREGUNTA TONTA

La noche cae
sobre el cielo;
el cielo cae
sobre el suelo.

¿Por qué cuando anochece
se nos acerca el cielo
y crece?

[1943]


NADA SABE

En tus ojos
bebí de un agua desnuda
que corre y que nada sabe.

El cielo
se abrió como un claro beso
y el mundo
supo volver a rodar.

Rodar como rueda el agua
que corre y que nada sabe.

[7.9.44]

## ALEGRÍA

El viento lavado danza
abierto en rajas de luz.
De todas partes
nos están tirando a los ojos
puñados de llamas de agua.

[9.9.44]

## TRISTEZA

No sé por qué esquinas de sombra
se me ha mojado el alma,
no sé pero se apaga todo,
mi vida no es de mi tamaño,
su camino sobre el agua
se desvanece en silencio.

Pero por qué esquinas de sombra
mi alma se habrá mojado,
no lo sé...

[14.9.44]

## LOCURA

Como esta mano en tu pelo,
hundirme, hundirme...

Arrancar de mi carne el mundo,
y en el fondo de mi sueño,
dormido lúcido,
quedar irreal, único, absoluto.

Como esta mano en tu pelo,
hundirme, hundirme...

[16.9.44]

### FILOSOFÍA

Todo está unido a mis ojos
por un agua que lo une todo.

La flor y la luna,
el viento y la estrella,
el cielo y la tierra,
el mundo y mis ojos:
todo está dentro
de una misma agua
que lo sujeta todo.

### CAMPANAS

Altas campanas.

Abajo,
agua de luna;
arriba,
altas campanas.

(Esta pena
quisiera dejármela
en el aire.)

Altas campanas,
tan altas,
tan lejanas.

(Abajo,
la luna muerta.)


## AMOR DE LA SOMBRA

Qué vacío tan grande.
Todo se me escapa
por el aire.

(Queda la sombra del aire,
para que el ojo la beba
y la ame.)

[10.1.45]


## MEDIA LUNA

Como yo, va buscando
su otra mitad desconocida
la media luna
por su medio cielo.


## CON ELLOS

Muere sollozando el día
con un grito de su sol.
(Con el día,
muero yo.)

Y llega la luna y sueña
con una imposible flor.

(Con la luna,
sueño yo.)

[27.1.45]


### IGNORANCIA

Cómo llora este viento en las ramas,
aun sin saberlo.
¿Cómo puede llorar este viento,
aun sin saberlo?

Y el lucero que tiembla en la noche,
cómo alumbra en su tierra a los vivos,
aun sin saberlo.
¿Cómo puede alumbrar a los vivos,
aun sin saberlo?

(Seca el viento en mis ojos mi lágrima,
y el lucero ilumina mi frente,
aun sin saberlo.)

[18.3.45]


### SORPRENDENTE

Laboriosamente,
¡con cuánto trabajo!, marcho.
Con cuánta angustia,
un paso, y otro paso.

Y al ir a poner el pie,
oh sorprendente don:

¡el suelo,
otra vez!

[20.4.45]


## ES SUEÑO

En el aire va flotando
un despertar inconcreto
que nunca despierta nada.

El viento duerme en el árbol,
y el árbol está dormido,
y el árbol reposa en tierra,
y está dormida la tierra,
y dormida se cobija
en mi mirada dormida.

En el aire va flotando
un despertar inconcreto.
Y nunca nada despierta.

[30.1.45]


## ENCENDIDO

Encendido de mis heridas,
¿qué sombra soñaré yo
que bebiera todo este fuego?

## HUBO UNA VEZ

Aquella estrella perdida,
mira.

—Y respondía:
«Ay, mi corazón suspira.»

Aquella estrella perdida,
no se te vaya.
    —Y suspiraba:
«Ay, mi corazón desmaya.»

Aquella estrella perdida,
ve por ella.
    —Y murmuraba apenas:
«Ay, mi corazón se cansa
de andar de estrella en estrella.»

Aquella estrella se va, se va,
te escapa sin remedio.
    —Y ella, con sueño:
«¿Aquella estrella?
Sí, recuerdo...»

[28.8.45]


ASCENSIÓN

¿Tan alto me quieres, noche?
¿Porque tan alto me quieres,
noche, me buscas tan alto?
¿Tan solo me quieres, noche,
que en tal soledad me buscas?
Tanto me buscas tan alto,
que tan alto me hallarás
como me buscas; tan solo
como tú sola me esperas.

(Cumplamos esta ascensión.)

## NAVEGANTE

Yo soy mar y navegante
al mismo tiempo
y no puedo conocer
todas mis aguas.

Por más que busco el rompiente
de mis olas, estoy siempre
más allá de mi horizonte;
mi espuma siempre alcanzando
más allá de lo que alcanza.

Más vale que lo sepáis:
nunca conoceré
todas mis aguas.

[3.46]

## UN NARCISO

Todo mi cuerpo está latiendo
como un solo corazón;
latiendo a golpes oscuros.
Masco en mi boca mi aliento
como una espuma sabor de angustia.
Estoy loco de deseo por el viento,
estoy loco de deseo por el agua,
estoy loco de deseo
por la tierra y por la flor.
Siento esta locura que me sube
del vientre como un calor,
me enciende todo el pecho
como una sola herida,
me endurece después

las venas de la garganta,
alcanza luego mis ojos
y los abrasa por dentro.
Todo mi cuerpo está latiendo
como un solo corazón.
Mis muslos presienten ya
la dura curva de su brinco.
Ya rompe mi locura
entreabriéndome los labios.
Ya me lanzo, me abalanzo
sobre el viento y el agua
y la tierra y la flor.
Sobre el viento
que huele a mi claro sueño,
sobre el agua
que sabe a mi pensamiento,
sobre la flor
que tiene forma de mis gestos,
sobre la tierra
hermosa y fecunda
como mi propio cuerpo.
Y enciendo y piso y desgarro
y muerdo y rompo y me aferro
y voy ahuyentándolo todo
con el trémulo espanto de mi locura.
Estoy loco de deseo
por todo lo que es bello como mi cuerpo,
o triste como mi pensamiento,
o fecundo como mi sangre,
o puro como mi frente.
Y es la posesión feroz
del viento detrás de un muro,
del agua entre aquellas piedras,
de la tierra donde haga oscuro,
de la flor en cualquier parte.
Estoy loco de deseo,

latiendo a golpes sombríos.
...
Mi cuerpo sigue latiendo;
siento bajar mi calor.
Un momento mi locura
cede tregua
no se sabe si a mí o a mi cuerpo.
Me está llegando, lejano,
un canto de hermoso acento.
Oh dicha, es mi eco,
el eco mío de mi voz.
Dulce es a mi oído
como la brisa que acaricia fresca
la oreja que encendió el deseo.
Y se me cierran los ojos
de un sueño como un borroso olvido
que un instante
dará reposo a mi pensamiento.

¡Quién se lo diera a mi sangre!

[1946]


## ERES TÚ

Algo pasa que está todo
tan malagusto en su sitio:
el árbol fuera de sí
sin un cielo que buscar;
el cielo brillando a ciegas
sin ríos en que mojarse;
el río perdido el rastro
sin rosa para regar;
la rosa desorientada
sin viento al que dar aromas

y el viento a tientas sin agua
ni cielo ni rosa
que abrazar.

¿Qué es lo que falta? ¿Eres tú
que no has enlazado tus manos
en la ronda?

[22.2.46]


### VISITANTE

En el jardín
todas las hojas me hablan
y ninguna me conoce.

(El aire pasa y pasa
entre nosotros.)

Saqueadas por el viento
en el jardín, lloran las hojas
como yo lloraría.
Y ninguna me conoce.

[15.4.46]


### OCASO 1

Con el ocaso, mi sombra
llena más suelo que yo.

El día maduro ya
se deja coger el fruto.
Todo se puede tocar

con la punta de los dedos,
y con el ocaso llena
más suelo que yo mi sombra.


## OCASO 2

Está más dormida que nunca
la muerte que cada cosa
lleva dentro.

Tranquilas, respiran en la tarde.
Su aliento se cruza en el aire.


## OCASO 3

Todo alrededor de mí
se derrumba como gritos.

Y mi pecho quieto...

Pájaro loco, la luz
rompe de arista en arista
su mortal angustia.

Y mi pecho quieto...

Todo es ya grito en el mundo:
la flor desmayado grito,
un ahogado grito al viento
y la noche un grito abierto.

Y mi pecho ¿muerto?

## FE

Hoy sólo sé que olvidé.
—Y que tú eres alto, cielo...


## AMOROSA NOCHE

La noche ya no esperaba
más que la forma de un cuerpo.

Me alzo bajo las estrellas.
Cae sobre mí el amor
virgen y clandestino
de la noche.


## EXPRESADA

Mucho antes de llegar
ya toda la noche te decía.

Tu presencia es solamente
una presencia más de ti misma.

La noche seguirá diciéndote
mucho después de partida.


## CANSADO

¿Qué pedirte ahora, cielo?
Yo estoy cansado y tú eres siempre puro:
tu luz se me escapa por todas partes.

Yo estoy cansado y ya no sé si sueño:
todo me quema y no conozco nada.

Cierro los ojos como para morirme;
pero no sé perderte y te sigo encontrando.

Y no sé qué más pedirte,
pródigo cielo excesivo.

# 2

# *Fidelidad*

[1944-1946]

## FIDELIDAD

La tierra, el cielo, el libre viento.

Y el deseo repite sin nostalgia
nuevamente el cielo,
otra vez la tierra,
siempre el viento libre.

Oh dobles cielo y tierra,
viento dos veces libre.
¡Oh repetición,
infatigable amor,
fidelidad!

[19.5.45]

## EL AMOR PRISIONERO

Llevo un amor tan hermoso
como un mar dentro del pecho.

Llevo un amor como un mar
en el pecho prisionero.

Llevo el mar de un gran amor
y no encuentro en qué ponerlo.

¡Tanto cielo, tanto cielo,
y mi amor prisionero!

[17.1.45]

## ADOLESCENCIA

### 1

La dicha conseguida
siempre es la ausencia
de la dicha dejada
por tener ésta.

### 2

Pero estoy tan derramado
que, cuando ya voy a huir,
entre las dichas que habito
no sé desde cuál partir.

[1945]

## VIDA

Y una mañana
encontrarse en la mano una rosa
que simplemente crece.

[1945]

## NOCTURNO EN FLOR

Flota en el aire el lucero.
Las ramas más altas ceden
bajo el peso del silencio.

(«Ah, verdece, corazón,
bajo la rama del sueño;
ah, florece, corazón.»)

Algo buscan por el viento
ramas verdes de mi ansia
como las manos de un ciego.

(«Ah, muévete, corazón,
bajo el peso del silencio,
y llámame, corazón.»)

Una saeta tan sólo,
herida o flor en el aire,
hace vibrar el gran todo.

(«Oh, corazón florecido
sobre la rama del sueño.»)

[5.10.45]


## COPLA

Por no perder flor ninguna,
entré despacio al jardín;
me iba buscando a mí mismo,
y amaba mi afán en mí.

Y cuando entraba más dentro,
el afán mío olvidaba;

porque era aún más hermoso
el mundo en que me buscaba.

## VIENTO

Con qué ternura me envuelve
entre la arboleda el viento.
No podrá alcanzarme nunca
aunque ciña así mi cuerpo.

¡Quién pudiera en la arboleda
dejar sin remordimiento
tirada su libre vida,
que se la llevara el viento!

Aunque nunca ha de alcanzarme,
por más que ciña mi cuerpo,
silencioso, en la arboleda,
me sigue envolviendo el viento.

[12.1.46]

## RED

Eché mi red en el viento:
hojas secas.
Eché mi red en el tiempo:
hojas muertas.
Eché mi red en mi pecho:
hojas negras.

Ay red de mi vida, abierta
para pescar en lo eterno.
Luego abandoné mi red
en medio de la corriente.

Mi red boga por el viento
hacia el cielo.
Mi red boga por el tiempo
a lo eterno.
Mi red boga a lo infinito
por mi pecho.

[6.2.46]

## ASÍ

Así, corazón mío, así.
Que tu desnudez lo venza todo.
Que todo lo abra tu silencio.
Que tu soledad lo encierre todo.

Así entero tú en el viento,
como si fuera esto ya el vuelo,
y nada hubieras tú ya
de guardar para otro día.

Así, corazón mío, así:
solo, desnudo, callado
y sin mañana.

[1.4.46]

## ÁRBOL VIVO

No quisiera ni aun soñarte,
árbol fiel que no me sueñas,
por no perder para ti
lo que mi sueño ganara.
No quisiera ni aun pensarte.

Tan sólo quedar así
en nuestro abrazo aceptado
de vivientes silenciosos
reconociendo otra vida.
Gloriosamente vivos,
gloriosamente mudos
en la nohe del tacto.

Y ni aun pensarte,
árbol vivo,
ni aun pensarte.

[3.46]


## ANOCHECER

Tan lenta, por no romper
el retenido equilibrio,
y qué profunda
ha llegado a ser la noche.
Ni aun las hojas se mueven
por no traicionar lo entero.
Todo es recogido afán
que toda la noche acendra.
Las cosas vibran inmóviles
y la tierra oscura duerme,
tibia y viva, palpitando
en su completa hermosura,
y en su torno reposa
su gran fuerza confiada:

como flotan en su luz los astros.

[1946]

## UN RUIDO DE ALEGRÍA

¿Cómo temer, alma mía,
con tanta luz en el aire?
Quisiera sólo, indecible estancia,
aprender a llamarte por tu nombre...

Aprender a decir el ritmo
infinito del azul
como el de la gota trémula
e irisada del rocío,
y aprender a hacer que broten
de mis labios y mis gestos
hasta que canten con ellos
todos mis vientos.

Después diría el nombre de mi alma
para escuchar en torno un ruido de alegría,
como de libres pájaros que vuelan,
multiplicada rima de tu nombre
y de mi voz de hombre.

[14.3.46]

## CONTRA UN COSTADO

Vengo apretándome el sueño
contra un costado del pecho.
Mas nada puedo. La tristeza
se me escapa a borbotones
por encima de mi pensamiento.

Es inútil que quiera olvidar,
inútil que quiera volver,
inútil que quiera ignorar

el nombre que dice mi derrota.
Todo es inútil porque estoy vencido,
y como vencido vengo.

Apretándome el sueño vengo
contra un costado del pecho.

[15.4.46]


## AGUA DE OLVIDO

Estoy triste y la tristeza
ni aun con las palabras se comparte,
ni se esparce en el viento,
ni se suelta en el agua.

Estoy triste y la tristeza pide;
la tristeza es una locura
a la que el mundo no le basta.

Ah, soñar los húmedos labios
de las hojas en el bosque,
el labio ardiente del cielo
y los labios del viento que suspiran;
sentir labios y labios frescos
sobre mi herida.
Ah, sumergirme en la noche
cual la rama que murmura sollozante
toda empapada de viento;
perderme en las terribles playas
de la noche,
y mojarme el cabello en el olvido.

[22.4.46]

## QUE YO TE VEA

Ven, noche amante, ven,
muda noche abrasada,
noche en que se comprende.

Ven, noche, ven,
pega ya fuego al aire,
apresura la hora de la incendiaria sed,
de la gran confusión, del vasto amor.

Ven, noche desnuda, ven,
que yo te vea.

[1946]

## DE NOCHE

Desátame, noche, desátame
igual que desataste antes mi sueño,
como algún día desatarás mi cuerpo,
desátame.

Desencadena mi incansable sed,
mi infatigable amor, mi ansia.
Dame espacio, noche, en que verte,
espacio en que desearte
en tu sola inmensidad que sacia.

Desátame, noche, desátame
como en tu amplitud desatas
tu hermosura de invisible centro.

[5.46]

## SUSURRO

Qué alto viene el viento.
Toda la tarde tiembla
con las hojas.
Qué diminuto clamor
en una rama tan alta.
También el lucero pálido
sueña una noche profunda
en que cuajar el temblor
tan inerme de su luz.

Y un leve brillo velado
y un susurro
lo callan inmensamente
todo en torno.

(Silencio, mi corazón:
hoy es el mundo el que canta,
y nosotros escuchamos.)

[1946]

## SALMO

Cuando ya no tenga que pensarte
ni que soñarte mejor;
cuando ya no tenga que olvidarte
ni tenga que recordarte
porque estés en el aire que respiro;
cuando ya no tenga que buscarte
ni tenga ya que perderte
porque estés en mi soledad;
cuando te encuentre en tu sitio
como hoy encuentro mi cuerpo,

con sólo asomarme a mí mismo;
cuando seas en mi alma el más seguro,
más olvidado presente;
cuando nada tenga que decirte,
vida mía que tengo y que me tienes,
hermosa en el hermoso mundo,
florecido jardín en tu jardín;
cuando por fin nos miremos
sin decir nada
en nuestros vivos ojos de libres vivos;
escucha entonces el más dulce
de los nombres que te he dado:
el nombre ardiente y final
que te dirá mi silencio enamorado.

[21.5.46]


## HIPNÓTICO

Me quedaré de roca
con los ojos abiertos
y que huya el Tiempo si teme.
Que se me caigan las flores,
que se me sequen las ramas,
que se me paren los ríos,
y que nada me arrastre,
nada me cambie ni me mueva.

Y que huya el Tiempo si teme,
me quedaré de piedra y de mirada,
los ojos sumergidos en el vértigo,
preguntando su nombre a la locura,
al borde de la noche, la belleza, el espanto.

[13.4.46]

## NOCTURNO

Ah qué nubes para estarlas
llorando yo de mis ojos.
Qué noche para que fuera mío
este aliento glacial
que deja todo un cielo yerto.
Qué altura para alzar a ella
un corazón más agudo
que estos luceros.
Para ser la de mi alma oscura
esta sombra de abismo
que se queda así, muda,
en la noche,
a poblar.

[5.46]

## COMO LÁGRIMAS

El tiempo es un río que corre,
    como mis lágrimas,

y que abre flores y sueños,
    como mis lágrimas.

El tiempo es un río que corre
desde mi pecho a la tierra.

    Como mis lágrimas.

[1.6.46]

## NO SÉ CÓMO NOMBRARLO

Es parecido al aliento que sube
de la tierra o de las frutas.
O quizá como algo que llueve
de las estrellas,
como una lluvia de aire fino.
O que acaso se envuelve de brisas
para mejor poder llegar.
Yo no sé cómo nombrarlo.
A veces sucede que es el cielo:
tan cristal, que da miedo,
no se nos vaya a quebrar entre los dedos.
A veces le digo: vida, poesía, verdad.
Hay días en que es una nube,
o una sola florecilla.
Otros, es el cansancio de mis ojos,
o la arenilla de mi tacto,
o el hueco que deja un pie,
en el aire, al pasar.
A veces le digo nombres de pájaro,
de flor, de mujer, de hoja.
Yo no sé cómo nombrarlo.
Le digo palabras, pero ninguna le viene.
Parece que le arrastran, que le pesan.

Entonces (porque algo tengo
que decirle), le digo:
sé que existes,
estoy vivo,
te amo.

[4.7.46]

## TENDIDO EN TU REGAZO

Me ciñes como un follaje tierno,
como un agua de cristal por la cintura,
como un nido.

Tendido en tu regazo,
veo las nubes tan suaves,
los árboles de aquí tan verdaderos,
los balcones y los crepúsculos.

Y de vez en cuando, sin soltar
de entre las manos lo alcanzado,
me detengo un momento
a decirte, a decirme
que igual que un follaje tierno,
o que un agua de cristal por la cintura,
o también como un nido,
me estás ciñendo.

[4.7]

## POR QUE YO TE CONOZCA

Qué despacio me dueles.
Dueles como una rama
que cae sin ruido en el agua.
Dueles como una brisa
en la rama alta de mi sueño.
Qué dulcemente dueles
por que así te conozca.
Dueles como un pensamiento
o una melancolía,
pensativo amor mío

que me invades sin ruido
por que yo te conozca.

[11.7.46]


### TERRÓN DE SAL

Sé que mi cuerpo es un terrón de sal
y que sólo espera una gran lágrima
definitiva
que venga a disolver su espuma.
Pero a veces
mi vida crece entre mis brazos
hasta casi dolerme
y mi ritmo desborda
hasta hacer resonar el cielo.
A veces
el mundo entero se sazona
del sabor de este grano de sal.
Sal que yo sé que un día
lloraré un llanto tan grande
que habrá de disolverlo.

# 3

# *La voz turbada*

## [1946-1948]

Para SOLEDAD MARTÍNEZ, pintora, que
me ayudó a cambiar mucho todo esto,
*in memoriam.*


### LO OSCURO

Lo oscuro está presente. A su luz,
mi cuerpo se revela inmemorial,
anterior a mí mismo. Un cansancio
de siglos pesa en mi carne de siglos.
Husmeo la presencia de lo oscuro
en el aire: su tufo complicado,
su tiempo aparte, su sustancia extraña,
su irrecordable condición difícil.
Lo oscuro está presente. Su silencio,
sólo su gran silencio inacallable
podrá agotar todo mi fuego mudo.
Nunca, ya nunca más podré volver
a lo otro, ya nunca igual que antes,
porque este día estuvo aquí presente
lo oscuro, y fui vasallo de lo oscuro.

De la oscura delicia que ahora eres,
mundo que no es mi mundo, alma mía.

[4.48]

49

## ATARDECER

Qué solo se está el mundo cuando cae la tarde,
cuando la hora y la luz hacen posible
la llegada de un reposo que no existe.
Qué triste es el mundo cuando cae la tarde
y quedo a solas con él en el silencio.
Nada tengo puesto en el mundo
pero él ha puesto en mí su tristeza
como el mar ancha y salobre.
Nada tengo puesto en el mundo
si no es mi origen en su tierra oscura
y me separa de él toda la fuerza
de mi esperanza.
Pero lo llevo dentro, vasto y punzante,
y amo su tristeza cuando cae la tarde,
cuando mi alma busca en el silencio
un reposo que bien sabe que no existe.

[3.48]

## MITO

Alma mía, viento equívoco,
ajusta un momento la delicia de nuestro entusiasmo,
que este viento nos gane.
(«Un hombre ha quedado que reposa en la hierba,
bajo la hosca hermosura de las nubes de lluvia,
y piensa en una mujer que muerde una manzana...»)

## DOMINGO

La tarde está amarga pero no va a llover
y en el aire agobiante

por todas partes es domingo.
Hora hueca de afeites y de guiños
donde trato inútilmente de acordarme
de una pena que tenía en algún sitio,
inquieto de partir, pero no parto,
en busca de un rincón perdido
donde mirar qué entraña me dolía,

un lugar donde dure el olor de la noche,
donde lluvia y cansancio sean posibles.

## EL POBRE

En el centro del aire,
en el centro del mundo despierto;
no tengo nada mío, ni aun memoria.
Le tomo a la flor su dicha
y al capullo su impaciencia
y al árbol el verde dolor vegetal
de empujar desde sí mismo el fruto.
A medio despertar voy conociendo
lentamente mi cuerpo o la tierra,
el aire y mi pensamiento, mis manos o las nubes,
los árboles y el soñar...

(Dejo dormirse la tarde
como un agua hasta mitad de los ojos
y mi sueño se pone a fluir
con un largo rumor de río,
con un sabor de río verde,
con un color de río ligeramente mordido.
Mi sueño va por los sitios como un río
y el tiempo es un río profundo que corre
y va abriendo flores y sueños

precisamente como las lágrimas.
Dejar dormirse la tarde
o ir naciendo de nuevo junto a tu frente,
sin más piel que el ceñir de la brisa;
entrecerrar los ojos como flores cansadas,
dejar correr el viento entre los labios
e ir palpándolo todo a lo largo:
y soñar es entonces
correr bajo la fuga pura
de árboles y estrellas
con el viento colgando de la nuca
y entremordido de pájaros el pensamiento;
y saber que mi hueso es lo mismo
un sitio que un momento;
saber que la pobreza es todo,
infinita como el mundo.)

Infinitamente estoy en el mundo
porque infinita es mi pobreza.
Cualquier sitio donde piense una flor
se me vuelve jardín entre los brazos
exactamente como una cintura
y no existe una nube ni un sueño
que estén muy tarde ya para la mano
o demasiado temprano para el pensamiento;
y no existen un cielo ni un árbol
que no tengan quizá su camino por mis ojos,
porque todos los mundos
los resume mi pobreza,
porque sólo amar es pobreza.

[1946]

## NOCTURNO CORPORAL

Si mi sangre callase un momento
y amainasen un poco mis pasos;
si no se me escapara este río
que adormezco entre los brazos,
yo escucharía.

Porque aquí se escucha bien el mundo,
se escucha aquí a la noche con ritmo de grillos
y con árboles pálidos cargados de estrellas,
y el oscuro jadeo de la tierra corpórea,
y el viento, el vuelo puro,
el vuelo ya sin pájaro;
y están aquí las nubes apasionadas.

Yo llevaría mi cuerpo al agua
y mi cuerpo correría un lecho y un rumor;
llevaría mi cuerpo al árbol
y las ramas de mi cuerpo dormirían en la brisa;
lo llevaría yo al viento
y mi cuerpo lloraría nubes y gemidos.
Llevaría mi cuerpo por la noche
a que árboles y nubes me lo escuchasen,
a que oyesen su voz ciega,
este rumor como un aroma que tiene la carne,
este ronco ruido de gruta cuando cierro los ojos,
cuando corro por debajo de mis párpados
como por debajo de una roca
o de un cielo insostenible.

Yo hablaría con la voz de mi cuerpo.
Nubes de viento, árboles de viento,
aún más hermosos que como os temía,
yo os diría con mi voz de nube.
Tiempo en todos los comienzos,

espacio creado por las alas,
envuelto de ti mismo,
yo os diría con mi voz de viento.
Oh grillos de lo pequeño,
yo hablaría con la voz de mi carne.
Mi voz múltiple cuando la noche
es un rumor como un aroma,
cuando el cansancio es ya sólo
un agua por los tobillos,
cuando la suave opresión del aliento entrecortado,
cuando el beso de la mirada,
cuando el vuelo del tacto,
cuando llevo mi cuerpo
de la mano
a través de la noche.

[29.7.46]


## OSCURO DESIGNIO

He visto los caminos sutiles de la noche
conducir las ciudades
hacia una forma apasionada,
fantástica, lejos de toda imparcialidad.
Y el ansia nos ha puesto arenas en los ojos
y hemos dicho «hay un sentido, hay un sentido».
Pero acaso no buscábamos sino ser engañados,
porque el mundo no se conoce a sí mismo
y sutilmente la noche
nos conduce a su designio.
He visto a la noche
sutilmente esmerar una sombra,
un gesto, un pensamiento,
y a la mañana no eran nada.

(Ay, ¿cómo podré conocer a la noche
yo que no la comprendo?
¿Cómo podrá conocerse a sí mismo
aquel que ni el mundo conoce?
¿Y en qué podrá reconocerme el mundo,
en qué podrá reconocer lo que es suyo?)

En los caminos inciertos de la noche
ha habido momentos fugitivos y delicados
en los que he visto las cosas como ya vistas antes;
he visto en las noches apasionadas
momentos que nacían como ya antes nacidos,
como antes aprendidos en otro lugar.
He visto a la noche tendenciosa
detenerse con secretas brisas
a pesar de las preguntas que mueren como un eco,
y en su designio oscuro,
cada cosa el comienzo de un ignorado curso.
«Hay un sentido, hay un sentido», pero
acaso no buscábamos sino ser engañados,
porque el mundo no se conoce a sí mismo
y sutilmente escapa su designio.

                                              [1947]


## PEQUEÑO RITO PARA UNA DIFUNTA

Séanos dado, magnífica difunta,
junto con la riqueza nueva de estar tristes,
hecho río el amor que te tenemos,
que así quiere escapar a nuestros pechos,
que así quiere romper
ciegamente su tallo por buscarte,
a ti que en ninguna parte estás,
porque eres ya en todos los sitios.

Séanos dado retener este amor,
hacerlo encauzada fuerza, serena fuerza
como la de esta noche de vastos equilibrios.
Séanos dado el amor que mueve.
Séanos dada la fuerza en el amor.
Séanos dada la conciencia.

Y así como nosotros tenemos las figuras
por un punto prendidas al misterio;
así como ignoramos
por dónde nuestro perfil se borra,
que así deja escapar nuestro aliento;
así como algo de nosotros mismos,
inaprensible, lento,
sin cesar nos escapa hacia un lugar que ignoramos;
y así como sabemos sin embargo
que es en esto que mana
como un calor de nosotros
en donde siempre te encontramos,
así séanos dada la luz sobre estas cosas.
Así séanos dado dar forma y peso al misterio.
Así séanos dado el amor exacto como el cosmos
que ha de dar a ese mundo que habitas
realidad para todo lo nuestro.

Para hacerte renacer, más grande,
más pura, más total,
desde esta muerte que es el único camino,
para hacerte renacer.
Séanos dado este día, magnífica difunta.
Séanos llegado el día de decir: «Señor,
mi sueño deja rastro por el suelo.»
Séanos llegado este día, magnífica difunta.
Así sea el amor.

[2.47]

## EL CANSADO

Llegó la noche que había esperado tanto y tampoco me escondía nada. Mi cansancio se hizo como un río y era lo único que corría en mí.

Pero he estado llenándome de noche los ojos torturados hasta no ver ya ni las sombras, y hasta que mi cansancio ha caído fascinado.

Ahora mi cansancio está quieto de distancias y lo recorro como el río que soy, porque le he arrebatado el serlo. Y ordeno mis sombras, peino mis turbias olas, y lo mido y pongo nombres a sus rostros,

para recordar, para poder pesarlo, para recostarme en él en medio de la brisa,

para vivir, quizá.

[1946]


## SENTIMENTALISMO

Encontré, como anochecía, que era hermosa la soledad porque podía llenarla con esta tristeza que ya mis ojos no bastan para contener.

Con la soledad encontré mi amor como una tristeza, como a veces sin ella lo encuentro como un apretado dolor, y quisiera soltar mi sangre y dolerle a la vida; porque el amor a veces hiere;

pero a veces es un callado acercarse, deliberadamente ciego, con una herida abierta en cada mano.

Y encontré, como anochecía, que era hermoso llorar junto a las cosas.

[1947]

## LA NOCHE

Yo extiendo mi mano rigurosa sobre la impensada presencia de este momento.

Infinitos son los caminos para llegar hasta mí.

Y la tierra retumba oscuramente con un ritmo gutural, mientras el bosque a media altura inmoviliza sabiamente la espumeante victoria de sus verdes.

Yo extiendo mi mano rigurosa sobre la impensada presencia de este lugar.

Infinitos son los caminos para perder una brisa inconcluyente,

pero ahora es preciso desceñirse los párpados,

porque la muerte, sabemos, es el lugar que nos separa de lo que amamos,

pero el sueño que ella aleja de nosotros con su engañoso espejo no está en ningún sitio sino aquí.

Yo extiendo mi mano rigurosa sobre el impensado lugar de mi presencia.

Infinitos son los caminos para sumergirnos en nuestros pechos y para perder una presencia como se pierde el aire de un suspiro,

infinitos son los caminos para la huida y el olvido,

pero ahora es necesario soñar desmedidamente, soñar hasta lograrle la carne al sueño.

Desceñidme los párpados para soñar,

porque el sueño no está en los párpados sino aquí,

porque el sueño es un fruto que está doblando su rama.

Infinitos, sí, son los caminos para la quietud, como infinitas son las lenguas del silencio,

pero ahora yo extiendo mi mano rigurosa y descubro que la noche se ha puesto a amanecer,

con impensado rigor se ha puesto a nacer la noche su más antiguo nacimiento,

y desciñe sus párpados de sueño, y lo oscuro resplandece, y
hay un amanecer de sombras en sus ojos.

[10.46]

## PARA NOMBRARTE

Yo no sabría pensar lo que podrían ser los montes, su atmósfera sombría, la forma de las casas, la llegada de la primavera,
   si no hubiera tu presencia;
   tu tranquila presencia que no lucha, evidente y luminosa, y
como la palabra necesaria sin hacer nada.
   (Pues las cosas después de nombrarlas son como si en ellas
los hechos se hubieran realizado;
   así las cosas después de tu presencia.)
   Yo no sabría pensar lo que podrían ser las cosas si no estu-
vieras tú,
   ahora que ya ha habido tu presencia.
   Y qué sería yo sin ti, que no tendría esta piel sino otra piel
para conocer este mundo,
   que no sería sin ti este mundo sino otro mundo.
   Qué sería yo sin ti, que no sería yo.
   (Pues en ti es donde me convierto en algo que puedo mirar al
fondo de los ojos,
   y hasta obligar a lanzar un pequeño gemido.)
   Yo no sabría pensar lo que podrían ser los nombres de las
cosas si no hubiera tu presencia,
   pero ahora conozco tu presencia y cuando miro al fondo de
tus ojos sé que tú no eres todo y que somos por todas partes
rebasados,
   pero más sé que hallarte es saber otra cosa, es mirar de otro
modo, tener como no tuve.
   Más sé que tu presencia es un nombre del mundo.

[1947]

## NOCTURNO MORTAL

Te he visto, Muerte, te he conocido en mí, te he reconocido como tú me reconocerás desde mis primeros actos, duros y amargos como frutos verdes,

como tú te habrás reconocido en mis primeras palabras, sorprendidas de su luz, en las que acaso te nombraba sin saberlo.

En todas ellas estabas y en todos ellos, y eras quizá la única fuerza que en ellos habitaba,

cuando ya quizá era a ti a quien nombraba cuando yo decía: vida,

y quizá también cuando decía: dolor, amor, y quizá, también: muerte, pero no era la palabra exacta, no era la palabra sencilla (tal vez dudaba de ti, de tu fuerza),

no era la palabra grave (tal vez dudaba de ti, de tu ser).

Ahora ya lo sé y puedo al fin por eso, que nunca supe por qué no podía, sin velos y sin sueños abrir todos mis balcones

y sin nostalgia y sin remordimiento hollar las rutas de la tierra.

Ancho es el mundo. Ancho es mi deseo.

[5.47]

## ORACIÓN NOCTURNA

Estoy ahogado en el fondo de esta noche enorme que me cela, y ahogado marcho y marcho,

aunque sé que la luz ni aun cavando la tierra podría encontrarse, y la noche mantiene tenazmente unido su espacio,

no permite que le arranque un fragmento para hacerlo espacio mío, que opondría a la noche misma.

Estoy ahogado en la noche enorme

pero los más distantes extremos de un tacto que apenas conozco me dicen que es necesario,

es necesaria la noche desmedida
y que todo me queme y no conozca nada
y que las cosas mudas estén aquí conmigo
y no digan que no es necesario.
Pero tú, fuerza oscura que haces necesario todo esto, tú que
habitas la noche, que habitas sobre todo la noche,
   si este grano de sal has disuelto en mis aguas umbrías,
   si esta edad extranjera has puesto tú en mi sangre, que a
veces me hace un extraño en el tiempo,
   y puebla de destierro el aire que respiro y viajo en un espacio
donde no tengo peso,
   y si todo esto es necesario,
   no pongas en mi mano como una negra joya llamativa la
tentación de la Nada.
   Si esta sal que has disuelto en mis aguas umbrías ha de ser
una flor solitaria, intangible,
   que he de llevar ahogado por la noche enorme necesariamente,
   déjame al menos, por que no encuentre en mi palma el desprecio de mí mismo,
   por que no caiga en mi mano el desprecio del mundo, la joya
de la Nada,
   déjame al menos este viento tuyo sombrío que arranque y
otorgue su perfume,
   déjame la terrible palabra.

# 4

# *La triste primavera*

[1948-1950]

Para MICHÈLE, que tuvo que ver con
esta insegura primavera.

## LUZ ÚLTIMA

Si esta luz casi imposible
retenida entre las hojas,
hecha toda de momentos últimos,
de últimos reflejos,
me encontrase a mí también con mi alma última,
en mi última pasión,
dueño de mi riqueza completa,
última ya
y nuevamente primera...

[14.6.48]

## LUMBRE OCULTA

Sabía que un día había de verte así,
secreta y prometida Naturaleza:
luminoso tu sereno rostro
en la llama viva de tu lumbre oculta;
que había de verte así tu rostro un día,

62

prometedora sin fin de tu secreto,
aún más hermosa que como te temí.

Sabía que un día, un día,
habías de darme en promesa tu secreto
—¡y mi secreto!—, al mostrarme,
en un momento de exaltada pureza,
la más oculta lumbre de tu rostro,
que había de despertarme, lo sabía,
mi lumbre más oculta.

[16.8.48]


## DÍA BELLO, 1

¡Día bello, fueras tú único!
—O eterno.
(Y sentimos de pronto la amargura
de haber vivido antes.)
                            Que nosotros
que te hemos visto
hubiéramos nacido hoy.
O nunca fuéramos ya más
lo que hemos sido contigo.

[30.9.48]


## DÍA BELLO, 2

¿Por dónde pasaste, día bello,
que no por mi esperanza?
Día bello que todo me lo has cambiado,
que me has dejado transido todo
de tu aroma de plenitud,

¿por dónde entraste tu encanto,
que no por mi esperanza?
¿Por dónde pasaste, día bello,
que, habiendo pasado tú,
aún espera mi esperanza?

[1.10.48]

## DESGANA

¿Qué tienes hoy, alma mía,
que soy yo el que tiene que tirar
de ti, como se tira
de esas ilusiones antiguas,
gastadas ya,
que no sabemos enterrar?
¿Qué tienes hoy
que sólo quieres ser—¡qué poco!— mía?

[2.9.48]

## ANSIA

Completa, mi obra será un día
todo un mar rico y cambiante
que en un profundo acorde vasto
fundirá todo el pequeño esmero.

Sobre él flotará mi vida,
dichosa como un dios
y como un dios cumplida y sin futuro.

[2.9.48]

## LA HERMOSURA

Creí que era sólo una bruma,
aire del sueño y sombra de la nada;
eco irreal en el vacío
de lo que sólo yo decía.

Pensé que su aliento era sólo
el calor de mi deseo
de que existiera;
que sólo en mí se sustentaba.

Y hoy mi fe, mi dichosa fe
ha visto que no es de mí ni apenas mía,
que en sí vive y se sustenta,
que es verdad, que es tibia y libre,
¡que me ignora!

[13.7.48]

## POESÍA

Tú, Poesía, eres,
como la muerte, la insospechada eterna.
Muchas veces te he visto y me has guiado,
eres tú lo que estoy siempre esperando
que el Tiempo turbio me deje,
al pasar, entre los brazos;
¡y todas las veces cuando llegas me sorprendes
como si fuera la primera!

[10.9.48]

## MANANTIALES

Estoy lleno de ocultos destellos
que viven en mí su vida oscura,
indistinguible, nunca visitada
por la luz.

El viento,
el profundo cielo,
la noche
me los hacen de pronto luminosos;
y corren como dichosos ríos
por libres cursos imprevistos,
ajenos: verdaderos.

[1.8.48]

## RAMA

Movía el más solo viento
la rama del árbol última;
el viento que iba más solo.
La tarde traía una
cuidada paz de caminos
solos, con luz de la luna.
Aves pausadas y hondas
como las cosas soñadas
quietas huían, y huyendo
se quedaban, y la calma
era un suspenso dorado.
En la hora ensimismada,
entera la tarde toda
se mecía con la rama
aquélla en el viento aquél.
Y la rama se agitaba
de sentirse hecha expresión...

(¿Qué fue lo que ella cantaba;
qué fue lo que entonces supe;
cuál su secreto de rama;
qué fue lo que me decía,
qué fue, que no eran palabras?)

[8.1.49]


## OTOÑO

¡Cuánta belleza opones
a mi solo deseo,
absorto otoño que pesas dulcemente
como un nostálgico encuentro
con algo muy amado que habíamos perdido!

Es como si tu aire de hondas transparencias
fuese toda mi alma salida de mí,
rodeando a las cosas, transfigurándolas:
como si fuese el alma lo exterior
y las cosas fuesen lo oculto,
lo difícil.

En el aire del otoño el alma limpia
se deja ver todo su dentro
donde objetos y seres yacen o respiran
con secreto.

[23.9.48]


## LA TARDE

La tarde es lo cumplido,
la afirmación de lo fiel

que recoge todos los perfumes dispersos.
La tarde es lo que ordena y descansa.
La tarde es profunda, absorta, delicada.
La tarde es lo que fija y dispone
todo lo insospechado errante,
lo que obtiene y exalta el sencillo prodigio.
La tarde es lo ardiente definitivo.
La tarde es
la que bebe la luz fugitiva
y la devuelve en dorados reflejos imposibles
que flotan como fantasmas y se esfuman bajo la mano
y bajo el pensamiento, lo mismo
que la emanación profunda del espíritu.

[5.12.48]


## CUMPLIMIENTO

Hay momentos diáfanos, desprendidos,
que parecen abrirse en un aire diferente
y como en una edad distinta;
que transforman el mundo
en un sitio de luz y de ventura
donde el gozoso corazón desborda
de sentir que algo esencial y decisivo
lejos de él se está cumpliendo
pero se cumple allí su propia carne.

[5.2.49]


## DÍA VERDADERO

Ancha y construida surge
a veces mi vida ante mis ojos

cuando de pronto una hora llena y verdadera,
como un viento perfumado a través de la llanura
recoge y levanta danzando todas sus demás horas,
grises girones flotantes,
ignorantes los unos de los otros.

Y las abre, las une,
las saca a la luz,
las hace al fin reconocerse,
hablarse las unas a las otras,
tomarse todas de las manos
formando una guirnalda de horas frescas,
de horas nuevas,
como si ahora que son ya tan de mi vida,
nunca le hubieran sido ajenas.

[10.9.48]


EL RECUERDO

El recuerdo enamorado
con el fuego de su aliento
abre las flores más secretas
del pasado
y despierta sus posibles más dormidos.

Con su amoroso aliento, aquellas horas
hechas de luz y de aire y de las cosas
las vuelve a crear de nuevo,
hechas ahora de su ascua.

[4.7.48]

## FIN DE AÑO

Embellece y consume a la tarde
una vaga tristeza que se exhala
y nos gana
desde el fondo más dormido,
tristeza de cosas idas sin haber sido nuestras.

Hora nostálgica en la que nada
nos mitiga esta amargura
de ser sólo lo que somos:
ni lo amado seguro,
ni lo anhelado ya nuestro.

Tristeza elemental,
como un desencanto de lo conseguido,
cruel porque sabemos que es inconsolable,
que habremos de olvidarla
sin haber podido encontrarle sentido.

[31.12.48]

## EL IMPACIENTE

¡Quién pudiera adelantar la llegada
de las horas escogidas,
y tenerlas ya vividas, sidas, recordadas,
por que crezca la riqueza interior de mi vida!
Dulces horas escogidas, la vida escapa,
sólo lo pasado es fijo.
Os quiero mías ya, desencarnadas,
hechas memoria eterna, esencia rica;
os quiero en vuestro ser más fiel y más profundo:
en lo que queda de las cosas que ya han sido.

## LA TRISTE PRIMAVERA

Estoy triste de ti, primavera de mi vida,
nostálgico de ti.
Tengo de ti esta nostalgia
de lo que ha de ser un día mi huerto en sazón,
la umbrosa plenitud apartada de mi alma.
Tengo de ti esta tristeza
del que ardiendo de esperanza por el fruto jugoso,
arde también de ternura por la flor.

Ay, primavera, divina primavera,
contra el purísimo azul de tu horizonte,
el viento que mueve tu rama exaltada
es un viento triste de melancolía.

[15.12.48]


## VIDAS

Mi vida es un agua pequeña en la sombra
que se evapora al calor
del sol en llamas que la piensa;
que da su brumosa sustancia
para la blanca nube deslumbrante
de mi otra vida.
Y con tranquila grandeza
se empequeñece.

[22.10.48]


## SECRETO

El momento de gracia llega, rico,
apasionado, turbio, desconocido.

Me envuelve todo como una ola.
Yo hundo los brazos en su oscuro,
palpo, busco, ansioso,
pronto, antes de que se vaya.
Le arranco, por fin, su secreto,
lo saco a la luz: y encuentro
entre mis manos, caliente y temblando,
mi propio corazón.

[6.10.48]


## ABRIL DEL INQUIETO

¡Ay, si mi corazón, abril, pudiera
ser lo mismo que tú; si así tocado
todo el cordial frondor alborotado
por la armonía, plenamente abriera

el oro de su luz; si floreciera
con el gesto vastísimo y alado
con que abres tú tus flores, retoñado
en la fresca y antigua primavera!

¡Oh trasfondo de edades olorosas!
¡Oh si lo mismo que el abril dormido
sabe que un día, de fatal manera,

dará sus lumbres y abrirá sus rosas,
supiera yo que mi esplendor herido
será esplendor sin sombra, rosa entera!

[18.3.49]

## ABRIL DEL ABSORTO

Qué alegría, en la tarde empurpurada,
el reino puro de la primavera
por reino fiel tener, fresca ribera
de verde paz, de soledad colmada.

Qué alegría encontrar la deseada
desnudez transparente y verdadera:
este alto vuelo de la edad primera
y ya total, frescura culminada.

Y cuando la pureza azul alcanza
a herir el alma y a transfigurarla,
sentarse solo en la fecunda hora,

y esperar, palpitando de esperanza,
el acento sutil que ha de trocarla
en fuente de hermosura redentora.

[4.49]

## EL POETA ENFERMO

Qué azul está hoy el cielo y transparente,
hoy que me siento yo nublado y pobre,
preso en un triste y débil cuerpo sobre
quien flota el viento inmenso libremente,

cual si un bárbaro dios intransigente
la pura luz quisiera hacer salobre,
prohibir con su gran fuerza que recobre
mi ansia pequeña su alegría ausente.

Pero en vano me hiere el dios airado:
ni odio la niebla ni la luz me humilla;
contra la cólera de un dios existe

la fuerza de aceptar, y yo he aceptado
que es una igual y doble maravilla
en el cielo ser bello, en mí estar triste.

[9.6.50]

## TAL VEZ SE LLAME MUERTE

Tal vez se llame Muerte lo que anhelo;
tal vez se llame eterna noche, olvido;
tal vez se llame así, que en lo vivido
nada alcanza a medirse con su vuelo;

tal vez se llame Muerte por quien velo,
por quien quise quizá cuanto he querido;
tal vez tan sólo por la muerte ha sido
por quien velaba, y quien me dio consuelo.

Tal vez se llame todo Muerte y Nada,
—mas tal vez no se llame. Si abrasada
de nuevo cada día que amanece,

la insobornable sed que me enardece
bebe la vida como un licor fuerte,
tal vez no todo al fin se llame Muerte.

[5.5.50]

## POLOS

Cuando veo tu alma así encogida
bajo el hierro cruel del sufrimiento
que injustamente te es amargo, siento
como en mi propia carne hecha la herida.

Tú eres la alta copa de mi vida
que entre lo oscuro puedo ver, contento
de que respires con lo azul del viento
la fresca luz que a mí me está escondida.

Contemplar tu dolor me desconcierta,
a mí que nada sé de tu alegría;
mas si dejando en mí la herida abierta,

tú vuelves a tu esfera de armonía,
yo tu dolor seré en la noche yerta;
sé tú mi corazón limpio en el día.

## NATURALEZA Y ESPÍRITU

¡Naturaleza, qué bien logras afuera
lo que quisiera, adentro, lograr el alma:
la tranquila plenitud,
exuberante y secreta,
la abundancia justa, la pluralidad segura!
Mi espíritu ha de ser como tú,
Naturaleza, igual a ti
en perezosa magia,
en apretada riqueza, en retenido aliento.
¡Naturaleza, mi espíritu ha de tener,
como tú,
el hastío bellísimo de las cosas plenas!

[2.11.48]

## POR EL BOSQUE

Qué inocultable trastorno de luminosos espacios
se ha traído mi tristeza, olorosa a sol y viento,

de su libre vuelo apasionado
en este azul mediodía de pereza originaria,
por entre el silencio bueno de los árboles antiguos,
pisando el corazón vasto y propicio
de la naturaleza.
Pensé arder allí del todo,
cumplir entonces tanta sed sin saciar,
tanto vuelo imposible, tanta pasión sombría;
agotar el silencio inagotable;
alcanzar la suprema quietud iluminada,
con sus grandes ojos altos y tranquilos,
sonrientes y llenos de las cosas.
Pensé fundirme allí con la naturaleza,
unir su plenitud con mi impaciencia,
tener su madurez con mi pasión,
ser igual que ella antiguo y florecido.

Me ahogué de éxtasis rendido,
de abandono y dichoso vencimiento.
Y en el silencio bueno de los antiguos árboles,
olorosa de sol y viento, se trajo mi tristeza
este grave trastorno de espacios luminosos,
y esta sed que no bebe
sino el candente azul que la abrasa y renueva.

[14.2.49]


NOCTURNO


El día ha sido como un viaje triste
en cuyo término no sospechábamos
que encontraríamos un cielo turbio
con una anclada luna entre las brisas;
cuyo color no sospechábamos
que fuera a ser en el recuerdo
una bruma tan leve.

El día ha sido como un viaje triste
que en la mañana acometimos, llenos
de una ansiedad que era preludio a todo,
que no pudimos sospechar que condujera
a otra ansiedad que al cabo no es término de nada.

[3.4.50]

## SONRIENTE

Río, hermoso río desbordante,
caudal de lo renovado
bajo la alta luz de la conciencia;
extrañas fuerzas que amo,
que me arrastran y afirmo ciegamente.
Oh plenitud del asentimiento,
más fuerte que la muerte, más dulce que la vida.
Oh embriaguez de la conciencia con sonrisa,
contenta de lo que viene
y de lo que se va,
desde el claro principio remontado:
animoso calor que a salvo y puro
sonríe a quien lo rapta.

[1.9.50]

## VEN PRONTO

Se me cansa el corazón de esperarte,
recogida luz que anhelo,
ardiente plenitud, tapado rescoldo.
Qué provisional mi riqueza arrumbada
para mientras; qué pasajero el rincón
que le arreglo a medias en mi alma,

esperándote. Ven pronto ya,
ven pronto, que se me cansa
el corazón tanto de esperarte,
que será todo cenizas
antes que forme rescoldo.

                                                            [6.10.48]

# 5

# *En el aire claro*

## [1951-1953]

Para INÉS, que escogió este libro.

## LLUVIA

### LLUEVE OLVIDO

La tarde está triste y llueve,
llueve con dulzura. ¿Dónde
la lluvia callada esconde
toda la luz que se bebe?
Ah, que esta lluvia se lleve
todo mi hondo desconsuelo,
igual que el polvo del suelo
en sus aguas diluïdo.
Llueve, llueve, y es olvido
lo que nos llueve del cielo.

### HORA EXTRAVIADA

Llueve gris. Hora extranjera,
insitüable, llegada
desde otra edad. Se dijera

79

que la tarde, extraviada,
a su luz ha renunciado.
Y el alma, en este nublado
de llanto o de lluvia fina,
deja también abolida
su luz mejor, y, vencida,
todo destino declina.

## ESTATUAS BAJO LA LLUVIA

En pie extemporáneamente,
aún la piedra así erigida
nos ofrece su aterida
superficie persistente,
que ya la palma caliente
no acaricia. Y así esclava
de la forma en que cifraba
su alto destino, lo yerra;
pues vuelve a querer ser tierra,
llovida tierra sin traba.

## RECIÉN LLOVIDO

Sobre la tierra llovida,
toda ingrávido perfume,
el viento diáfano asume
la exaltación decidida
de la inocencia. ¿La vida
olerá así? Adivino
un ardid casi divino
en el aire y su olor brusco:
aún te amo —y aún te busco,
inexorable destino.

[5.7.51]

## TIERRA LLOVIDA

Ya no llueve. Se ha quedado
fresco y tranquilo el paseo
abandonado. El deseo
cede en el viento exaltado
su aspereza, remansado
en diáfana calma buena.
La tarde toda está llena
de confiada inocencia.
Qué dulce así la conciencia
ejercitada y serena.

[6.8.51]

# OTRAS DÉCIMAS

## PESO DEL ESTÍO

Pesa esta noche el verano
apremiante sobre el pecho.
(El corazón ha deshecho
todo lazo con lo vano.)
Arriba, ajeno y lejano,
el lucero humilla, puro,
la carne del aire oscuro.
(Sí, sí, corazón, tu fuego
será de un orbe en sosiego
secreto fruto maduro.)

## MUSIQUILLA

Bajo el caluroso aliento
de la noche, en mi ventana,

esta musiquilla vana
que trae vagamente el viento
aún le pone al sentimiento
algún turbio acento impuro:
el nostálgico y oscuro
soñar torpemente y mal
que no es aún esencial,
corazón aún no maduro.

[17.8.51]

## MEDIODÍA

De pronto entre el calor vano,
la conciencia luminosa
de quemar vida (jugosa
fruta que apenas la mano
esperaba), su lozano
ámbito umbroso un momento
ofrece a mi pensamiento
en la mitad del estío,
cual la frescura de un río
a la ansiedad del sediento.

## CUARTO A OSCURAS

Por fin, para la impaciencia
del desvelo porfiado
don en sazón otorgado,
el silencio se evidencia
perfecta suma de ausencia
calladamente profunda.
Por fin, amante, me inunda
el casto vacío, fuente

universal fatalmente,
suprema madre fecunda.


## VANAS SON

Tus limpias horas futuras
de recóndita delicia
prometida a la caricia,
dulce carne en que figuras
las redondeces tan puras
del supremo fruto ardiente
(único fin suficiente
para la sed que te aflige)
nubes son que el viento rige,
nubes vanas fatalmente.

[17.8.51]


## REFLEJOS

Esto que el agua refleja
en sus perspectivas puras
no son las ramas oscuras
ni el vago azul que se aleja.
Lo que el bosque en ella deja
.ahogada es su alma desnuda:
la que sueña esta ansia aguda,
tan fiel, que si no la halla,
lo que la hermosura calla
basta a su plegaria muda.

# PARA EL FIN DE AÑO

### NOCHEBUENA

Dulce, abierta en el costado,
la herida de amor piadosa
florece, secreta rosa
que el corazón derramado
riega y sustenta, abrasado
de ternura compartida.
Y brilla, ya consumida
toda la carne mortal,
en el claro aire invernal,
toda luz, la pura herida.

### SAN SILVESTRE

Una nostalgia socava
todo el campo de mi vida.
Su honda entraña removida
se abre al tenue sol que acaba.
Oh tristeza, dulce traba:
si el alma pura no alcanza
de tanta ardiente labranza
la rica y dorada espiga,
dará a la tierra enemiga
riego y llanto la esperanza.

### FIN DE AÑO

Qué blanco el cielo ha quedado.
Desfallece, tiembla, expira;

de su rostro se retira
todo el doliente morado.
Y queda el mundo inmutado
en un trémulo extravío.
¡Oh femenino vacío,
presa ya para unos lazos!
Mundo exangüe entre los brazos
del más ardiente albedrío.

[10.12.53]


# DE BULTO

Si alguna sombra oscila
Con su pena,
Tu realidad tranquila
Me serena.

JORGE GUILLÉN


## OJOS

Te revelas de una vez
—relámpago de expresión—
tras tus ojos: limpidez
que en mágica variación
(alegres, graves o tristes)
me persuade de que existes
enfrente, en ti sostenida.
¡Distancia que el alma entiende:
entre cuatro ojos se extiende
la dimensión de la vida!

[21.12.53]

## LABIO

El labio fiel, si me abraso
de un ardor que aún no sabía
qué sustancia es la que ansía,
me sale oportuno al paso,
él mismo sediento acaso;
y por fin me viene a dar
ese jugoso manjar
donde bebe ávidamente
esta sed que solamente
otra sed puede saciar.

## PECHOS

A veces, solo en la calma
de la alcoba, me estremece
la evocación. En la palma,
como entonces, me parece
sentir el trémulo peso
de tus pechos, que en el beso
me ofrecen, para que muerda,
todo el bulto de la vida.
¿Ves tú? La memoria olvida,
pero la carne se acuerda.

## MANO

Tu mano pesa en la mía
como un tibio copo leve.
Leve amor, copo de nieve,
nevada lumbre del día.
El amor ciego se fía
a lo azul que le resbala

inflamado sobre el ala.
Y el libre sol vivo auspicia
esta lúcida caricia
que tu mano me regala.

[21.12.53]


## VIENTRE

La pobre carne inocente,
dulce montón de tibieza
y ciega orfandad, se siente,
tras la elástica corteza
de la piel, cómo responde
al llamado. Porque esconde
en su entraña agradecida
de construïda blandura
toda la rica hermosura
de un destino de vencida.

[11.11.53]


## ESPALDA

La espalda tan lisa (playa
de la carne pensativa
que en extensiones se explaya),
y ya casi inexpresiva
a fuerza de ser discreta,
su contextura secreta
si la acaricio me entrega,
para que sienta mi tacto
debajo de lo compacto
latir el mar que la riega.

[26.12.53]

# POEMAS

# 1

## *Luz de aquí*

### [1951-1955]

«Aimons la patrie d'ici-bas. Elle est
réelle; elle résiste à notre amour».
SIMONE WEIL

Para la obediente C., que ahora
sabrá más, *in memorian*.


## ENCARNACIONES


### I

La tarde incierta crece. La penumbra
dócilmente resbala
y deja apenas en el aire grave
una tenue caricia que consiente.

Hundidos en un fondo de gratitud carnal
ciegamente descifran el lenguaje
conmovedor de la violencia.
          Y ganan
finalmente el encuentro, sorprendidos
de verse verdaderos, y de no poder nada
contra su propia ternura apiadada.

Y caída a sus pies como un manto su fiebre,
se miran largamente. Y aman
tanta flaqueza expuesta sin amparo
ante la muda sombra compasiva.

[17.4.52]


## II

Te has quedado dormida,
por fin abandonada a tu hermosura.
Tu piel se empapa de esta sombra
donde anegada yaces
con el gesto distante que te da la dulzura.

Huyes, huyes de mí,
me dejas solo inesperadamente,
cercado por la sombra inconmovible,
ante esta virginal pureza insospechada
que te invade dormida
mientras yo te sonrío y te sonrío
desde el fondo de mi silencio,

porque verte dormida es verte más desnuda
y me avergüenzo de haber sorprendido
esta inmensa inocencia que tú ignoras.

[13.5.52]


## III

Llueve sucio y sin ganas
en este cielo turbio, revuelto y herrumbroso
donde un destino ciego musita distraído.

Tendido en tus orillas quiero ver sin protesta
cómo perdidamente todo huye
en un inmenso deshacerse en llanto.
Y en tanto la esperanza
va haciéndose imposible,
sentir contra el costado
este poco de amor en el que no creemos,
desnudo engaño de tan desarmado
otra vez inocente,
amenazada llama que vacila
en el cielo nocturno
que por doquier se precipita.

Mira el orden disperso y anegado.
Nada bajo la mano ya palpita
sino el calor mortal de tu caricia.

Y de pronto, en tus labios,
lo que bebe mi sed se hace verdad
y late insofocable, y nos persuade
con mortal evidencia.
Y quedamos prendidos a esto, sin saberlo,
al borde de este mundo que sin cesar cae.

[27.6.52]

IV

Era tan fácil y tan silencioso
que no lo sabíamos.
Este aire dulce, este apagado ruido
en la enramada seca
bastan. Y desfallece
la noche en nuestros brazos
como responde un cuerpo a la caricia.

Entregado un instante el corazón
al dichoso vacío del consentimiento,
desciende entre nosotros la alegría,
limpio premio otorgado al silencio impecable
de un alma sometida con un ansia igual
a la herida mortal de la hermosura

—como a la sucesión inexpresiva
de lo que el Tiempo quiera.

[24.8.54]

## V

A mi lado dormida,
hermosa, recogida, despojada
la carne pura de todo destino,
tu silenciosa gravidez dialoga
con la dulzura silenciosa de las cosas.

Abierta así como una flor a tu abandono,
eres la rica dádiva de lo corpóreo,
la dulzura del peso, la alegría callada
de sentir el calor comunicante.

La luz tranquila que el crepúsculo nos vuelca
en la cerrada alcoba por los ventanales
amansa a nuestros pies todo un deslumbramiento
de henchida plenitud en calma que sonríe.

Y tú con natural olvido reinas
en toda esta abundancia en movimiento,
profundo mar de fondo que sometes
con ademán sencillo
para mí.

Lo mejor de mí mismo
es esto que comprende la elocuencia tan pura
de tu cuerpo, tu peso, tu calor, tu dulzura.
Porque eres la verdad de mi fuerza más honda,
mi fuerza recogida, despojada,
dialogando en su dulzura ciega
con la ciega dulzura de las cosas.

Eres mi fuerza sin destino,
lo mejor que hay en mí,
mi supremo silencio.

[21.5.53]


## VI

En la fina penumbra, resplandece
tu cuerpo apenas, arrogante casi
y casi arrepentido de sus dones.

Tu desnudez es como un poco de agua
que reposa en el cauce de lo oscuro,
gravedad transparente, ausencia casi.

Vagos volúmenes se empapan, flotan
en el fondo continuo del espacio;
el silencio respira, el aire late
y es desnuda la carne un pensamiento,
materia ardiente de expresión, respuesta.

Oh desnudez, belleza desarmada,
sumision al espacio, soledad
que transparenta la hermosura eterna
como blancos guijarros
en el fondo del agua.

[7.12.53]

## VII

Hundido el rostro en tu cabello aspiro
el sofocante aliento de la noche
que allí estancado humea y flota como el sueño.
Todo el inmenso espacio pesadamente yace
sobre esta tibia tierra adormecida,
sobre el cuarto y el lecho y nuestros miembros
y la casi secreta agitación
que mueve nuestros pechos.
No respiramos aire, respiramos silencio,
un gran silencio inmóvil
que cubre nuestra piel desnuda
como oscuros aceites.
                    Y de pronto
siento que mi ternura me desborda y anega,
que también con la sombra te acaricio
y te abrazo también con el espacio
y te rozo los labios con el aire;
que esta solícita violencia
con que pugno por ti
es también este vasto silencio conmovido
que arrojado de bruces encima de nosotros
se asoma a nuestro amor:
y lo recorre entero un estremecimiento,
casi sollozo o casi ala de dicha,
retumbo de la noche topando el rompeolas
de su brusco destino.

[24.2.54]

## VIII

Una dicha glacial
a tu lado me acecha

que en sólo un ímpetu devoraría
los sustentos precarios de mi vida.

Podría siendo suyo
levantarme en el centro
de una gran libertad de precipicio,
con ojos de violencia
ante cuya mirada el mundo palidece;

incendiarle al pasado
sus apagadas horas,
por fin iluminadas
en el póstumo día de este orden;

y renunciando a parecerme nunca
al sucesivo rostro del futuro,
en esta tentación de ira gloriosa hundirme
—aunque después vivir sea un destierro
inconsolable entre serviles sombras.

[2.9.53]


EPITALAMIO

*A R. G. y L. C.*

Dos avanzan absortos, recortados
sus dos perfiles contra el cielo lívido,
inmenso y vertical,
y crean sonriendo la milenaria Ley.

Y se alzan en la comba
de la ola turbia hecha
de gestos y de voces y miradas
voraces como bandadas de pájaros.

Y comprenden de pronto cuáles eran sus rostros
y por qué un día sonrieron,
y otro día qué buscaban y qué hallaron.
Y todo se sitúa si inclinan las cabezas.

Sonreíd: el amor es meditabundo.
Vuestro aliento mezclado es el aire profundo
que alimenta la llama única.
La gran noche indecisa toma rumbo
y sigue vuestros pasos.

[14.3.52]


# SISMO

«El cenit se trastorna por ti y mí».
JUAN RAMÓN JIMÉNEZ


ENVÍO

*¿Para qué medir, para qué guardar, para qué seguir el curso
innumerable de las horas? Nunca sabré si se trata realmente de
hablar, hablar con palabras cuya fuerza no importa, cuyo precio
no importa. Terrible mal más doloroso que el sueño, porque
hablar es dulce como un pecado. Parto de la inexistencia absoluta de algo que respira toda mi vida. Es todo cuestión de nubes,
y como sucede con las nubes, casi nada es lo que importa, porque el viento no es la nube, ni más que la nube. Ni la piedra es*

*propicia; se trata más bien de arañar y gastarlo todo con luces y voces —o lo que sea. Mármol tal vez, pero sólo desollado. No espero tampoco al final un cielo limpio, alto y despejado: no intento ejercicios respiratorios. Sencillamente, me reconozco al fin hermano de lo turbio; en ese sentido esto es historia. Eso es todo, tengo prisa de arder, veo brillar desde aquí la destrucción fascinante. Si alguna luz busco, será cavando hacia abajo en la tierra: ¿podría soportar la otra?*

[26.12.51]

## DIME TU NOMBRE

Dime cuál es tu nombre, dime cuál es el nombre de tus ojos, cuál el bronce de tu voz, la quemadura de tu caricia, dime cómo es la brutal dulzura de quererte. Dime, dime, estoy ciego, mi amor se abre como una ancha rosa en las tinieblas, le oigo manar oculto como una fuente en la entraña de la roca. Ante mis ojos brillas como una constelación, y huyes como la música. Como la música me anegas y destruyes, como ella me pierdes y me esparces, lleno de tus reflejos, por el aire lleno de tus reflejos. Te amo, no sé quién eres.

[26.12.51]

## COMO EN SUEÑO

Al final de cada día me espera el muro de tu nombre. Se me cierran los ojos pero no las heridas. Al final de cada día desemboco en un puerto más cruel que la vida, y es preciso descargarse, descargarse de la carga agobiante de amarte. Amor, trémulo amor centro del día, el peso de mi cuerpo es sólo el peso de llevarte. Los vientos, las olas, los gestos mueren a mis orillas, como

en el flanco de un barco o de una mujer encinta, porque peso
con la dulce gravedad de llevarte. Mira mis torpes pasos, mira
en mi mirada el cansancio de llevarte, mira el fulgor de mi fiebre: sólo tú le das vida a mi vida, sólo tú le das alma o dolor a
mi alma. Eres mi peso, sólo por ti dejo huella.

[26.12.51]

## OH TORMENTA

Oh tormenta, el amor es el clima más inhóspito. Ante tu nombre resueno como el herido bronce de una campana. Des-
garrados celajes, aterido horizonte, vago azul de los charcos
que tachonan tu ausencia: así el amor me asedia como una tem-
pestad. No estoy triste, amor, ningún rescoldo abrigo, no me
preguntes nada. Sin apremio abro los ojos en esta lluvia silenciosa, donde luces perdidas diluyen su promesa. El recuerdo de
tu voz relampaguea y me deslumbra; tu presencia me arrasa lo
mismo que tu ausencia; el ardor de tu inocencia como un viento glacial me azota el rostro. Deténme, este viento me arrastra;
mira girar como hojas muertas tantos lazos caídos de los que tú
me despojas. Has dicho que me amas, tiemblo inerme y desnudo como un niño. Día tras día el alba naciente me encuentra
herido de flaqueza. Todo me quema y destruye, has dicho que
me amas.

[31.12.51]

## ESTÁS LEJOS

Cuántas nubes oscuras se extienden, amor, nubes y nubes ira-
cundas acumuladas entre tu imagen y el hambre de mis ojos. En

el fondo del aire lates tú, te amo impaciente como al mal, te amo sin ilusiones como al bien, me hieres como la luz. No rasgues tanto velo donde el sol anida y se adormece. Te busco como a la infancia, nunca nadie me ha dicho para qué me doblegas. Por todas partes estallas como el oro radiante. En el fondo de mi aliento lates tú, tú que enciendes el día, tú que me enseñas la entraña desconcertante del orden desgranado entre tus dedos. El ardor de tus labios, el color de tus ojos, la terrible huella de tu piel y tus lágrimas: uno a uno te arranco los dones de tu gracia. La noche me opone su espejo transido, en el cual una a una dispongo las ascuas de un zodiaco espectral, imagen fulgurante del amor que me ciega. En mis brazos serías la llama que soñamos. En la calle, en el sueño, bajo el cielo del crepúsculo, entre los árboles grises que flotan como humo en el amanecer, veo pasar mi corazón como una estrella fugaz ante mis ojos, y en el fondo de cada latido lates tú. No sabré nunca adónde me conduces, me arrancas de los ríos, de los fríos laberintos, me arrancas del estanque de vivir conmigo. Te persigo como a la muerte, quiero saltar al frío mortal donde brilla el inhóspito amor, ciego de desnudez. Pronto seré un descarnado escalofrío. Me arrancas del agobio de ser cuanto arrastro, pronto me arrastrarás temblando, como de un traje marchito, del cansancio de quererte en el vacío.

[28.12.51]

## (DE OTRO TIEMPO)

Aquel día nos sorprendió la lluvia. Qué dulce nos fue aquel rincón desnudo, con vaga luz grisácea, donde un viento oscuro y húmedo corría cargado de presagios. Profundo desarreglo en las aguas que nos llenaban, tan tranquilas antaño, discretamente frías, que idealmente apresaban unos gratos paisajes dócilmente sentimentales. Pobre amor, aterido amor, confundido entre la lluvia turbia, bajo el viento sin sentido. Aquella mirada desnuda, aquella cabellera flotando en la penumbra, la gracia apenas consentida de aquel gesto. Oh luz incierta de un orden, velado esplendor deleznable, desmayada esperanza. Un instante ardía la entraña en el deseo de un gran viento, un gran incendio, un vasto desmoronamiento de ceniza y brasa. Oh rescoldo, rescoldo, alma de lo abrasado envuelta en la casta ceniza para el largo viaje. Pero la lluvia caía, se anegaba el amor, amor traído y llevado en el viento perdido, amor locura opaca, pobre amor deslumbrado, distraído, cansado. Y aquel día llovía sin cesar sobre el amor, ignorado amor, amor lágrima helada bajo la lluvia ciega.)

[8.51]

### ES DE NOCHE

Es de noche, el amor está lejos, vagas estrellas azules en lo hondo tiritan de debilidad. Amor, sólo tu luz desorbitada existe, amor afligido de esplendor, amor sobre el que heridas llueven. Aquí el aire apenas y el vacío circulan tenuemente; la noche se abre amurallada en el silencio, reclinada en sus agudos hielos, todo es frío y mortal como tu ausencia. Amor, no encubras más tu terrible pureza, incendia ya la noche, estalla como un astro, arrasa como un mar estos tristes jardines, destruye estas flores deformes de piedra desolada. Por encima de la noche, por encima del alba, por encima del aire diáfano cruza tu rastro. Dame tu mano más pura que el fuego, quiero cruzar sin torpeza este viento abismal. No calles más, amor, el aliento que exhalo es oscuro y glacial como el de un pozo. Sólo el fulgor desorbitado de tu pureza existe. Yazgo sin peso en el vacío, dame tus labios vertiginosos, amor. Es de noche, es de noche, ninguna luz brilla, hiéreme.

[4.2.52]

## ONDAS DE PENUMBRA

(Una pareja baila en la soledad)

Tu piel, tu piel, tu encendida mejilla, tu torso en dócil gravidez. Círculo en lenta, lenta fuga de la sombra en suspenso. Enlazados en el centro del fondo de la noche, hacemos girar sin objeto el sentido del mundo. Todo es oscuridad muda y concéntrica; en la entraña del hondo silencio que nos acoge, somos el único aliento del amor pensativo. Ante el balcón abierto a la calma cerrada, contra el liso horizonte, se recorta en lo vago nuestro lento vaivén. Denso y dulzón, el aire de la noche apaga todo gesto; sólo nosotros roemos su tuétano sombrío. Persistencia del ritmo, oh fugaces pisadas, plenitud de las pausas. Paso a paso medimos el terreno cercado de la amada derrota. (¿Tan fácil era entrar en estas aguas?) Lentamente el amor nos empuja, como un viento ardoroso en una vela. Míranos allá abajo en lo lejos, serios, absortos, escogidos. El alba lejana, si un gallo canta, nos sorprende de evocación sobrecogida. Luego cierra la noche sus ondas plateadas, toda la órbita inmóvil, y en el centro del fondo de lo quieto, a solas y terribles, hacemos girar sin objeto el sentido del mundo.

[11.12.52]

## CAMINOS

Trazar como en un jardín nuestra ventura única; ciegamente guiar los pasos del amor. Un gran viento en el fondo estrecho de lo azul como una noble fiera se revuelve. Oh lumbres tamizadas, solícitos caminos, rincones umbríos. Somos graves y puros como una piedra gris bajo la lluvia. Si ciñe el amor nuestros gestos hacemos florecer esa honda galería transparente, constelada de espejos y de sombras que cuelgan, donde dormían sin ruido los pasos olvidados. Amor, dulce amor herido, oh huella sucesiva.

Bebamos sin medida el aire limpio en cuyo fondo se agitan nuestros cuerpos. Mira arder en el centro de la carne encendida el labio mortal, y la llama estallar en el centro del aire agobiante, y la luz en el centro de la llama perdida. Mira oscilar las constelaciones; ha nacido el amor, inmenso y débil. Estamos vivos, destierra todo azar.

[12.3.52]

# LUZ DE AQUÍ

## NIÑO DURMIENDO

¿Cómo será, desde el oscuro fondo
donde tú vives, este mundo nuestro
de luz revuelta, de confusos soplos,
de ruidos y de roces y de fuerzas
incomprensibles, mudas, vigilantes?

Seremos para ti que no sospechas
este centro profundo que nos hace
gravitar, girar en torno de tu rostro
en hechizo fatal (como los mundos),
lo mismo que es tu sueño indescifrable
para nosotros que quedamos fuera:
sombra anhelada de una luz distinta
que de lejos miramos variar
llenos de asombro, con un ansia viva

de que un día por fin venga del todo
su hermosura a habitar entre nosotros;
de que un día por fin la luz de aquí
inunde el rostro puro de sus signos.

[8.6.51]

## INFANCIA

Si en la luz me adormezco no es que olvide
la luminosa herida que entonces me guiaba.
No olvido que en los brazos de una aurora
crucé claras distancias,
ni el sabor del deslumbramiento
al morder en la carne de la confusión,
ni el sereno horizonte del vasto mediodía.

Los ruidos dormidos que el viento llevaba,
uno a uno se hundían en el tiempo profundo
y el fuego gota a gota henchía el denso azul.

No olvido aquella hermosa dependencia,
la abrasaba pureza del deseo,
la alegría del ansia,
el gozo tan secreto de la precariedad.

Y en la turbia resaca de la tarde
una inmensa presencia inesperadamente
rendía su gran fuerza a mi inocencia,
vencida por la magia luminosa
de una ininterrumpida y fiel debilidad
que sin armas expone su pura carne frágil.

[25.2.52]

## IMPRESIÓN DEL ALBA

Entro, pausado, en la blancura tierna,
en medio del desorden que en los pliegues
del paño fraternal duerme y confía.

Surjo hendiendo la luz, redondo y leve
como una barca hueca, inhabitada;
soy todavía sólo espacio virgen,
      casto lugar tan sólo:

una inmóvil ausencia resguardada.
Entre mis brazos cuidadosos guío
los pasos aquí ciegos del vacío
      que el corazón me hiela;

largamente lo aprieto contra el pecho,
hasta que cede al fin la crüeldad,
sustancia sólo ya para el incendio
      voraz de la alegría.

Y guardo errante un poco por el tiempo
el instante suspenso que precede
a un grito que no habrá de estallar nunca:
      espera que no cesa,

muda, glacial, como salón vacío
de impalpable orfandad
de quien el aire natural se aparta,
que nada, nadie, nunca, colmará.

                                          [25.7.52]


## ALTAS HORAS

Un duro cielo estrellado,
alto, muy alto, muy liso;

rigidez de paraíso
por nuestro bien despiadado.

Y el frío de lo que es justo,
y un transido viento adusto,
estricto, insensible y diestro
en flagelar, por bien nuestro.

Oh descarnada llanura,
sorda faz impenetrable
por que en tu mudez no hable
sino la llamada pura:

la uña ya extrema araña
en la dicha más extraña.

[22.11.52]

## BUEN PROPÓSITO

La noche piadosa irrumpe,
me avasalla sollozante
como el amor verdadero;
brusca, torpemente tierna
como el amor verdadero.

Todo aquello fue color
descompuesto, el cristal vano
de una triste arquitectura;
como un manto rasga el viento
tanta triste arquitectura.

La fuente brota del fondo
del vacío, que el pie hiere:
agua y fuego de inocencia;

mi pureza en tierra es leña
en fuego de otra inocencia.

[26.7.52]


## INVERNAL

Revive el soplo puro del invierno,
revive su encendida frïaldad,
su brusca espina aviva en mi espesura
y el blancor vivifica de su llama.
Una apretada luz llena este cielo
abierto inmensamente a más alturas.
Revive el tiempo su secreto curso
y otra vez su murmullo silencioso
dulcemente me turba, como entonces;
aquí a mitad del viento azul de invierno,
vuelto el rostro sediento hacia sus fuentes,
su torrente resisto entre la espuma.
Color, color cambiante de los días
y mágica dulzura de la espera.

Sólo el vacío habita el centro mudo
en torno al cual gravitan mis tesoros;
el vacío sin mengua y sin crecida,
la espera elemental, muda, tendida
su insaciable sustancia siempre a lo otro.

Devuelto siempre y sin cesar surgiendo
de este seno absoluto en lo profundo,
mido la variación de la delicia,
la hermosa jerarquía del invierno.

[1951]

## SOPLO NOCTURNO

La noche desgastada
giraba ya hacia el alba.
Su violencia espectral
se crispaba, poniéndolo
todo raro y difícil.
La luz no era la luz,
ni el amor el amor,
ni era yo quien sabía
lo sabido, ni el aire
era el que se respira.

Algo cesó en mis dentros,
algo que no era mío,
ni ajeno, ni mi reino.
(Caí fuera del mundo,
sin fuerza la mirada,
la corona sin peso,
con los ojos cerrados
como para morir.)

Y el soplo de la noche vino,
ágil y puro,
vino no sé por qué.
Y anduvo por mi frente
queriendo y no queriendo,
llorándome y llorando
a la vez sin motivo,
o acaso sin llorar.

No era a mí a quien buscaba
ni fui yo quien lo halló;
él era el puro encuentro
y yo la sola espera.
No era a mí a quien decía

su palabra secreta,
o acaso no la dijo.
(No vino a ser oído
ni a que yo respondiera,
vino porque es así.)

Pero yo respondía
con ansias y miradas,
no sé por qué.
        (La luz
no era la luz, ni el aire
era el que se respira,
ni el soplo me llamaba;
pero yo respondía.)

No sé por qué, con ansias
y miradas de vivo
le respondía yo.
Él vino ágil y puro,
ni con razón ni en vano,
no por mí ni ignorándome,
sino por otra ley.

(Vino por que es así,
porque es lo libre ajeno,
lo que no nos conoce,
lo precioso,
lo otro...)

[15.6.53]

## VIENTOS

Ya por el horizonte
se difunde la noche, agua sombría

que moja lo mojado de las nubes murales.
Yo con pasos ausentes me adentro en la penumbra
bajo el ala del Tiempo que sobre mí extendida
ingrávida y pausada se desplaza;
por alamedas íntimas y oscuras
bajo el cielo de lluvia
voy a no sé qué encuentro con no sé qué frescura
que fue mía o ajena en otras horas.
Vientos turbios y equívocos disponen
todo el húmedo clima donde arraigan,
ofrecida a la lluvia su fresca carne pura,
como un fruto partido esperanza y memoria:
este soplo me llega desde oscuras distancias,
vino tal vez siempre conmigo,
tibio o mojado o secreto o salvaje,
cruzó mares que he visto,
arrastra los perfumes de tierras que he pisado,
llenó claras llanuras o bosques sofocantes
donde yo enmudecía y sangraba de amor.
Sobre la tierra muda y apretada
mis pasos se acompasan como un pulso,
cruzan palabras delante de mis ojos,
se agolpan o distienden, son ya ritmo
y vastamente henchido en flujos y reflujos
el mismo pensamiento late;
unísono total: respiración,
vasto pulmón nocturno del firmamento cóncavo
que orea la frescura del renovado viento,
el viento renovado y siempre el mismo,
el viento hálito y el viento río
que espera en los recodos de los árboles,
se abalanza, se va, me llama, me rodea,
y yo resueno cada vez
con variación de timbres
mientras mi paso con pausado pulso
pisa la tierra lisa del pasado:

y en la mitad de este aterido viento
donde errabundas gotas viajan ciegamente
sopla de pronto un viento luminoso,
el viento tibio y firme, el viento bueno
que plasmaba de pronto en aguda presencia
el campo de mi infancia donde una abeja zumba:
los árboles se instalan noblemente,
los caminos recorren inamovibles huellas,
los sitios tienen nombres persuasivos
que los hacen carnales como el hueso a la fruta
y la luz brota desde todas partes,
luz increada y siempre fiel que inunda
la llanura sin muros donde un niño
de estatura menor que las yerbas del mundo,
todo él suspendido de dos intensos ojos
que inmóviles lo clavan
a la inasible rotación del día,
se ve sobrepasado por su propio silencio
que ya secretamente se entiende con la vida,
invisible lenguaje como el viento inasible,
ajeno como el viento informulable
que en este instante me habla
con un dorado hilo de voz entretejido
a estas ásperas ráfagas cuyos pliegues me azotan...
Y otra vez desemboco en la áspera tierra
del llovido presente
que palmo a palmo con mis plantas palpo
andando entre desnudas ondas donde anida
esta memoria que en murmurios muere,
tropezando en la sombra a cada instante
con su imperio cambiante,
el imperio de planos de la memoria lince,
eje de la abundancia, río que sí retorna,
puerta del borbotón
que brota y se interrumpe y brota
para regar el tórrido presente,

memoria corazón que mana,
distancia respirable, memoria espacio,
ensanchamiento de lo navegable,
memoria, vasallaje alternativo
de donde voy y vengo
otra vez palpitando para entender el tiempo
y cómo en otro tiempo este viento era otro,
llegaba desde el mar y me abrasaba el rostro,
blanco de sol y sal,
chorro de ardor donde hundía mi ardor
en busca al menos del alivio torpe
de sentir removerse en densas ondas
la jornada desierta sin posible frescura
por donde erraba en llamas e ignorado,
nupcial dolientemente,
sintiendo tanto en mi desposesión
la hiriente falta de una herida
que me diese el secreto o me fuese un secreto,
tal vez éste que ahora me trae desde tan lejos
este múltiple viento informulable
cuyo soplo recorre las horas de mi vida
para decirme no en rumores: en aromas,
en humores, en soplos, en temperaturas
que no hubo entonces ni hay ahora
ni hubo nunca otro afán
que entender aquel puro silencio con que un día
yo descifraba el Tiempo...


## CANCIONCILLA

Si las cosas no se piensan
con palabras,
¿no se piensan?

Si no alcanzan los que aman
las caricias,
¿no se aman?

Si aunque llore la alegría
vive en mí,
¿no es alegría?

Si algunas veces comprendo
lo que ignoro,
¿no comprendo?

Si te he visto y no te he visto,
rostro amado,
¿no te he visto?

[6.4.54]

## EXCURSIÓN

### 1

Viento de viaje:
a través de tu pelo
miro el paisaje.

### 2

Reflejos rojos
en el húmedo nácar
de tus dos ojos.

### 3

Besos ligeros
en la frente: sol último
en los aleros.

4

Sólo me alumbra
la dicha que sonríe
en la penumbra.

5

Campo llovido.
La noche me trae descanso
pero no olvido.

## MATINAL

En el fondo cambiante
del cielo transparente
la hermosura, rostro incesante,
copia sus anchos ojos
como en agua corriente.

[10.2.54]

## FRÍO

La ciudad con el frío se ha quedado campestre,
desnuda, estricta y simple: aristocrática.
Su poco de verdor discretamente triunfa.
Una luz gris de plata noblemente oxidada
le quita todo exceso de color y volumen.
Huele a orilla de río y a dura yerba fría.

Hoy las cosas del mundo son para no tocadas;
todo está en las distancias,

en vagas lejanías, esfumados, atmósferas.
La realidad parece
que se ha ido detrás de un velo
en gracia de la línea, de la forma y del gesto.

Hoy se nos ha marchado el mundo lejos;
se ha quitado de sí lo carnal incitante,
lo jugoso que llama al apetito,
lo palpable que imanta;
y ha quedado incoloro,
reducido a su sombra vaga y fría,
por mostrar a los ojos indolentes del alma
que es hermoso su orden aun sin nuestro deseo.

[11.2.55]


### FELIZ SUMERGIDO

Lo oscuro ha recostado
sobre la tierra su extendido flanco
de donde manan escondidas fuentes,
donde corrientes y hálitos circulan.

La noche vive como un cuerpo
y el soplo de su pecho sofocado
viste y corona suficientemente
al feliz sumergido,
sin cesar asaltado y sin cesar rendido,
que en el fondo de un mar en movimiento
que huye y arrasa,

salva el nudo cordial de lo irreconciliable
con la igualdad suprema de su hambre.

[10.2.54]

## MEDIODÍA

Empapada de luz, ciega de ardor,
rodeada del aire denso
donde se hunden los ruidos
como sordos pedruscos,
la tierra blandamente yace.

Bultos y redondeces se despliegan
en una bárbara impudicia hermosa
que quisiera tenderme a su costado,

y con silencios ávidos me incita
a dormir duramente derribado
en la oscura tibieza de sus valles,

apagando por fin esta llama obstinada
contra la dulce tierra sin memoria.

[10.5.54]


## ROSA EN LO OSCURO

La rosa entre lo oscuro tiene sed,
tiene sed su frescura: sed de sombras.
Su carne luminosa absorbe la penumbra;
su pura luz de apretado granizo
bebe silencio interminablemente.

La rosa entre lo oscuro, reclinada
lánguidamente en el silencio quieto,
llena de leve claridad la alcoba,
y silenciosa en sus sedientos poros
circula la quietud oscura,
fresca savia sombría

de un sordo corazón iluminante,
rosa en la rosa, rosa de carne oculta
de la rosa de luz sin servidumbre.

[22.1.54]

## ADIÓS EN LA ESTACIÓN

La gran mole pulida,
sorda de tanto peso,
suave a fuerza de fuerza se alejaba,
resbalando sobre la helada
lisura de sus ruedas.

Los quietos, abajo, quedábamos
inmóviles terriblemente,
como de pie sobre una tierra hueca
de cuyo barro el tiempo se hubiera retirado.
Lento, lento, su movimiento
le daba fondo al aire;
Desde aquí para allá era todo el espacio,
nosotros nos quedábamos lisos contra lo plano.

Todo el aire era suyo,
el tiempo iba a su zaga,
desalado y puntual, entre árboles y valles;
nosotros nos mirábamos sin conocernos,
vacíos e insensatos, sin día ni distancia.

De pronto inexplicable se desplomó a mis pies
mi vida desprendida de mis huesos.
Y eran incomprensiblemente inútiles
las cosas y su orden.

Envueltos en su aire ellos se iban,
viendo correr el tiempo por detrás de sus ojos;
las cosas les hablaban, la luz los acogía.

Quedé solo en un mundo en el que esta locura
a nada corresponde,
al que no me parezco,
en el que nada tiene ese sentido
y del que ella me obliga a desertar,
hollando con pisadas extranjeras
la tierra sin calor donde el agua no corre
y se endurece la esperanza.

Y ahora, aunque me vaya, aunque pise otros suelos,
aunque encuentre otras cosas,
aunque el día me guíe, sé que en este lugar
queda abierto en el aire un gran boquete
que sin cesar les sorbe
su medular fluidez a mis horas sin peso
que seca y duramente se desgranan.

[19.5.54]

## CANCIÓN CALLEJERA

En las calles hay la luz
ritüal de los encuentros.
Mujeres y hombres ociosos
de vagos ojos sedientos
van a una gran fiesta seria
de imprevistos alimentos.
Hay sagrados despilfarros
y hacen manchas por el suelo
las más extrañas monedas
corroídas por el tiempo.

(Y a veces se ve al pasar
por un balcón entreabierto
a los que van a salir
vestirse frente al espejo
con graves gestos nupciales
como novios o toreros.)

[6.8.54]

## FIGURA DORMIDA

Yace el hombro desnudo,
empapado de sombra,
afinada su línea por el frío.
Los miembros en desorden
pesan como la muerte.

Un calor avariento
defiende de la noche
al cuerpo abandonado
que por ese hombro solo
se cuelga del espacio.

El yerto hombro desnudo
bajo el velo del frío
parece desmayado,
exangüe, inmaterial,
con muy poco de vida
transida bajo un soplo.

Y todo lo demás fermenta
como bajo la tierra.

[27.8.54]

## COMO EL PRIMER DÍA

Como en el primer día
de mi llegada aquí,
a veces la memoria se me pierde
y me encuentro yacente por el suelo
sin hueso ni contorno,
ignorando qué vida de qué mundo
de qué recuerdo es ésta.

—Pero tú no me olvides,
dulce tierra sin rostro
cuyo recuerdo pierdo a cada instante,
cuyo sabor me escapa,
cuyos ojos de amor no reconozco.

Oh, no me olvides, mi memoria es viento;
me disuelvo en la noche día a día
si tú no guardas algo
de este turbio latido
que derramado apenas humedece
tu vasta frente donde la memoria
es oscura y sin fin como un olvido.

[20.8.54]

# EN LOS OJOS DEL DÍA

## DIVINIDAD PRÓXIMA

Invitada fatal, aquí se vive en la inminencia.
El cielo, arriba, blanco de enemiga distancia,
nos limita el espacio resonante.
La luz, el aire, el fuego
en la altura se funden en final incolor
y allí se van borrando y disolviendo
las miradas, las voces, los humos de los vivos.
Los árboles, abajo, los montes y las casas
alzan sobrecogidos su estatura,
islas cercadas por un aire hueco
que habita sólo y siempre
un vacío fielmente resguardado.

Todo parece estar y sostenerse
sólo para ser cuenca del solemne vacío
que es tu sitio vacante y natural,
asiento fiel que quiere,
si no puede ser tuyo, ser sólo de tu ausencia.

La soledad es ir en compañía
de tu deseo infatigablemente
y bebemos el mal, el crimen, el espanto
porque sorbemos en sus aguas turbias
amargamente nuestro propio exilio
y porque son nuestra fidelidad sombría
mientras no llegues tú, invitada presencia
que serás del tamaño
de este hueco celeste de límite blancura;
tú que serás inmaterial y diosa,
latir del aire, lumbre de la atmósfera,

continuo espacio para la ternura;
que tendrás ojos que podrán ser nuestros
para mirar con ellos como sin nosotros.

Unánime invitada, todo te llama y te sonríe,
el dolor para ti se hace caricia nuestra,
y este glacial silencio que traspasa tu mundo
lo traspasa por ti, está herido por ti
del sobrecogimiento mortal de tu inminencia.

[8.11.54]

## LOS JARDINES DE ALLÁ

Los jardines allá contra el ocaso
desnudan ya sus pies entre las sombras.
Bajo el sol de la tarde
yo distiendo mis miembros
como un dulce animal oscurecido.

Entre las altas hojas,
la luz de las promesas;
yo la miro volar,
tranquilo como un rey.

Un día seré pobre inexpresablemente,
haré mi corazón
de un puñado de tierra desdeñada,
tendré la frente pura
y la mirada inacabable:

volveré, volveré;
felicidad, vendré por ti.

[5.8.54]

## PAISAJE

La luna turbia flota
en el aire morado.
La noche tiene oculto
un azul bondadoso
en la distancia negra.

Venido de un lugar afín sin penas
llega rendido un viento
que cambia todo el mundo.
De pronto estoy desnudo,
la noche recién hecha.

Estos árboles bruscos que irrumpen en murmullos,
aunque estaban aquí, yo los escojo.

[12.8.54]

## EN ESTAS LIMPIAS AGUAS

Me detengo en la orilla del ocaso,
miro su alta tersura
resbalar sobre el cielo.
Un claro sol desnudo
corre sobre la tierra
como un agua de luz.
Transparente y azul, el aire mece
su frescura de pozo liberado.

En estas limpias aguas he vivido,
he dormido en su fondo como una dulce piedra,
he bebido en la larga frescura de sus fuentes.

El sol se vierte aquí como en una pupila
y llega hasta este fondo en que respiro,
en que pruebo el sabor de este destino
de vivir en el fondo de una clara mirada.

Y de noche la luz está oculta en la tierra
como lluvia sorbida.

                                        [26.7.54]


## SONETO INVERNAL

La noche cóncava, glacial el viento;
el frío que es ausencia más que frío
en el desierto espacio tan vacío
reina mudo, difícil, avariento.

Oh soledad sin desfallecimiento,
invierno insomne, desdeñoso brío,
ni una brecha de olvido o desvarío
turba tu perfección sin movimiento.

Bastaría un instante obedecerte
para entrar fascinados en la muerte
sin ruptura ni horror, lúcidamente.

—Y húmeda al sol, mañana, impuramente,
la esperanza de un tajo hará mentira
este mundo que en ti concluso expira.

                                        [27.11.54]

## AMANECER

Despunta el día, el agua se ha turbado,
el cielo alisa su silencio
como un claro plumaje que la noche erizaba.
Esto era el amor, de día todo cambia,
con la luz se hace nuestro
este amargo lenguaje que en la noche
perseguía el vacío y nos negó tres veces.

De día somos pobres, la dicha nos destrona
del orgulloso reino sin contrario
que edificaba la desesperanza.

Ahora vence el alba, la ira se disipa:
esto era estar vivo, éste era el mundo.
Eras de veras tú,
era de veras yo, y en la verdad hablábamos.

Deja extenderse al sol nuestra tristeza,
la luz nos ha devuelto nuestros ojos,
se ensanchan en la luz, se miran en la luz,
en la luz se aman, nos guían, nos traicionan.

Déjalos, que son nuestros —y son suyos.

[30.11.54]

## EN BRAZOS DE LA NOCHE

Está ya oscurecida la hermosura;
los árboles desnudos
se mecen en la sombra
y un gran silencio vela suspendido.

En brazos de la noche
se guarda y perpetúa la promesa del día
que cumple en sólo prometerse
un don que nos inclina
y nos basta.

De noche la hermosura a solas habla;
a solas en el aire solo
late oculto el ardor de su promesa
sin cesar renovada.
Y a través de la noche
nos guía y acompaña
heridos de esperanza al nuevo día,

nuevamente a cumplir bajo el sol nuevo
su plenitud igual y suficiente
de prometida nuestra sin fin, siempre la misma.

[22.1.55]

## FINAL AMOR

En la luz demacrada
de un alba trabajosa,
tibio entre sus despojos
el mundo se despierta sin quejido
y expone una vez más a la impiedad del tiempo
su desolada carne sin mirada,
sin luz, sin porvenir.

Más allá del deseo se encuentran sin preguntas
nuestros ojos de presos que no esperan.

Sobre la tierra amarga
sube un poco en el aire un sol sin fuerza

que apenas le sonrosa su rostro sin belleza.
Y un día más, conmovedora y triste,
la fealdad sonríe entre sus lágrimas,
y un día más, ella, doliente
inolvidablemente,
nos aparta de todo por ser fieles
a este final amor,
amor del mundo desolado y feo
que sonríe en la sombra sin ninguna promesa
pálido en la luz rosa
entre las lágrimas de la hermosura.

[12.54]

## EN LAS NOCHES DE ESTÍO

En las noches de estío, cuando un poco de viento
estremece la inerte materia del calor,
el silencio viviente se agita en su honda entraña.
Bocanadas de aroma, de rumor, de tibieza,
son el soplo apagado de palabras opacas,
el jadeo confuso de un exhausto mensaje
que en sílabas expira.

Una fuerza monótona de fatigado mar
empuja al grávido universo.
La oscuridad y el aire son alimento y savia
para la piel sedienta que bebe con el viento
un sombrío y cruel conocimiento.
Secretos se incorporan a la carne
que ignoramos nosotros,
y el peso abandonado
de los miembros que yacen en la hartura
es en medio del húmedo desorden

de la noche indolente
una forma mortal de la sabiduría.

[4.3.55]

## PLENO SOL

Clara y desnuda, la ciudad se olvida
bajo un sol dilatado de fuego distraído
mientras se escucha el mundo su llenazón callada,
mientras se mira su materia henchida,
pasiva dulcemente, que la inocencia enciende.

El silencio se agranda sin medida
entre la tierra blanca ciegamente
y el cielo ciegamente oscuro.
Cielo y tierra hechos dos
agitan el silencio, le dan latido y riego,
le hacen hablar, hablar: altísima palabra
única y sin cesar recomenzada
que nunca es nuestra porque nunca acaba;

y el pleno sol suspenso
como un nombre de amor que va a decirse,
que va a decirse siempre, amor sin nombre.

[7.12.54]

## EN LOS OJOS DEL DÍA

Hoy de pronto nos hemos despertado
en el centro del día, en los ojos del día.
Aquí todo es comienzo y la luz no termina;

todo lo que en el mundo creímos acabado
aquí se continúa sin fin como la luz.

Hundidos en los anchos, claros ojos del día,
somos nosotros sin escapatoria,
sin nada en otro sitio,
enteros en la luz donde todo prosigue
igual y diferente,
donde todo es lo que es pero más que es.

Lo que en la luz sucede en la luz queda ardiendo
y no deja cenizas al olvido o la muerte.
Hoy le hemos entregado a la luz todo,
nada nuestro ponemos a salvo en la mentira
y nos hacemos libres en lo libre diciendo
«Todo puede ser nuestro y como lo queramos:
todo será como lo quiera el día.»

[3.12.54]

# 2

# *El sol y su eco*
## [1955-1959]

Para RAMÓN GAYA,
siempre ejemplar.

## 1

### VIVIDO

El día brasa consumida
se apaga y se aligera.

Cargado de invisibles huellas
el cielo fatigado duerme.

En la penumbra tibia
me refresco los ojos
y con hielo lunar mitigo
la larga quemadura
de la hermosura.

La noche se lo guarda todo;
en su seno me lleva
como en el hueco de la mano un pájaro.
Y del sol guardo aún rastros de fiebre.

Un día más
he estado vivo.

[2.3.58]

## LATIDOS

Ensordecido en medio de este viento
árido y de iracundia
que agostaría el mundo,

sonrío de saber que aún palpitas
aunque ya no te escucho,
sonoro corazón que amenazado
danzas en las tormentas...

[5.58]

## PURIFICADO

En la noche por fin,
sombrío oasis de los tórridos
arenales del día, largamente
me he sumergido
y he disuelto la sal de la tristeza
y me he purificado
el corazón mordido de impaciencias.

Con los miembros ligeros
lavados por la sombra
salgo al paso del tiempo libremente.
Ahora ya no tengo retención,
ni designios, ni errante
gimo desposeído.

Y toda esta hermosura desbordante,
ahora abandonada,
si con asentimiento le sonrío,
como mía me expresa.

[24.3.58]


ESTELAS


Todo el ardiente azul,
como una sangre azul subida a un rostro,
en un denso sofoco tuvo al cielo
durante largas horas mudas...

Y ahora el calor hundiéndose
en un vértigo lento y trágico
hacia el fondo infinito,
deja en fría viudez
al aire que a los pies se le desmaya.

Lleno de estelas y de huellas pálidas,
es un mar fantasmal el cielo;
y lo surca con proas fantasmales,
como una infiel inconsolada
rendida siempre a todas las partidas,
esta antigua demencia nuestra
de infinito.

[29.7.58]


FUGAZ


Entre las horas nocturnas,
abismo helado del alma
y sus espectros,
y las horas que vendrán

calcinadoras
a secar la sangre y desnudar los huesos,

fugaz esta sola hora
tiene carne
que en un rubor ha nacido
y en su primera sonrisa
morirá...

Y que lo sabe, callada.
Y que lo sabrán ardiendo
los huesos del mediodía,
como impotentes, de noche,
los espectros.

[31.7.58]


## VERANO

Como el amor, la gloria tuya,
verano suntüoso, doblegando se rinde.

Y cedes al vencido
que en ti bebe tu aliento,
que late en ti con tu latido

—que sólo jadeando te respira...


## ABRIR LOS OJOS

Los mismos ojos que cerré cansados
cuando la noche me acostó en su fondo
son éstos que abro ahora
en un espacio azul y de frescura.

Ya estaba abierto el día,
y la carne aún no era más que un peso
de negrura y silencio.

Todo esto ha sucedido
mientras caída en un oscuro tiempo
duraba muerta la mirada,
como si alguno silenciosamente
preparase una ofrenda de alegría.
Como quien iza la desnuda vela,
despliego ahora la vista al viento nuevo.

[27.2.59]


LLUVIA

En la tarde inquietante
de obstinada agonía
todo el tiempo he esperado,
alegre en esa luz ahogada,
de cara al viento turbio,
animoso en el fúnebre sofoco.

Acosada, la hora insostenible
jadeaba ya apenas.

Y de pronto la lluvia se abatió
como expresión de un júbilo
demasiado aplazado.
En un desorden de alborozo,
ágil ahora danza la hermosura
de esta furtiva tierra de intemperie.
Y como perdonados, sonreímos...

[13.4.58]

## DESAHOGO

El cielo extiende sin escollos
el morado profundo
de su melancolía inaplacada,
y tras el horizonte
se ahoga en el misterio
como se ahogan los sollozos.

Ligera bajo el pie siento a la tierra
flotar en el espacio
y en el volumen de la sombra inmóvil,
límpido acuario de frescura,
negros y henchidos, lentamente
los árboles ondulan.

Soñoliento mundo submerso,
siento en el pecho
el aletazo sordo
de un ansia de subir a un desahogo
ingrávido de luz...

[4.58]

## PUREZA

Sobre las claras hojas,
cabellera jovial al viento suelta,
la mañana se hincha
en una gran inhalación
vivificante.

Bastaría, si ciega esta promesa,
tapiado en sí muriera el día,
con el solo latido vasto y suave
de esta gran onda de frescura.

Matinal yo también en la hora joven,
tengo el único rostro de los rostros
que tendré en sucesión.

Y pruebo, siendo puro,
en el instante mi sabor entero.


## INQUIETANTE

Todavía está pálido el poniente
hondamente inmutado

y la ciudad caída
recorta su perfil
por la ira mordido.

Diseminados perros se contestan
con ladrido fatal, donde renacen
y prosperan
antiguas inquietudes que pensamos
sofocadas.

Todo se entiende y se prepara.
Presos, los árboles conspiran
a través de hoscas brisas.

Y un gran secreto errante nos excluye.

                                    [2.3.58]


## MATINAL

Aún está intacto el día,
limpio y entero
como un tranquilo vaso de agua.

Miro un momento
esta frescura clara y decisiva
del tiempo aún indiviso,
siento mi fuerza toda en mí,
mi vida entera me es visible,
mi bondad tiene todavía el rostro
de la bondad reconocida...
Y bajo la mirada
y voy a mis quehaceres y al olvido.

Oh pureza, la vida es grave,
pero qué levemente
me lleva en vilo por el mundo
esta memoria que no pesa nada.

[15.5.58]


ENCUENTRO

Bello como un enigma verdadero
me esperaba un encuentro
antes de que muriese el sol de esta jornada.

Hojas arriba jóvenes respiran
en una luminosidad ingenua
y en los rayos que asaetean
la leve carne de la sombra
danzan las moscas de oro del prodigio.

Sé que estás ahí detrás,
palabra de misterio,
verdad secreta de esta hora.
Oigo casi tu risa
tiernamente burlándose,
alternada, cambiante, simultánea

en mil ecos que lanzas en mil sitios
desde donde invisible me estás viendo.

No digas nada. Juega.
Déjame sonreírte
hundido en este espacio
de amor de desnudez de velos apartados
desde donde escogiste esta vez enamorarme...

[25.5.59]


## 2


### BLANCURA

Reina la claridad, estanque de luz quieto,
extensión de frescura
más vasta que la vasta sed;
horizonte lavado, fina playa incolora
barrida por las brisas transparentes.

En las ráfagas puras
la fiebre se evapora
y la tristeza es una espera
que sonríe.

Una tierna blancura inunda la mirada,
la empapa hasta su fondo, impalpable rocío,
disuelve su fatiga, sus sombras, sus ropajes.
Con los ojos desnudos me muevo entre lo claro.
Oh carne de la luz, lumbre nutricia.

El mundo se abrasaba y se ha hecho blancura
como el amor ardiente que se da en fresca carne,
sustancia clara del oscuro fuego,
oh blanco pan para mi blanca hambre.

[11.6.55]


## ESCENA

El tenue sol que roza apenas
la fina tez del polvo.
La ciudad insensata que enmudece de pronto,
se tuerce, se retrae, sobrepasada.
Los árboles que crecen más lentos que los años,
respirando la luz y la sombra alternadas.
El cielo simple y pálido,
con detenidas nubes de vaguedad helada
donde la luz enfría su fiebre de tocarnos.

Y el solitario que lo mira todo,
absorto, atento hasta abolir su sitio;
hasta no saber ya, mientras contempla
las glorias simultáneas que le cercan,
desde qué ajeno círculo
las contempla...
           Ni quién.


## EN LA AUSENCIA

La noche está vacía y resonante.
Ecos y lejanías evocan en el alma
cáusticamente una esencial ausencia:
salobre levadura,

lo llena todo con un viento vano,
todo lo vuelve grande y leve,
flotante entre las sombras
de la noche aumentada y esponjosa.

Todo es humo nocturno,
sólo el nudo del alma tiene peso:
denso hueso de luz
que a ciegas adivino
y guardo sin tenerlo a través del silencio.

Oh semilla cordial, estalla al fin,
haz caer la ceniza de mentiras,
haz gravitar por fin el mundo.
Tal vez hoy nacerá mi rostro puro,
en esta noche hueca
tan vanamente henchida por la ausencia.

[2.7.55]

## TORMENTA

Esta hora iracunda e insensata,
de bruscos arrebatos
y alma desmelenada,
pone en la noche un íntimo desorden
de oscuro corazón por dentro.

En la viudez nocturna de los campos
como tú y como yo las flores gimen
y una agonía
las empuña y sacude mortalmente.

Y nosotros, nosotros,
solos en esta tierra isla de naufragios

donde aúllan los vientos del espanto,
¿de qué patria de luz
hemos debido ser arrebatados
que este furor nos es hermoso?

Está ahogada la cuna del oriente;
sin lugar y sin hora
gira perdida la noche hechizada.

Pero tú mírame, y deja que me cante
la llama que te canta en la mirada.
Un vulnerable oasis
entre tus ojos y los míos tiembla:
al alba extenderá sus aguas claras
a lo largo del día
desde su sola luz resucitado.

[31.5.57]


## TORMENTA

Está el cielo nocturno demasiado violeta.
Si no rompiera ya el relámpago
la noche inconvincente,
esta dulzura demasiado obvia
como un engaño descubierto
se esfumaría.

Todo un luto irreal de mascarada
se rinde avergonzado:
la noche era esta piedra de negrura,
tan insoluble, y que no muerde el rayo.

Oh tormenta, violentos ojos
de airado amor

que asaetan el duro corazón
fascinador e insípido
del drama.

[11.6.57]

## SOLITARIO

Fondea ya en la noche
la jornada errabunda.
En el fondo del Valle
van cayendo y se hunden

leves lienzos de sombra
por el denso aire torvo:
cuando tocan la tierra
su frescura se turba.

Es la hora difícil
en que el cielo se ciega,
ni nada tiene rostro
en la hosca luz aciaga.

Si vaga un solitario
por la hora sin eco,
no oye su pensamiento:
cenizas lo sofocan.

Herido de ignorancia,
hasta el dolor le huye.

(Mañana, el sol impío,
mas con deslumbramiento, lo hará suyo.)

[25.3.58]

## LLUVIA ESTIVAL

En la apartada noche ya sin nadie,
tibia, agitada, leve cae la lluvia,
sola para sí sola.

Íntima bailarina por la noche,
misteriosa, alocada,
gime allá, vuela, ahoga aquí una risa,
caprichosa musita, se interrumpe,
juguetona, inquietante,
viene y va, calla, desde lejos torna
con sonreídas lágrimas,
va a decir algo que en suspiro muere.

Y huyendo con susurros
y voces de sirena,
deja en el aire un mórbido perfume
de amor difunto en punzante recuerdo,

y en el alma el errático, incurable,
secreto amor de todas las derivas...

[19.5.58]

## ADVENIMIENTO

La noche malva y blanda, y ardorosa
toda su enamorada carne oscura.
La luna va dormida.
A ciegas, insegura, flota
por un rumbo inquietante.
¿Se va a rajar el mundo?
¿O qué fruto inaudito de dulzura

el tiempo va a empujar hacia nosotros?
¿Voy a morir? —Será de amor si acaso:
intolerable dicha, ¿es cierto entonces?

Como un gran ángel en desorden y ebrio
se abate entre nosotros la primavera torpe.
¿Sigue todo? ¿es posible?
¿No era ella el destino?
Va errante su ternura inmensa,
y apremiante. De nuevo
tendré que fundar todo, y a mí mismo,
en su fidelidad, aunque me excede.

Ella, sin signos y sin amo,
se acogerá a mi ley —puesto que no perezco.

[13.1.57]


## EL VIENTO

Un obstinado viento
por la barriada triste
deja en las cosas una huella impura,
manual,
de un áspero desgaste.

Inaplacado, oscuro,
entre animales, árboles, casas usadas,
monótono prosigue,
y no sabe de nada
si largamente no lo soba.

Todo lo empaña
como el rastro ligero y ácido

de unos dedos que tocan.
De polvo y de ceguera
nos enturbia el espacio;
nos arrebata, aislándonos de todo,
en su caricia torpe
de tumulto y olvido.

Y de su paso
sombrío como la aventura
queda en la tierra un gris desorden sucio
y en la memoria
el recuerdo impalpable de un ardor
al que sonreiremos
absortos como quien sonríe a nada.

[16.3.59]


## DEL BOSQUE

### 1

El sol entre las ramas con sus mil fugitivas
espadas rubias
formando y deshaciendo en la sombra terrestre
luces difusas:
inquieto pensamiento que sabe y que no sabe
quién es, qué busca...

### 2

El tiempo es en otoño un lento río
casto y glacial, pero sin un temblor
entro sereno en el bosque, paisaje
de floración de fondo de meandro,
inmóvil limpiamente,

y voy a la deriva,
y me impregno hasta el hueso de agrios zumos,
contento como un corcho hueco y libre...


3

Cuando llega la noche
el bosque es de carbón en vez de fuego


y estremecido entiende
que todo el día ardió pero era ciego.


4

Absorto en su rumor
como en un pensamiento,
distraído suspira el bosque;


como una madre absorta
que por otras tristezas
suspira... (mas de amor suspira).


5

Mole de ciego verdor que sepulta
un soplo de memoria, bosque...

[30.11.57-10.1.58]


AURA

Desbordan ya las sombras sordamente
y el día palidece
como ante un gran peligro.
Un puro resplandor sin cuerpo
perdidamente alumbra

su final soledad.

Nada tiene ya el día, es sólo suyo,
su sola realidad es su hermosura.

Lo demás se derrumba y sólo vive
su desasida desnudez sin gesto
que en nada puede proseguirse.
Lo que él era en sí mismo a solas muere.
Toda su vida era su hermosura:

mortal aura escondida,
sólo la muerte enseña su medida.

[17.2.56]


PERRO DE LUZ

Te veo desde aquí agitarte
pesada aún de sueño
pero despierta ya,
primavera, fiel primavera
mujer en abandono.

Cruzada en mi piedad, pálida y débil,
sólo esperas un dueño
que sonría y te nombre
para irrumpir alborozada en saltos
como un perro de luz.

Pero nadie sospecha
cuánto me cuesta este silencio
con el que te hago libre
como un amante que ha engañado mucho,
y no diciendo nunca

que sé que todavía me amas tanto,
vuelvo siempre a tu amor,

e interminablemente
respiro oculto esta alegría
de vivir con secreto.

[19.1.59]


## IDEA VESPERTINA

Se está velando ya la luz del día
cuando apenas el tiempo madura su abundancia.
Y toda esta riqueza con los ojos aún turbios
que retardó su hora y amanece muriendo
quedará abandonada como las playas solas
que en las noches musitan sin objeto.

¿Cómo en la luz saber cuál será nuestro dueño
en las horas nocturnas en que ofusca
su limpidez el aire?

Lo que el día no cumple la sombra lo rechaza;
tal vez mañana el tiempo
no correrá por esta misma orilla
donde hoy nos interrumpe...

Y el corazón así no podrá saber nunca
si hubiera preferido a un yo que es otro;
ese yo que se queda en la otra orilla
desde donde le llama con voces fantasmales...

y que sigue tal vez su propio curso.

[20.4.55]

## ROMA

De sus dos grandes pechos
bebemos bajo el sol el alimento
cordial de su presente espeso.
Sabor mortal, devorador aroma.
Cegada la memoria se diluye,
al fin puedo acordarme.

Eres tú, maternal, oh loba tierna;
es éste tu regazo
de robusta ternura desgastada,
guarida clara, defendido amor.
Y tú quien nos ahuyenta de la frente
como una mala fiebre
las sombras del pasado y su hechizado cerco.

Otra vez soy filial y libre y mío.
He errado como el huérfano
que la tristeza desterró del tiempo,
y al fin todo retorna y todo sale al día.

Y tú, sucia de historia, impura,
con tu gesto terrestre
de dulzura y audacia,
ensordecida en el clamor del sol
te olvidas y te pierdes.

Perpetuo instante del amor,
dulzura sin pasado, loba ciega:
otra vez eres limpia como el fuego.

[Roma, 4.56]

## CREPUSCULAR

Ya cerca de morir desborda el día,
lleno al fin de sí mismo.
En el último instante abre los ojos
como uno que ha dormido alejado de sí
y cuyas horas no eran suyas.

Este poco de fiebre final que nos corona
nuestra dulce fatiga transfigura
en hermoso desorden consentido.
Nada ha pasado en vano,
todo lo cumple al fin la fiebre alada,
los tranquilos excesos
de una gran libertad desmesurada
que instaura su nobleza sin destino.

Oh tesoro azaroso,
riesgo salvado, hermosura.
En su aliento final todo lo entrega el día
al que es por fin su dueño

porque no ha de expirar sin conocerse.

[14.2.56]

## MARINA CON LLUVIA

Sobre la densa mar
la lluvia al fin se precipita.
El agua sobre el agua
y humo de agua las nubes.

Por los mármoles puros corre
callada a confundirlo todo,

a borrar toda ausencia,
a cumplir ella cuanto alguna vez
nos fuera desde siempre prometido.

Toda esperanza se nos funde en lluvia,
todo deseo es suyo,
nunca esperamos nada
que no fuera también esperar esto.

Suma igualdad como el amor del agua;
todo al fin se disuelve y reconcilia.

[Venecia, 4.56]

## CLEMENCIA

La tarde suave y lenta
duerme en el quieto viento.
Sueña, también, la carne.
La vida toda en torno
exhala inacabable
su aroma único y doble
de memoria y de anuncio.
Así, final clemencia,
será tu advenimiento.

Tarde secreta y lenta,
de doble y hondo aroma:
sé que expresas la extrema
y honda y doble virtud.
Ni perdón ni piedad
si yo no me perdono.
Corazón doble y uno,
perdona ya del todo,
de ti mismo apiadado.

...Y reine la clemencia
que esta quietud anuncia.

[23.1.57]

## PLUVIAL

Tibia ciudad llovida,
fácil como en el pensamiento,
con toda su luz gris arriba,
húmedo aletear por los tejados.
Porosa pesadez de tierra ahita,
rajada en tersos charcos
donde el fresco azulplata
en la mitad de sus entrañas abre
la masa de temblor de la alegría.
Graves muros mojados,
guardianes de lo puro.

Y el agua escurre y brilla,
moja la luz, humea por el aire,
rompe el suelo con fríos resplandores,
en los charcos diáfanos asienta
su luminosidad estremecida.

Todo lo avivas, lo iluminas tú
con tu pálido brillo
de claro mineral helado,
rayo lunar disuelto
en una fluida gravedad inquieta,
luz del escalofrío:

oh luminosa virgen aterida,
oh agua, luz ahogada.

[16.6.55]

## SALUDO SIMPLE

Del alto sueño bajo a ti
y a tu luz insumisa,
nuevo día del mundo,
labrantío sin paz.

Esta primera y pálida mirada
es el saludo simple y grave
de mi fidelidad no prometida,
que a tu hermosura no rendida dice:
*Del bello sueño sin color,*
*y no por esperanza,*
*a los sombríos brazos de tu amor desciendo,*
*entrañable condena...*

[12.57]

## AZUL

Delicada mejilla bajo el beso del sol,
la frescura se enciende
y torpe aún, se vuelve el mundo.

A lo lejos, oculta
en la sorda espesura de las horas,
canta mi frugal dicha cotidiana.

Azul se ha despertado
la mañana monótona
y hermosa sin motivo.
En su virginidad vacante
se despliegan mis hambres reavivadas.
En ella extenderé también mis pensamientos.

[12.57]

## LUZ Y LUZ

La mañana, desnuda diosa
—cuerpo de resplandor
y frío corazón
pero tan deleitoso—,
respira impune libertad.

En torno suyo
fulgura todo lo visible
con igual evidencia.
(¿Qué otra luz le deslumbra
los deslumbrantes ojos?)

[22.3.57]

## DESPERTAR

El sueño huye mal con hoscas
y taciturnas alas
y un fulgor como un ahogado aullido
a oriente desalienta.

Quedo echado, desnudo y sin destino
en el centro de un cerco de horizontes
cegados como el polvo.

He de buscarme en este
pálido día ciego
si allí el dolor se siembra.
Oh tiempo, mi crüel sangría,
más hermoso eres tú que el sueño puro,
y más puro,
si en ti el amor se siembra,

y hermosura y amor, porque estoy vivo,
han de romperte el vientre y nacer en el día.

[12.57]


## SALUDO

Como el peso de un ancla en la mañana límpida
este primer saludo al día...

[16.10.56]


## 3


## PALABRAS AL TIEMPO

### 1

Las horas una a una
se esfuman como humo,
como humo.
El cuerpo de las horas
es de humo;
el alma las traspasa
como formas de humo.

Alma vertiginosa, todo cede;
aterrada atraviesas torbellinos de humo.

[2.9.57]

2

Tiempo, elusiva burla,
cuerpo que tras su propia sombra corre.

Con el trapo engañoso del después,
después, después,
escurres el bulto escondido
de la cobarde eternidad.

3

Duración insensata, turbios días caídos,
tiempo sin rostro en un paisaje ciego
de incoherente anuncio de diluvio,
charco de horas podridas...
¿Qué se puede esperar de ti,
venenoso tumulto
de corazón violáceo?
Tu centro, si la mirada violenta
con su rayo implacable llegara a desnudarte,
sería la demencia lívida
del ojo del ciclón:

lugar en donde no respira el Tiempo,
centro cerrado y sin semilla,
espectral, espectral...

[2.9.57]

4

Ven, te pondré mi corazón,
tiempo vacío,
oh río lívido.

Y tu latido rojo dorará el adiós trémulo
de mi amor ya sin sangre.

[2.9.57]

5

Un día más sin peso expira
en los labios del tiempo
como algo que intentáramos decir
y nos escapa el nombre.

¿Cuándo, deshabitada hora,
en este medio mundo opaco
empezará la vida?
¿Cuándo por fin encarnará
este río vacío,
ilusorio presente?

Cuando termine esta cerrada espera,
que multiplica siempre
un mismo instante desolado,
corazón ya vivido, este día tuyo
no habrá una huella en que lo reconozcas.

Y sé que esta precisa hora
que en este instante pasa,
pues que no tiene rostro,
no renacerá nunca...

[27.4.57]

EL QUEMADO

De la mañana a la tarde
me consumes, sol; me secas
con tu gran ojo sin alma;

pero así la noche al fin
halla en mí el duro carbón
que no podrá disolver,

y al corazón seco vuelve,
sombría y fresca, la savia
que blanca le sorbió el día.

[26.2.58]


## EN LOS MEDIODÍAS

En los mediodías
de alta luz a plomo,
dados al olvido
todos los retornos,

atravesaré
sin una añoranza
todas las blancuras
y todas las llamas.

Mi memoria toda
me será visible,
tendré el pensamiento
desasido y libre

y un fuego en los ojos
que calcine y borre
todas las nostalgias
y las ilusiones.

Y miraré entonces
largamente al tiempo;
—y murmurará
su nombre secreto.

Y así, desarmado
y sin guardar nada,
serás mía al fin,
alma vulnerada.

Cantarás rendida
tu más viejo canto.
Yo reiré en el sol.
—Y estaré callado...

[1.9.57]


## ÍNTIMO

Como el canto de un ramo de hojas frescas
en el viento sombrío de los mundos
que inconstante dispersa la armonía
para entre sí escuchada de sus voces,

este amor nuestro que íntimo conoce
nuestros dos corazones y su lengua
y en el gran día blanco y exigente
fiel abrazándolos les presta oído...

[10.6.58]


## LAGO DE SOMBRA

El lago de la noche hondo y oscuro
como el cansado rostro
de la piedad herida
inmóvil bajo el peso de un asombro
insuperable.

Lago de fondo de ofensas ahogadas,
la muda superficie sin un gesto
como el perdón más silencioso.

Oh lago de abandono.

La sombra noblemente retenida
(mas con esfuerzo) calla...

[22.3.57]

ENTONCES

Si ya no me atormenta aquel veneno,
si no soy guardia de mí mismo
oculto para ser el triste premio
de una hora pálida de gloria,
si puede el reino aquél venir o no,
la dicha perseguirme o rodar a mis pies,
la inocencia pasar y no verme,

entonces seré libre y verdadero,
viviré en un perpetuo mediodía,
no me conoceréis.

Quiéreme aprisa, amor,
pronto seré invisible.

[10.58]

SÓLO DORMIR

Entre caídos lazos
disueltos por el sueño,

el alma deposita sus fulgores
tanto tiempo fundados con violencia.

Transparentado el velo de espejismo
que disipándose en su vértigo tejía,
a sus ojos asoma
su materia profunda:
esta desnuda masa de ignorancia
que en sí misma naufraga.
Sin lenguaje, sin luz y sin testigo
se da a la sombra lo que es de la sombra.

Lejos está su vida,
todos sus signos devorados
por la noche sin fondo que late para nadie.
E interminablemente calla
fascinada en la orilla
de un pozo de piedad por siempre sorda...

[14.11.57]


## GRECA

Como aquel que se extiende
desnudo en la tranquila transparencia
de una corriente de tersura altiva;
y siente que le invade el frío
con su muda violencia;
y mira arriba el cielo abierto,
continua limpidez
                    (lentos, ligeros
más que la libertad, flotan sus miembros
en un abrazo que sin fin prosigue
rodando por el agua, rodando por el tiempo;
nunca estuvo más preso

en el seno del mundo y nunca fue más libre;
flota, no pesa, es inocente;
reinando en su existencia y sin pensar en nada,
se siente comprendido,
interpretado,
amado inexpresablemente
en la cadencia que es amor, amor):

así yo en la frescura
del aire matinal tan transparente:
violenta y dulcemente amado...

Oh inmóvil libertad
que no es el mundo sino su pureza;
la más tierna palabra
de una inocencia, paloma caída,
que suspirando atónita me funda.

[1.11.56]

## DIADEMA

Oh, para ser la diadema
feliz de un feliz imperio,
risueña hada del sol, dame
la inquieta ondulación pura

del aire infiel, y que tiemble
la ola en que en un instante
huye y muere el invisible
latido del pensamiento...

[18.2.58]

## JUEZ

Dispensador de la inquietud,
pálido juez que eres yo mismo,
pero frío lo niegas,
y me avergüenzas,
y no te puedo huir,

—no me mires con esos ojos.

(Severo, en las nocturnas horas
más agrias y desfallecientes,
flotas fijo donde yo mire,
me observas con mis ojos pero exánimes
y nada me preguntas,
mas tu mudez insobornable
las respuestas que formo perseguido
hiela y deshace una tras otra...)

Inquisidor impotente, descansa,
no me envenenes más el alma
con este tósigo de sinsentido
que me pudre la vida...
                          —y esos ojos,
esos paralizantes ojos
ciérralos, no hay con qué me cubra.

[14.3.58]


## NO VOLVERÁ

No volverá,
como el calor que el pan exhala,
esta mitad ya de tu vida,
no volverá a entibiarte aquella sangre

que ya corrió.
Inhábil como un niño,
tu jaula mal cerrada sus pájaros dispersa;
al viento van tus días,
despedazados aleteos.

Lo que ha sido tu vida
sobre la tierra ahora tiene menos peso
que la huella de un beso
posada en una frente.

O como una palabra
(menos aún que un beso);
¿y a quién se la dirás?
¿a quién le confiarás que amaste, odiaste,
tuviste un día el tiempo entre tus brazos?
El nombre del pasado no quiere decir nada
si no es para los labios que lo dicen.
Buscarás en el peso del silencio
lo que el presente duramente trenza,
y para tener algo entre tus manos,
no dirás «he vivido»,
no hablarás esas sílabas
que conmueven tan fugitivamente al aire...


## ARMADO

¡Orfeo! —Abro los ojos
y se estremece el día.
Voy a ti, mi inquietante
riqueza: has de ser mía.
Porque puedo mirar
sin ser aniquilado
en los ojos al Tiempo:
de poesía armado.

[1.11.56]

## DESARMADO

Me alzaré inerme y sin mirada,
tan sólo de mi horror cubierto.
Y sin virtud, sin esperanza,
sin nada que buscar, desierto.

Y lo verás, te amaré así,
lo verás, desolado día;
verás que negaré el consuelo,
que diré que la luz no es mía.

Seré, para que tú lo hieles,
un haz de huesos en tu viento:
tu ira.
                —Mas tú ¿me darás,
di, me darás un pensamiento?

[19.11.56]


## ANOCHECER EN UN PUENTE

*In sul passo d'Arno...*
DANTE

Todo el denso paisaje
volcado hacia el extremo
del declive imperioso de la hora
contra el poniente exangüe.
A través de su herida grande y fría
la fuerza se le va fuera del mundo.

La veo cómo huye, suspendido
sobre un fragor demente

que bajo el propio pie mina la tierra
amargamente amada;
la veo desde un fondo
de gruta inconsolable.

Yerta esperanza, temeroso imperio,
todo se rompe allá
hacia el vértigo inmóvil
de una gélida luz sin más historia.

Oh crüel horizonte,
no entiendo tu lenguaje
de signo despiadado.
Miro este orden sabiamente agreste
de las losas serenas que te acogen;
el vellón verde áspero
que se agolpa en tus sienes
como una grata idea de ceder;
y el relámpago airado
que te cruza los ojos infinitos.

¿Qué pides tú, mudez,
desdeñoso mendigo, qué me pides?
¿Quién tendría que ser para ser tuyo?
Ah, mirar un instante con tus ojos,
con tu fatal mirada, con tus helados ojos
lejanos y vacíos:
                        este instante
antes que otra vez solo el mundo
al fondo de su propio cuerpo
se desplome de nuevo.

                                        Florencia, 4.56

## CANCIÓN DUDOSA

Imprevista calma:
los callados bronces
del silencio bueno
vibran como entonces.

Ay alma agorera,
sé que te abandonas,
blanda, a estos presagios.
Sé que te ilusionas.

Porque has presentido
(pero tan ambiguo...)
el estruendo de oro
de un silencio antiguo.

(Verdad: palidecen
los Remordimientos;
¿qué sois, irrisorios
Arrepentimientos?

¿Dudo? —Como entonces,
soy libre, y sin peso.
—¡Pureza, oh pureza...!)

—¿Y si no fuese eso...?

[19.11.56]

## ÁNGEL VISIBLE

Huidizo rostro del suburbio liso,
donde se pisa una inválida tierra
de confín de esperanza;
atónito suburbio.

Un estruendo más débil que el silencio
lleva en su entraña una leve burbuja
de silencio segundo,
pálida flor de paz, gaseosa quietud.

Ligero, fugitivo mundo,
¿era entonces un peso la esperanza?
Nada nos pesa la grávida vida,
desposesión, oh mi desnuda amante,
mi amor clarificado.

La amarga sal de los despojos,
el vapor del olvido,
las nieblas de la ausencia:
todo te deja sola en este margen
de orfandad y flaqueza,
abiertas las entrañas tenues
a los embates del violento Tiempo.

Y en el centro feliz de tu silencio
el día abre sus horas
en todo su tamaño,
rosas completas de tu amor inmóvil,
paralizada madre de los vagabundos,
postrado amor de los desposeídos,
tierra de nadie...

En el desierto fondo de tus ojos
fugaz la libertad alternativamente
construye y desvanece
los rasgos de tu rostro,
huidizo rostro del no tener nada,
rostro de ausencia y de dicha vacía,
ángel visible aunque siempre inmirable.

[10.9.57]

## CLARO DE LUNA

Con ardorosa sustancia tomada
a la noche violeta;
con hondos ojos de carbón solar
y tenues rayos por sonrisas;
con rastros y presagios,
su rostro fascinante
materializa el soplo de alegría.

(Eco casto de luna,
intangible suscita
su visibilidad astral de numen;
bajo su plata casi alucinada
trasluce apenas como una miel rubia,
radiante eco del día,
el alma pálida del oro cálido.)

En su irreal fulgor
tanta tibieza de carnal blandura.
Como una ingrávida sonrisa
que vaga sin posarse en unos labios,
apacigua de lejos

y en su bondad inmaterial de aliento,
ni encarna ni caduca...

                                        [8.10.57]

## FRÍA APARICIÓN

A oriente asoma el borde
mórbido de las sombras infinitas.
Chupan azul,

el cielo pierde fuerzas,
todo el calor se va.

Lo que queda helado y mudo
cuando todo ha caído
y dura incomprensiblemente,
fijo y vacío como la demencia,
¿es el gozo inmortal de quién?

Ya enfrïadas las chispas últimas
de inteligencia,
trémulo y yerto todo,
antes de que la noche nos devore,
queda un instante a descubierto
la misteriosa operación
que hace brotar sin fin transportes
de gélida felicidad,

sobre el fantasma
de la alegría muerta...

[1.10.57]

## 4

### ALEGRÍA

A lo largo del día y la noche y el día
una alegría impunemente canta,
cigarra obsesionada
aturdida de sol y de presencia.

¿Cómo olvidarte, hermosura visible?

¿Cómo enterrar tu surtidor de oro,
tu renaciente surtidor de dicha,
fondo de la tristeza, corazón del olvido,
fondo de la mirada, fondo del tiempo?

Tú me has traído al mundo,
tú que eres mi pureza, mi exigencia,
mi grano de locura,
Alegría.

El corazón en medio del exilio
y su turbio y revuelto campamento,
en secreto te encuentra
en el reino del día,
y allí te reconoce y canta, y canta.

[9.56]

## TRISTEZA

Hoy que acepto razones de estar triste,
sin luz y sin imperio y sin virtud,
en la tristeza misma que me inunda y despoja
respiro una razón de amor inolvidable,
final identidad del devastado
que entre escombros se pierde.
Acuérdate, memoria última,
oculto hilo de agua que en secreto palpita:
no duermas tú, tú no te olvides.

Este frío que todo lo detiene,
oscuridad conclusa
en donde la pobreza de pronto ya no es luz,
es la tristeza ante la cual ser fiel.
No duermas tú, fidelidad oscura,

semilla sepultada
en un fondo de olvido devorante:
tú no te olvides entre lo innombrado,
pues hijo soy de una memoria frágil,
nido de un lugar claro que nada rompe o turba
frente al espacio opaco ocasión de la luz.

Sólo tú, cuando todo
vuelve a ser sólo sombra brutal y sin sentido,
sólo tú no traicionas y sostienes el tiempo;
tú que en la oscura inundación
de la tristeza estás en pie
nutrida del olvido y sin negar el mundo;
tú que después de todo
te acuerdas de haber sido por el amor creada
y enmudeces mas sigues contemplando
para enseñarme una y otra vez más
que no soy sino un humo sin cesar disipado
salvo por este fondo amoroso que mira;
tú que en plena tristeza
haces fidelidad de la tristeza,
sólo tú fundas todo
cuando todo sucumbe
en torno del oficio de amor de la mirada,
oh mi memoria fiel continüada.

[24.7.55]


## SITIO PLENO DEL DÍA

¿Te acuerdas, di, te acuerdas...?

Una altiva hermosura mi violenta herencia,
mi reino virginal de luz terrestre.

Su secreto me estaba prometido;
en nuestro pacto comenzaba todo,
umbral de la evidencia,
y verdad y mentira
eran sólo sus puntos cardinales.

Aquí reina otra vez sin una sombra,
hermosura crüel, desmemoriada lumbre,
de parte a parte traspasando el día,
y su amor como una dulce piedra
pesa en el corazón y lo retarda.

Es un vuelo de llama sin respiro
la desnuda hermosura.
Se ahoga el tiempo en la mortal dulzura
y un exceso de vida
hace latir las sienes de la tierra.

Un día al fin el corazón amargo
aprenderá a vivir sin un remordimiento:
hermosura del mundo,
mi secreto...

[9.56]


## ÁNGEL NATURAL

Desde un centro armonioso
de libre soledad sin artificio hallada
en ola natural vendrías tú
sin llamas, sin espada, sin amargas palabras,
sino de luz mayor, de más luz sólo.

(Relumbrarías contra aquel blancor
de cal sedienta,

pureza abrasadora que anima un agua viva
con un reflejo móvil y mojado,
entre el mar incesante y el fijo mediodía.
O dormirías con las verdes piedras
bajo el cielo de un gris humano
allí donde el espacio anida
entre el follaje y los rotundos troncos.)

Todo lo llenarías pero sin turbarlo.
No serías lo nuevo sino su movimiento:
la virtud que da un rostro
al tiempo de lisura indescifrable.
Y serenados en tu resplandor
sabríamos por fin quién hablaba en nosotros,
qué fue lo que fue nuestro y qué fue nuestro dueño
y adónde nos llevaba todo esto
que nos llevaba a ti:

toda esta búsqueda de ti que eras la búsqueda,
que no eras el después ni el antes ni el jamás:
que eras la búsqueda.

                                              [7.9.55]


## MEMORIA

Ni en soledad, ni entre las voces,
ni enterrado debajo del gran peso
maternal del silencio,
ni en el tiempo de par en par abierto
barrido por el viento eterno
que se le lleva eternamente todo,

ni sin mí ni conmigo puedo ahogarte,
memoria, henchida savia,

pulpa mezclada con mi cuerpo,
humedad de mi carne.

La hora que estalló como un puñado
de maíz aventado al aire
y se perdió sin eco
ni huella
ni retorno
en ti estaba guardada y caldeada
y sin cesar sigue estallando
y sin retorno irradia.
En lo escondido, fecunda memoria,
con mi entraña más grave sigues haciendo el tiempo.

Nada más dulce cuando tú te inflamas
y llenas el instante
de quien eres el peso verdadero
que sentirte invadiendo cada miembro,
cortando el soplo al pecho,
trémula en la mitad densa del cuerpo
anudada a las fibras en que lates,

memoria imán del tiempo,
mi fiel lastre carnal.

[20.4.59]


## DÍA QUE VOLVERÁ

Día grave y más lento que un adiós a la vida,
de hondos ojos quemados por un secreto fuego,
¿qué brasa lenta tuya me consume la vida
desde todos tus puntos cardinales en fuego?

Tu cielo, qué ceniza caliente. Cuánta fuerza
en tu calma sin fines varada en la hermosura.

Nada concedes tú al que quema su fuerza
en un abrasador exceso de hermosura.

Hecho incienso y martirio y exhalado en el día,
sin razón se consume el corazón de amor.
Pero tú has de volver para decirme un día
a qué otro amor da vida este morir de amor.

[25.1.57]

## CRIATURA MARINA

Irreal, a favor de la noche,
entre las nieblas la ciudad conspira.
Este lujo fantástico y cautivo,
tesoro hijo de las olas,
a las olas se da secretamente;
suspirando las llama entre las sombras
su amor inconsolado.

De un resplandor ahogado revestida,
esfinge de agua transparente y trémula,
del mar de hierro verde sube a tierra
la misteriosa crïatura.
Es ella al fin, la presentida,
nombrada sin cesar en el nostálgico
lenguaje de las aguas en las gradas
y en el diálogo burlón y regio
del mar distante y de las altas galerías.
En la diafanidad del aire oculta
el diáfano secreto de su alma.

Su reino es este mágico palacio
que vuelve a ser, que ha sido siempre
un socavado nido de tritones

y sirenas manchadas;
fondo marino insospechado
donde ella nos retiene
con un hechizo fiel que no nos miente,
ni será verdad nunca,
y es más que la mentira,
y es lo que finge ser aunque lo finja,
como la luz, o la distancia, o la mirada.
Y ella cuya presencia
es su presentimiento,
oculta en lo diáfano formula
su informulable enigma.

Oh leve quemadura helada,
oh ¿cuál era, cuál era la pregunta
cuya respuesta fue este instante fugitivo?

Un desnudo espejismo sin engaños
es su verdad sin cuerpo.

[Venecia, 5.4.56]

## PREGUNTA

El día girará sobre sus goznes
    precisos e implacables.
Será un fuego desierto, vïolento
    en su azul consumido.
Y el que yacía tembloroso y cándido,
    perdidamente expuesto
a alguna gracia y que cesara todo
    en pie habrá de ponerse
y avanzar sin nostalgias en el tiempo,
    él que no ha sido herido.

¿Y qué eres tú, pureza, si te fuerzan
  a decir qué querías?

[17.11.56]

## CELESTE

Desnuda y pura, de carne,
la tierra se ha despertado
bañada en el claro azul venido abajo:
fresca tierra matinal, piel de inocencia.

El cielo todo está aquí,
por el aire se ha venido
a vivir entre nosotros,
aquí late, esto es su cuerpo:
todo el espacio, todo lo claro.

En el seno de sus aguas
se abren limpios nuestros ojos
como los de los dioses, los libres
en la identidad nutridos
que en su ser hacen brotar el tiempo
y en su sitio, y de su seno,
respiran su porvenir,
cielo del cielo.

[30.11.55]

## EL SILENCIO

Está lleno del ruido
secreto de las horas
y cerca de sus labios
tiene el tiempo sus fuentes.

[29.8.59]

## EL CONFIADO

Con un gran golpe de dulzura
y de silencio
se nos ha echado encima
la noche azul del mundo.
Brisas se exhalan de su seno,
secreta fiesta natural
para una plenitud de los sentidos.

Tierna noche terrestre,
el cuerpo puro es el acento
de un más extenso amor
en el que él vive.

Armonía,
seno del tiempo,
augusta y habitable:
un reino sin traición entregas
a quien negando la batalla
más allá de sí mismo se confía.

[18.11.57]

# 3

# *Historias y poemas*
## [1958-1967]

Para SUSANA, que copió algunos
de éstos, por su bella escritura.

## DON DE LO HECHO

Tendremos que aprender a perdonarnos
por no haber hecho el mundo Amor tú y yo
a perdonarnos la enigmática maldad del Tiempo
padre humillante que jamás abdica
tendremos que aprender a no temerle
a mirar sus fantasmas para que sean fantasmas
a no morirnos por haber vivido
a no ser los fantasmas de nuestros fantasmas
el tiempo —no el amor— me hizo
me nutrió con su savia de traiciones
me sembró envenenado ya de pluralismo
todo lo que me trajo era borrable
menos la negación de mí con que lo borro
pero qué hacer Amor de este padre tramposo
cómo jugar contra él tus triunfos
si ganas contra el Tiempo Amor hemos perdido
te he traicionado desde que nací
te he dado muchos rostros que él solo devoraba
y todos eran tú que no eras sino él mismo
te has repetido siempre y nunca has dicho nada
o has dicho cada vez un verdadero nombre

y todos se los das menos el último
y otra vez me desgarras para que él me coma
no juguemos Amor haz volar la baraja
cómete el tiempo tú come mi vida
puedo decirte a ti todos tus nombres
tus otros falsos nombres verdaderos
empezar por decir empezar por el fin
empezar por no armarme con la fidelidad
que es armar un simétrico castillo de traiciones
empezar por abrir nuestra brecha en el centro
en las filas del Tiempo combatirlo
traicionaré en tu nombre mis traiciones
y me haré fiel en la infidelidad del Tiempo
te lo digo a ti todo Amor
a ti te hablo Amor
a ti obligo a mi tiempo a estarte hablando
él te dará no yo lo que de mí ha robado
sólo tú podrás ya donar el don que es tuyo
dicho para ti todo sólo en tu vida vive
y sólo tuyo soy y sólo tú eres tú.

[2.68]


# I

# CANCIONES SIN SU MÚSICA

## 1

El día que tú vengas
sé que vendrás tan libre que ni el lazo
que con tu propia libertad te ata
ni la necesidad de comprenderte

ni el horror de mentir y ni yo mismo
ni nada trabará a tu amor las alas

vendrás entera y simple
sin nada que decir ni que callar
libre como un mendigo.

2

En este fondo mortalmente inmóvil
los vacuos ojos de la espera
sonámbulo me abisman

estoy solo en el tiempo
y no me atrevo ni a saber que espero

qué podré hacer de este montón de horas
como un gran cuerpo triste y estorboso
con que habré de cargar toda la vida

toda una tarde he muerto
ya nunca viviré en tu misma hora

paralizado esclavo
de esta fascinación que nada sabe
no quiero ser hasta que tú regreses
a hacer de mí la vida o la agonía
que por tu sola mano
a mí mismo podrá ya devolverme

y trémulo
          y de lejos
aborrezco y adoro
la mágica palabra de «mañana»...

[22.1.58]

### 3

Pensar que siempre
                    mientras para mí
salga cada mañana el sol del mundo
y desnude de sombras
la dulce tierra herida
que he amado tanto y yo lo vea
encendido en su fuego el medio rostro
de mi pena o mi gloria

pensar que alumbrará también ya siempre esto...

### 4

Estéril es toda agonía
si tú no puedes verla
y si supieras cómo me destruye
mientras perdido siento
que el alma toda está de más
atónito mirar sin poder traspasarlo
este dolor que no te debo a ti.

### 5

Si tú supieras (pero no)
cómo me imantas cada instante al tiempo
cómo todo lo que hago en la jornada
parece porque no eres mía
que da bandazos como un globo
perdido en la borrasca
cómo sin ti nada se entiende de mis actos
y cómo eres mi clave y mi sentido
y mi descifradora

si tú supieras cómo sé
(porque lo sé) cómo sólo te busco
para que tú me rompas me disipes

porque eres mi remolino
mi vértigo sin fin
y la porción de mal que con mi propia mano
para mi vida aparto

si tú quisieras (pero no)
hundir esta barca vana
que da bandazos como un globo
perdido en la borrasca
y en tu océano ahogarme
engañoso y profundo
sumergirme sin paz sin término
en ti que no serás del todo mía nunca

y disiparme al fin
en la mortal caída hacia tu centro
que no existe
amor mío
mal mío
que no existe.

[30.6.59]

## 6

Ni lo azul y ferviente
que nos da la medida
ni en mí ni en ti mi vida
su pureza desmiente

ni tú y yo vida mía
para domar la Nada
necesitamos nada
más que la luz del día

ni el llanto en nuestra boca
es llanto sino canto

hemos creído tanto
que ningún mal nos toca.

### 7

## LA SEMANA SIN TI

*Lunes*

Este día en que tú estás lejos
con su luz con su sol en su cenit
sus horas ordenadas
sus sorpresas
bien sé que no es verdad del todo

el tiempo no es sincero
hoy ha formado un día
que suena a hueco
como el lenguaje del amante falso

mas tú vendrás y borrarás esta mentira
pondrás todo en su sitio
harás verdad con tu sola presencia
el don imaginario que te hago
de cada uno de mis pensamientos

hoy que estás lejos las horas transcurren
como palabras como desprendidas
de labios de algún dios que hablase
para no decir nada.

*Martes*

Te necesito antes que nada
me eres tan próxima como mis hábitos
como mis *tics* como mi olvido
eres la forma de mi pensamiento
el ritmo de mis frases
el hálito de mi bondad

te necesito
como se necesita la facultad del habla
la clave del lenguaje la luz de la conciencia

eres la lengua en que me hablo
no me dejes sin ti no tengo rostro.

*Miércoles*

Te quiero tanto que me avergonzaría
de que así pueda quererse
si cupiese en el amor vergüenza

te quiero sin memoria
sin ley sin condiciones sin pudor
tal como una mujer y me avergonzaría
si tú no fueses luz si amor no fuese amor
si me quisieras vil y amor no fuese amor

si aún tengo algo de hombre es sólo
porque no me has pedido que lo olvide
clemente Onfalia.

*Jueves*

Eres la luz y la sombra
niña temible delicada fiera
cuando eres tormenta a veces
una caricia te amansa
y a veces cuando eres brisa incendias

eres mi niña pequeña
acurrucada en mis brazos
consolada

eres mi madre eres sabia
y eres tierna
lo sabes todo y perdonas

eres mi hermana tranquila
hablamos mirándonos de frente

eres la paz y la guerra
eres el vértigo y su plenitud.

### Viernes

Quisiera haber nacido de tu vientre
haber vivido alguna vez dentro de ti
desde que te conozco soy más huérfano

oh gruta tierna
rojo edén caluroso
qué alegría haber sido esa ceguera

quisiera que tu carne se acordase
de haberme aprisionado
que cuando me miraras
algo se te encogiese en las entrañas
que sintieras orgullo al recordar
la generosidad sin par con que tu carne
desanudaste para hacerme libre

por ti he empezado a descifrar
los signos de la vida
de ti quisiera haberla recibido.

### Sábado

Llegaste para darme un rostro
como el alba imperiosa
disipando las sombras y los sueños

llegaste como el alba
imperiosa y veraz

toda bruma se aclara ante tus ojos
eres la gracia y su exigencia
eres la luz y su evidencia
la llegada del alba y su espada purísima.

8

Una blancura te inunda
los dos pechos
          eres pura
y sube una mancha oscura
por tu vientre
          eres profunda.

[16.6.56]

9

Es a ti misma que me hieres
a quien vuelvo los ojos sin remedio
la vida está desierta
sólo nosotros dos
tú taciturna aún
de haber tenido que mirar el dolor que originas
yo todavía tembloroso
con el asombro de que duela tanto

duele sí
        pero amor no me humilles
queriendo que el dolor me eleve
bien sé yo que esta llaga no es hermosa
no hay orgullo ninguno en esta atroz tortura
que hace de mí un gemidor indigno

estorboso y castrado
                    duele sí
y duele innoblemente y más me duele
saber que es para nada este tormento.

                                        [Montevideo, 30.4.64]


                    10

Porque te voy a ver tal vez mañana
y porque aún palpita aunque dolido el tiempo
por un instante pacto con mi historia
puedo al fin dar tu rostro a este abandono
poner mi nombre a aquél que desangraste
llamar mi vida a este naufragio
saber que fue todo verdad tu amor
y fue tu desamor verdad del todo
eras tú quien me alzaba de la sombra
y hecha sombra impensable eras tú quien me hería
confieso que te quise salvadora o maligna
mi esplendor o mi muerte eran tu ministerio
y yo te amaba en todos tus poderes
todo lo supe fue ese abismo el que quise
y hoy todavía para mí ya no hay mañana
sino por la violencia con que espero
por mi bien o mi mal volver a verte
una vez más una sola vez más
siempre una sola siempre
una misma vez más.


                    11

Se cubre el día
como un rostro invadido de desgracia
pierde peso y calor
y yace sin latido

ni puede querer nada

pero tú y yo escogidos
podemos sonreír
como a un querido enfermo al día triste
y ser solos los dos la limpia fuente
que riega todo en torno

nuestra dicha pastora pondrá a salvo
el pálido rebaño de las horas
que temblaba perdido ante la muerte.

## 12

Hoy no has venido y me has devuelto así
a la olvidada sencillez del tiempo
y es como si te hubieses ido ya del todo.
Ya no sé amar honradamente el curso
natural de los días.
Mi jornada era toda una álgida vigilia
bajo la claridad remota de tus ojos
que exasperaba, sin mirarlo, al tiempo.
Yo iba ciego embistiendo las puertas de las horas,
me tenías atado a la noria obsesiva
de un presente ignorante impúber de mañanas;
y giraba siguiendo fascinado
tu infalibilidad sonámbula de niña.

Y hoy no estás y no sé qué hacer del día.
Todo este tiempo mío que yo cada mañana
entregaba al excelso ritual de tus desórdenes
hoy regresa, tú ausente, hasta mi umbral
con mirada sumisa. Y no me sirve.
No quiero su frescura,
bebo en ella el insípido veneno

de no poder ya no saber lo que me hacías,
el que me hacías ser, los que nos hemos hecho.
Aquí empieza la playa que imaginé serena
del porvenir sin ti. Y es un Sahara.

[París, 7.1.66]

### 13

Vas y vienes desnuda por el cuarto
refrescas la penumbra
tus altos ojos bogan
por un clima callado de bonanza
la torre de esfumada blancura de tu cuerpo
palmera y vía láctea
convoca brisas en la sombra inmóvil

afuera mudamente nieva
pero acabo de ver en tu fulgor velado
el tórrido secreto
que en la nieve se cifra.

[París, 1.6.66]

### 14

Te lo digo aquí estás
yo sé qué es soledad y te lo digo
que no es ir solo este cruzar la noche
con nuestro amor dormido entre mis brazos
está insomne la sombra y grandes nubes pálidas
perseguidas dispersan su orfandad numerosa
un aceite cordial me tiene ungido el pecho
no me rindo a un fantasma te lo digo
eres tú verdadera quien palpita en mis pasos
con tu sustancia oscura templada en los relámpagos
y tu alma como un agua amarga y limpia
y la pasta de fiebre y polen de tu piel

te digo que no amo algún delirio
ni con tu propio espectro te traiciono
y sabré no tocarte nunca en sueños
entera sobre mí te apoyarás un día
cargada de esplendor y pesada de flores
hoy no quiero cambiarte contra ningún consuelo
y avanzo por la noche sin poner nombre a nada.

[París, 5.5.65]

## II

## ALGUNAS HISTORIAS

### FEMINA

Desde el cabello de fuego enfermo hasta la pura voz cantarina, todo lo que en ella es fuerza está formado muy exactamente de las mismas sustancias que todo lo que en mí es flaqueza. La elasticidad de su cintura es la de mis doblegamientos en la lucha; la blancura de su tez tiene el fulgor mate de mis fiebres; la curva arrogante de su cuello calca la silueta de mi estúpido orgullo. Si la miro a los ojos, veo en ellos la misma vastedad desdeñosa de mi sed, hecha melodía, profundidad y fascinación. Cuando habla de tristeza, en sus palabras estalla la danza que mi alegría no sabe encontrar. Admiro sobre todo la libertad y la gracia que a ella le dan nuestras ignorancias, y la fulguración en que reconozco mis cálculos como limpia inteligencia. Nada en ella que en mí no haya conocido yo con desaliento —y que ahora, allí, no ame. Mi torpeza es su elegancia, mi lentitud su ritmo, mi estupor su ternura.

Para proteger ese sutil aliento que opera la transmutación en frescura alada, la rodeo siempre que puedo de mi pobre energía opaca y forzuda, y sus deliciosos caprichos me arrancan a menudo lágrimas de arrobo.

A nadie extrañará que viva obstinado, fijos los ojos, a pesar del vértigo, en la sombra imprecisa de los suyos —lanzado hacia el destello del vago espejo negro que me tiende en su fuga misteriosa.

## ÁNGEL

Vino, y lloró sobre mi hombro. Había bajado hasta mí con un gran aleteo derrotado, cuyo viento me inmutó como un cataclismo. Cuando se posó, agitada, y nos miramos de muy cerca, vi que sus ojos estaban arrasados y sus alas se encogían convulsivamente. Entonces se colgó de mi cuello y dejó correr las lágrimas. Lloraba sin control, sin límite —sin un motivo humano; lloraba por todo y para nadie; el río de su llanto pasaba por la Nada y volvía, abrasador, resurgiendo en el fondo de aquel oscuro momento sobre el que estábamos de pie ella y yo, solemnes y sin futuro.

Qué escena. Su amargura de ángel me partía el alma, y me avergonzaba de todo el dolor terrenal que he conocido, creyéndome incapaz de elevarme hasta el suyo. Sabía cómo estaba mordido su corazón por el pecado del mundo, qué desgarradora piedad la ahogaba por la dicha y la pureza, cómo el Mal quemaba sus entrañas. Sentía en mi propio fondo su humillación de existir y su renunciación a toda esperanza, y era como si yo mismo soportara aquel peso enorme, que la doblaba sobre el consuelo de un hombro débil, conmovedor —tan dulcemente impuro y *mortal*.

Así, no tuve el valor de decirle que la comprendía; la dejé partir, moviendo con fatiga sus alas trémulas, sin que hubiera descubierto las plumas ensangrentadas de las mías.

## UNA FUERZA

Los golpes me llovían. Acorralado contra un muro, desde hacía tanto tiempo que ya no recordaba el comienzo de aquel castigo implacable, resistía tenso de dolor un torrente de heridas que hacían vibrar como un timbal todo mi ser. Y de pronto empecé a sentir que los golpes caían sobre mí sordos y ahogados: ya no tenía fuerzas para que me dolieran más. Alcé los brazos y me rendí a mis enemigos.

Desde aquel día, prisionero, paso el tiempo buscando en la mirada de mis verdugos el secreto de aquel dolor que cesó, de aquella certeza que me ha abandonado.

## HISTORIA

Un día al fin no pudo seguirse engañando. Tuvo que reconocer que aquella alegría helada que se obstinaba en seguir arropando era sólo y para siempre un cadáver. Entonces se irguió sin ninguna emoción y saltó fuera de su reducto.

El horizonte negreaba. Como había esperado tanto, el Tiempo había ido acumulando en un futuro ahora inminente sus bandadas de buitres, en número incalculable.

Así, cuando avanzó en el alba insípida, lo devoraron mucho más lindamente.

## RELATO DEL SABIO

Cuando por fin bajé de los bosques, no había adquirido ninguna nueva sabiduría y había perdido en cambio el hábito del mundo, aunque mi torpeza pasó fácilmente inadvertida entre muchas otras más exorbitantes y menos justificadas. Lo grave no era eso, sino la dificultad de reacomodarme a aquellas ferocidades, impedido por un alma delicada que los años de soledad habían vuelto vulnerable y crecida hasta el límite. Es lo único que conocí allá arriba: la desarmante futilidad de ese pólipo complicadísimo y álgido que llamamos alma, y que sin duda *no está hecho para vivir*.

En las sublimes horas de meditación, alcancé todos los grados de la contemplación, la concentración y el éxtasis. La visión, la revelación, la negación y la unión llegaron a serme tan familiares como las habitaciones de una antigua morada. Vuelto de mi noche oscura, comprendía cada vez que nada de aquello había bastado para aplacar las irritantes exigencias de mi alma; al contrario: estos vigorizantes ejercicios parecían no tener para ella más sentido que el de abrirle, para que las colonizase, nuevas y vastas zonas en lo desconocido. Seguía entregada al lenguaje y sus caprichos, impidiendo el silencio, dejando filtrar turbios rayos de luz en la pura sombra; seguía doliéndose de las asimetrías divinas, del mal y la injusticia, y, persiguiendo sin cesar el conocimiento, no tenía tiempo de comprender nada. Después de los más exaltantes viajes por el Ser, declaraba no haber visto cosa con la que se correspondiese.

Pero adquirió gracias a estas prácticas tanto desarrollo, tan delicada sensibilidad y tan completa posesión de mí, que cuando, decepcionado del juego, decidí volver al mundo y sus vociferaciones, me encontré indefenso como un desollado. Entonces invoqué al diablo para que se llevara mi alma por lo que quisiera dar. No tardamos en estar de acuerdo, y ninguna queja tengo en cuanto a su solvencia: tuve algunos lujos que pronto encontré tristes, algunas bellas mujeres que pronto empecé a rehuir, algunos conocimientos con los que no supe qué hacer. Pero lo que me estremecía de impaciencia era la perspectiva de lanzarme al gran río revuelto en mi nueva condición. Lo hice con acumulado ímpetu, en la primera ocasión que se me presentó de despojar y humillar a algunos de mis hermanos.

¡Ah, infernal locura, intolerable suplicio! ¿Qué engaño, qué error era aquél? El alma toda dolía como una sola llaga, aullaba en un desierto de sordera, naufragaba en un mar abrasador de lágrimas. La mano que iba a descargar el golpe sobre el inerme cayó marchita, los ojos se enturbiaron y el corazón quiso detenerse. Un frío glacial me invadió, que era el de la muerte a la que hubiera preferido arrojarme antes que cometer la iniquidad.

Vencido y avergonzado, corrí a mi casa y grité hacia los cuatro puntos cardinales contra el satánico estafador. El timbre del teléfono cortó en seco el alud de mis insultos. Por el auricular, mi sombrío proveedor me explicó con gran amabilidad, en una terminología muy precisa, que el pacto no implicaba en absoluto la entrega *inmediata* de «lo convenido». Nada pudieron mis súplicas y exhortaciones: me respondió que en sus atribuciones no entraba la de librar a nadie del alma *antes de su muerte,* y acabó insinuando, en un tono algo cortante, que mis lágrimas y quejas no eran dignas de un espíritu viril.

Desde entonces vivo en la inmovilidad. He vuelto a los bosques, donde hay más espacio y los riesgos de roces, arañazos, presiones y choques son menores. Me ocupo de mi sustento y mi abrigo, observo con minucia el mundo físico y biológico y cultivo rudimentariamente las ciencias naturales. Mi alma duerme con breves interrupciones cada vez más espaciadas. Así, en la vaciedad, espero el momento en que caeré en tormento eterno. Entonces empezaré a pagar los abonos infinitamente renovados de mi increíble venta.

## ALGO DE FIERA

Cataclismo y lentísima ternura. Fuerza en reposo y fulminante instinto. Toda una sucesión continua de poderes de cualquier grado, con el ala tan fina de la adivinación para volar cortando el aire tiempo arriba.

El mar es obcecado y cálido como las simples verdades.

Oreado por las más amplias ráfagas, tranquilo en el acuerdo inconcebible de los ritmos, silencioso como quien respira comunicación, alzarse a la manera de un sabio rey sonriente de indulgencia y con algo de fiera.

¡Ah, Dios, la consunción primero de esta espléndida fuerza sin respuestas...! Después inventaré el espíritu y su abrasada ascesis.

[Acapulco, 22.2.60]

## EN LA OSCURIDAD

Sofocada de amor, en la oscuridad, su cuerpo sin sosiego se agitaba en el lecho, y suspiraba por el ausente, presa de un doloroso estupor.

Detrás de las delgadas tablas, sus quejas mantenían el desvelo tenso de otro hombre.

Y ella lo sabía.

[17.1.60]

## ABANDONADOS

Cuando él partió, así, sin presagios de ningún género, comprendimos cuánto habíamos esperado de la fuerza de nuestro afecto. No imaginábamos que el peso con que nuestros corazones lo anclaban iba a quedar así torpemente en tierra, mientras el nudo se deshacía con un inadvertido deslizamiento de tan irónica elegancia. Sabíamos que en el último instante sonreiría, que la luminosidad con que abría todas sus miradas las hacía equivalentes precisos de otros tantos actos de voluntad: nunca supimos distinguir en él entre ver y querer, y bastaba el gesto leve y fresco con que se ofrecía a los más turbios advenimientos, para que nos pareciera haberlos *suscitado,* justamente.

Y entonces nos dejó: la tierra nos parecía el salón de donde todos se han ido sin que nos diésemos cuenta. Y todo por decir en esa glacial estancia de la cual, de pronto, su ausencia había cerrado todas las salidas. Hubiéramos querido amarnos muy trágicamente los unos a los otros, pero sentíamos que sin él no sabríamos encontrar el diapasón y el lenguaje. Ahora cada uno estaba solo; pero cada uno hacía de esa soledad su secreto, porque había comprendido, y ya por siempre, que ésa era toda su enseñanza.

## FALSO DILUVIO

Había comenzado de manera decididamente hermosa, con un lívido arrebato diluviano como para arrasar mil ciudades de las que antaño hicimos para que perdurasen. Hubo espléndidos rayos que bastaran a fulminar un paraíso verdadero, incomparablemente menos falso que éstos que admiran aquí los ojos del cuerpo o los del sueño. Las aguas que cayeron habrían podido ahogar a todo un auténtico pueblo y la infinitud de sus pecados.

Luego, con menos extravío, aquello se mantuvo en un buen ritmo. La lluvia de paciente rabia estragaba interminablemente la tierra magullada. Cuando hubo ya matado todo sabor en el aire cesó la glacial flagelación. Sobre el suelo descansaban densas masas de vaho, blancas ruinas del raudo palacio de la furia.

El cuerpo enorme de la noche aún alentaba. Entre las tenues llagas y las frías heridas, el desorden gastado y sin aliento empezaba a desistir; la cadencia asomaba ya tras el estruendo, empezando por aquel escurrir sentimental de lágrimas.

Nada había ya que esperar. Como un párpado hastiado se cerró el alma, que pensó ser juzgada.

## EL CLARO PALACIO

No sé desde cuándo habito este palacio. Bien puedo decir que desde siempre, puesto que me es imposible pensar un antes. Por eso quizá el pensamiento de vivir aquí me produce cada vez ese delicioso ahogo de riente confianza. Oigo hablar a algunos de otros lugares donde estuvieron antes, de otras regiones de las que vinieron. No los creo del todo.

A menudo recorro este dominio cuyo orden a todas luces se prepara adrede, y extiendo al infinito mi reinado, sin conflicto nunca con un dueño de todo esto que imagino ausente, y que sin duda posee de otro modo y me deja hacer. Cascadas de fulgor, anchas frondas como sólidas nubes de esmeraldas, superficies de terciopelo y tornasol, como la espalda de un fabuloso animal de pelaje cambiante al infinito, lagos enteros de temblor y de negra frescura, torbellinos de gotas de luz se despliegan sin fin y en movimiento siempre en torno mío. Si avanzo, si giro, si me muevo en diagonal, la sucesiva variación de perspectivas forma una continua melodía que con toda claridad me represento y que en momentos escogidos puedo llegar a *oír*.

A veces, en el casi hastío de la plenitud, juego a introducir grandes cambios en la disposición de los portentos. Puedo durante todo un día existir sin semejantes y exploro regiones enteras como testigo absoluto para una eternidad que ya con nadie compartiré. Otras veces suprimo vegetación, agua, nubes, umbrías construcciones, y dejo que un sol desollado me rodee de una infinitud llameante, donde mi pequeñez gloriosamente lucha. Pero tampoco desdeño la creación de galerías, ámbitos, complicados laberintos, donde disfrutar la seguridad de los trayectos señalados y los sitios precisos, casa invisible a cuya protección vuelvo a menudo para buscarme en sus espejos.

Así transcurre mi jornada. A la noche, suelo dormirme inflamado de una ligera fiebre, con la que ilumino luego las estancias de sombra del otro palacio que es el doble de éste.

## EL QUE SE RÍE

Huyen locos los árboles con repentinos brincos y gira el gran paraguas de la noche ágil. Un pirú está triste como un perro de aguas, aquel ciprés nada sabe del mundo, aquí encima el álamo sufre noblemente.

Y vira otra vez, frenando, el tiempo. En el instante más lento el espacio abre las alas y esponja su plumaje. —Ah: la luna.

Más, más vueltas, más aire, más intensa carrera; oh vals demente y espiral. ¿Se sube? Se vuela, se vuela sin tocar tierra, sin pensar nada, se vuela sin aliento (sí, sí: esto es caer).

¿Dónde está pues la tierra; cuál es el fondo; qué es arriba y abajo? Y cae a la vez todo el espacio. —Caiga. Desplómese. Vuele. Y haga girar la noche como una honda el jovial puño alzado con enorme demencia —qué bien, qué bien que bailas, pequeño mundo, caldero bien revuelto al fin. ¡Vamos ya, todo, todos, aquí, a la danza, vamos ya, vamos...!

(Qué miedo, que esto de pronto no pudiera ya detenerse...)

## EL INSOLADO

Hacía tiempo que soñaba con ello, creyéndolo imposible en el fondo y sonriendo de mí mismo; pero un día lo vi tan cerca que alargué la mano, acaso sin mucha fe. Así fue como toqué el sol. Es mucho más tierno de lo que yo pensaba, no es verdad que sea seco y que hiera. Durante largas horas lo tuve en mis brazos, y acaricié interminablemente la melena finísima de sus rayos. No acababa de asombrarme de que fuera tanta su tibieza, su molicie incluso; de que estuviera allí contra mi pecho, mirándome, él también, a los ojos, con una insondable piedad de mí. Antes, yo también hubiera pensado, como todo el mundo, que devoraría; error: no hace más que beber, de manera profunda y ávida, es cierto, pero sin agostar, porque él mismo es manantial para la mejor sed.

Si supierais cuánta frescura, cuánta sombra encierra. Podría enseñaros mi cuerpo: veríais que no estoy quemado —la fiebre que desde entonces me ilumina es una dulzura muy distinta. Pero ¿cómo podríais entender? Todos pensáis en la hondura nocturna y no sospecháis que el sol es un pozo de luz —un pozo sobrecogedor, atravesado de relampagueantes cegueras, que bien valen la oscuridad más cerrada. Cómo explicaros que cuando os levantáis frente a la noche ilimitada sólo estáis escudriñando una de sus cavernas, uno de los incontables misterios que forman su entraña —y que allí también late escondido el casi mortal deslumbramiento de su amor prodigioso.

# III

## ARRITMIA, CON UN CROQUIS DEL NATURAL

### DEL NATURAL

Estoy en el café afuera cae la tarde
leo un libro que habla de la guerra de España
es un libro sereno y sin embargo arde
el día moribundo está hermoso me extraña

qué lentitud el tiempo nostálgico se aleja
volviendo la mirada hacia atrás como Orfeo
nos dice un largo adiós conmovido y nos deja
aquí como de piedra y sin ningún deseo

oh corazón ahíto y avariento oh indolencia
en la mesa de al lado con mucha vehemencia
un hombre aceitunado y fuerte explica cómo
iluminó su vida la cría del palomo

más allá dos amantes con la misma cuchara
sorbiendo helado apagan sus heridas ardientes
él es casado y mientras le acaricia la cara
siente un frío nocturno de insomnio entre los dientes

una mujer se va otra ríe otra fuma
la vida se desdice y cambia como espuma
dice siempre otra cosa pero es la misma rima
«En 36 el mundo se nos venía encima».

[4.10.58]

## ESPITA

Dejar correr la pluma el lápiz o la sangre
tiene que pasar algo no hemos venido a esto
no hemos venido así no más a ver cómo se muere el viento
cómo todo enmudece como si fuera sombra de la sombra dor-
[mida
no hemos venido a hablar a decir esto es todo
a ser lo que nos digan a no tener un mar
todo todo se acaba
o lo que es aún peor se convierte en su contrario
lo que ayer era un sueño es hoy no más un sueño

lo que antes era vida ahora es vida callada
y lo que fue mi fuerza es mi cárcel enferma
un día compraré con monedas extrañas
la dicha de tenerte pájaro que me cantas
que cantando te creas alrededor un cielo
con un mundo debajo con un árbol en medio
y debajo del árbol una mujer dormida
un día seré pobre inexpresablemente
vagabundo invisible despojado sin nombre
sin un mal trapo viejo que llevarme a la boca
sin dónde caerme muerto porque no tengo motivo para caerme
　　　　　　　　　　　　　　　　　　　　　　　　　　　　　　[muerto
andaré por las calles como una ágil mirada
seré joven y viejo
las sonrisas del mundo vendrán a comer en mi mano
como palomas puras que la selva confía
iré tan lleno de sol y de pecados
que nadie podrá ignorar al verme su propia abrasadora belleza
tendré que renunciar a la renuncia que huye
quiero quiero los días de relámpago azul
el sol color de pan las mujeres hermosas el ruido de las olas
los pájaros que piensan con la velocidad del vuelo
los perros que representan a la melancolía
las colinas que expresan la dulzura de apoyar la cabeza entre
　　　　　　　　　　　　　　　　　　　　　　　　　　　　　　[tus muslos
renunciar a la necesidad de ser esclavo
y es lo más difícil
la verdadera vida no está ausente
pero estás ausente tú
quién eres tú qué haces por qué no te presentas
por qué dices mintiendo que has salido al camino
cuando has hecho barrotes de tu corazón polvoriento
de tus dedos que aprendieron a escribir
de tus labios que creían
de tus piernas que a ratos dejan de andar como los sobornados
cuando has hecho de tu alma una oficina

donde despachas los asuntos de tu vida
como si ella te tuviera a sueldo
la verdadera vida está aquí mírala
se llama así vida óyela cómo dice su nombre
«hola tú cómo estás me quieres hasta luego
me permite su lumbre nos veremos mañana
deme usted tres bolillos desabróchate el brassier
vamos a dar una vuelta
agua vino pan sal vinagre (alguna vez)
alguna vez lloré ah estar desnudo al sol y dormí a pierna suelta
¿no te gusta nadar? yo me acosté con ella estás muy bronceado
amanece a las 7 y en verano a las 5
sonríe todo el tiempo llueve a ratos ver mundo
quedarse en vacaciones trabajar muchas veces
qué esperamos a ello
tiren primero ustedes unidos venceremos
y a mí qué qué hambre tengo *la vie est belle* cantemos»
la verdadera vida aquí está mírala
cómo se muestra entrando por esa puerta
palpitando en las ingles de aquella mujer
que no te ve y que pasa ahora mírala mira
la curva de su ingle mayestática
opulenta generosa corpórea dormida
llena de sabiduría nido de calor
curva de latidos ahogados como el ritmo de un río
más variados más ricos más elocuentes más dulces que la lengua
[hebrea
es la vida verdadera y no sólo no está ausente
sino tan cerca de tu rostro como el fuego de la chimenea en in-
[vierno
y por eso prefieres fingir que eres un ángel.

[10.10.58]

## IMPROMPTU PARA VOZ SOLA

Te acuerdas di te acuerdas
no tener nada sobre todo pasado
ser un niño invisible desterrado ignorado
que a nadie podía decir una verdad
porque nadie ha aprendido a hablar más que los niños
y luego ellos también olvidan
de qué estoy hecho
de incomunicable ausencia
de sed de no sé qué
o sí sé qué pero nadie más puede saberlo
el mar el cielo árboles
una mujer desnuda que no se vista nunca
que dé a luz desnuda y amamante desnuda a sus hijos desnudos
y ría ría siempre sin cesar ría
ría llorando estando triste dormida o muerta
y no deje un instante a la sombra que acecha
y espera que durmamos que pensemos en otra cosa
que dejemos de amar que aspiremos a algo
pero quiero volver otra vez a la orilla
estar junto a aquel mar ya no vivir en sueños
arder arder consumir el pasado el presente el futuro
ah tiene que haber algo
que nos consuma nos coma se alimente de nuestra sangre
como un sol de los aztecas
algo que no sea la mentira a la que damos la mentira de nuestra
                                                              [vida
más mentira que yo que soy mentira
pero pude haber sido verdad
pude ser yo y no otro el que sabe y posee
yo que tengo en mi piel la huella de esos días
dios mío cómo era hace un momento lo sentí
querer que exista el mundo y llorar porque existe
y es tan grande e inhábil y no lo he conocido
era saberlo todo y no conocer nada

estar en mí de veras sin salirme de nada
tener todo tesoro todo tesoro todo
ven pues al mar conmigo vivamos sin medida
no tengamos mañana no pensemos en nada
salvémonos salvémonos
un día no seremos más que una mujer y un hombre.

[10.10.58]


## EL VIENTO EN LA CIUDAD

La ciudad cierra los ojos
desnuda bajo el viento
cúbrete ovíllate oh ciudad sin secreto
esconde algo incuba algún designio
no puedo estar así con la memoria a la intemperie
no te dejes palpar de arriba abajo
por el gran viento necio de glaciales dedos
haz algo endurécete llora muere
o entrégate del todo
o encendamos un fuego ven
abrasa algo
consúmete por algún punto
te nacerán entrañas y ámame ámame
pero tú te estás quieta y aterida
sin proferir palabra
dejando al descubierto los delicados flancos
para el interminable abuso de las ráfagas
y el terco viento de la desposesión te tiene siempre
sin descanso te barre
erosiona los rasgos de tu rostro
hace volar de pronto de tus manos lo que quieras guardar
por qué no salvas algo
por qué no arrancas tu riqueza a este torrente

que te lo estraga y te lo arrastra todo hacia el olvido
por qué no grabas bajo el viento en tu figura un gesto
que puedas sonreír a alguno
o bien si no déjame a mí también gritando y en harapos
embestir al vendaval luchemos.

[Montevideo, 19.8.64]

## LA MÚSICA

*A Alicia Urreta*

No se ve por ningún lado la fuente de silencio
el estanque de sombra la secreta semilla de tiempo
de donde ella ha debido levantarse
sigilosa descalza alada
mujer blanca y desnuda con un antifaz negro
en su danza de suspiros jugando con el fuego
música silencio viviente tesoro de irónicas monedas puras
chorro de enigmas deslumbrantes surtidor de inquietud
música boca sellada diosa que nada dice
por qué me clavas en el alma este imposible
de qué me estás hablando
qué atávica locura quieres hacerme confesar
qué serpiente dormida quisieras despertarme
adónde me arrastras por este túnel en que has convertido el
[tiempo
no te rías no huyas deja de socavar la tierra bajo mis pies
adónde quieres precipitarme
música abismo luminoso insidioso amor
música vibración de la ausencia lluvia de heridas
lluvia de claros venenos
lluvia de mudas preguntas sin respuesta
por qué me encadenas así al latido del tiempo

ah insensata avasalladora soy tu esclavo sonámbulo
espérame déjame tocarte enloquezco de libertad
dónde tenía yo estas oscuras entrañas que me acaricias
dónde estaba mi pureza límpida como el rayo
y que recibo ahora de tus manos de agua
música radiante de confusión
mina de luz lenguaje que gravita y gira
lenguaje astral silencio al fin solar
lenguaje movedizo bandada de señas y de risas
sigue durando no te acabes vive
sigue sigue fundando este imperio de éter
no te mueras fuera de ti apenas toque el mundo
va a disiparse este bloque de bondad que ha hecho de mí tu
[amor
espera llama helada no te vayas
acaba de decir la última sílaba termina esa palabra
materialízate deténte formula ya el enigma
qué dices qué decías
ah no me arrebates ya tan fugitivo este blanquísimo dolor...

[17.7.61]

## A SOLAS

Ahora despliego a solas como el avaro en su covacha
los girones de alma quemados por tu huella
escondidos en la memoria cofre de doble fondo
doblados en muchos pliegues camuflados con ramajes de pa-
[labras
sepultados bajo pilas de noticias creíbles
y buceo en tu busca como en un mar cartográfico
en las tiras de tu recuerdo desmembrado me enredo
como en el lazo recio y pastoso de las algas azules
me ahogo en la gruta subacuática de las evocaciones

abrazo tus imágenes que pasan repetidas flotando lentamente
blancas solemnes recorridas por danzantes reflejos sulfurosos
y sollozo con el rostro entre tus pechos incoloros
perdidamente beso tu carne desflemada desalada
muerdo tus labios fríos y esponjosos
tus pezones insípidos inertes
araño tu piel pálida acorchada torpe
araño tu sexo macerado apagado pesante
hasta que en el fondo de mí como en mitad de la noche
el dolor bruscamente me deslumbra una entraña dormida
y despierto allá abajo y sé al fin cómo eres
contra mi piel tu boca se enciende como una lámpara
siento ahora tus labios su humedad de herida frutal
tu boca de diosa favorable hindú
tus labios grandes pétalos abiertos como alas
y otra vez vivo en ti y tú en mí como mi lengua materna
como a ella te sé te penetro te animo te reconozco
como ella te abres te ocultas te interpones entre mí y yo mismo
y me abres la puerta de mí mismo y pones a mi alcance tu ri-
                                                    [queza
te llevo a todas partes te tengo en la punta de la lengua
me deleito repitiéndome tus nombres tus figuras
tus inflexiones tus sorprendentes significados
me repito tus besos imantados sus ricas desinencias
que inducen en mi cuerpo un voltaje subcutáneo
el dardo vibrátil de tu lengua que me arrastra al paraíso de la
                                                    [tortura
tus ciegos labios vivos
formando el jugoso anillo palpitante
con que mi eje demencial envuelves
el abrazo esencial nudo de la ternura
orbe de tibieza amor cerrado
oh labios entraña que besa
braceo sobre el abismo colgado de tu sola boca aceitada
y me declamo loco la llegada hasta tu fondo
hasta tu honda gruta de rugidos

que sólo la final ceguera toca
para hacer volar la vida y la muerte revueltas sísmicamente
pero esta vez abro los ojos y estoy solo en mi covacha
no he volado ni siquiera caigo recito inmóvil en la noche
estoy encarcelado les hablo a las paredes
mis gestos huyen solos por un aire que no habito
la verdad misma miente si soy yo quien la piensa
porque hablo para nadie porque estoy solo
no soy nada estoy solo.

[París, 4.65]

## LLAMADA

Te llamo sí te llamo
te grito ven acude
déjame verte adivinarte
distenderme un instante bajo el sol de tus ojos
como si en el radiante mediodía me tumbara en la hierba
déjame ver una vez más tu irónica ternura
tus infantiles gestos asustados
tu mirada solitaria que acaricia el rostro de las cosas
tu mirada de niña de ojos lentos
tus labios que entre los míos se funden
como un delicado manjar suntuoso y discreto
tus labios comestibles fáciles tus labios de trufa celeste
tus labios húmedos penetrables como un sexo más luminoso
cómo puedo sufrir que te alejes que te lleves este enigma
que huyas como un ladrón armada de razones
y ocultando en tu seno mis preguntas robadas
que te escondas en los huecos en los turbios rincones del
[tiempo
que te envuelvas en la distancia como en un disfraz inmenso
te llevas algo mío que nunca ha sido mío

me dejas amputado desarmado hemipléjico
vuelve no puedo renunciar a ser aquel otro
deja que todo nazca dame eso que trajiste mío
desanuda tus entrañas como si fueras a parir nuestro amor
y vuelve tráemelo muéstramelo
déjame entrar en ti como entrar en la noche
compartir tu tesoro taciturno
la suntuosa penumbra de tu alma tibia y quieta
ven no juegues más al juego idiota de la tortura
no me niegues cómplice altiva no blasfemes de mí
adónde vas vestida de miradas mías
adónde irás que no seas la nombrada por mí
regresa no te lleves mi semilla
mis dones los hundí en tu carne
no te podrás librar de esta corona vuelve.

## BESOS

Mis besos lloverán sobre tu boca oceánica
primero uno a uno como una hilera de gruesas gotas
anchas gotas dulces cuando empieza la lluvia
que revientan como claveles de sombra
luego de pronto todos juntos
hundiéndose en tu gruta marina
chorro de besos sordos entrando hasta tu fondo
perdiéndose como un chorro en el mar
en tu boca oceánica de oleaje caliente
besos chafados blandos anchos como el peso de la plastilina
besos oscuros como túneles de donde no se sale vivo
deslumbrantes como el estallido de la fe
sentidos como algo que te arrancan
comunicantes como los vasos comunicantes
besos penetrantes como la noche glacial en que todos nos aban-
[donaron

besaré tus mejillas
tus pómulos de estatua de arcilla adánica
tu piel que cede bajo mis dedos
para que yo modele un rostro de carne compacta idéntico al
[tuyo
y besaré tus ojos más grandes que tú toda
y que tú y yo juntos y la vida y la muerte
del color de la tersura
de mirada asombrosa como encontrarse en la calle con uno
[mismo
como encontrarse delante de un abismo
que nos obliga a decir quién somos
tus ojos en cuyo fondo vives tú
como en el fondo del bosque más claro del mundo
tus ojos llenos del aire de las montañas
y que despiden un resplandor al mismo tiempo áspero y dulce
tus ojos que tú no conoces
que miran con un gran golpe aturdidor
y me inmutan y me obligan a callar y a ponerme serio
como si viera de pronto en una sola imagen
toda la trágica indescifrable historia de la especie
tus ojos de esfinge virginal
de silencio que resplandece como el hielo
tus ojos de caída durante mil años en el pozo del olvido
besaré también tu cuello liso y vertiginoso como un tobogán
[inmóvil
tu garganta donde la vida se anuda como un fruto que se puede
[morder
tu garganta donde puede morderse la amargura
y donde el sol en estado líquido circula por tu voz y tus venas
como un coñac ingrávido y cargado de electricidad
besaré tus hombros construidos y frágiles como la ciudad de
[Florencia
y tus brazos firmes como un río caudal
frescos como la maternidad
rotundos como el momento de la inspiración

tus brazos redondos como la palabra Roma
amorosos a veces como el amor de las vacas por los terneros
y tus manos lisas y buenas como cucharas de palo
tus manos incitadoras como la fiebre
o blandas como el regazo de la madre del asesino
tus manos que apaciguan como saber que la bondad existe
besaré tus pechos globos de ternura
besaré sobre todo tus pechos más tibios que la convalecencia
más verdaderos que el rayo y que la soledad
y que pesan en el hueco de mi mano como la evidencia en la
                                              [mente del sabio
tus pechos pesados fluidos tus pechos de mercurio solar
tus pechos anchos como un paisaje escogido definitivamente
inolvidables como el pedazo de tierra donde habrán de ente-
                                              [rrarnos
calientes como las ganas de vivir
con pezones de milagro y dulces alfileres
que son la punta donde de pronto acaba chatamente
la fuerza de la vida y sus renovaciones
tus pezones de botón para abrochar el paraíso
de retoño del mundo que echa flores de puro júbilo
tus pezones submarinos de sabor a frescura
besaré mil veces tus pechos que pesan como imanes
y cuando los aprieto se desparraman como el sol en los trigales
tus pechos de luz materializada y de sangre dulcificada
generosos como la alegría de aceptar la tristeza
tus pechos donde todo se resuelve
donde acaba la guerra la duda la tortura
y las ganas de morirse
besaré tu vientre firme como el planeta Tierra
tu vientre de llanura emergida del caos
de playa rumorosa
de almohada para la cabeza del rey después de entrar a saco
tu vientre misterioso cuna de la noche desesperada
remolino de la rendición y del deslumbrante suicidio
donde la frente se rinde como una espada fulminada

tu vientre montón de arena de oro palpitante
montón de trigo negro cosechado en la luna
montón de tenebroso humus incitante
tu vientre regado por los ríos subterráneos
donde aún palpitan las convulsiones del parto de la tierra
tu vientre contráctil que se endurece como un brusco recuerdo
                                          [que se coagula
y ondula como las colinas
y palpita como las capas más profundas del mar océano
tu vientre lleno de entrañas de temperatura insoportable
tu vientre que ruge como un horno
o que está tranquilo y pacificado como el pan
tu vientre como la superficie de las olas
lleno hasta los bordes de mar de fondo y de resacas
lleno de irresistible vértigo delicioso
como una caída en un ascensor desbocado
interminable como el vicio y como él insensible
tu vientre incalculablemente hermoso
valle en medio de ti en medio del universo
en medio de mi pensamiento
en medio de mi beso auroral
tu vientre de plaza de toros
partido de luz y sombra y donde la muerte trepida
suave al tacto como la espalda del toro negro de la muerte
tu vientre de muerte hecha fuente para beber la vida fuerte y
                                          [clara
besaré tus muslos de catedral
de pinos paternales
practicables como los postigos que se abren sobre lo descono-
                                          [cido
tus muslos para ser acariciados como un recuerdo pensativo
tensos como un arco que nunca se disparará
tus muslos cuya línea representa la curva del curso de los
                                          [tiempos
besaré tus ingles donde anida la fragilidad de la existencia
tus ingles regadas como los huertos mozárabes

traslúcidas y blancas como la vía láctea
besaré tu sexo terrible
oscuro como un signo que no puede nombrarse sin tartamudear
como una cruz que marca el centro de los centros
tu sexo de sal negra
de flor nacida antes que el tiempo
delicado y perverso como el interior de las caracolas
más profundo que el color rojo
tu sexo de dulce infierno vegetal
emocionante como perder el sentido
abierto como la semilla del mundo
tu sexo de perdón para el culpable sollozante
de disolución de la amargura y de mar hospitalario
y de luz enterrada y de conocimiento
de amor de lucha a muerte de girar de los astros
de sobrecogimiento de hondura de viaje entre sueños
de magia negra de anonadamiento de miel embrujada
de pendiente suave como el encadenamiento de las ideas
de crisol para fundir la vida y la muerte
de galaxia en expansión
tu sexo triángulo sagrado besaré
besaré besaré
hasta hacer que toda tú te enciendas
como un farol de papel que flota locamente en la noche.


## DIME MUJER

Dime mujer dónde escondes tu misterio
mujer agua pesada volumen transparente
más secreta cuanto más te desnudas
cuál es la fuerza de tu esplendor inerme
tu deslumbrante armadura de belleza
dime no puedo ya con tantas armas
mujer sentada acostada abandonada

enséñame el reposo el sueño y el olvido
enséñame la lentitud del tiempo
mujer tú que convives con tu ominosa carne
como junto a un animal bueno y tranquilo
mujer desnuda frente al hombre armado
quita de mi cabeza este casco de ira
cálmame cúrame tiéndeme sobre la fresca tierra
quítame este ropaje de fiebre que me asfixia
húndeme debilítame envenena mi perezosa sangre
mujer roca de la tribu desbandada
descíñeme estas mallas y cinturones de rigidez y miedo
con que me aterro y te aterro y nos separo
mujer oscura y húmeda pantano edénico
quiero tu ancha olorosa robusta sabiduría
quiero volver a la tierra y sus zumos nutricios
que corren por tu vientre y tus pechos y que riegan tu carne
quiero recuperar el peso y la rotundidad
quiero que me humedezcas me ablandes me afemines
para entender la feminidad la blandura húmeda del mundo
quiero apoyada la frente en tu regazo materno
traicionar al acerado ejército de los hombres
mujer cómplice única terrible hermana
dame la mano volvamos a inventar el mundo los dos solos
quiero no apartar nunca de ti los ojos
mujer estatua hecha de frutas paloma crecida
déjame siempre ver tu misteriosa presencia
tu mirada de ala y de seda y de lago negro
tu cuerpo tenebroso y radiante plasmado de una vez sin ti-
                                                    [tubeos
tu cuerpo infinitamente más tuyo que para mí el mío
y que entregas de una vez sin titubeos sin guardar nada
tu cuerpo pleno y uno todo iluminado de generosidad
mujer mendiga pródiga puerto del loco Ulises
no me dejes olvidar nunca tu voz de ave memoriosa
tu palabra imantada que en tu interior pronuncias siempre  des-
                                                    [nuda

tu palabra certera de fulgurante ignorancia
la salvaje pureza de tu amor insensato
desvariado sin freno brutalizado enviciado
el gemido limpísimo de la ternura
la pensativa mirada de la prostitución
la clara verdad cruda
del amor que sorbe y devora y se alimenta
el invisible zarpazo de la adivinación
la aceptación la comprensión la sabiduría sin caminos
la esponjosa maternidad terreno de raíces
mujer casa del doloroso vagabundo
dame a morder la fruta de la vida
la firme fruta de luz de tu cuerpo habitado
déjame recostar mi frente aciaga
en tu grave regazo de paraíso boscoso
desnúdame apacíguame cúrame de esta culpa ácida
de no ser siempre armado sino sólo yo mismo.

# 4

# *Anagnórisis*
## ( p o e m a )
## [1964-1967]

ANAGNÓRISIS: Reconocimiento... incidente
o desenlace del argumento en la tragedia,
en el que el personaje principal reconoce la
propia verdadera identidad o la de algún
otro personaje, o descubre la verdadera
naturaleza de su propia situación.

*Webster's Third New International
Dictionary*

AGNICIÓN... Es la *Anagnórisis* de los antiguos clásicos... En el antiguo lenguaje jurí-
dico es sinónimo de aprobación, reconocimiento, sobre todo tratándose de una ase-
veración del antagonista en el pleito... o de
un documento, aceptándolo como siendo
realmente lo que representa ser... En el
*derecho hereditario*... la declaración por
parte del heredero de aceptar la herencia.

*Diccionario Enciclopédico
Espasa Calpe.*

# I

## PRELUDIO CON CANCIONES

La ciudad amanece entre los brazos de la niebla
apenas insinúa en un difuso ahogo
el día su remota fuerza
duerme aún entre roces de pálidas caricias
se agita bajo un soplo de besos fatigados
la lluvia a ratos con secreto acento
desciende en la tibieza unida
o se queda en suspenso absorta en brumas
dichosa de su errancia
y otra vez la rezuma el aire saturado
y cae de nuevo ociosa y pura
jirones del lenguaje entrecortado
de unos borrosos labios indecisos
conmovido susurro sin sentido
sentencia de suspiros soñolientos
todo está confundido difundido fundido

en el fondo lacustre de la atmósfera
seres bultos y voces duermen juntos
todos son grises en lo gris sin bordes
todos son de una misma estilizada raza
velos se rasgan sin dolor y sin ruido
y lentas y solemnes surgen formas
desde un húmedo fondo maternal condensadas

cerrado cielo hospitalario casa de grisura
gran manto respirable
intemperie hecha abrigo
atmósfera bañada escudo navegable

la lluvia de exquisita arritmia se desgrana
cruzan el aire de agua gotas de agua
todo chorrea una igual dicha insípida
hinchados de una misma húmeda hartura
todos con una misma sed dócil bebemos
se asienta el mundo con peso perezoso
de esponja bajo el agua
                              (¿necesita imbibirse
para encontrar la perfección de su despliegue
como la capa del torero en las tardes de viento
y dejar de ser vano como una esponja seca
roída de vacío?)
                              el río de las horas
se encharca y se desborda
¿estamos al principio o en el fin de los tiempos?
las aguas difuminan los trazados
velan los lechos embrollan los decursos
todo ya marcha ahora sin moverse
todo es fuente y caudal y estuario a un tiempo

es hora de salir
                              ¡de entrar! ¡de entrar!
el río de la vida se remansa y me espera
voy a un dentro
                              sólo de un fuera salgo
hora de abrir la puerta y que se empape
este puño de polvo rojizo el corazón

disuélvelo fusión dilúyete memoria
entra en las aguas lávate flota
bebe memoria ablándate respira

la niebla me sepulta en su ceguera blanca
carne en su carne
                              aún no he nacido
tierna ignorancia

carne en la carne de lo gris continuo
que borra toda disidencia

sosiégate memoria
atrévete a mirar ya pasó todo
o nada ha sucedido o era un sueño
o duerme todo aún entre la niebla
puedes ya abrir los ojos
no te va a herir la vida nuestra
con su mirada abrupta
avanza sin temor que ya no hay nadie
estamos todos otra vez pero no hay nadie
puedes tocar tranquila el montón perezoso
estás donde querías no te arredres
lo vamos a soñar otra vez todo

*

«para acordarme de por qué he vivido»
entro en las aguas de un blanco Leteo
es la luciente confusión del tiempo
es la pura sustancia transcursiva
el peso de presencia evaporable de las horas
el agua temporal vuelta a su lecho

¿fue todo un sueño? los días sin su cáscara
su eternidad de instantes sin fracaso
siempre supimos que eran de otro sitio
la marea del tiempo se derrama
se hincha se eleva al fin se precipita
arriba al otro lado inversa catarata

es la entraña del tiempo aquí no hay nada
un manantial de tiempo sin historia
un limbo temporal una memoria
vacïada que sueña que recuerda

pero es preciso bañarse en este olvido
desnuda la memoria aún es hermosa
la emoción no caduca
eternamente es virgen su relámpago ciego

afectuosa niebla
niebla de paz que pone en tregua
al fanático azul
no es esto lo que busco pero es bueno
escondo en este seno protegido
todo lo que en la luz me abrasaría
lo vivo otra vez todo yo nonato
aún no he nacido la vida no me mata

esta última piedad
lúcida tierra
antes de caminar tus cegadoras rocas
no caigáis todavía amados velos
borradme aún perdedme de mí mismo
laguna fantasmal el sol se ahoga
en tus humos acuáticos
                              pastoso
se desfleca en melosas vetas pálidas
sol diluïdo
                    sangriento baño de dulzura
con que la niebla
                    ingrávida entraña
                                        se enriquece

(¿en una entraña grávida bebí un riego de sangre
que esperanzado empuja otro latido?

¿me besabas entonces fértil mía
con el cálido beso de tu sangre
y tu incendio de amor dulcificabas
para latir en mí calladamente?)

hundirme hundirme deshacer mis rasgos
volver a ser el nunca visto el ciego
el anunciado virgen de memoria

(así cuando fui tú tuve que hundirme
atravesando empurpuradas brumas
en un bosque amoroso de latidos
y por lo oscuro de esa carne vine al aire
cuando era el caldeado el protegido
el fundido al amor el entrañado)

y por esta penumbra iré a mi honor
encubridora niebla
                        no
                        no sé nada
nada he visto ni nadie me ha mirado
ni nunca nadie se negó a mirarme
ni de mí indiferente desvió unos ojos
en cuyo fondo pude hecho esplendor beberme
soy carne de otra carne nadie me ha despojado
de todos los tesoros de amor que no he tenido

desbordado y clemente me sumerge
este preñado embalse de la vida
no corre el agua no ha empezado nada
no esperó de mí nada nadie nunca
que con mi sola anunciación no se colmara
nada he robado
                        a nadie he defraudado
no tiene todavía nombre amar
ni ser amado
                        soy el amor mismo

*

la niebla borradora de preguntas
sus propios límites esfuma
                              y sin embargo
sin embargo también por estas brumas vagan
velados y dolientes los recuerdos
la memoria es un sueño del que no hay despertar
ah alborada alborada
ni aun cerrado el amor es inmortal
el horror de nacer allá me espera
supérstite en un mundo en cuyas duras playas
naufragó aquella cuna de sangre que me trajo
y por donde irá siempre junto a mí la nostalgia
de aquel febril desastre que no habré compartido
pues la niebla es también un blando cementerio
donde lenta se pudre la memoria
con sus espectros de caducos ojos

desde aquel primer día no he cesado
de ser sobreviviente de saltar de mi vida
y no hundirme con ella
para añorar después cada vez ese fondo
el silencio indudable de una sima ya única
la firmeza de un ancla de muerte contra el tiempo
la verdad de una hora sepultada
que nunca más renacería

mas no puede dormir eternamente el viento
como a la luz hay que nacer a la memoria
la niebla al cabo habrá de despejarse
de la ahogada penumbra vagamente emerge
el bulto emocionante y mutilado
de mis vidas en ruinas

hubo rutas espléndidas sin titubeo abiertas
hubo lenguajes puros como claras miradas
hubo fuegos sin casa y hubo casas sin fuego

hubo la luz y hubo la llama
hubo un claro palacio...

☞  232

## Cancionero del claro palacio

### 1

### EL CLARO PALACIO

*Hace años ya que secuestrado*
*de mi claro palacio*
*masco en casas extrañas mi pan de solitario*
*hallando en su sabor salado*
*la sombra de unas lágrimas que son la sombra*
*de aquellos días.*

*Nadie ahí ya me reconoce.*
*Cuando paso, bajando la mirada,*
*por las frondas que antaño tachonaban*
*de singular penumbra mis diáfanos salones,*
*siento que cruzo el espacio más triste.*

*Así, olvido mi nombre y no digo mi raza.*
*Como extranjero piso los caminos que abrí,*
*ni quiero con impía voz*
*turbar el monumento de ausencia del silencio.*

*Y vivo aquí entretanto sin delatarme nunca,*
*aunque no puedo más, hermanos míos, no puedo más.*

[19.6.61]

## 2

### CANCIÓN DE LA IGNORANCIA

*Entre raudales de sol blanco*
*despertaba.*

*En la profunda limpidez hervía*
*fría la mar*
*y el silencio anchuroso*
*llenaba el horizonte abierto,*
*verde, blanco, azul lisos,*
*mundo esencial bajo una luz autoritaria.*

*Luego la luz mudaba,*
*otro sabor humedecía el alma:*
*bajo un cielo nefasto de tormenta,*
*el fulgor acosado*
*de la ingenua mimosa y su olor mártir.*

*Y llegaba la lluvia con suspiros*
*consintiendo una pausa*
*de mojada indolencia.*

*El día entero era la sucesión amada*
*de esas oscuras artes persuasivas,*
*cascada de centellas*
*cayendo sin descanso fascinada*
*de una en otra secreta rendición.*

*¿Lo recuerdas,*
*viuda memoria?*

*Por aquella ignorancia vivo desde entonces.*

3

## GOTA DE NOCHE

*Es una sola última gota, pero suntuosa, de la noche evaporada,
diluida hasta el límite, la que da sin embargo fuerza a todo este
azul salubre, frágil sin eso.*

*Así, sostiene sin parpadear el golpe de los blancos deslum-
brantes que componen, en la inmóvil hondura, sin árboles ni
pájaros, con alguna desnuda chimenea entre muros y cielo, la
brutal simplicidad del día.*

*Perspectivas muy descarnadas, sí. Ah, qué cumplida forma,
como una señal dada a mi necesidad perpetua, con mi maravillosa aceptación, para fundar el pensamiento de toda la jornada.*

*Y después, será esta misma gota secreta, fundida ya en el océ-
ano de sombras que es su gozo, la que habrá unido de punta a
punta el día, grano de seriedad reconocido al fin como el tenue
reposo proseguido, que sostuvo el giro de las horas y que explaya entonces en nosotros su aceite negro.*

[26.10.59]

4

## CANCIÓN RESPIRABLE

*Todo un día he comido el aire.
Los soplos afiebraban las rocas y los bosques,
la inspiración era de veras
pulmonar: hondos tragos de aire enorme.*

*Y ahora mientras con tanta gravedad desciendo
de nuevo en tus oscuras aguas carcelarias,*

*exilio, agrio deber, te quemo tu mentira*
*con estos ojos que escaparon a tu imperio.*

*Y oh charca corrompida,*
*palideces, ya no eres como antes,*
*te trasluces, te dejas ver debajo*
*como un cauce quemado*
*la oscura tierra en que te asientas.*

*Para siempre en mi boca el gusto amargo*
*de tu amor: este escaso zumo*
*castamente chupado*
*por la oculta raíz de la hermosura*
*y dado al viento con sus blancas flores*
*que vuelan como llamas.*

*Indeleble sabor en el aire abrasado...*


5

CANCIÓN NAVEGABLE

*Navegan, de tan blancas,*
*por el cielo impecable*
*balaustradas casi marinas.*
*Plácida, alguna bandera delira*
*en el viento inconstante.*

*Clara ciudad difusa al sol*
*como un puñado de añicos de vidrio,*
*precariamente anclada:*
*bien sé que hoy eres tú el sitio de elección*
*y la casa del día,*

*cuerpo de vida apenas comprensible,*
*con el latido emocionante*
*del joven Tiempo amado*
*que danza y salta hacia algún sitio,*
*hacia algún sitio...*

[19.9.59]


6

CANCIÓN DEL AZAR PROVIDENTE

*Frescura sin recursos, me entregaba*
*al río de frescura de las horas.*
*Por su claro oleaje*
*mi timón vagabundo*
*nadie movía sino el asentimiento*
*y a los soplos del tiempo entrecortado*
*mi blanca vela abría.*

*Enormes fuerzas se precipitaban*
*que sin rozarme huían,*
*abismos me esquivaban,*
*oscuras amenazas y pasiones se iban*
*lejos a descargar sus dramas y catástrofes.*

*Un imán que no existe*
*mi brújula embrujaba,*
*un imposible dardo deslumbrante*
*por mi bien me punzaba el corazón*
*que el mal iba a enconar*
*y un licor destilaba*
*de los ácidos mostos de la desesperanza.*

*Leyes distribuía un azar justiciero,*

*y aun hoy, aun hoy sigo acechando*
*en el fondo vacío de la muda blancura*
*el secreto de amor*
*de aquella alta abstención providencial,*

*y no quiero morir sin que me deje ver*
*en qué brazos durmió*
*por tanto tiempo mi abandono.*

[París, 20-23.3.66]

7

## EL SOL Y SU ECO

*Habla a solas el sol en el poniente,*
*mas toca su lejana voz de oro*
*las altas frentes de las casas nuestras.*

*De playa a playa del mar de lo visible*
*oigo al sol y a su eco responderse.*

*Todo el aire es danzable,*
*hablan también las hojas con los ojos cerrados*
*en su lenguaje palpitante de alas*
*dichosas de beber la frescura que habitan.*

*Como un aire de fondo de guitarra*
*que la luz inundase*
*no está inánime el redondo espacio*
*que va a danzar entero*
*cuando estalle en su centro la primera risa.*

[París, 1966]

☞

hubo un claro palacio de paz que edificaba
en lentas horas sin motivo
con no más que el espacio y sin más suelo
que el puro resplandor
su impecable estructura: el aire mismo
(la luz que lo exaltaba y sostenía
era ésta que ahora incontenible
allana mis despojos
y ante la cual mi dolorosa piel
encubro contraído)
¿cómo olvidarlo todo para mirarte al fin
blanca memoria vïolada
como entonces dormías desnuda frente al tiempo?
no sabré ya mirarte sin tu nublada túnica
sin tu traje de espejos ahogados en la niebla
sin la pesada droga que entorpece tu brillo
y quiebra tu blancura en afónicos rayos
y turbias aureolas

tu intacta desnudez me cegaría
a mí el de ojos impuros
ojos que se bajaron ante el amor en llamas
y durmieron obtusos al lado del dolor
y espiaron la inocencia por fétidas rendijas
ojos que se cansaron de admirar
y que cedieron a una tentación
de ingenio y parpadeos
blandos ojos acuosos
que se aflojaron en ensoñaciones
y no supieron sin desfallecimiento
imponer contra el tiempo la atención soberana
ni sostenerles la mirada a los verdugos
ni hacer bajar los ojos a la muerte
ni rendir su secreto a la hermosura

ni a la verdad mostrar el fondo de los suyos
ojos exangües vencidos de miopía
que deslumbró la luz y aterraron las sombras
ojos ya nunca más desnudos
ojos impuros para tu blancura

¿o esta neblina que te cubre
débil humo en andrajos
como el innoble vaho de una torpe cocina
donde se cuecen heteróclitos caldos
será acaso tan tuya como mía?
¿tu esplendor vivirá en ese turbio fondo?
¿no eres tú misma esa huidiza sombra?
un tropel de recuerdos sepulta la memoria
alguien ahogado yace debajo de mis vidas
de quien jamás podré acordarme
Amor Amor ¿no te he buscado acaso?
¿quién de los dos Amor
fue quien primero negó al otro?

(tú mi surco de sangre
Amor en el que fui sembrado
tierra de mina de antes de las patrias
humus dormido que aún no ha hablado nunca
sonámbulo subsuelo matria inmóvil
te hubieras esperado a mi mirada
para entregarte en tu verdad visible
como sólo te diste oscura a mi ceguera
cerrado origen surco sepultado
sementera inmolada para el grano
fuente cegada gleba reabsorbida

de ti sólo lo negro y lo irrecuperable
le fue dado a mi carne
sólo en lo informe la besaste
y la nutriste sólo sin rostro y sin escape
les faltaste a mis ojos

mirada soterrada que no afloró jamás
vientre que nunca fue regazo
casa natal con el hogar extinto
abrigo que no fue para el amor amor

faltó ver tu mirada desde lo de ella visto
faltó fuera el anverso de tus ojos
faltó que me templara el imán de tus ojos
la lucha de mis ojos con tus ojos
la mutua órbita de las miradas)

desde el principio fuiste
                    Amor
                        lo ya perdido
desde el comienzo ya no estaba en la casa mi casa
ni en la tierra mi tierra ni el amor en mi amor
la memoria estuvo siempre en otra parte
y de círculo en círculo todo fue exilio


                            *


pero me muevo aún entre la niebla muda
madriguera sin muros cuerpo viable
¿no podré salir nunca a verte el rostro
dentro infinito
                    entraña sin salida
                                niebla?
soy yo el fértil de ti
mi origen jamás visto
no se disipa nunca este difuso amor
siempre detrás de mí en el tiempo
y a cuyo encuentro retrocedo en vano
ojos bajados ya cuando los miro
palabra anterior siempre y ya silencio
tengo yo que llevarte
como un mensaje hace mil años confiado
del que todo depende a vida o muerte

del que jamás podré acordarme
niebla muro falaz
espectral espesor carne fantasma
si te precipitaras en pesada lluvia
si te hicieras al fin gravedad fluida
fugaz pero reconocible

inquieta agua imantada
bebería al beberte el peso de las cosas
y apresada en el hueco de mi mano
dándote a adivinar me confiarías
la cifra de tu frïaldad
y en el reflejo de tu superficie
tocarían mis ojos al fin tu resistencia
pero detrás de ti empieza la noche
dentro de ti me muevo en busca de tu centro
tu polo misterioso

tiene que haber un sitio
donde empieza a medirse la distancia
un oriente escondido una cruz cardinal
desde donde pensar el detrás y el delante
el dentro y fuera
el más allá y el más acá y el menos
¿cómo encontrar la línea
desde la cual voy ya hacia el otro lado?
¿cómo salir de la niebla sin puertas?
nunca perdí el amor
                        fue desde siempre
lo que es preciso recobrar
pero que en ningún antes fue perdido
ni nuestro en un más antes

el oscuro mensaje que se ha de transmitir
no nos fue dicho nunca
mas hay que repetirlo sin cambiar una sílaba

desde antes de ser huérfanos
todo era ya orfandad

\*

                    Orfandad
hada mala sin rostro y con mil máscaras
belleza envilecida
ternura en traje innoble de bufón
rictus atroz del amor rehusado
háblame
              soy tu hijo o tu hechura
háblame madre inversa
vientre de ausencia espalda de los ojos
háblame bruja
(bien que recuerdo tu disfraz de bruja
cambiabas los caminos y movías la noche
                    bruja
tu pedregosa risa desde los rincones
                    bruja
hendía el espacio entre el niño y el hombre
                    bruja
agriabas el dulzor y ponías venenos
                    bruja
tu amor estaba todo negro
                    bruja
ibas a besarnos e ibas a sorbernos
                    bruja
tu sequedad de insecto y tu ternura hirsuta
                    bruja
manchaban y astillaban la blancura
                    bruja
y lloraba el amor maniatado en su cuna)

háblame bruja o baila a mi tonada
retuércete en la luz que agusanaste

bache del ritmo hueco en la cadencia
negro cerrojo para la hermosura
mariposa apagada baila baila...

☞ 241

## Canción de las brujas

*La bruja Pirulí*
*de día no hablaba*
*de noche sí*
*jugaba de día*
*de noche hacía así*

*la bruja Rebruja montada en su escoba*
*por todos los rincones a la vez de la alcoba*
*miraba y remiraba*
*y le caía la baba*
*vieja revieja rebruja mujeruca*
*(pero siempre está detrás de tu nuca*
*y nunca jamás ninguno la ha visto*
*ni el más listo relisto)*

*la bruja golosa amarilla y flaca*
*con su ji ji ji*
                    *y su je je je*
*y su ja ja jaula*
*y su que te como y que no te como*
*y enseña el meñique si estarás ya gordo*

*tía la mi tía*
*la que hila en la rueca*
*di ¿dónde tenemos las mantecas?*
*más adentro que las tripas*
*más a lo hondo que los hígados*
*por las entretelas*
*por los entresijos*

ay bruja que no
ay que no me seques
                    ni me toques
ni me saques
                    las mantecas


tía la mi tía
dígasme por Dios
¿y si me comiera el fraile Motilón?
el fraile sin capucha
el fraile sin cordón
el fraile Motilón
comelón
sí tiene capucha
y cordón
lo que no tiene es fraile
es un sayal sin nada
por dentro
sólo un vacío oscuro
qué miedo
te come y no te masca
te traga entero
te agarra y te mete en lo negro
el fraile Motilón
el tío Tomasón
el tragón


dime la mi abuela
Dios te valga
si habré ya pisado pasado
la raya


dime dime
por lo más agriado
si voy ya hacia el otro lado

y el hada madrina
y el hada madrastra
embrollan el rastro
varían de rostro
mudan de contraste
la buena bruja Pirulí
te cuenta un cuento y te dice que sí

pero está marchito para siempre el mundo
de saber que era mala mala y embustera
tan dulce tan bella
                    la reina hechicera

el hada blanca tiene leche
la bruja negra no
el hada duerme en los jardines
la bruja en el rincón

la bruja negra está seca
desdentada
tiene pelos en la barbilla
y la voz cascada
la bruja fea es áspera
como el asperón
la madrina huele a gloria
la bruja no
que huele a requesón

la mi abuela dime
por lo que más hieras
¿quién llora y gime allá afuera?
no es nadie no es nadie
el animalito de la noche
plañe que plañe

¿por qué gime por qué pena?
estará ya muerta y enterrada

el hada buena
ay la envenenó la bruja
que le puso podridas y azules las carnes
con su aguja
con su manzana y su peine
la puso verde
con su acerico
le puso el corazón frío

la esposa del rey ha muerto
duerme entre las flores
y el animalito de la noche
llore que llore

nos iremos por lo oscuro
el animalito y yo
gimiendo y llorando los dos
ay que nos duerma y nos abrace el hada
la bruja no

anda miedoso
métete en la noche oscura
dile que no la quieres
a la bruja
por vieja
           por fea
                     por seca
porque no te da la teta
dile que eres del hada blanca
de la blanca reina
por melodiosa y serena
por la voz y la dulzura y la belleza
y por las caricias
de sus manos frescas

dile que la quieres y la quieres
y que eres suyo

*y que ha de venir un día hecha de flores*
*y volcada en arrullos*
*a sacarte de aquí*
                    *y a cantarte la nana*
*y a llevarte a su jardín del alba*

*vete vieja*
*que no te quiero*
*que la quiero a ella*

*pero su claro corazón*
*la mi abuela abuela ¿donde estará?*
*arroyo claró*
*fuente serená*
*por aquí no*
*por allá por allá*

*bruja dime que sí*
*que soy para ella y no para ti*

*bruja dime que no*
*dime que me duerma*
*dime que echaremos mucha tierra.*

[París, 1966]

☞

mariposa apagada ave en harapos
a tu paso monótono y de tu mano gris
orfandad errabunda
se avanza siempre sin tocar las costas
en un viaje engañoso
sin encontrar descanso
hacia un exilio prometido
se recorre una etapa sin cesar postergada

tu carbón cruza el día y lo coagula
tu graznido de cuervo borra las palomas
tu cuerpo son cenizas de un hada consumida
sobre la fulminada arboladura
de una trágica madre descarnada
voy invisible y de tu mano por el tiempo
me guía por la niebla tu mano de niebla
tu andar ausente me extravía
no me he apartado un paso del origen
ni me he acercado un paso
viene siempre detrás de mí mi nacimiento
como la vigilante luna de los viajes


un gran astro borroso me persigue
que si le salgo al paso retrocede
tendría que tocar el núcleo
punzar una raíz neurálgica
el latido oprimir más elusivo
y la niebla se haría transparente


flota en mi propia carne el astro muerto
su luz triste me ahoga sin dejarme mirarla
su frïaldad me inunda como una fiebre inversa
que me habita y habito
mi propia carne oscura me hablaría en mi lengua
si pudiera arrojar esta tóxica luna
y sembrarla en el tiempo
las ignorantes puertas se abrirían
de este corazón mío donde nunca he vivido
pero cómo avanzar hacia el origen
que cada nuevo paso aparta
despertar para verme cómo duermo
desde aquí inmóvil ver cómo me alejo
y salir a mirarme desde afuera
cómo me quedo adentro

fuera de este espesor no hay sino noche
todo lo que no es niebla es sólo ausencia

si entro a habitar mi rostro
en él la confusión entra conmigo
lo que de mí está fuera es sólo pérdida
remordimiento y ruina
sorbida vibración espacio desertado
sólo en esta penumbra me rodean mis cosas
afuera son los huecos de presencias que huyeron
lo que pongo en el tiempo lo traiciono
tampoco yo «daría la vida por mi vida»
el tiempo es una inmensa y silenciosa diáspora
las horas siempre llegan tarde
eternamente espera el amor al amor
al pie del viejo tronco sobre el que gira el tiempo
siempre llegando el uno cuando el otro ha partido
yéndose siempre cuando ya viene el otro
salgo y salgo a buscarme y a buscarte
pero la cita es siempre equivocada
porque acudo y acudes pero no acude el tiempo

siempre te esperé Amor en otro sitio
siempre tú me esperaste en donde yo no estaba
siempre detrás de mí vino una diosa
que yo delante perseguía

la que acoge y conforta
la que señala con su espera el término
y que sin preguntar
hace posible mi respuesta
y es la estela en el agua
y el oriente en el aire
y el regazo donde somos comprendidos
la que ve mi visión
la que en mi soledad dialoga
la indiscernible compañía

para quien hablan las palabras que no digo
la que recibe lo que no he pensado
y me respira en mi intención
la que transfiguradas devuelve mis preguntas
la aguja del compás
del que yo soy la punta errante
la que habla cuando el árbol habla
y en el meditabundo crepúsculo medita
y duerme en los errantes soplos
la que hace mi casa en todas partes

ella la siempre en su lugar
horizonte pero que mira
luz que se queda y besa
alma del vuelo medida del cambio
secreto del amor
que eternamente ríe en el día inmortal
ella ella olvidada traicionada perdida
mirada sin respuesta ángel negada
reina desfigurada diosa esclava
belleza amordazada
el viento ya no es tu voz
mis horas ya no son las perlas
que tu solicitud traspasa y une
y mis palabras se disuelven en el aire
ya no sé descifrar lo que hago lo que digo
alguien que no he llamado
en mí se instala y piensa brutalmente
su mirada feroz nunca se tranquiliza
y está exánime el agua el aire no palpita
la tierra yace gris y yerta como un asesinado
ya nada canta nada ríe el coro está disperso
el tiempo suena a hueco las horas caen a tropezones

qué espero por qué vivo
por qué cierro los ojos con violencia

sin esperar ya nada sino que muera el día
quién es éste que insiste en ofrecerse
al torrente del tiempo
por qué pisa la tierra por qué respira el aire
por qué enturbia la aurora y envenena la luz
ah no permitas más esta vergüenza
ángel alma pureza ven
incéndiame lléname hasta los bordes
de pesada ceniza
y que tu viento huracanado me sacuda
no me perdones
     no soy yo a quien perdonas en mí
devuélveme tu amor su violenta exigencia
tu terrible alegría tu solar quemadura
de cuando fui el amado de la tierra desnuda
el predilecto de la Madre Descarnada
de una pulcra indigencia deseado

cómo podré perder la culpa de perderte
borrar la ausencia asesinar lo que nos mata
olvidar el olvido apartar el desvío
cómo llamarte sin violar tu nombre
a ti que eres silencio suficiente

una sola palabra proferida
¿no bastaría para coagular
paralizar pulverizar tu amor?
cómo buscarte mas sin apartar los ojos
ni un solo instante de este horror

no temas
  no te miro
no tienes que mostrarte
     nada digas
pero sigue detrás de mí
materna Eurídice...

## Canción de huérfano

Contempla bien, meteco,
huésped arisco de uno u otro arraigo,
a los claros nativos de algún Orden
pesar abiertamente en los surcos del tiempo.

¿Qué castillo de naipes pensaste desplegar
apoyado sobre el soplo indiscernible
de tu solo deseo doloroso
para irrisorio abrigo de la hermosura expósita,
tu patria intermitente?

Tú solamente cruzas.
Bajo las sombras vagabundas
que arroja en los caminos un gran cielo celoso
te sufren los paisajes silenciados.

Pues toda permanencia te condena.
Del tiempo es tu destierro.
En la piel fumigosa de tu historia
turbiamente hallas rastros de casas hoy en ruinas
y amores migratorios.

No tiene fin el bálsamo que imploras,
por no más que una llaga estás pegado
al pulmón impecable de la vida
y es verdad que aullarías
si esa misma piedad sin la cual agonizas
fuese a borrarla un día de tu origen.

La herida que te funda es veraz como un ojo
que al apagarse apagaría el mundo.

[París, 1966]

☞

...materna Eurídice
dócil esfinge ingobernable
siempre apoyada a un lado del umbral más profundo
enigmática jamba escrita
columna única de un arco inconcluible
cuántas veces pequeña Eurídice
te he transformado ya en estatua
te he visto rezagarte y por fin detenerte
clavada en tu lugar por tus propias cadenas
prefiriéndote piedra dejándome alejarme
transformando mi andar en una huida
escogiendo fundar los muros que abandono
toda de llanto inmóvil en la entrada
de la morada subterránea
detenida en la boca de gruta de tu entraña
estéril monumento de firmeza
prisionera de tu isla eterna en la crecida
figura fulminada que voy viendo achicarse
envuelta en sombras más y más heladas
llamándome tu muda voz de paralítica
queriéndome en tu entraña que me expulsa
mortalmente anhelando que no te haya mirado
que no haya vuelto el rostro intemperante
y no haya sorprendido tu silencio a mi espalda
y no obstante dejándome petrificarte
bajando la cabeza ante mi atroz mirada
de pronto ciegamente inamovible
del lugar donde sabes que he cavado tu tumba
de pronto recayendo en la fidelidad
del averno nativo que por mí traicionaste
de pronto estrangulada por horrendas raíces
pesando hacia lo oscuro irresistiblemente
dejando resbalar tu mano de las mías

devuelta a tu subsuelo negándomelo en dote
haciendo tú la partición al tiempo mismo
que toda tú la niegas desgarrada
tú en las raíces
                    yo sin ti y sin ellas
exiliado en el aire y en la ira
forzado a revestir mis ojos de este dardo
a poner en mi escudo esta odiosa gorgona
empujado hasta el sitio donde nace
esta letal mirada voltaica que te hiela
pero Eurídice Eurídice di algo
no calles no me dejes hacer esto
no cierres a mi voz el mundo que vigilas

favorita del Hades ¿olvidaste
las brisas que llevamos con mi voz allá abajo?

vuelve siempre la misma petrificada escena
vuelvo siempre a estar solo frente a ti asesinada
la historia nunca se repite
cada vez avanzamos por sendas nunca vistas
hollamos los caminos sin fin de la aventura
cruzamos deslumbrantes etapas escarpadas
atravesamos selvas de escalofrío virgen
a una más escabrosa sombra nos atrevemos
pero siempre la ruta desemboca en lo mismo
siempre al final está esa imagen inmóvil
donde en un descarnado amargo yermo
una estatua fatal martirizada
y un nómada dudoso en actitud de huida
se miran con los ojos de la muerte

estás en pie a la orilla de la sombra
te interpones me cierras el retorno
tú no sales Ariadna disuadida
ni entro yo a convivir con el monstruo domado

detrás de ti la casa sepultada
barco fantasma de un sísmico naufragio
ahogada salvación a mí vedada
y enfrente de ti yo sin lugar y sin fuego

el Amor me maldice en tu mirada
nada responde ya a mi voz en el Hades
otra vez estoy solo la entrada está borrada
y nada me ha quedado de allá abajo
si no es una brazada de calcinadas voces
que rechazó la muerte...

☞ 255

## Cancionero de abajo

### 1

### HADES

*Desperté antes del día.*
*Espectros se agitaban en la tenue*
*claridad coagulada. No me vieron.*
*Yo conocí sus rostros fugitivos:*
*uno tenía el de mi bondad (no se acordaba)*
*otro era mi antigua fuerza (languidecía)*
*y uno había también que me miraba*
*(pero no lo sabía)*
*con los ojos que yo no tengo ya.*
*Ninguno se acercaba. Yo llamaba*
*(los hubiera abrevado con mi sangre).*
*No podían oír mi voz:*
*el aire estaba muerto y ahogadas sus memorias.*
*La tierra fría, en el alba arañada,*
*dormía horriblemente.*

2

## CANCIÓN ENTRAÑABLE

*La confusa caída de una simple ave triste*
*que sólo al tocar tierra ha sido un ángel*
*(y sólo es ya un desorden de alas rotas);*

*la remoción de una flora submersa,*
*lunática y solar,*
*amarga cabellera macerada;*

*el hambre (otra vez);*

*la enormidad de la injusticia*
*y el fuerte imán suicida de habitar devastado*
*la dolorosa gruta de un edén;*

*las lágrimas, en fin:*

*esta hecatombe.*

3

## CANCIÓN DEL ANTÍPODA

*Arrojado aquí abajo,*
*te dejo, Burlador, con la agria risa*
*de tu victoria.*
*Mas deja de contar tus tretas.*
*Soy yo quien pone el pie en la trampa.*
*Te abandono las puertas luminosas,*
*las salidas beatas*

y los caminos de la elevación.
Aún queda abajo mucho horror de fondo
y yo el precipitado, yo el antípoda,
con terca uña sañuda
descamaré la tierra en que me pongas
hasta arrancarle, un día, deslumbrantes,
robados a tus minas tenebrosas
los huesos maternales.

[Montevideo, 15.11.63]

4

## CANCIÓN SORDA

Aquí un ciego tropel de horas
con hueco estrépito se precipita.

El tiempo suena en otro sitio,
musical soledad,
río que corre iluminado
y cruza sin volver los regios ojos
amados accidentes:
la lenta noche, el lento día,
las brisas turbadoras,
el rumor de las hojas, la espléndida tormenta.

Y oh lento amor
¿cuándo oiré tu latido nuevamente?
No puedo más de huir así lanzado
sordo de ira
perdiendo para siempre todo.

5

## CANCIÓN DE LA LLUVIA

*Allá en el mundo cae la lluvia*
*obstinada y tranquila.*

*Llueve como para morir*
*y yo, saciado y triste,*
*torpemente estoy vivo.*

*Ah qué hinchazón de sentimientos,*
*alma deforme, alma incómoda*
*como una víscera.*

*Ángel de furia, ven,*
*mírame con tus ojos calcinantes,*
*tráeme la rabia y el árido deseo,*
*quítame este desdén ahíto*
*de la vida; quita del mundo,*
*quita esta pérfida náusea tan dulce.*

6

## CANCIÓN DEL MAR VANO

*Corazón entre redes:*
*la evidencia intocada*
*de este cielo palmario*
*no te sabe ya a nada.*

*El fresco mar cremoso*
*—¡y creíble, esta vez!—*
*danzando incita en vano*
*tu vacua invalidez.*

Florece de luz virgen
la alta copa del día.
Tú no sabes ya abrir
sus frutas de alegría.

El tiempo ya no avanza:
sube aquí mismo leve.
Para ti no hay ya brisa
que te alivie o te eleve.

Si reina lo visible,
¿qué ley fantasma acata
la medrosa esperanza?
Despierta, alma nonata.

Sí, corazón implícito
que huyes de explayarte,
sí: las simples verdades
no están ya de tu parte.

Trivial y desganado
de lejos mirarás
la angustia del derrumbe.
Y sin drama, además.

[Montevideo, 13.4.64]


7

CANCIÓN DE LA TIERRA

Como uno más entre los seres que tú crías
en tu fecundidad desierta,
terca tierra reclusa en tus musitaciones,
profuso rostro para el abandono,
paciencia enorme que te tragas la tristeza
de no recibir nunca desde el eterno origen

*una palabra tan sólo para ti dicha,*
*como un desatendido gajo tuyo*
*volver contigo y en tu fuente muda*
*largamente ofrendarte*
*mis heridas abiertas, lenguaje interminable*
*y tú, madre confusa,*
*sepúltame en tu amor informe,*
*que no me alcancen esas voces, ahógalas,*
*dispersa tú sus falaces fulgores,*
*tómame, tenme entre tus seres,*
*monótono esplendor.*

[20.7.61]

8

AL AMOR

*Amor, si me miraras, Amor, deidad huraña,*
*dios de las madrigueras, dios de espaldas;*

*si cayera sobre mí tu «clara pesadumbre»*
*revelando tus rasgos, amasador de sombra;*

*si una vez me miraras en los ojos*
*y no me prefirieras siempre ese yo que es otro,*
*infiel en contubernio con mi doble,*
*tú, refugio sellado y puerto insituable;*

*si me dijeras basta, Amor, deidad sin rostro;*
*si me rïera, y tú también, de pronto,*
*renunciando a tu gesto de dudosos martirios,*
*tú también, pobre ídolo, tú también te rïeras*

*—¡y rasgando ¿verdad? tus velos y tus máscaras*
*desnudarías con soberbia hilaridad la ficción vana*

*de esta comedia sórdida de espectros y de infiernos!*
*(Basta ya ¿quieres? Basta. Ríete y vamos a encontrarnos...)*

[21.10.62]

9

## CANCIÓN DE LOS DÍAS

*Los días llegan y por turno parten;*
*lerdas aves, se instalan sólo al paso*
*en el nido enfriado de mi vida*
*que uno tras otro sin pasión usurpan.*
*El pesado pasado me sepulta,*
*los días vienen con cansado vuelo,*
*caen sobre mí como malas noticias*
*y vuelven a alejarse sin haber reinado.*
*Los días van y vienen, nada cambia,*
*todo está dicho, todo ha sucedido,*
*desemboca el camino y nadie espera.*
*(Una noche de engañosa luna vi mi imagen:*
*una columna sórdida de sombras*
*que un dardo fulgurante atormentaba...)*

[Montevideo, 1963]

☞

la entrada está borrada y tú no vienes
no seguirás sin rumbo al forastero
incierto rondador de las firmes murallas
a quien no acogen las cavernas
la sombra misma ha cerrado sus puertas
más allá de la niebla era esto lo que había
escapo de un infierno al que llegué de un limbo

pero uno y otro son la fuga misma
el espacio conspira para cerrarme el paso
y las fuentes del tiempo están envenenadas

una vez más te desvaneces
tu gesto de inmolada se va haciendo impreciso
tu estatua sin cambiar se ablanda
ya no brilla en tus lágrimas el amor despojado
tus gemidos tragados se reabsorben
vas perdiendo tamaño y consistencia
sólo tu gran silencio llena todo
me dejas en su orilla y te retiras
como de un mundo que acabaras de crear
me entregas por morada el valle de tus lágrimas
por reino la infinita región de tu rechazo
de nuevo te confundes con todas las que fuiste
y finalmente todas con la que es ninguna

el ciclo una vez más se cierra
                                        otra vez eres
la misma soledad que por ti abdicó un día
regresas a la ausencia
de cuyo fondo te llamé a este ser
te quedas en el Hades añorado
te vas al abrigado golfo de mi nostalgia
vuelves a ser la eterna recordada
vuelves a ser la muerta

estamos otra vez donde empezamos
las hondas aguas del Amor se encogen
cuando avanzan mis labios de sollozante Tántalo
nuevamente es la tierra adulterada
el barro sin aliento el impotente limo
el humus germinal desnaturalizado
que ni acoge la espiga ni la raíz libera
la fatalidad misma se trastorna

floto en un campo inerte
sin caer hacia un polo o hacia el otro
sino y origen cesan su combate magnético
la matriz es la tumba y el Amor el silencio
y cada uno el otro y los dos este limbo
y una vez más «es la muerte —o la muerta»
una vez más te tengo que perder
porque otra vez te llamas orfandad
y eres tú misma mi viudez de ti
la sentencia entre tú y yo interpuesta
los labios que pronuncian la exclusión
y me privan de ti perpetuamente

no estoy solo de veras aunque te has eclipsado
en tu lugar me dejas la inversión de tu imagen
tus oídos ausentes me despojan
de pronto eres tú misma la noche del origen
de la cual en tu luz me rescatabas
te vuelves a fundir en tus raíces
con la sangre infernal que exorcizaste

no hay dónde desterrarse del exilio
salir de la exclusión alcanzar el comienzo
iré una y otra vez a buscarte en la noche
y cada vez te volveré a perder
en el umbral del alba

*

eterna recordada
cuya presencia es de la raza del olvido
huésped por un momento de mi clima
y siempre retornada al vientre de la sombra
con misterioso ritmo sideral de eclipses
fatal giro de fases lunar y femenino
plasmada y disipada alternativamente
en mi suprema rueda de infortunio
no sabrás nunca cuánto añora el nómada

esos pesados toldos de desgracia
las lágrimas del célibe no mojan
a sí mismo librado mas no libre
huye a través de un páramo sin término
evocando los trágicos racimos sangrientos del amor
cuyo estigma precioso hoy atesora
y la carne que entonces luchaba con la carne
y aquel vasto jadeo inolvidable
de dos grandes dolores enlazados
en el abrazo de piedad feroz
y el vivo despotismo fascinante
y el dolor imprevisto de morder bruscamente
en una amarga muerte ajena
y la evidencia antigua vuelta a reconocer
en el límite extremo de una larga sordera
y el relieve imperioso y preciso del gesto
que volvía a apretar las ligaduras
y hasta la misma maldición de amor
mal de ojo de unos ojos adorantes
difícil delación hecha en plena ternura
arco voltaico en el cual enfrentados
los dos pertenecisteis a una misma violencia
descarga que cargaba de impotencia sus miembros
atajando su hermosa libertad evadida
y así lo derribaba inválido a su historia
amado barro impuramente tibio
donde sembrar el elusivo corazón
corpórea maldición de bulto
cárcel y escudo escollo que es puntal

la libertad no es sino el hueco de tu impronta
tu huella desertada
tu ausencia está maldita más que tu impío imperio

el monstruo del silencio se alzaba entre nosotros
a su sombra crecían nuestras vidas

el mismo Mal acuérdate nos preservaba
con su terco tejido
        de las disoluciones
toda una espesa capa de lenguajes podridos
recubría la faz de nuestros territorios
hacíamos en ella nuestros lechos
su espesor nos unía
su peso opaco nos fue todo un mundo
magma y asfixia y ocasión y enigma
pero tú desertaste del remordimiento
aterrado procedo solo por la intemperie
voy sin ti huérfano del Hades
indeseado «aborto del averno»
contigo lo cerrado repudia en mí su cría
y lo abierto me niega en ti su crïatura
y quedo sin retorno encerrado en un fuera

tú la lejos nacida
venida a mí desde lo más extraño
cada vez no supiste morir a la extrañeza
para nacer a mí segundamente
confundida a lo oscuro me hurtaste los orígenes
y revestida de esplendor las cimas

hija de lo profundo hija de lo distinto
cuando mi sinüosa sangre irremontable
moría por regar los pies de tu pureza
cuando quise ser yo el fértil de ti
recobrar en ti mía lo que no me hizo suyo
cuando te quise dar la vida con mi vida
renegaste de mí y volviste al silencio

te di recuérdalo la facultad del habla
qué has hecho de ella en qué la has convertido
de pronto me has dejado hablando solo
ahogado bajo el peso de mis propias palabras

dirigidas a nadie dichas en la mudez
proliferando absurdas como el cáncer
cayendo sobre mí paralizándome
con su demente camisa de fuerza

mi lengua sin destino engendra monstruos
alucinante maquinaria inútil
letal palabra en libertad o gen sin ley
lenguaje reventado que me mata y se mata

de mi palabra dada
lo que no hiciste deuda lo haces flecha perdida
lo haces golpe al vacío
y paso en falso y juramento en falso
por todas partes huyes y me cierras el paso
me vedas la caverna la humedad el surco
cae en la árida arena derramado
el fuego seminal de mi palabra
el aire muerto seca mi palabra
ya no siembro en tu vientre mi palabra
recorro destronado mis antiguos dominios
mi poder sin empleo es doloroso
célibe sexo erecto en noches sin pareja
llevo con repugnancia este lenguaje
que dejaste en mis brazos mutilado

demarcaste tu zona de silencio
allí estarás hablándole también a la demencia
y no podrás hablar sino con mis palabras
mas no entregues la clave al enemigo
guarda el secreto de nuestro amor réprobo
no traiciones el lazo fratricida
toda tú vas manchada por mi voz
y aquel mosto nocturno bebido en tu blancura
que intoxica mi sangre para siempre
circula en mí mientras avanzo por lo liso

veneno salvador del que moriré un día
secreta fiebre de mis musitaciones
huidizo contrapunto en mi hablar obstinado
en mi terco repaso de las vanas etapas
mi insensato inventario de tu ausencia
elegida fatal de mi perjurio...

☞ 262

## Aria del insensato

*Obstinado...*

*¿Rasparás tu costosa voz —renunciarás para siempre a desertar de pronto y escapar al luminoso día para un fortuito abrazo que no dejase rastro— te harás al mar de la amargura sin dejar de veras en el puerto una nostalgia?*

*Pero avancemos ya sin muchos miramientos, puesto que es tan necesario, y aceptemos viajar pobres en respuestas y arrastrando inútilmente las preguntas que han de morírsenos sin fruto —como también las que podrían matarnos.*

*Y vamos, vamos, no es posible seguir hundidos en este odio bruto que baja la cabeza buscando a qué embestir. Obstinación por obstinación, mejor meterse hasta el pescuezo y más, ir adelante aunque temblando de terror, de asco sobre todo, y aun a riesgo de disiparse en un pantano de negrura —¡tú que pensaste disolverte en la luz!*

*Una última mirada, sin embargo, a las evocaciones, antes de navegar la memoria otra, la sorda sórdida que no despierta ecos y es el sitio del Mal. —¿O sólo su presa? (Después, después... por ahora invoquemos con callada ceremonia, y aun atreviéndonos a un casi inocente júbilo, los ritos y los pasos de la espectral jornada por los fueras, y no será el menor tormento decirnos otra vez de qué reino vinimos, de dónde hemos llegado a este lugar del cual a toda costa hay que partir...)*

Pero aquí, no lo olvidemos, empieza la glacial separación, y sólo al término será posible, si es que es posible, volver a hablar de veras. Tengamos pues la fuerza de aceptar abiertamente la injusticia antes que recurrir a las justificaciones. Porque una generosidad debe quedarnos, y es no incubar la esperanza orgullosa de echar a pique con nosotros cielo y tierra; es no emponzoñar nunca a los salvaguardados, a los eximidos, a los intactos. Allá se estén, libres de toda maldición, las dignidades, si queremos esperar ser reintegrados algún día al natural amor de la hermosura.

[Montevideo, 3.64]

☞

elegida imposible esquivo abismo
deshecho por tu mano admiro tu inocencia
y yo el desfigurado
te digo que tú estás inmaculada
que tu amor indefenso es invencible
sin sombra tu pureza arrasadora
señuelo trágico y crucificado
blanca cordera con dolor atada
para la perdición de un hambre incontenible
ofreciéndote siempre al sacrificio
marchando valerosa a la pura fogata
dándote a ella en cándido alimento
y no por voluntad encendiendo la guerra

guardiana del deseo no es tu culpa
si despiertas las furias que tú habrías saciado
de la espada que aportas los dos somos las víctimas
sin querer te conviertes en campo de batalla
en puente del destino carnicero
en barranco espantoso de holocaustos suicidas
pero en el mismo instante en que miro mi muerte

viva en la enormidad de tu belleza
tu intacta claridad me sobrecoge
frente a ella volvemos a encontrarnos
a ti misma te excede y te deslumbra
la hermosa desmesura de tu sexo
el fondo de tu carne
se pierde más abajo del averno
encima de la vida resplandece tu amor
y la cresta final de tu pasión asoma
por sobre el horizonte de la muerte

si destruyes es que eres impensable
nada puede mancharte estás siempre más lejos
tu abandono da vértigo
tu entraña abierta es insondable
en tu espasmo la especie se desgarra
tu catástrofe y éxtasis de gozo
empiezan antes de lo humano
y no terminan dentro de lo humano

mas tú pequeña estás conmigo hecha ternura
ante las vastas fuerzas que trajiste a la vida

imán de la violencia
cuánto te han venerado mis condenables garras
en medio de mi furia y mis zarpazos
cuánto he querido ahogarme en tu pantano
aventurarme tras tu doble puerta
de incendios y quietudes
tuve razón en querer sin recato
fundirme a tu demencia disolverme en mi opuesto
abrir las puertas a mi negación
a tu lado olvidarme de mi origen
contigo no acordarme de mi raza
querer ser sólo natural de ti
sin nombre y sin señales y sin fidelidades
sino nuestros dos rostros y nuestras dos miradas

los dos cuerpos desnudos las dos vidas desnudas
de otro sexo que todos
no queriendo saber siquiera de qué sexo
cada uno perdido en el del otro
y los dos en un único que el nuestro inaugurase
insospechados prófugos
salvados en secreto de la especie
descastados incógnitos del cosmos
entre ambos ocultando una zona robada
tierra de nadie de la ley y el coto
pues es verdad que siempre te soñé desbordada
y amé el gesto sagrado con que a veces dejaste
como una emocionante prenda entre mis manos
los transgredidos límites
y la inmortal virginidad que te aguardaba
siempre en la otra vertiente del delirio
y te quise sin frenos y olvidada
de mi mano pisando pasando la raya
y al otro lado allá
en «la región salvaje inhabitada»
asentando conmigo la inconfesable piedra
secreto arraigo del hogar y de la fragua

mas todo aquello regresó a la niebla
ahora avanzo solo por rutas enemigas
y sin orgullo sé que soy un hombre
vuelvo a pertenecer a un sexo y a una raza
en que me reconozco sólo a medias
y no hay sexo ni raza en que te reconozca
extraigo de mí mismo sin ninguna alegría
una triste coraza sin belleza
lo que busqué en la niebla no era sino tu noche
sé que ella y no mi lumbre la habría disipado
tu sangre lleva el fuego en sus aguas oscuras
en ella recomienza la fuente sepultada
su riego arrastra la semilla antigua

el surco de tu vientre se contiene a sí mismo
y sembrar en tu vientre es sembrarme yo mismo

ahora noche y niebla volvieron a la niebla
te has llevado la clave a un laberinto
ni aun para la memoria hay una ruta recta
aun para recordarte he de ir hacia otro rumbo
cruzar como una mosca la tapa del infierno
esta costra enfriada por la que voy sin fuego
el cielo está sin signos
las aguas quietas sin sabor ni curso
el aire sin lenguaje Mnemósine sin ley...

☞ 272

## *Canciones VI. Mnemósine sin ley*

### 1

#### CANCIÓN ANIMAL

*Todavía, a menudo, a la mañana,*
*en el fresco volumen del otoño*
*que frío se consume de pureza*
*inquieto husmeo una confusa*
*querencia de animal.*

*Atareado, discontinuo,*
*rondando una imprecisa inteligencia,*
*voy y vengo en mi obcecada busca.*
*Persigo ecos fugaces, instantáneas fragancias,*
*bruscos retumbos ya inaudibles;*
*con un tenue fulgor rudimentario*
*alumbro oscuras zonas*

*al borde mismo de la comprensión.*
*Estoy de pronto a punto de repetir el gesto,*
*reanudar la olvidada inhalación,*
*volver a penetrarme de frescura indivisa*
*—volver, de pronto ver, volver a ver,*
*volver a oír correr la fuente aquella*
*de incorregible dicha...*

*Inconstante y monótono, cien veces recomienzo,*
*queriendo retrazar las embrolladas pistas,*
*acordarme del todo,*
*sacarle el hueso como a un fruto a la memoria*
*—Memoria,*
*puñado de luciérnagas dispersas,*

*Memoria,*
*acaba de decir el nombre,*
*pronuncia entera la palabra,*
*detente que te vea un momento,*
*álzame que domine el panorama...*

*Pero clara y movible como el agua,*
*no se deja fijar la espejeante,*
*transidora llamada.*

*Y el alma amenazada y terca*
*no levanta los ojos,*
*sigue pegada palmo a palmo al rastro,*
*como un olfato.*

[Montevideo, 1964]

## 2

### EL ARROYO

*Del fondo helado del arroyo aquél*
*vi levantarse un rostro que fue el mío.*
*«He vuelto (dije), ésta es mi mano.»*
*Se acordaba de todo:*
*de cuando él y yo aún no nos conocíamos*
*y éramos uno, absorto y sin historia;*
*de cuando lo perdí, cuando bajé los ojos,*
*cuando no quise ya ser su guardián.*

*Todo estaba con él bajo las aguas lívidas:*
*tres ramas que eran mi niñez;*
*aquel trémulo estanque: toda mi pureza;*
*el olor del ligustro florecido*
*que era el consuelo todo de la vida.*

*Y él, callado, dormido*
*con los ojos abiertos bajo el agua glacial,*
*veía todo aquello*
*en la serena luz difunta*
*y me esperaba hundido en su alma fiel y fría,*
*hermano ahogado y limpio.*

[7.59]

## 3

### MITOLOGÍA DEL NÓMADA

*(Un cortejo memorial acompaña, exaltado y lóbrego a ratos, los*
*fastos del vagabundeo con esfuerzo ganado, saludable y espiri-*

*tual de paso, y bello, sí, pero —confiésalo, Visión— bello a falta de más. —Visión que traes para restituir la falta desde el fondo del tiempo los días fabulosos:*

\*

*Un día, por ejemplo:)*
   *La explanada dura y blanca, velada de polvo más fino que si fuera de sueño todo ello. —Y allá al fondo, contentos, los jóvenes soldados como ingenuas hormigas al sol, entre las tolvaneras y el humo errante, lavados por los frescos raudales de débiles clarines desatendidos...*

\*

*(Y, otro día:)*
   *Ciudad sin fin, con su clara sonrisa como una mujer fácil agitándose en la ignorancia. Y, de negro y pálido en la luz variada, tres ángeles debiluchos arrancados al vientre del horror, asustados pasean su fardo de huellas y de signos. Ah, qué fría piel presenta la alocada, la grotesca alegre, al amor muy serio de esos huérfanos, hijos caídos de una infancia carbonizada. —Y que vuelven a su grave exilio, tocado por un hielo el corazón, lejos del horrible infinito de la risa...*

\*

*(Y, otro día más:)*
   *Oh playas. Interminable desenvolvimiento con la errancia de las olas de todos los meandros del silencio, la soledad y la pálida ausencia. Atrás, la población recién posada, blanca bandada de palomas, bullente y recalentada como un mendigo al sol. Y enfrente el mar, el ávido mar. Oh su amada espalda de reptil, su fría espalda lisa; oh su mirada oculta y su lenguaje ahogado. Célibe océano. Bien sabía yo que no me amaba, ni amigo ni enemigo, sordo de tanta fuerza. Ésa fue la hora entre todas sagrada de la confrontación. ¡Tanta imposible vida! Y bajo el velo de la*

*soledad y sus musitaciones, en tu indigencia insuperable, tierra,
vislumbraba amargo y fuerte, por fin, a medias descubierto el
seno de la Madre Descarnada...*

*

*(Buen collar, de todos modos, el que forman en hilera estas esce-
nas, para apresar el triste cuello del alma flotante.
    Oh vagabundos...)*

4

HOY

*¿Verías, si me vieras hoy, en estos ojos
aquel límpido asombro?
¿Sabrías que este corazón inválido,
encallado en la arena de los días,
es aquel que mirabas dispararse
ciego y certero como el dulce imán?
¿Y reconocerías las palabras
abrasadas de entonces,
soplo en que se cruzaban turbadoras centellas,
en el discurso de ceniza que me oirías?
¿Cómo decirte, Amor, que este pantano amargo
no es sino aquel torrente de pureza
y que este humo acre es aquel fuego?
¿Cómo hacerte la injuria de mostrarte
que aquella luz no ha muerto:
que es esta llama impura en el tugurio infame?
Sólo tu rayo, en un final
deslumbramiento, transfiguraría
toda esta escoria en ascuas venturosas.
No tengas pues piedad,*

*no me niegues la ira de tus ojos,*
*si me vieras, Amor, fulmíname.*


5

## RECITATIVO Y ARIA

*Quién te hubiera dicho, ¿eh, alma, pobrecita?, que también aquí*
*—¡aquí!— ibas a poder distraer tus queridas facultades, abando-*
*nando un rato tus aullidos que bien que imaginaste eternos, y*
*entregarte al recuento inútil de mutilaciones, tajos y dentelladas,*
*hurgándote las llagas feas de la memoria; que también aquí*
*—¡aquí!— ibas a engañar al tiempo, soñándole pasados al pasa-*
*do, entregándote a las más blandas y embrutecedoras mecánicas*
*(tu vicio tan secreto), o simplemente aliterando de memoria:*

*En un infierno de orfandad Orfeo Infiel*
*inmerso en su marisma y más mísero que el mismo Marsias*
*apela al limpio Apolo apenas en un soplo*
*¿irá a decir Eurídice la certidumbre?*
*será de sal si sale al sol ilesa*
*y el áureo hilo de una aria delirante hilará la lira*
*la-la-ra-la li-ra...*

[Montevideo, 1963]


6

## RECITATIVO DISPERATO

*Aquí estás bien, memoria, vieja medrosa, en estos lugares raí-*
*dos como viejas alfombras por tu insistencia obtusa. Sacas de*
*tu talega de avara las mismas imágenes descoloridas, las vas*
*poniendo cada una sobre su cosa, y así te sientes segura y recon-*

fortada, *después de tapar minuciosamente el mundo, sin temor
ya de que vaya a atropellarte la violencia de su desnudez.
Acurrucada, cobijada, temblona, no te quieres mover más, quieres pasarte la vida y la muerte contando y recontando tus míse-
ras monedas manoseadas.*

    *¿Y yo? ¿No te vas a entregar nunca? ¿No vas a ser nunca mía
en la oscuridad y en el olvido; no te vas a·revolcar conmigo en
la locura, en el derroche, en la pura pérdida? ¿Qué ganamos tú
y yo con guardar todo? Tus monedas sumidas en tu fétida bolsa
se apagan, tus verdades se apagan, todos tus tesoros son cuentas
y baratijas y mentira ensordecida. Memoria, ahorradora de
harapos, disecadora de pájaros, ¿qué vale ahora lo de antes?
¿Mentías entonces?, ¿estás mintiendo ahora? ¡Ah, despanzurra
tus arcas, dame nuestro tesoro para que lo arroje al viento a
manos llenas, quítate esos ropajes de viuda, grita!*

    *Pero no, nada, no te mueves. Está bien, tú ganas otra vez.
Pero piensa, memoria, vieja avara, esposa remilgada (¡la obscena eres tú!), piensa que yo también te puedo dar la espalda; que
puedo morir viudo, célibe, desmemoriado; que se te va a pudrir
en las entrañas todo lo que me has quitado si un día me decido
a entrar sin ti en la noche, a hundirme solo en la profundidad de
la amante inmensa, la gran amante indiferente y ávida, y estéril
como tú, pero que ella sí va a devorarme sin asco ni avaricia —
¡la hambrienta!—, y no pensando en nada...*

[11.10.62]

7

ANIVERSARIO (JULIO, 1936)

*Tanto tiempo después y aún no comprendo
esta sombra brutal
que veis a veces todavía
danzar al fondo de mis ojos*

*y que cayó sobre ellos un día de mi infancia*
*cuando en una mañana radiante despertaba*
*y contra el cielo fresco*
*vi levantarse un impensable brazo*
*que apuñaló a mi Madre...*

8

PLANTO

*Memoria, memoria insepulta,*
*oh mal mío, la noche se prolonga.*

*Aún iremos por otras regiones desoladas,*
*nadie sino el tormento*
*diremos que nos vio con ojos familiares.*
*Marcharemos,*
*tú hinchada y fría entre mis brazos,*
*guïados por la pena y su mirada estúpida,*
*y el aire nos sabrá más y más subterráneo.*

*Iremos hasta el fin, memoria degollada, y —*
*¿qué podrá de este horror salvar la muerte?*

[Montevideo, 1963]

tú Mnemósine madre de las nueve alegrías
al menos tú sigues a mi lado
contigo lloraré la huida imperdonable
de tus hijas solícitas que te volvió insensata
al menos en tus pechos extinguidos

aún probaré la seca costra insípida
de aquel tonificante chorro de tus memorias

saldremos juntos al presente mudo
qué glacial esta aurora
en cuyo umbral me han puesto y han cerrado la puerta
las sombras y las brumas se han disipado en ella
como si se le hubiera evaporado la savia

se le ha helado la sangre en las venas al tiempo
marcho pisando el blando bagazo de las horas
el hoy no tiene jugo el presente es de polvo
el pozo de mi historia está cegado
mi vida ya no bebe de mi vida
no me da de mamar la memoria dormida
no hablamos ya el mismo lenguaje
un día no sé cuándo mutó de raza el tiempo
ya no me reconozco en todo aquello
o si regreso allá no sé quién vive ahora
la mitad de mi vida es terreno mostrenco
en el que sigue estando todo pero no hay nada

regreso de un infierno no soy sino un espectro
no tengo más tarea que mi condena estéril
tentativa insensata sin cesar reanudada
de edificar de nuevo la tiniebla
este eterno descenso inmaterializable
sórdida trama urdida cada noche
y que el alba desteje
no tendré paz hasta que incendie el tiempo
tendré que asesinar el hoy y abrirle el vientre
forzar a hierro y fuego una salida
de este final de ruta acorralado
abrevarme de sangre aterradora
volver a empujar sombras por mis venas
para que nuevamente por las brújulas corra

un torrente de amor y magnetismo
y vuelva a ser la carne pesada y ominosa
y la muerte recobre su eléctrica mirada
y el dolor y la dicha muevan el firmamento
y que de nuevo vibre resonante
el bronce deslumbrado de las evocaciones
y el sol sea otra vez un fundamento en llamas
y el mediodía en su blanco misterio
pan infinito abierto
balanza incandescente que ha escalado el cenit
repartido en sus brazos el peso de la vida
haga otra vez crujir las animosas vértebras
de un Sur hoy fabuloso
columna en cuya comba poderosa
el día hace visible su rigor soberano...

☞ 277

## Tres letras meridianas

### 1

#### CANCIONCILLA DEL SUR

*En la noche del Sur*
*los luceros se agitan*
*como piedras preciosas*
*que estuvieran vivas.*

*Iré al Sur*
*—claras estrellas—*
*iré al Sur*
*para verlas.*

Volver al Sur a aguantar
el empellón de sus soles
y a volver a tener
pulmones.

Iré al Sur
—sol acezante—
iré al Sur
a saciarme.

El horizonte es al Sur
un fondo de mirada
que asustada de las nuestras
nos mira mirarla.

Iré al Sur
—cielos ignaros—
iré al Sur
a inquietarlos.

Tendré que volver al Sur
por si quisiera entregar
pero asible y en carne y sangre
mi libertad.

Iré al Sur
a mediodía
a que su alma luche con la mía,
iré al Sur
a incendiar el azul.

[En tren hacia Provenza, 1966]

## 2

### CANCIÓN DEL OTRO SILENCIO

*El sol de encendida cresta*
*desde el primer azul pisa sin escape*
*a la ciudad sometida*

*mas su clamor no sonaba*
*en un fondo de estupor que en el saqueo*
*enmudeció todo el día*

*y ahora que la calígine*
*extenúa y reconcilia al tiempo airado*
*—golfo de sombras violetas*

*donde nadan las miradas—*
*a su sombra y de la mano del estío*
*paso de un silencio a otro.*

[París, 6.6.66]

## 3

### CIGARRA

*En la noche misteriosamente obtusa*
*del verano letárgico y suntuoso*
*confiarse —aunque la sombra bruta*
*que devora lenguajes nos arroja*
*sin nombre ni memoria al tiempo errático—*
*con el grito frenético de la cigarra,*
*a la salvaje exactitud de los llamados.*

[Montevideo, 22.1.64]

☞

el bronce deslumbrado de las evocaciones
susurra incomprensiblemente
inaudible y monótono
con afónica voz agónica
sin saber ya por qué sin fe sin meta
susurra sin razón
                        delira con sordina
con dolorosa inercia se repite
incapaz de pararse
sin escucharse ya
                        quizá ya muerto

no hay hitos ni descansos
en este insustancial camino que recorro
mana el tiempo con vacuo gorgoteo
la vida gira sin efecto
el camino sin fin se desenvuelve
naciendo de sí mismo con absurda mecánica
pasan y pasan nubes las mismas o distintas
el alba estupefacta y embrionaria
no crece no madura no va a ninguna parte
un invencible pasmo tiene inmóvil al mundo
en silencio ha estallado la memoria
como una nebulosa remotísima

sus más graves heridas se dispersan
con lentitud terrible
dejando de pesar sobre su masa trágica
todo vuela sin polo y sin oriente
está en estado de ingravidez el tiempo
cruzan el gran espacio neutro
fragmentos de recuerdos desmembrados
al final todo pierde su sal cáustica
y en el cielo lavado insípido indoloro
vuelven a pasar nubes las mismas o distintas

la evocación susurra
galopan grandes nubes
todo se expande menos los pulmones
el alba fue barrida y pasan grandes nubes
todo se aleja de un centro insitüable

galoparon ya así estas dolientes nubes
sobre Montevideo con delirio raptadas
agitando difusos brazos pálidos
en adioses sin voz todo el día y la noche
y por aquel entonces una tarde
largas horas fumé frente al río Uruguay
solo en el gran silencio incinerado
de la árida pedriza pura
viendo cómo el sol cruel cauterizaba
la estremecida negra piel del río

recuerdo tantas nubes sin historia
un día en un aeródromo del trópico
el hocico baboso de la selva
se asomaba a husmear por los umbrales
y fui por una hora sonámbulo el esclavo
de su drogado amor
                              y una lejana tarde
a través de los vidrios de un revuelto café
mucho antes una tarde de lluvia
sucia e íntima
entre dos autobuses
contemplé largamente
a una descabalada y gris Toluca
que sumisa dejaba denunciar
por las dudosas aguas su fealdad llorosa
y cubrí de una sentida escritura
muchas usadas hojas
entre un arcaico olor a cuarto de planchado
y un tintineo atávico de tazas

pasan perdidas nubes sin caminos
en tren crucé una tierra macilenta y agriada
entre el dormido Nayarit y Sinaloa abierta
y junto al «amarillo amargo mar»
respiré el Mazatlán de Gilberto Owen
con el amor herido por un trazo de luz
y volví a los dos años ya quemado
y fui su vagabundo un mediodía interminable
en que el bárbaro sol hizo de mí lo que quiso

y alguien acaso lo recuerde conmigo
una gélida noche por el Lungotévere
por entre árboles proletarios
la sombra se hacía antigua
tosca y noble
y sonaban rotundos nuestros pasos
como sentencias en el mármol estampándose

y ahora vuelvo a ver aquel cielo intratable
congelado y cerril
torturando de modo inadmisible
la trabajada piel de los tejados
en mi ciudad primera del silencio
me vuelvo a ver volviendo a ver
transparentado tras aquel retorno
el olvidado horror del primer tiempo
impotente mirando levantarse
la cabeza de sierpe del antiguo castigo
que yo mismo
                    por fin lo comprendía
desperté de su sueño amenazante
y abría nuevamente los pozos de sus ojos
que envilecen con sólo mirarla a la esperanza
y obstruía la vida por todas sus salidas
haciendo de este mundo un retazo inservible
estorbosa envoltura que encontramos vacía

y esa vez nos dejó a la margen de todos
en bilioso aluvión encenagados
solos entre los hielos
con algunas castañas y un bocado de odio
para esperar el año

y en esa misma capital de ojos remotos
ciudad de la piel fría ante el amor muy serio
cuando el otro retorno
en la boca del metro
vi a una negra en harapos y de confusos ojos
que con voz harapienta hablaba con lo negro
y después en el túnel
vi a un anciano precario de vacilantes piernas
que avanzaba goloso sonrïendo a la Muerte

y solo otra vez solo en un largo vïaje
con lentitud de pesadilla
me arrastré enmudecido de un hemisferio a otro
y exasperé las calles de ciudades ajenas
incapaz de reposo y sin cruzar palabra
esperando toparme en cada esquina
como un crüel bautismo
con el rostro de un nómada irreconciliable
que sería ya el mío para siempre

en tantos sitios no he tenido casa
otro día fui niño en Casablanca
y por primera vez con reflexivos pasos
midiendo los meandros del silencio
y la pálida ausencia
en una playa tísica con un clavo oxidado
grabé sobre una roca un nombre hoy oxidado

y aún recuerdo el sabor repugnante y ritual
de aquellos ostensibles cigarrillos

fumados por los bancos de los parques vacantes
haciendo el recorrido fatalista
de todos los lugares donde *ellas* ya no estaban
como si condujera de la mano
por un bosque simiesco de humanos sordomudos
de un lado a otro hasta la extenuación
solo ya y delirante de palabras calladas
a mi gemelo afásico preso tras de mis ojos
en ávida sustancia enferma modelado

otras nubes o éstas el cielo obsesionaban
y una tarde salvaje y gris de invierno
pisé otra vez la muda arena fría
de la desolación
                un fiero viento oscuro
embestía quejándose por las playas desnudas
y el mar el Solitario se obstinaba
en una y otra vez desplomarse en la muerte

salí a la orilla desde un fondo igual y opuesto
bajo horizonte ciego de gruta primordial
me acerqué yo también con la mirada hundida
y sin buscar ningunos ojos

allí llegaba él el siempre inexpresado
el mar de todos mis comienzos
movimiento de sombras sumergidas
agitación sonámbula de un mundo sin sonido
de antes de los lenguajes
fragor del gran silencio
                     denso mar gutural
ni los pálidos gritos de la noche
ni el torvo viento loco ni el relámpago
ni los mudos salones del espanto
ni nada sino tú le hablaba al que marcado
sin otro amor que el de la muerte
sin más fidelidad que su desdicha hipnótica

en secreto alimenta su mal y solamente
por la disolución será purificado

fueron siempre las mismas esas nubes sonámbulas
así eras ya mar sin consuelo
en aquel tiempo dulce y turbio
de la ansiedad primera
te revolvías con igual fuerza sorda
de fiera desdeñosa
                      y eras ya la imagen
de la incurable infinitud
orgulloso veneno que consume a la vida
pues yo guardaba desde siempre
la sombría promesa de esa hora glacial
y no había cesado ni un instante
de esperar que vendrías un día
                        mar sin alma
a rendir tu congoja bajo el impío cielo
a la orilla de un mundo coagulado
por donde embiste el viento sin hallar nunca a nadie

cada vez que miraba tus orillas
en el silencio de las largas comuniones
en la impaciencia que tu fuerza exaltaba
en la melancolía de la plenitud quieta
me destinaba todo el tiempo oscuramente
a aquel momento descarnado
arrinconado en la mudez del mundo
en que te miraría al fin dejando todo
y serías la gran espalda vuelta
la palabra tragada el nombre ahogado

recuerdo entre estas nubes su silencio nublado
el mar el Hosco interminablemente
agitaba su gran dolor vacío
y yo me preparaba a ser amargo
todo lo ensordecía el mar de confusiones

el mar de par en par abierto
salida al infinito sin salidas
indiferencia enorme con quien se confrontaba
sólo con ella
            la soberbia ruina
de mis antiguas hambres naufragadas
por más que yo sabía que en alguna ribera
aún latía el grave ardor que en otro tiempo
fue en mis brazos el cetro de la noche y el día
pero el mar el negro mar de las tribulaciones
no une sus orillas y muere irrevelado
y también la otra hora llevó oculto en su seno
el espectro de aquélla
                        y conocí la muerte

admirable y estéril el mar solo
el incansable mar sin huellas
borraba todo signo de su alma y la mía
y me dejaba en pie pero arrasado
para alzar en sus playas sin consuelo
mis casas cuyas puertas encierran la tiniebla

allí bajo el viento obcecado
que hunde en los pulmones el hielo de la muerte
la mirada desnuda
de aquel que en la inclemencia se hizo fuerte
y que en su corazón hizo el silencio
y perdió sus preguntas
ni pedirá ya nada
zarpaba por el tiempo inconcluyente
aceptando el azar y la tormenta
por si topase un día en alguna isla hundida
caída y en los huesos una ventura otra
sin tambor y sin danza
y en ella nuevamente anclase
una fidelidad naciente y taciturna

con que vivir tal vez
en el áspero amor de otra belleza

*

el apagado bronce de las evocaciones
se desvanece en tenues resonancias
se deshace en armónicos errantes
cada sonido en su interior se escucha
otro más débil que se escucha otro
siempre evoco un instante en que estoy mudo
evocando otro instante
oyendo un eco que repite un eco
una nube de polvo de sonidos
que mirada de cerca no es sino intersticios
aventuro los pies sobre este vaho
y no es él lo que piso sino el suelo
de nuevo estoy en tierra
la travesía vuelve siempre a Ítaca
todo es Ítaca todo es el presente
detrás de la memoria
no era eterna una noche de los tiempos
detrás de la memoria había este instante
la nube es el vïaje
«la noche anuncia el día»
la cascada del tiempo se despeña
todas sus aguas caen de día en día
y siempre entramos en el mismo río
la vida nunca está a mi espalda
era mi corazón lo que herían mis pasos
la ruta fue de veras devorada
circula por la sangre del ahora
la noche no murió al amanecer
duerme chupada por la tierra emergida
todo está aquí veraz y doloroso
el pasado tendrá mi rostro siempre
no envejece sin mí envejecemos juntos

conmigo morirá conmigo vive
mías son su atracción sus lágrimas su mueca
el cielo azul se quita y se pone sus nubes
las tormentas corrieron al capricho del viento
mas no es mentira el viento
hallo en mí una memoria que me halla a mí en su seno
no tengo que evocarme estoy aquí
el eco se disuelve en su sonido
al tocar el espejo me fundo con mi imagen
la tierra está desierta y no me espera
mas me espera una siembra que inaugura la espera

envuelto en el amor
en tiniebla inocente sepultado
guardado de los cursos en la cuna de sangre
fui al amor prometido
y empujados por eso mis ojos que dormían
al azote del viento

y relampaguearon las promesas
y dejaron mi vida listada por sus rayos
y mis uñas teñidas de otras sangres
y anocheció el amor
y estuve otra vez solo y todo yo en mi mano
otra vez empujado a este simún del tiempo
como otra vez en el dolor nacido
como otra vez para el amor nacido

la aurora abre la marcha
las horas reanudan la cadencia
el tiempo sale de su distracción
se está moviendo ya la vida
se ha despegado del atracadero
me derrumbo en mí mismo
no dejo nada en tierra
conmigo van mis lágrimas
¿adónde nos conduce el día insobornable...?

# II

# INTERLUDIO IDÍLICO

## ALBORADA DE LOS AMANTES

Una lengua de luz riega ya un poco
las playas del oriente

como un azúcar negro se derrumba
la vana esponja de la noche

el medio mundo sale de la sombra
aún agitado de presagios
abre los ojos asombrados
al abanico solar de las horas

termina el largo viaje nocturno
inmóvil travesía de la separación
cada uno en su túnel solitario

(algún inquieto a veces rebulléndose
interrumpía la marcha sonámbula
y en el silencio atónito y desierto
bruscamente la carne
sin idea
se le encogía en la glacial certeza
de tener que morir
golpe y veneno de un arpón sin mano
que coagulaba el mundo

y nadie para dar calor al lecho
donde sólo el terror junto a él yace
en la desesperada soledad
con sus trémulos miembros su helado sudor
su corazón paralizado
toda su vida en él desorbitada
en gritos que no tienen voz
que no son
            que no son lenguaje)

al fin la aurora fría y limpia
devuelve el rostro al mundo
«inquieto Apolo, despiertos estamos»
vuelve la luz nos encontramos todos
desembarcamos unos en los otros
el día es una plaza
todos cruzan por él
bazar bullente de miradas
sitio para un comercio de profusos lenguajes
suelo para la clara piedra de las tareas

es dulce retornar
a pesar del agobio el apremio el engaño
con rápidos vistazos vemos si falta alguno
si el mundo sigue estando
si aún somos todos de una misma raza

toda la noche fuimos eremitas fanáticos
el sueño es sin diálogo
entramos en el día donde hablan las miradas
vamos cubiertos de señales
de cifradas insignias
somos los afiliados a la especie
como a una sociedad secreta

la marea del alba nos ha dejado indemnes
en la playa del lecho

pero entre todos los así devueltos
más devueltos que todos despiertan los amantes
los únicos nativos verdaderos
ellos que desembarcan de su sueño
en la playa más suya

sus cuerpos sus miradas se saludan ya
cuando el amor aún no despierta del todo
el lecho aún está tibio
entrelazan sus manos cuidadosamente
por sobre el frágil sueño del amor inerme
ahuyentando las sombras opresivas
protegiendo su aliento delicado
tomando a cargo de ellos su inocencia
llevándolo en sus brazos hasta entrar en el día
poniendo a salvo su exquisita vena

los amantes se miran en los ojos
un punto antes de que el amor los vea
y así lo recomienzan siempre
se aman antes de amarse
un instante se miran sin su fulgente túnica
se ven por el reverso la belleza
se hallan atareados frágiles mortales
mas guardar el amor es su tarea
encorvados sobre él al mismo tiempo
se vuelven a tocar sus pieles apagadas
cada piel reconoce la otra paciente piel
cada mano responde a otra mano obstinada
cuatro manos se afanan mudas en la penumbra
sin emoción sin halo sin belleza edifican
hacen humildemente el fuego
se mueven entre las cenizas
sus callos toman ascuas
alimentan la llama con oscuros residuos
se hacen profundamente piedra

se han quitado las alas para darlas al fuego
se han quitado del vuelo para hacerse albañiles
yace aún aterido su deseo
vientre y semen son sólo vientre y semen
de ellos renacerá cada aurora la casa
nunca el amor emprenderá la fuga
ellos guardan el nido al que retorna siempre
salen al paso del amor y se hacen suyos
antes de que el amor los tome

su corazón corre delante de sí mismo
como la cresta curva de la ola
sostenida en el hueco en que despliega
toda su aérea arquitectura indestructiblemente

salen al paso del amor y su lenguaje
le abren su casa y le abren su silencio
su palabra es de silencio inseminado
su casa se cimenta en roca fogueada
el áncora del mundo
es un hogar de piedra donde la llama inscribe
sus cambiantes e idénticas sentencias amorosas.


## SENTENCIAS AMOROSAS

*Para Elda*


### 1

De tan poco que pesas mi suelo se construye
Aun estando tú lejos el amor me rodea
Aunque duerma sin ti duermo en tu lecho
No tengo yo tu amor por él avanzo
En él se pone triste esta tristeza

De tan poco que pesas es tuyo todo el suelo
Tu amor tan fácil de llevar me empuja
Tus delicados labios gobiernan hondas zonas
De quién somos si tú te llamas mía
Fue hecho para ti este ser que tus manos
    tan seguras de qué tocaban han tocado.

[París, 1966]

2

Quererte cuando llueve
Establecer nuestro lecho de espumas
    en medio de una selva de aguas ágiles
Ruborizar el verde corazón de la lluvia
Tomar por nuestra cuenta el cumplimiento
    de su latido atomizado
Autorizar su delirio de errancia
Querernos sin palabras junto a su rito absorto
Guardar para sus dedos ateridos un fuego
Caldear una piedra de amor bajo la lluvia
Querernos cuando llueve para que llueva a gusto
Que sea el lecho el arca y perder el timón
Y que nos deje solos la lluvia y se despliegue
No escucharla no verla dejarla ir a lo suyo
Que llueva sólo lluvia que sólo el amor ame
Su garra pura selle los sitios y los límites
Hable la casa intacta con las aguas enteras.

[París, 1966]

3

Te has interpuesto para darme el paso
Sólo te has hecho peso para clavar un eje
Sólo te has hecho muro para abrirme una puerta

No has cerrado lo abierto eres su entrada
Sólo me envuelves para que florezca
Sólo me aíslas para que navegue
Me abrigas para ir a la intemperie
Preparas mi alimento que quemará el trabajo
Sólo porque me quieres no soy tan sólo un sueño
Te apoderas de mí para que pertenezca
Te das a mí para que no saquee
Entro en tu carne sin salir de nada
Empapado de ti me irrigas no me fundes
Sólo copiada en tus ojos se lee mi vida.

[1967]

4

Hay una gruta en ti donde entras sola
Deja en su umbral el corazón si entras
Deja siempre un rehén de amor si te retiras
No creas nunca tuyas del todo las palabras
    que no podrías decirme desnuda
Tu lengua separada es menos tuya
Ni el amor ni su idioma es ni tuyo ni mío
Lo que digo a tu espalda lo digo yo de espaldas
No creas sin reserva que estoy en mis palabras
    que no pudieses escuchar desnuda
Hay veces que el amor se calla cuando hablamos
Alguna fuerza más nos hace falta entonces
Quédate un poco abajo de tus propias palabras
Que tu ignorado pie siga pisando el suelo
Que en el suelo lo encuentre mi ignorancia dormida
Nunca digas que fue verdad del todo un día
    que no hubieses podido pasar en nuestro lecho.

[1967]

5

De tu centro entrañable la noche se derrama
Tú sola por los dos la traes a nuestra casa
Lleva su sello por los dos tu cuerpo solo
Huele a antiguos metales la efusión de tu sangre
A luna de hondas minas y mercurial tiniebla
Son el fuego y la sombra un solo óxido en ella
Tú sola por los dos hueles a muerte
Sólo en tu cuerpo se ceba la vida
Yo la siembro en tu carne como un voraz contagio
Por ti sola la casa fermenta y se renueva
Has mezclado a mi lecho tu roja levadura
Mi oscuro fuego cubre el fulgor de tu vientre
Quiero anegar mi blanca efusión en tu limo
El olor del color rojo es verdinegro
Vuelve con esta blanca y bermeja marea
 todo lo que la casa negó para erigirse.

[París, 3.12.66]

CODA

Calla desnúdate cierra los ojos
Ríndete a la piel muda y su tórrida noche
La carne es una atmósfera nocturna
La palabra también volvió a la sombra
El dentro de la carne es otro espacio
Estamos juntos a este lado de los párpados
Ya no hay cuerpo y lenguaje
La piel es la nocturna orilla de los nombres
El habla retrocede a la matriz
La noche toma la palabra
 en tu carnal idioma de gemidos
 Toda tú eres tu piel

Tu piel entera no es sino tu signo
Se confunde contigo invadida de sombra
En esta oscuridad que eres entro ciego
Me pierdo por tu carne como por un sueño
Muerdo tu nombre mi cuerpo hiende tu alma
Nos respondemos tácitos en lo innombrable
La sombra es deslumbrante
La palabra salvaje despedaza la lengua
Sólo un pedazo de lenguaje aún vive
Tus gritos dan mi nombre al paroxismo
Abre los ojos soy yo.

[18.4.67]

# III

## SEÑALES Y
## PRONUNCIAMIENTOS

### *Primeras señales*

#### PRIMAVERA AUSTRAL

Espectador veo nacer la primavera,
su joven cuerpo terrenal respira,
abre los ojos bajo las raíces,
su caluroso aliento subterráneo sube,
en las hojas se exhala,
va ganando el espacio.

En México llegaba por el aire núbil,
volaba a altura de hombre
y no tocaba nunca tierra.

Así la he visto cada vez, y de otras formas,
por mis distintos hemisferios,
venir a asimilarse sin más complicaciones
a su recuerdo en ella y su recuerdo en mí.

Pero este octubre inverso en que desmantelada
fondea mi memoria
bebo su fría copa de evidencia
aunque sin emoción, sin emoción la admiro.

[Montevideo, 1964]


VIRGINIDAD

Abro mi alta ventana sobre el mar
y limpio ya del sueño y sus ácidas huellas
respiro el aire gris que me respira
y en el rumor que irrumpe en mi retiro irrumpo:
este amado fragor de la ciudad lejana,
colmena de una oscura miel difícil.
¿Será entre tantos otros éste el día
tan en secreto prometido?
¿esta hora irá a ser la del deshielo?
¿es éste ya el momento de romper el silencio
como si al fin rompiera una virginidad altiva
que tanto, tanto tiempo me tuvo fascinado?
Mudez divinamente estéril,
negro vientre sellado,
estoy allá ¿verdad?, no me lo niegues,
me tienes tú, no me lo niegues,
oculto tras de ti
por defenderme.

Mudez, voy a quitarte todo,
voy a echar a correr tus coagulados ríos,
voy a inundar mi voz del agua de tu pozo,
voy a poner a mi palabra el lastre
de tu sombrío plomo tartamudo.
Te voy a hacer hablar, te soltaré la lengua,
te precipitarás de tu impecable trono
hasta la servidumbre del lenguaje
de mezclada ventura.

Abre tu seno ya, gloriosa,
voy a encontrarme al fin
con la muda mirada de mis ojos.

[Montevideo, 1964]


## FINITUD

La hora resplandece con sus mil fuegos frescos,
quieta y llena de danza,
callada pero risas le rebosan,
linda como el amor
en su fuente bebido.

Y el tiempo vuelve en sí,
se recobra, se deja de locuras
como nosotros que hemos hecho nuestra casa
y nuestra dicha
del propio corazón abierto.

Y sin embargo —sin embargo te diría:
«ah, no te rías, dicha triste,
tienes el plomo ya en el ala,
el cenit que es tu gloria te fulmina,
vuelve, no subas más, caerás del otro lado.»

Pero ¿cómo negarte lo que es tuyo,
hora de perfección, porque eres breve?
Danza, sí. Crece, sí. Condensa tu belleza
cuyo peso ha de ahogarme.
Yo me aprieto la herida para hablarte
con una voz sin mengua:
mortal tesoro mío, sin porvenir te amo,
en la muerte hago el lecho de estas nupcias.
Yo canto entre tus brazos navegando el tiempo
sobre el regio oleaje de su danza,

aunque en su corazón remoto oigo luchar
dos tigres que enlazados ruedan hacia la noche.

[Montevideo, 1.11.64]


## CONFESIÓN

El día
está tan bello
que no puede mentir:
comemos de su luz nuestro pan de verdad.

Su cuerpo se desciñe
y se tiende y se ofrece.
Esta dicha no engaña: nada quiere.

Di: ¿no es más fuerte
que nuestro amor altivo de la muerte
esta sencilla gracia equilibrada
que nada
ejerce?

Pero cuánto pavor,
violenta alma mediata,

te infunde todavía esa burlona voz
que a solas te susurra «estás salvada».

No, no,
tu destino ni ha muerto ni es tu esclavo.
Soberbia y Miedo, confesad:
la vida toda fue verdad.

[Montevideo, 7.5.64]


## DESMESURA

Esta rauda luz blanca borra todo,
ofusca de evidencia,
casi no se ve el mundo.
¿Soportaremos, vacilantes, el embate
de la dicha impensable?

Pero pon, desmesura,
otra flecha en tu arco.

¿Quién pedirá razones del exceso
de tu lenguaje,
si no está para ser dicha ni escuchada
tu palabra visible?

Ningún temor, desigual alegría,
te podemos hablar en pleno vuelo,
entreabrir el silencio,
mostrar desnudo el pecho vulnerado.
Si calla tu hermosura
es que no hay ya expresión alguna
en la toda presencia,
tu golpe de marea
nos devuelve a la tierra,

tu luz no ha vaciado el mundo
pero digamos algo.

Tanto como un silencio pesa
cargada hasta la boca la palabra.

[Montevideo, 15.5.64]


## SECRETO

Reposa y pesa el mar
sin exceso colmado,

con gesto puro ordena su abundancia
la variedad terrestre

y todo aquello entre los justos horizontes
que tiene un rostro,
a él se asoma entero.
¿Soy rechazado?
Por el cuerpo transcurro de una diosa.

De su aliento de amor, como en un sueño
¿será verdad que sus dormidos labios
casi audible formaron un suspiro
para al reconocido al fin decir
en un soplo «eres tú»?

Pero no, buscador, no lo preguntes.
La diosa duerme, tú de pie confía
para cuando despierte sonreírle.

Para ti mismo ante ella eres secreto.

[Montevideo, 15.5.64]

## NEGRURA

De una mirada huyo que me huye
y los ojos le busco a una ceguera.

Pero ¿a qué me desnudo y me despojo
si su fulguración no me desnuda?

Ninguna fuga alcanza tu desvío,
infinita es la noche de no vernos.

Aquí estoy, no me muevo, y haz tú el día,
ven, esplendor, a ser terrestre y sagrado.

Vuélvete ya, piadoso dardo y mírame,
hazme verdad de un golpe de tu vista.

No rehuyas mis ojos más, negrura,
que bien sé yo que esa ceguera mira.

Del instantáneo rayo sabré hacer una fuente
y beberá mezcladas la luz y la tiniebla.

Pero será de luz la fuente misma.

[Montevideo, 8.6.64]

## *Segundas señales*

## PRIMAVERA ENVIDIADA

Toda mi amarga fuerza me separa
de la maravillosa primavera.

Ni sé si aún vivirá tanta frescura
que tuve que abrigar con tanto muro.
Arraigado y rugoso persevero
y al improbable soplo me preparo
que de esta libertad sombría hiciera
una clara alegría seguidora.


Escollo en la marea deslumbrada,
borro el temblor de mi corteza muda
y de una obstinación hago mi vida.
Ya la savia apremiante nada pide
pero el hálito ardiente obedecido
restituirá en llamas floridas todo.
Intacto y hosco espero su venida
a un exigente desencanto anclado.

[París, 21-23.3.66]


## LA ESTACIÓN DESNUDA

Y ahora ya es otoño.
El dramático mirlo sin su voz se va a pique.
Con estupor de ahogado
por la abrumada hierba
busca el grito de luz
que en la blancura deslumbró a lo blanco.
Mas las brumas borraron su espada sin destello.

Sólo palomas vuelan ya en lo alto
de este helado sosiego.
La primavera es curso,
el otoño esperaba
detrás
desnudo.

Para orear su herrumbre
de malsanos desvanes
como amuleto mutilado saco
al aire frío,
al aire redimido el alma.

Gastado hasta la trama,
enrarecido,
no seré obstáculo a esta onda pálida
más blanca que la voz sin el sonido,
más inasible que la aurora sin los ojos,
desnuda certidumbre.
Como la celosía para el viento seré
para este abismo, esta pureza.

[París, 8.9.65]

ESTELA

Otoño. El aire soberano abdica.

La luz ese leve diluvio
cae también sobre mí.
Sobre mi piel,
linde atizada,
moldea su ardiente túnica.
Envuelve bajo ella
este bulto afiebrado de negruras.

Y lo que nunca dije
y el amor sepultado
y lo que oscuro me germina
para nacer florido en algún puerto
guardado junto surca
la impecable cascada.

[París, 9.9.65]

## EL TERRÍCOLA

Brumas perezosas visten
de fantásticos harapos
    fastuosos
los ramajes soñadores.


Cierran sus pesados párpados
para inventarse una intacta
    extrañeza
estos jardines del hombre.


Ausentes sin él perduran
como otras veces nostálgicos
    sus animales;
ningún cuidado despierta
de su sueño resguardado
    a los fieles
    misteriosos
inabordables jardines.


Pero en la tierra dormida
que conducida entre sueños
    se confía,
el otoño está en su casa.


[París, 4.65]


## PALABRA Y CASTICISMO

Renuncia todavía un ciclo entero,
oh tejedora intemporal, al vagabundo
y compréndelo todo,

allá se le ha incendiado la palabra.
La ceniza voló mota tras mota,
desnudo su esplendor era avaro de cielo.

Volverá revestido,
la boca impura de otras lenguas,
con luces en los ojos alegremente infieles.

Pero sólo sabrá reconocerlo
cuando dispare el nombre que ha traído
la que guardó su casa
y que no olvidó el nombre que enterraron.

Se habrá rasgado el velo, oh tejedora;
en vuestra casa inundada de errancia
nada ya nunca podrá ser partir
y el vaivén de los dos
será el tejido.

[París, 4.10.65]


EDAD

La mano del amor ahora es grave.
Se ha espesado la carne
de una savia de tiempo;
el curso de los días
ha ensanchado su cauce.
Pero de paz cargada abriga y pesa
la lenta mano calurosa.
La mujer mira al hombre
padecer por el hijo,

y florece.

[París, 9.9.65]

## HOGAR

Octubre conciliar humaniza su luna.
Callada en el enigma de las brisas la mira
el pastor que apacigua sus despojadas manos
al rumor del hogar:
su corazón distante se estremece
y se estremece el oro de la brasa.

Pero es el cordial fuego del retorno
lo que en su pecho habla
y la ley que lo tiene en el coloquio
y la que fija allá a su amor la ruta
de su remota rotación son una misma.

Y en el preciso instante de volver
a hundirse en su destino
la incurable nostalgia de la luna
por una vez dice su nombre.

[París, 9.10.65]

## LUGAR PÚBLICO

También hay un lugar bajo este techo
hacia el que sube una efusión dichosa
de dispares lenguajes hasta el rubor frotados
para el callado solo
gustador de migajas de diálogo.

Su artesonado aunque fraguado en paz no ignora
al vigilante invierno en cuyo golfo aloja
sus festivos racimos luminosos

y vé cuán necesario, enfrentados en torno
de abrasadoras tazas, les es tener el fuego
diluido, devorable, en medio.

Así también al fin habrá comido
aquél para quien nada aquí fue dicho,
por una combustión cordial dorada
como un pan común blanco la palabra.

Y cuando otra vez salga a sostener a solas
la insaciable mirada vacía de las sombras,
como un amor secreto, como un lazo de chispas,
como la alegre cota de mallas de sonrisas
de la fidelidad, una tibieza
lo hará inmune al amor fatal de la tiniebla.

Lejos terriblemente de su nombre,
por las glaciales playas desiertas de la noche
llevará una bandera.
Y atendiendo a las voces que susurran
en la noche remota de su sangre oscura
oirá el coro cabal cantar de las estrellas.

[París, 9.10.65]

## Suite del infiel

### ULISES

Era el espacio mismo, el lugar señalado. Nuevas aguas corrían
pero el cauce consagrado permanecía inmutable. Detrás del presente otro presente vivía e irradiaba.

Y al Infiel ¿qué le estaba deparado, sino la misma morada dispuesta en alborozo cada día, sino el trémulo silencio, sino el amor sin mengua? La prometida decaía pero en su alma la promesa estaba intacta. Otras aguas corrían bajo las aguas, otro río era el río.

Todo estaba cumplido, allí fructificaban las promesas del comienzo, el Tiempo, viejo embaucador, no había mentido. Otra puerta se abría sobre lo mismo y desde aquel umbral todo era virgen. El Infiel retornado reconocía al fin cada una de las horas señaladas que cruzaron a su paso, secretas y puntuales.

En la mañana atravesada de brumas y de vehementes ráfagas, cuando llegó, vencido, y se dejó caer sobre aquella misma hierba cuyo vaho caluroso antaño respiró su reposo impaciente, se abrió lo que pensaba ser su tumba, cayó del otro lado, y era otra vez lo mismo: la misma luz, el mismo prado, las mismas castas brumas, el mismo instante que se abría debajo del instante: el lugar memorable, sitio para la fiesta de los signos.

Se incorporó, miró con sus apaciguados ojos todo en torno, y juró, sin nostalgia, amar el paso fugitivo de los días, sucesión de relámpagos azules, dar lo suyo a cada instante, y hacer siempre su fiesta de la hora que viene.

## MATERIALISMO

Llega a su punto de frialdad el aire, la luz filtrada ya de todo fuego enceguece sin rastro, de su velo azul limpio hace su propia desnudez el cielo. Todo concurre, todo va precisando su lugar, va esclareciéndose un ordenamiento, sin cambiar de tamaño el mundo se recoge. La realidad entra en foco.

Y las cosas se instalan en la profundidad, abiertas como las flores, recatadas, abandonándose, mostrando el grano insospechable de sus graves texturas, el cemento su incoloro y extenso corazón acribillado, la indolente lana su bondad zalamera, su nobleza cordial la madera moralizadora y su aliento la hierba delicadamente envenenado. —¡Y habrá también la piel, la piel, para las manos de tacto insomne!

Sobre esta hora puedo descansar, pesar, dormir, las amadas materias en inmóvil combustión reconfortan la atmósfera, y convivimos, basta que yo no huya, y somos de una misma estirpe, basta que se repose la mirada entre los límites de esta región donde nos mostramos, pues es cierto que otra vez todo es mi casa, interminablemente pertenezco.

Pero una trama, detrás, lejos, no sé si incorporada, a medias o del todo visible o presupuesta, no se deja fijar, se obstina en ser borrosa porque ¿dónde pues, dónde está ocurriendo todo esto?

[París, 1966]

## MELCHOR

Es ahora cuando duele recordarlo, cuando llega el frío nuevo de azules ojos luminosos, danzarín, sin una sola arruga, sin memoria todavía para la maldad. Por las nítidas calles de ligeras orillas y resonancias claras, vamos nadando el aire, sonriendo sin saberlo a la muda efusión de las paredes, allá al final de la jornada, perrunas, esperándonos. Es ahora cuando duele estar solo ante los calurosos alimentos, con vaho aún de fiebre, al ser partidos, de las profundas enfermedades que los han hecho de los nuestros; y comer en silencio en ellos, hecho combustible y peso, el fuego, los fuegos de la tierra, el aire, el agua, con el fuego del fuego y la huella humanamente manual de fogosos amasamientos; y la palabra extinta, su altar ensombrecido, el lugar vacío de la otra columna.

¿Duele? Estoy ardiendo, todo por dentro me agito de tizones, en mí respira una preciosa brasa, me consumo no en llamas sino de frío resplandor cercado. Será la cruda noche un fasto, iré con un fulgor entre las manos, incienso, mirra y brasa, iluminando al paso cada rostro, reconociendo, reconociendo, guiado por su

peso de diamante astral, guiado por sus saltos de corazón inflamado, arrastrado tras él a su repaso incansable de husmeantes
jadeos —inquieto nudo de lenguas de fuego, vivas aún para
lamer la piedra en que anidasen.

[París, 1966]

## CORE

Esta vez me alargaré sin ruido al lado de tu amor, te cubriré
callado de cosechas segadas que no han de sofocar tu extensión
fundadora, tenderé por encima de tu vientre todo un tibio espesor de frutos y silencios. Esta vez vengo de lejos, seré un hondo
remanso bajo tus labios de acantilado.

Y tú desnuda abiertamente tus grandes playas tórridas,
entraré como un mar en tu ternura, rico de amargas sales y tormentas, y avanzarás muy adelante, valerosa, suave, tus orillas
—lejos desplegaremos la franja en que luchamos confundidos, y
de mis viejos huracanes en tus brazos quedará ritmo y espuma,
blancura y lentitud.

Sonríe, irradia, sal ya de la promesa y recíbeme al fin llenado de
la suma de mis sangres, caído al fin de un nacimiento último, no te
despedazaré ya por robar de tu entraña mi secreto. Frágil mía, custodiada mía, interrumpe la guardia que montas desde siempre, no
hay murallas, allá hendieron mis ojos el aire inconmovible y al partir llevé conmigo las fieras que nos desgarraban. He abrasado la
invencible distancia que en tus tierras me apartaba de mí mismo,
dominé la dirección de los caminos, tuve que huir y hacerte meta
para no empujarte más a mi espalda en el tiempo.

Distingo ahora detrás de tus talones, fértil y atávica, la inagotable noche: no des el paso atrás, es un amor segundo el que
te traigo. Acércate, la lucha con el viaje ha terminado, he sembrado el espanto lejos de nuestra casa.

[París, 1966]

## CLIMAS

Cómo siguen brillando aquí, alternados, libremente intensos, por estas márgenes lucientes del mundo, todos cuantos son los climas. ¿Qué temes, solitario? Vuelve tranquilo a frecuentar sus anchos ríos, de lo que queda atrás, en la visible lontananza, sólido, y que de lejos te vigila, aquí no has abjurado, el mundo es todo orilla e inminencia. Nada dejas, has sido desde siempre nativo de estos cursos, tu patria es variable, siempre pensaste más con la estación que con tu pensamiento, aceptaste por tuya la palabra que el clima te depara.

Aléjate sin un reproche, adentrándote, contaminándote, converso de las lluvias, los soplos, las borrascas, confabulado con el persuasivo estío, adicto de la primavera y su ágil droga, susurrador del tenue enigma de las silabeantes nieves —y sin sombra, sin sombra de albedrío cuando enciende el otoño su punzante hermosura. Piérdete pues, no hay sitio en que no sea compatible esta fidelidad clarificada, invisible, inclausurable.

Por lejos que hayas ido, vagabundo, por insumiso que haya sido el monte en que te aventuraste desprovisto de fuego y mandamientos, moraste siempre en la belleza fugitiva, fuiste siempre de un río en que no se entra dos veces, y en él te fue mostrado el bellísimo hueso de las tierras en la violenta desnudez del tiempo. Bebe claro el distante manantial de la dicha, en tus largos viajes a bordo del olvido cruzas ciego la especie, y en plena beatitud sigues siendo un humano.

[París, 1966]

## NIÑO

Pensar, viajero, que fuiste hasta tan lejos a remover la noche y poner en desorden los caminos; que te abrasó tan dolorosamente la obsesión del tesoro, su fábula, su oculta fuente cegadora, entrevistos antaño por el rumbo de unos golfos del tiempo imprecisables. Cavé, si bien lo miro, en muchos pérfidos parajes, y cuántos inocentes cimientos habré desarraigado.

Qué época aquélla. Rastreaba las sombras, les saltaba al pescuezo, rodábamos despedazándonos, y yo hundía frenético las manos para arrancarles una presa al cabo nunca vista. Así marché por incontables rutas insensatas, acusaba al silencio de esas zonas de haberme asesinado en plena infancia, clamaba que entraría de asalto nuevamente en la mansión de la inocencia. Pensar que todo el tiempo, en mi lugar más quieto, me sentaba en silencio frente a un niño leal.

Ah lucidez de las llegadas, bien lo supe, en el fondo, que habría de verme implicado con la noche y sus tendencias parricidas, cuando quise llegar cada vez más abajo, culpando de mi olvido a la profundidad, aupándome a mirar por encima del hombro del amor desnudo si no era él quien me escondía, detrás, interponiéndose. Y no, nunca zarpó el encuentro en busca de sí mismo, la paz no entraba en guerra, me basta alzar los ojos hacia este golfo verdadero de claras pleamares para saber que nunca el traicionado consintió en mi locura, que es mi inocencia de hombre el niño.

[París, 1966]

## HEREDERO

Afables hábitos, qué espantosa gravedad nacer, venir, sin tentativa, a un aire, agitar las manos sin apoyo en una libertad desierta, y al fin saber que siempre lo abierto es hueco, que el aire que nos cede también nos evapora y el ámbito de la respiración es el de las descarnadas erosiones. Tuve que ser forzado, ¿por qué lo negaría?, llegué sin mi concurso, el aire es seco y pálido y sus brazos no estrechan. Me resistí, fui peso muerto, nunca pedí que me trajeran.

¿Quién sabrá cuánto duró la convulsión renovada? Yo recaía, me arrojaba hacia atrás enloquecido, volvía y volvía a envolverme en lo mismo espesamente. Así rechacé por gratuita, extraña, inmerecida mil veces la alegría y puse enigmas al amor para hacerlo culpable. ¿De qué extrañarme? El nacido proviene de grutas inundadas, el aire le sofoca, y sólo por la espléndida mirada, tarde, después de los boqueos, se justifica todo nacimiento.

Ahora sé abrir mis ojos anegados en aire, mirar desde su fondo distancias luminosas, y hasta reconocer, allá, tranquilas y arraigadas, las belicosas costas desde donde vine. Desnudos horizontes, ni fueron esas hondas playas las primeras, ni era el norte del nuevo derrotero un río remontado. Fui puesto, debatiéndome, en marcha hacia un retorno, y era a perderlo adonde navegaba. No era de allí mi origen y de él era la misma pérdida lo que perdía. Ahora avanzo, he extendido por fin a todas partes el suelo que sostienen padre y madre con huesos confundidos, y sé bien qué camino me espera, cómo he de recorrer la festiva paciencia que me irá haciendo el familiar del mundo.

[París, 1966]

☞ 286

# 5

# *Terceto*

## [1967-1971]

Para OCTAVIO PAZ, por tantas deudas,
en la escritura y fuera de ella.

# B

## EL POETA EN SU CUMPLEAÑOS

*Para Jim Irby, que cumple los suyos dos
días antes que yo.*

No volver a nacer nunca más desde ahora
quiero saber qué digo cuando me digo eso
no volver pero no quiero no volver a querer saber
quiero decir buscar qué fue lo que busqué
quiero decir que me asombro
que me pregunto y la pregunta es menos que el asombro
me asombra haber llegado aquí
a este momento en que estoy viendo vivir aquellas ramas
pródigas y minuciosas en su reverdecer
cómo hemos llegado pues el tiempo y yo a este lugar extraño
cómo es que estoy al fin en esta hora
en la que están también aquellos árboles el agua absorta los mo-
                                                    [vidos pájaros

312

o es que no hemos llegado al fin a nada
pasará también este minuto
pero qué habrá sido lo que en él se cruza ahora
por qué todo venía a él como a su casa
en dónde está el lugar donde habré convivido
con estas cosas confiadas ante la mirada
donde estoy conviviendo en este instante
con mi vasta familia misteriosa
en un orden que no me asombra
que me asombro tanto de que no me asombre
mirando aquellas hojas todavía niñas
que nadan velozmente en el torrente del viento
imagen de la dicha que es el vértigo más lento
frescura invicta y escondida en los peores bochornos
y frescura también entre el hielo fanático
y que al llegar vi que también aquí milagrosamente vive
me bastó la primera rápida ojeada
para decirme aquí también aquí también
del mismo modo que entro en esta hora ahora
seguro de que en ella está también la dicha si la quiero
pero no sé si estaba aquí de veras cuando vine
o si no menos milagrosamente la traje yo conmigo
la instalé sin saberlo en esta casa extraña
de este país extraño entre extrañas tareas
de donde estoy mirando este paisaje mío de un país extranjero
a través de una ventana a la que llamo mi ventana
y en la que pienso como mi ventana
sentado ante una mesa que compré envejecida y estragada
marcada sólo por el trabajo por el amor no
y que ahora es mi mesa tan tranquilamente
en la que se hallan bien mis papeles mis lápices mis pipas frías
y este vaso con un ramito de botones de oro
que cortamos ayer junto al agua oscura
en la ruda amistad del aire sofocado
descalzos por la dicha de la hierba
y que hoy hundidos en su poca agua limpia

siguen siendo tan puros tan intensos
como cuando poblaban las fauces del verano
pequeñas flores justas no perfectas ni imperfectas
valientemente erguidas en todos sus centímetros
vibrando en su fragilidad con la fuerza de la justeza
densas sus cabezas leves del peso de sus puros amarillos
pequeñas flores de gracia poderosa en su tamaño
alzadas de la perfección al tiempo
recortadas contra el fondo de la perfección
bellos cuerpos de flores
emblemas como quemaduras en la piel del tiempo
más mías que mis pipas mis lápices mis papeles
tan mías como mis palabras
pues todo puede ser ajeno extraño hostil menos ellas
unas leves flores amarillas unas pocas palabras
desde las cuales recomenzar la pertenencia
reconstruir la trama del sitio donde aparecemos
del espacio donde somos más mutuos que nuestros
sólo porque hay flores y palabras diré que estoy aquí
que llegar hasta aquí fue llegar a algún sitio
porque era llegar a un sitio adonde llegan flores
sólo soy extranjero más acá de las flores
sólo de las palabras para acá disiento
allá todos conspiramos juntos
somos un solo hermano múltiple
parientes de las bestias los bichos los ramajes
paisanos de las piedras las aguas las tormentas
alzados de la perfección a la multiplicidad
para por una vez de una vez nacer
no volver a nacer decía
no acaban de nadar las frescas hojas ágiles
tal vez nacer sin fin
durar un solo nacimiento inmenso
no cumplir ya más años sembrarlos a la redonda
entrar de veras en el tiempo nadar en él no escalarlo
navegar a nivel de tiempo no despeñarme ya más por sus picos

haber de veras nacido todos mis nacimientos
no minar más el tiempo cavándole hondas fugas
no nacer más para de veras renovarse florecer alzarse
y no hundir cada vez en la sombra subterránea el tronco
cuántas veces de pronto algún comienzo mío
se desplomaba por debajo del tiempo
hacia el abismo prenatal hacia el pozo del no comenzar
y mientras vivía mi historia
                            me desvivía mi prehistoria
todo quedaba vivido y a la vez la vida no empezaba
no nacer más ser desde ahora contemporáneo de mis años
pues tantas veces he desautorizado al tiempo
tantas veces en otro tiempo
esperé frenético del porvenir otro tiempo
que aboliese este tiempo
de una vez por todas
un don brotado de la pura ausencia
una voz que desde antes de la vida
me viniese a decir «nada ha pasado
aún no has vivido no caíste nunca
todo lo hemos borrado no sabemos de nada
no nos conoce nadie estamos solos
consolados de ser
                    puros como la muerte»
mas no era ese altivo sueño el fuego de esperanza
era el trabajo de soñarlo
hecho de horas y de lentitud sometido al crecimiento
el sueño hecho trabajo ritmado punteado como una costura
que me cose a la tela temporal del mundo
era allí donde entraban todas las horas como en su casa
allí donde siempre he vivido en la asombrosa naturalidad
haciéndome nativo de la extrañeza
morador de esa casa del tiempo como estaba diciendo
esa misma que aquí es ahora mi casa
donde estoy viendo por mi ventana ajena
la silueta negra de un negro con sombrero

que pesca recortándose contra el temblor luminoso
flotando en los remansos de este lento presente
envuelto en la lentitud que de él mismo emana
como el hilo de seda del capullo levísimo
o como el hilo levísimo que une estas líneas que escribo
que es el mismo que unía tantas líneas que he escrito
abandonado como el negro pescador solitario
al hechizo de un agua y sus reflejos
que se mueven sin fin en un camino inmóvil
unidad incambiada de una forma no acabada nunca
siguiendo ondulaciones inseguibles
tantas tardes y noches y mañanas
junto a una taza de café que dejaba enfriarse
atento a no dejar enfriarse unas palabras vivas
un hilo nunca interrumpido aunque ignorado a veces
que en cada reencuentro se muestra como el hilo mismo
que dice que toda la vida fue este proseguido murmullo
esta asombrada escucha del manar del tiempo en su fuente
un lentísimo vértigo una dicha secretísima
en la que en cada hora se derraman todas las horas anteriores
y cada escala en el tiempo cumple el viaje entero
y cada frase todas las frases pasadas
y cada acento todos los ritmos que llevaron hasta ese acento
y las palabras brotan siempre sin posible final
los años corren sin diques sin cumpleaños
y sin embargo hay un punto que termina el poema
hay un día que termina el año
cortamos trozos de tiempo los envolvemos los enlazamos
atar el tiempo en haces es lo que llamamos el trabajo
cumplir años un día es no ser como un ángel
pues a qué llamaríamos el cumpleaños de los dioses
pero en el frescor secreto del manantial del tiempo
este poema no termina nunca
estas palabras que escribo
　　　　　　　　　　　　allí se escriben para no acabar
allí son un perpetuo nacimiento

y el punto que pondré a estas líneas allí no lo pondré
allí el año se celebra no se cumple
lo que aquí tiene su fruto tiene allí su celebración
pues a qué nombraríamos trabajo
sin la celebración que llamamos nombrar
el mundo al que me cose el hilo del trabajo
con el hilo del murmullo lo pongo en la frescura
como hoy estoy poniendo en la frescura mis años
celebrando en el silencio de donde se devanan las palabras
como el tiempo se devana de la monotonía
del ritmo repetido del ocaso la noche el alba el mediodía
del retorno de esta juventud viejísima la primavera
de las ondas con que el viento empuja el agua hacia ninguna
                                                    [parte
de la danza de estas hojas en natación inmóvil
desnudas en la dicha en esa misma fuente de frescura
por la que tanto he trabajado para llegar a esta hora
a la que he estado llegando siempre
desde siempre curándome de ser intruso
entre estas cosas feraces
no nacidas
del
asombro.

[Princeton, *ca.* 21.5.70]

## PARA ESTE VERANO

*A Antonio Alatorre*

Huele a borde quemado
huele a amargo humo blanco
pegajoso humo espeso de lejano horizonte
huele pesadamente a estío y chamusquina

humo bajo y pereza
turbio humo blanco pureza turbia pureza
el día en algún sitio quema sus orillas
o alguien quema la lona de sus velas
de todas formas el viento murió hace mucho
giran los pájaros incrustados en el aire
tiempo inmensamente abierto de una infancia desesperada
en el espacio los gritos de los pájaros
se distribuyen misteriosamente
en el campo lúbrico de flores
absorto de sus jugos
se abren preciosas galerías de frescura
verano de complejas simplificaciones
de qué es esta dura nostalgia nuestra de bestias corpulentas
no seremos nunca dichosos de tu dicha
la ancha dicha unitaria
bajo el sueño sin sueños de las hojas
leemos los periódicos
verano disuasión obstinada
no queremos atender a tus pájaros
a sus gritos que llaman a la locura
con tanta congruencia tanta seriedad que dudamos casi
las raíces las hojas la afanosa savia
se encogen de hombros y no insisten
vuelven absortas a su tarea de digestión inspirada
tercas con esfuerzo construyendo el peso
amasando un concreto desorden construido
haciendo vida de las formas y lo informe
los niños como los pájaros distribuyen sus voces
los niños y el verano trabajan seriamente
iguales lado a lado sin mirarse
ignorando las metas ignorados de la duda
no labran formas no disponen con orden
trabajan más allá
sólo nosotros
que hemos probado el sabor maldito del caos

con orden asfixiamos el desorden
nos consolamos con el agrio orgullo de las formas
y sólo también nosotros
dinamitamos el orden con desorden
arrojamos grandes pilas de formas al vacío
no es nada tu violencia desmedido verano
mira la nuestra que le lame los pies a la muerte
nosotros que inventamos la esperanza
nos miramos en los ojos de la ira odiamos la alegría del otro
y nuestra propia alegría si no despoja al otro
odiamos la hermosura del desorden
sólo su fealdad nos habla
las entrañas que no creamos las derramamos por el suelo
el amor que no despertamos que no merecimos
lo manchamos lo acusamos le arrojamos veneno y suspicacia
conocemos la desolación
vivimos cada estación como la última del mundo
nosotros que sin embargo conocemos la esperanza
dónde habrá un verano de los hombres
dónde cuándo podremos crear sin odio
crear desde la pereza madurar desde la pureza
desde una turbia pureza de humo blanco
abrir un perfumado sexo
crecer por todas nuestras partes
amar de veras el verano rey envejecido y gordo
no limpio ni joven ni fresco suntuoso suntuoso
no flor de reyes viejo rey florido
rey de todas las edades rey del trabajo y la risa
bello rey áspero
que trabaja dormido y en la danza suda
cuándo sabremos paladear nuestros frutos
sin vergüenza del esfuerzo
y sonreír al orgullo del esfuerzo
sin escupir a la delicia de los frutos
olvidemos así sea por un rato
nuestra obsesión del caos este cómplice espanto

entremos en la unidad intolerable del verano múltiple
durmamos en su hierba no tengas miedo zambúllete en su fondo
toca mis dedos invéntame las manos
como inventa sus flores el estío
no quieras dividir esta pureza turbia en turbiedad y pureza
seamos así sea por un rato un vasto estío humano
que no separa nunca la forma de la fuerza
que no distingue la pereza del trabajo
que no parte de un tajo al niño absorto
en dos mitades sangrientas de seriedad e ignorancia
que crea frente al caos y no rueda a sus pies
y lo mira desde su sitio no desde la fascinación
y di que la esperanza no habla a solas
habla con un verano de las cosas
que no habrá nunca otro verano así
que la esperanza hablaba con este único verano
y morirá con él y volverá con él
y la habremos perdido será de ese retorno
volverá suya y no nuestra
como vuelve de tierra la semilla y ya no de la rama
y hablará ahora con nosotros
nos hablará el verano en la esperanza
aprenderemos también la unidad escondida
de la esperanza y la desesperanza
la aceptación del paso sin retorno del estío
la aceptación del retorno monótono del estío
y sus preciosas galerías de amor y de frescura.

[Princeton, 10.5.70]

# C

# NUEVAS SENTENCIAS DE AMOR

*Para Elda, junto con las otras.*

### MIEL, ACEITE

Una mancha de miel tiñe la luz
Al tocar la ciudad
Que aun dormida elabora

Desde aquí arriba
Se la ve desbordar
Sus ondas caldeadas
Hacia la falda donde el monte
Inicia su inocencia ociosa

Tumbadas y abrazadas en el tiempo
La ciudad y la luz
Sin cesar se digieren una a otra

Por fin entiendo que un verano
Tanto tiempo esperado ha vuelto así

El cielo y la babel mezclan sus aires

Bellamente viciada
La rubia luz espesa
Unta las coyunturas
A su nivel es donde el mundo es uno

Hundidos en su dulce aceite
Nos deslizamos fuera de su ligadura
Al nivel de una miel
Donde amor y cimiento
Giran uno en el otro sin fractura.

[28.7.67]

## NO VOLVER

Danzan aún pero no en mi espacio
Estas escenas y estas ricas perspectivas
   con sus claras arrugas
Y estos cielos lavados de cambiantes vetas
   que amaron mi silencio
Aún juegan y se ríen
Y ese espacio en que ya no entro
   es mi leyenda ya

No importaría —nada importa Amor
He abdicado de todo
Para que puedas alzar tú mi desnudez
He suicidado el halo
Que sepas tú cuánto puedes no amarme

Desde las sombras miro festejar en mi casa
Bien hecho todo Amor
Si tú santificaras mi osamenta.

[París, 13.10.67]

## ESPECTRO DE AMOR

Voy por no sé qué calles
   limadas de crepúsculo
Mi rastro de latidos disgregado
Como un rastro en la arena bajo el agua

Olvido apenas dejo de mirarlo
   el frágil cielo inmóvil
Detrás de siglos de silencio brilla
Demasiado puro para servir

No sufro ahora
Pero sé que camino
Por encima de un túnel de dolor

Y me encojo y me subo el cuello del gabán
Si en este instante despertara
Tendría que saber si la esperanza ha muerto
Y desde cuándo
Desde cuándo habré estado
Comiéndome el vacío venenoso
En el pan que creí ser bocado de vida.

[París, 13.10.67]


## DESLUMBRAMIENTO Y PROMESA

La luz de otoño ha abierto su blanca vela
Sé que sonríes puesto que bogamos
Eres tan joven como tu promesa
Recién nacida siempre en la espuma del día

La luz de otoño con su hoz de destellos
Te ha cortado la sombra
Blancuras enfrentadas en una luz sin poso
Alegría sin duelos y amor sin sombra
Se ciegan mutuamente

Sé tu promesa y tu promesa sea
Sonrisa
        no palabra
Fragilidad vehemente joven otoño

Que desnudada aun de su propio peso
Tu promesa renazca interminable
Invisible su llama deslumbrada
Que no su cumplimiento: su movimiento.

[París, 25.10.67]

## BRASA Y VIENTO

Las ráfagas confusas precipitan
Su gran ímpetu inhábil de galope enguantado
Que envuelve la bandera de mis ropas
Que agitadas envuelven al que soy
Que camina envolviendo una tibieza
    de animal íntimo

Porque transporto un rescoldo en la entraña
Combustión mediadora y ministerio
Y custodia cordial

La carne es una lámpara
En la sangre hormiguean claras brasas
Me quito de los ojos
                y en la piel
    el viento es una jungla
Libertad intrincada
Nudo de ríos donde bogan islas

Porque ando suelto por el viento suelto
Protegiendo una chispa doméstica viajera

Soy la casa en el viento y el fuego bajo el viento
Y a los pies de mí mismo echado sigo siendo
    tu animal sin preguntas.

[París, 24.10.67]


## AURORA DE MAÑANA

¿Escuchas morador?
No cesó nunca este rumor de astros
Dentro de ti grandes sombras lo escuchan

Son dos silencios desiguales
La noche de tu oído
Es violenta y cerrada y sin estrellas
En ella la mudez escucha
La agonía sin resuello escucha
Pero no has muerto si no muere todo
El amor te deshace y te rehace
Aún la Muerte no está en ninguna parte
   si no está en todas partes
Después del estridor de las sorderas
Habrá otra vez este rumor de astros
Serás otro y qué importa
Sabrás vivir hendido por un tajo
De ignorancia insalvable
Nunca buscaste el arte
Amor buscabas.

[15.6.68]


SÍ


Para que tengas toda la aventura
Hay el amor
Que te quema las naves
Que hace tu ser de un sí
No te queda más vida
Que la que puedas tú llevar contigo
Así por fin la siembras
Sembrando la ceniza de tus naves
Que han sofocado a tu fantasma ubicuo
Terminas de soñar la libertad
Amor no deja escape has de ser libre.

[24.5.68]

## EN LAS FUENTES

Quién desteje el amor
Ése es quien me desteje
No es nadie
El amor se deshace solo
Como la trenza del río
   destrenzada en el mar
No estoy de amor tejido
Estoy tejido de tejerlo
De sacar de mis íngrimos telares
Este despótico trabajo
Eternamente abandonando
   el fleco que se aleja
A la disipación y su bostezo idiota
Y sólo escapo de su horror
Recogiéndome todo sin recelo
En el lugar donde nace la trama.

[21.5.68]


## PALABRA Y SILENCIO

Has dado un paso atrás
El lugar que has dejado es un abismo
Yo me retraigo y callo
        El tiempo ruge
Lo sé que a cada instante
Se agranda este silencio que nos traga
Y no me muevo
No pisaré tu sitio desertado
No diré yo la palabra que omites
Inmóvil me derrumbo interminablemente
Ahogado subterráneo
Con la lengua clavada y debatiéndose

Bajo el no de la espera sepultado
El amor está todo en esta nada
    que mi abstención defiende
En la distancia que abres entre amor y tú
El abismo de amor es el amor
Desde dónde hablarías cuando hables
Si yo hubiese violado tu silencio.

[10.6.68]

## SOUVENIR

A solas en mi cuarto
Busco en la oscuridad
Un eco de tu nombre
Estoy de pie desnudo
Camino y siento esto
Adentrarme desnudo en una sombra
Acogedora y ávida y a eso
Yo lo he llamado siempre con tu nombre.

[16.6.68]

## DICHO A CIEGAS

Dí si eran éstas las palabras
Míralas bien
Córtalas con cuidado
Y vamos a guardarlas
Sepultadas debajo de la casa
Tesoro rescatado
Devuelto al culto
Palabras guarecidas
Mantenidas en vida

Que de secreto se alimentan
Reverenciadas en su catacumba
Ocultas mientras dure afuera
    la locura lasciva del lenguaje
Que durará tanto como el lenguaje
Para sólo sacarlas
Cuando pisemos el silencio soberano
En la omnisciente noche de la afasia
Y antes de que la clave se nos borre
Mirarlas un instante en su esplendor
Carne verbal viviente en el silencio
Inmaculadas concepciones
Rompedoras del círculo vicioso
Otra vez mediadoras
Para que se hagan mutuos mediadores
Dos que dicen tú y yo
Antes de que la noche del amor los borre
Mas todo está fundado si al borrarse se hablan.

[6.68]

### EROS DE LUZ

Un huracán de transparencia
Un trueno de luz rueda
Por el espacio nuevamente ahondado
Desde que te encontré
Y nos precipitamos a anudarnos
Tras los ojos de Eros instalados
Emanando tensión por su mirada
Medusa inversa que despetrifica
Infundiendo en las cosas un zumbido carnal
El reloj y la brújula están erotizados
El espacio todo él calificado intima
El tiempo se enfebrece

En la luz arden apetitos
La oscuridad incuba incurables nostalgias
Se oyen fragores en el pensamiento
   de grandes luchas jadeantes
Encontramos palabras calientes como entrañas
Las mordemos las manoseamos
Les hacemos perder todo pudor
Con ellas dándonos al desenfreno
Desnudados también con las palabras
Penetrándonos abriéndonos con ellas
No ocultándoles nada no negándoles nada
Nuestras almas también se abren de piernas
Y gimen
Nunca hemos hecho este amor de palabras
Nos hemos hecho el amor con palabras
Un claro enjambre de lenguaje núbil
Por Eros desflorado
Un huracán de transparencia
Un trueno de sonora luz que rueda.

                                        [5.7.68]


## SALVACIÓN Y RITMO

Tú sola guardas un latir de faro
Nieblas en fuga azotan tu bonanza
Tu frente de excepción me alumbra
El haz de tu mirada barre el mundo
Y vuelve siempre
Perpetúas el eje de la rueda
Reiteras siempre el centro del que irradian ritmos
Tú en tu isla abierta
En ti sola se rompe el tumulto del tiempo
En ti única se oye el dialecto en que sueno
Tu silencio perfora la sordera inmortal

Intermitentemente borras todo
Para alzarme en el haz de tu mirada
Rodeado de un halo
De igualdad a mí mismo
Luminosa y anómala me eliges
Me colocas aparte en tierra firme
Escándalo de las anulaciones
A salvo de lo mucho inextricable
De entre todo lo que es sólo tu sitio
Vuelve siempre a su sitio
Eres el nudo que interrumpe la trama
La luz se abre una brecha por tus ojos
La vida cae sobre sus pies
Pones el toque que de pronto invierte
La fuga torrencial de todo
Haces de ti la vacía frescura
Donde pueda mi nombre proferirse
Todo se juega en lo que auscultas.

[16.8.68]


ANIVERSARIO


Desde entonces
Bien puedo ya decirlo
Aprendí a distinguir en estas primaveras
Aquel rastro de aroma ácido y jugoso
Que corría escondido
Pues era como hundir el rostro
En un ramo nocturno de flores y frescuras
Cuando tú neta y leve
Emocionante como una golondrina
Tejido de tus raudos signos echaste un manto
　　de distinta ternura
Donde aprende a anidar mi nueva fuerza.

[26.3.69]

## ANTI-YO

No soy el que yo digo
Soy el que dices tú
Me traiciono por ése
Mi doble que el amor y la impiedad figuran
Dinamito mi suelo alegremente
Con tu risa me río de mi gloria
Pulverizamos la complicidad
    con que me miro sin tus ojos
Me salgo de mis pieles
Me abalanzo a habitar en el abismo
    un lugar inasible
Me confundo con una catarata
Reivindico su vértigo
Mi vida canta afuera
Desbocada y narrada en un idioma
    que nunca aprenderé del todo
De mi verdad recojo chispas ciegas
En lo que sabes tú de mí
En lo que ignoras en lo que deformas
    acepto mi falsía
Renuncio a hacer el gesto de cubrirme
Contra tu juego indescifrable
    de ponerme al desnudo
Soy ese que podría disiparse
Borracho de invención y de peligro
Navegante de un sueño temerario
    del que tal vez un soñador desista
Me apuesto en tu jugada jugadora
No me pierdas
Mi luz está tramada de tus reglas
Nuestro coloquio de ignorarlas.

[20.8.68]

## CONTAGIO

Si no es con tu saliva
No conozco mi lengua
Mi placer me desmonta
Si a los dos no nos domas
   con tu azote de estruendo y fumarolas
Nada pruebo de mí sin tu sabor
Mi ser sólo lo encuentro recobrado
Y ya oloroso.

[15.8.68]

## EL AMOR Y SU ECO

Esta tristeza hoy de nuestro gesto
Hazte conmigo pues cosechadora
Para cortarla de su rama oscura
Gesto para tocar el otro gesto
Desde un aire de luz recolectado
En un sitio de luz para después guardado
No se cierra el espacio de las nupcias
Nos queda siempre a un paso
Casa del tiempo
   aun por las sendas solitarias
Desde allí protectores
Nos aguardamos a nosotros mismos
De todo haciendo fruto
En nuestra arca invisible compartimos
Nuestro pan luminoso
A cuyo amasamiento
Tanta germinación sombría ha concurrido
Allí miramos las miradas

La angustiosa maraña de los pasos
Allí se lee como una escritura.

[29.8.68]


TUYO

Tu gracia y tus mudeces
Tu veloz inventiva de precisión canora
Tus encuentros de abismo con tu propia ternura
Tus vuelos inquietantes cruzando la ceguera
Tus risas en la cima de la ola centelleante
Tus retornos desde el no-retorno
Tu mano anclada en mí
(Tú fondeando en una tú de sombra)
Tu miedo blanco y tu tibieza
No el Bien no el Mal:
La cifra en que me muevo.

[Princeton, 19.10.69]


SOPLOS EN LA NOCHE

Aquí contra mi piel el soplo
    de tu respiración dormida
Y al otro lado afuera
El susurro del viento errante por la noche
Que trae de los trasfondos la efusión solitaria
Del tumulto callado de las cosas
Y entre uno y otro soplo
Con las alas abiertas cayendo por el tiempo
La extensión del abrazo
    de un dichoso yo mismo de musical ausencia

Que bebe un hondo río de amor y de misterio
Cuyas dos manos son
Dos alientos disímiles.

[Princeton, 10.11.69]


### AMOR, MORAR

La nieve a medianoche
Va a su propio sepelio

Yo cerca de tus pechos
Tengo junta en mis brazos
Toda la pulpa del día
    trabajado
Para meter la mano
    por su terciopelo

Dulzura
Panal en la sombra
Calor de oro en lo negro
Y tu cuerpo dormido
Donde sueñan los ecos
    de tus ricos cornos
Y tu amor como el sol de mañana
Y como en él la limpia llamarada
    de la nieve deslumbrada

La nieve a la medianoche
Cierra los ojos y espera
No dice nada para no fundirse
Mientras la noche sucia de abandono
    se prepara.

[Princeton, 27.3.70]

## LA PRIMAVERA SIN EMBARGO

Es que una verde ciega obstinación
Dulce y obtuso embate
Prolifera voraz inocente pulula
Cubre los sordos apagados muros
Digiere tercamente la tiniebla
Se extiende sobre el manto de las sombras
Trepa la noche rígida
Se enrosca sobre el vértigo
Chupa los ácidos parasita escombros
Es que el amor
Es que la primavera
La esperanza con su hongo incontenible
Coloniza el espanto
Es que abriendo su gran corola undosa
El pecho nos oprime una memoria ajena
Con que la tierra impera y nos habita
Eternamente recordando nada
Eternamente fresca.

[Princeton, 4.70]

## NAVEGACIONES

Tendido al fondo de lo oscuro
Ya en mi interior dormidos
   los turbulentos lenguajes del día
El que fluye por mí
Como agua suelta entre una red de mimbre
Vibración de una sombra en el nocturno espejo
Desnudo de designios
El que es inasignable
Y sin embargo es yo
Ha echado junto a ella un ancla

Dormido entre sus muslos
O bien guardando en sueños
Entre pecho barbilla y brazos
Ese pequeño y detallado cuerpo de ella
O abandonando un brazo cruzado por su vientre
Como una sombra en paz por la pradera
O pegado a su hombro por los sentidos labios
O trenzado a su piel como a una fronda de temperaturas
Sin cesar zarpo y zarpo
Desde ella hacia ella misma
Sin de ella misma despegarme un punto

(Ella misma es el barco).

[26.3.71]

## SUBCICLOS

Recomienza el otoño
     desde otra de sus puntas
No más ni menos cierto o vacilante
Ni más confuso ni más puro
Más fatigado y más lavado de espejismos
Más discretas sus brumas
Pero más hondamente brumas
De ya discretamente haber sido otras brumas
Otoño acumulado
Al que entra otoño mismo por otro de sus lados
El tiempo que navega por girones
Condensa nebulosas
Que luego el tiempo mismo cabalga en pleno vuelo
Recomenzar no copia el tiempo
Lo desdobla y fecunda
Pero el amor no se desdobla
Pone en llamas su vívida envoltura amorosa

Desmorona un carbón de pesados tesoros
Y revive en el núcleo sin fatiga
Amor más cierto y puro mismo.

[Princeton, 11.69]

# OTROS POEMAS

## PALABRAS DE ALLÁ

Salí y me entretuve afuera durando días y días; noches sin noche ni día envuelto en un manto arable hecho de todas las estaciones contra la inclemencia de la intimidad.

El muro en que me apoyé, teñido de los matices de todos los musgos del tiempo, era sin color y era el espesor y el peso del tiempo.

Un intenso enjambre de oro estallaba dispersándose en el aire claro y volvía a ser el centelleo palpitante de oro de sus ondas irradiadas.

Lo que tocaban los ojos, disuelto por la mirada se tornaba invisible; y la mirada corría con el alborozo del ímpetu liberado; pero danzaba, no huía, regresaba a danzar, abrazaba en la dicha lo visible que en su transparencia no se ocultaba, se daba a ver pero abierto y desnudo y a los ojos solos del abrazo.

Recogí del polvo unas palabras secas (no eran éstas, ni eran otras que éstas) y les dije que sí.

[16.8.68]

## TORMENTA, 1

Mezclada con la luz de plata ahogada
Se ha dejado venir la lluvia

Durará hasta la noche
Este espasmo dichoso

Las alturas vomitan
El peso de sus truenos

Después habrá una levedad
Un equilibrio de murmullos frescos

Podrán echarse a navegar
Sencillas palabras justas.

[31.12.68]

## TORMENTA, 2

Suena por fin el trueno
Se atreve la tormenta enorme a revolverse
Entre el espacio frágil
Incoherente de relámpagos
Recorrida de impulsos de desastre

Ya no seguirá siendo ese conflicto sórdido
Estrangulado de sollozos vanos

Y lloverá y lloverá y lloverá
Saquemos nuestros rostros
De sus dolientes velos delicados
Bajo las turbias ráfagas magníficas

Y que se empapen y maceren
Como esponjas sin rostro.

[1.8.68]


## EL FALSO AZUL NOCTURNO

En calles que no duermen
La ciudad incansable envilece a la noche
La arrastra por los charcos
De sus placeres laboriosos
La prostituye en vacantes riberas
Que ríos de sonámbulos ultrajan

Entre un letrero luminoso
Y un yerto rascacielos de oficinas
Entreveo al pasar
A la luna distante
Rumiando sus eternas brumas

De pronto nada dicen
Las palabras que estábamos diciendo
A ningún sitio íbamos
La ciudad no es verdad
                  Cómo pudimos
Creer en esa historia ilusionista
Llamada nuestra historia
No vivimos en lo que vivimos
Deliramos de desconsuelo.

[9.71]

## NADIE

El que hizo el silencio
Y que descubre que no se desplaza
Que no transcurre
                              tampoco dice
No pasa nada
                    y ni dice tampoco
Estoy clavado aquí
                        ¿Qué es aquí?
Cae esta tarde aquí la lluvia
Allí donde la lluvia cae
                    no estoy
No estaba donde el sol salía
Cuando esta madrugada
Salió el sol a redimir insomnes
Llega ahora la noche a la ciudad
No estoy a recibirla
Llegan la noche el horror la amargura
Entran todos en mí como en su casa
Entran sin mí yo no estoy para nadie
Yo no asisto a este entierro
Donde las sombras desalmadas
Me sepultan pensando en otra cosa
Yo de aquí no me muevo
Yo aquí me estoy
Aquí
    —Aquí no hay nadie.

[9.71]


## VOZ DE PLOMO

En la noche desierta
Espacio sin cotejos

Escribo rememoro pienso
Hablo un lenguaje entrecortado
Por sus grandes boquetes
Me veo allá en un país de vértigo
Muerto y gesticulando
A cada nueva suspensión
De este trabajo discontinuo
De edificar mi vida
En la vasta nostalgia
Me precipito hasta lo pétreo
Tampoco el dolor dura
Soy la distancia vacía
Entre el dolor y un grito que no llega
Todo soy huecos hacia lo inmirable
Escapo allá por todos ellos
Me veo
       No soy el caído
Soy la caída.

[9.71]


## POR QUÉ NO

Se desplomó en la cama
*(Y una sal de Sahara la azotó silenciosa*
*Porque vivir en un espanto tan obtuso)*

Afuera clareaba
*(Y el corazón con nubes llovió hielo en sus venas*
*Porque la vida es una fiera tan glotona*
*Que en pleno vuelo le devora las tripas al deseo)*

La agrura del alcohol mordiendo agonizaba

*(Y el algodón helado y negro de las sombras*
*Le chupó el calor de su sangre*
*Porque hasta el amor mismo es venenoso)*

Su lengua era un erial roído de tabaco
*(Y resbaló a sus pies su túnica de avispas*
*Porque en la vida no hay lugar para la vida)*

Se tragó sus sollozos
*(Y sus ojos inmóviles se despeñaban*
*Porque no encontraremos nunca a nadie*
*En los desfiladeros desolados del alma)*

Tendió un brazo hacia el frasco
*(Y su entraña era una lenta catarata*
*Cayendo sin cesar al fondo del vacío*
*Porque andar por el mundo es ir por una gruta*
*De emparedados ojos demenciales)*

Masticó las pastillas pedregosas
*(Y una mano de ausencia con los dedos abiertos*
*Se abrió paso por ella*
*Y dejó entrar por su mitad sedienta*
*Un caudal de paz negra*
*Un gran río triunfante de desastre*

*Porque estamos tan solos*
*Porque no hay en qué manos*
*Poner nuestro recaudo de andrajos sensitivos*
*De charcos cavernosos donde danza un reflejo*
*Porque no hay quien nos saque a la ribera*
*Porque no hay nada no hay nada que hacer).*

[9.71]

## ONÍRICO

Despierto:
        con su anzuelo imantado
me pesca el día
desde el fondo de las corrientes
perdidas
donde estaba viviendo
(había un bosque submarino
mecido por oscuras marejadas
en su rincón más sombrío
había una gruta
en la gruta
había una mujer
en la mujer
había una gruta...)

                               [1971]

## NOCTURNO

Me volví a ver quién era
No era más que la noche
Desde cuándo habrá estado allí
Con rumores despliegues movimientos
Con sus soplos con su aroma de estrellas
Su humedad de remoto
Su ternura y sus juegos
Echada sin cuidado entre profundidades
Dejando ver un poco de su seno
De suntüosa sombra sin estima
Carnal como una lágrima
Con sales y meandros

Su promesa de no retorno
En un arrancamiento al fin sin fin
Para uno que quisiera alzar con ella el vuelo
A quien ella no llama.

[21.3.69]

## FUEGO DE OTOÑO

Otoño en las alturas se despoja los ojos
Allá se asoma solo afuera
Abajo arrastra el manto rico y frío
Atravesamos su limpidez quieta
    llevando con nosotros un poco de calor
Nos sonreímos como en un gran palacio
    de donde alguien se ha ido
Intercambiamos más calientes las palabras
Como pájaros vivos extraídos del seno
Más fraternales de sentir más inhumana
La alta Belleza regia que no escucha.

[Princeton, 19.10.69]

## CICLO

Para qué
A quién le va importar
Ni siquiera a uno mismo
Y la espera de quién se colmaría
O contra quién alzarse
Para imponerse contra qué amenaza

Y la altivez de no cejar
A quién enorgullece
A quién sino al orgullo mismo
Que vive de engañarnos
Y para qué el orgullo
O la humildad
O para qué la lucidez
Para qué saber esto
Y para qué el orgullo de callarlo
O para qué haber escrito estas líneas
Pero cómo podrías
Ahora ya
Desleerlas.

[31.5.69]

# B

## BERRINCHE

Por el amor de dos no me pongan esa cara
me callo me retiro me jubilo de hablar
no volveré a decir esta boca es mía
ni diré con esta boca mía «esta boca no es mía»
ni que tu boca es tuya
tu boca en la que quise ver la prueba a voces de que mi boca
                                                              [es mía
no digo nada me pongo en mi lugar me siento
me digo callando mis cuatro verdades
me quedo aquí bien quieto para que todas las denuncias de fa-
                                                              [lacia

que cruzan sin cesar e innumerables como avispas
pasen por mí en mí se crucen me traspasen
y denuncien todas mi falacia
todas mis falacias todas las falacias del mundo
que mi boca que no digo que es mía dice que son mías
y me dejo arrancar todas las máscaras que tengo o que no
                                                    [tengo
pero por el amor de error dejen de mirarme así
digan algo no se queden ahí todos con sus caras de harapo mo-
                                                    [jado
con sus ojos desteñidos hervidos largamente
con sus labios de talco amasado con sus lenguas de papel se-
                                                    [cante
inhumanos de estupor mirándome como si no dijese nada
o como si dijese nada
como si me desgañitase dentro de una película muda
y dejen de mirarme como si fuese transparente invisible im-
                                                    [probable
y sus miradas traspasándome buscaran detrás quién habla
¿no ven que estoy hablando aquí?
no ven que estoy hablando aquí
no ven no escuchan dicen que allá nada se oye
que tampoco se ve dónde me estoy callando
yo que sólo me callo para estar en algún sitio
que ya sé que nada puedo decir con esta boca
que no se haga mentira en la perfidia de un oído
pero no se pongan así no nieguen que estuve hablando
me callo para que escuchen que me callo de hablar
me moriré de pronto y dirán que viví que hablaba
me voy con mis palabras a un rincón las tiro a la basura
las rompo las machaco las pisoteo
vean qué bonito ahora estarán contentos
algunas aún se mueven como hormigas pisadas
otras manchan la pared con sus tonos bellísimos
muchas palpitan locas como corazones arrancados
y me pongo a llorar a gritos como un rey en la guillotina

lloro tanto que acabo por estar soñando
todo es una pesadilla de infinita belleza
en la que nada tengo que decir y sueño que me da sueño
quiero acordarme de por qué lloraba pero estoy cansado
nadie escuchó mi llanto a lo mejor por eso lloraba
recojo con cuidado mis palabras despedazadas
vengan conmigo aquí estarán tranquilas
claro que sí las quiero no hagan caso
métanse para adentro que las voy a cuidar las voy a curar
vámonos con la música a otra parte
a la parte de donde la música parte
y desde allí hablarán de parte de la música
pónganse aparte lo diremos todo aparte
hablaremos mientras estamos callando
nos estarán oyendo cuando sus oídos dejen de oír
le hablaremos al oído a la sordera
pondremos aparte la oreja y su perfidia
y todas mis palabras serán nombres de otras palabras
habrá que saber cómo se llama cada palabra
para llamar a cada una por su nombre que no es el que están
[pensando
y no me miren así que ya ven que me estoy callando cuando
[hablo
o mírenme todo lo que quieran porque no puedo callarme
    mientras me estoy callando
y es verdad que no estoy diciendo nada
aparte de lo que estoy diciendo aparte
y díganme que miento todo lo que quieran
se lo dicen a lo que no estoy de veras diciendo
y así me están comprendiendo sin saberlo.

[Princeton, 1970]

# PARLAMENTO

*Para Juan José Gurrola*

(Este «poema», destinado a servir de referencia a un
espectáculo de luces y sonidos, e inspirado tan modesta como
vagamente en algún rudimentario esquema de la hazaña humana, no fue escrito nunca, sino improvisado verbalmente, con
ayuda de una grabadora, en tres o cuatro sesiones muy espaciadas, en cada una de las cuales la regla era combatir toda nostalgia de la escritura y su composición, prohibiéndose uno,
como Orfeo, pero con más obediencia, mirar atrás mientras no
acabara la sesión, o sea escuchar en la cinta lo ya proferido. Se
ofrece aquí a título de curiosidad, como experimento de una
«escritura» menos espacial y más inapelablemente lineal de lo
que suele ser.)

La primera entraña el bloque bruto de la noche
todo él un dentro y todo él un fuera
todo entraña profunda
y todo obsidiana sin grieta
la primera entraña una negrura sin piel
la oscura bóveda inalcanzable
de una esfera sin centro
la primera entraña
un infinito hueco sin espacio
nido convexo
demencia de las ciegas dimensiones
larva de espacio
confusión de direcciones embrionarias
confusión de abortados movimientos tartamudos
la primera entraña una negra abertura
de insensatos volúmenes
el primer germen un hormigueo ralo de luciérnagas
parpadeante caos constelado
inquietos vértices de un cristal cambiante
o de mil cristales naciendo unos de otros
o visceral despliegue de una pastosa geometría

jamás idéntica a sí misma
porque rueda ya por ese abismo el tiempo
caído de su lecho
y en su primer pestañear estroboscópico
se despliega una escala de deslumbrantes rayas
discontinuo esqueleto abstracto
entrecortada piel de cebra acuchillada
restallante persiana de abismo y fulgurancia
y un orden quiere ya petrificar la intraducible noche
ponerle un eje óseo a la negrura intransitable
encerrar el abismo entre las direcciones cardinales
como en un caparazón de insecto
emparedar en sí misma la noche de la no identidad

después empezaron los primeros aleteos
de una tenue lengua torpe de una lengua a gatas
un brumoso lenguaje que bizquea y tropieza
una luz aleteaba convulsiva
como una blanca mariposa difusa
de vuelo acribillado de amnesias

el primer parto fue
cuando agrandada y limpia esa obtusa mariposa verbal
quedó fija en su propia luz calcinada
y así nació el deslumbramiento
el antiguo abuelo se parió a sí mismo
y se hicieron posibles todos nuestros nacimientos
del abuelo pesante nació el abuelo calcinante
su nahual inaprensible y luminoso
y con ellos dos nació la raza en donde todo es doble
la raza que se mueve entre los torbellinos de sus signos
que recubren o devoran o calcinan
o que se clavan en el corazón de las cosas
o que abrasan anteriores recubrimientos
o que hacen centellear las cenizas antes calcinadas
en esta pululación de diamantinas larvas

como amibas en su caldo
multiplicamos infinitos nacimientos
escándalo de la imperturbable noche
tercamente ignorados del conformista día
y desautorizados por el abismo tautológico

y comenzó la memoria
que taladra la noche como un gusano sin cuerpo
comenzó también la cuenta de las cosas
la cuenta de las tierras y los seres
la cuenta de los hermanos por sus hermanos
comenzó la cuenta del horror
creímos dar la espalda al negro abismo
pero el abismo era nuestra propia espalda
el amor que inventamos quisimos someterlo
no quisimos ser hijos del amor nuestro hijo
no supimos ser hijos de nuestros hijos
el pueblo memorioso olvidó al pueblo de sus dobles
no supo amar al invisible pueblo de los nahuales
el pueblo inmemorial que habla con lo otro
la raza reflejada en un espejo abismal
trazamos arduas fronteras
cerramos todas las salidas que eran también las entradas
prohibimos fraternizar con el abismo
hablar con el silencio comprender a las bestias
creímos dar la espalda a las antiguas bestias
mas siempre nuestra espalda fue un tigre sanguinario
que nos cuelga de la nuca
y que clava sus zarpas en nuestros riñones
para ponernos tensos como un arco de furia

así tiránicamente cabalgados
llegamos hasta el tiempo de las ciudades esplendentes
de los confusos chorros de energías
y proseguía la cuenta que desde entonces nunca interrumpimos
los millones de granos de frutos de animales

los millones de letras de palabras de cifras
los millones de libros enterrados bajo el polvo de otros libros
los millones de piedras y los millones de acarreadores de piedras
los miles de millones de hermanos
sumados con violencia unos a otros
la machacada pasta de las masas
los hombres rotos y desparramados como granos
para hacer crecer la indistinta harina del trabajo
la borroneada cuenta de los hermanos diferentes
distintos por el color que emanan
por el color del pensamiento
por el color del idioma
por el color de su plumaje
por el color mentido del semen de sus padres
todo lo dividían los que una vez se dividieron de sí mismos
cada grupo de iguales
ponía enfrente una multitud de hermanos
en cuyas miradas no quería reconocer las de sus iguales
no quería saber que en ellos le miraban sus nahuales
no veía en sus ojos la mirada del silencio
la mirada de la suspensión
la mirada infinita del vacío intocable
que espera en el exterior del tiempo
y desde allá insaciable y muda
devora conocimientos
pero no es alimento de los conocimientos
el pueblo memorioso proseguía la cuenta de sus nacimientos
todos los partos del hombre por el hombre
pero la cuenta estaba siempre equivocada
porque cada uno que nace es un gemelo
y el otro gemelo tiene otro gemelo
que es él mismo o no es él mismo y no es él mismo
el orgulloso rebaño de los amurallados
sin descanso edificaba
no sabía guardar nada si no era sepultando
transformó la memoria en piedra edificable

la levantó en paredes que ocultaban todas sus otras dimensiones
la memoria ya no fue una hondura visible y simultánea
el olvido vencido renacía siempre
todo lo invadía bajo una forma distinta
olvido otro nahual del olvido
presas en la memoria las cosas se morían
vertiginosamente todo se iba acostando en la inmovilidad
en el rechazo de seguir durando
grandes brechas de nostalgia y chancros de remordimiento
iban haciendo más y más informe la memoria
cada nuevo día en nuestras ciudades espléndidas
perdíamos algo nuevo
visibles en pleno olvido se iban quedando dormidas
las cosas que antes amábamos
se dormían los ruidos los perfumes los matices
la lentitud de las horas
se dormían los sabores
el tacto de las lluvias
la tierna impertinencia del olor animal
la seca lengua torpe de los musgos
la dulzura sin desbastar de los vahos frutales
que da una ligera vergüenza
las flores que perfuman con cómica sabiduría
como putillas risueñas
los ruidos que nos escucharon escucharlos
desde el remoto origen
el hacha la cuchara el galope el azadón
el arroyo el follaje sonámbulo los pájaros
el barro cocido la madera el agrio cuero
el fantasma de la memoria corría por su castillo desolado
buscando enormemente revivir las nimiedades
tratando de escuchar en mil aullidos aumentados
con duras lupas sonoras de desenfreno metálico
el antiguo estridor desgarrador de un mirlo
persiguiendo en glaciales vértigos químicos
el fulgor alucinante que antes le dio una flor

el delirio de voz blanqueada del sol a mediodía
la insensata negrura de una mirada animal
la tóxica locura del olor de la hierba
pero nada ya recuperábamos
que al tocarlo no se durmiese a nuestros pies
la pérdida aceleraba su carrera
más que nuestra acelerada invención
la cuenta se atrasaba se embrollaba se perdía
las cifras repetidas en el vértigo ya no significaban nada
eran como todas nuestras palabras
repetidas hasta enloquecerlas y vaciarlas

fue entonces cuando inventamos la última cuenta
cuando inventamos la cuenta invertida
la cuenta que va hacia cero
la cuenta con que soñamos precipitar el abismo al abismo
la cuenta inversa nos sedujo una y otra vez
algunos reconocían la antigua matriz sin piel
el antiguo negro despliegue sin brújulas
cuando contábamos 5, 4, 3, 2, 1, 0
pero no era la primera matriz esta matriz
era la segunda primera matriz
algunos buscaban el pasaje de una a otra
el parto transvasado
el alumbramiento reflejado e invertido en un espejo de fuego
otros sólo veían la simétrica réplica del origen
la noche igual y opuesta
que se enfrenta a la noche inicial y la termina
pero los más sabemos que entre todos
le hacemos a la especie un nuevo dolor de parto
el pueblo circundado
podría dar a luz su propio nacimiento
podría parir a su nahual
a su hermano en él mismo incluido
podría parir a su antiguo abuelo
podría morir a la muerte

liberarse del parto pariendo la liberación
dar a luz la luz de la mirada
echar al mundo los ojos con que por fin se mire

pero se puede también parir la nada.

[1968]

# 6

# *Figura y melodías*
[1973-1976]

Para MARY, en celebración
de aquel comienzo.

### PRIMERA PARTE

## EL DIOS OSCURO

### I

## *Figura fragmentaria de Eros*

### MOTIVOS SECULARES

### 1

Algo dentro de mí se agacha
Hasta un redil adusto
Y entra a habitar un animal
Violento sin doblez inexpresivo
Que busca por tu cuerpo tu placer
Lo abre lo desentierra

Lo hace correr lo arranca
Triscando sin descanso
Un animal que come tu placer
Y no por la emoción sino por hambre.


2


Tocar uno de tus pechos. La mano queda cegada de dulzura. Proyectar ese contacto sobrecogedor, desde la mano misma, sin cruzar para nada la sombra del espíritu, fulgurantemente, a un cielo de evidencias nunca pensadas.


3


Subyugadas, asiduas, con aplicación, una mano tuya y una mía se acarician, fanáticas de un mundo de manos excluyente. No quieren saber que tú y yo mientras tanto nos miramos, abolidos, sin común lenguaje, en las orillas de un lugar de sombra que han creado en su torno para sumirse en él, donde sus tercos roces se vuelven trazos de chispas, donde en su lenguaje de sordez crepitan. Las miramos hacer el amor en otro orden, pero sabremos esperar a que en el límite de su placer sucumban a un dormir dichoso. Lo que estarán soñando entonces será aquí la vigilia de nuestra exaltación.


4


Mientras penetro en ti
Sonámbula
Dentro de ti está un yo
Penetrando una tú
Los veo claramente ahora
(También yo tengo cerrados los ojos).

5

De tu demencia misma se condensa un gobierno
Su imperio embruja y guía mis transfiguraciones

(El que fue por un tiempo interminable
Lo que arrastrado enormemente resistía
Salta ahora y navega sobre lo incontenible
Y es él mismo la ola y su caída
Para saber al fin que fue desde el comienzo
La playa anochecida
Donde esperaba su llegada exhausta)

Admiro el orden oscurísimo
Con que el oficio de arrastrarme afuera
Te tiraniza.

6

Todo lo que arrojamos junto con la ropa a nuestros pies cuando
nos desnudamos, ¿diremos que sabríamos nombrarlo en su
inmensidad y su incertidumbre? Algo se arranca de nosotros que
en su desprendimiento al fin se dejaría ver, mas para eso no tenemos ya mirada. Quedan solos los cuerpos bajo el ardor de la
noche incomprensible y estrellada, nada más entre ellos ha quedado del mundo. Contigo se desnuda tu belleza y a la vez se desnuda una ceguera. Sólo sabemos que en nuestro abrazo la noche
nos interroga y en ti y en mí desde muy lejos en la noche la especie se interroga. El don que nos es dado arrasa en el uno y en el
otro a aquel que podría recibirlo, es en otra mirada donde
somos coronados de esplendor.

7

Cómo hablar de esa huella
Dibujada en el humo de mis huesos

Que nada tiene tuyo
Mas responde a tu nombre estremeciéndome

Su trazo más punzante
No es ni siquiera el pozo del gemido
Cuando en el más fraterno instante estallas
Te sacudes sin mí
Te vas a pique sin mirada
Errante naufragada de ti misma
Vapuleada en un tumulto enorme
Que no sabe de ti
Ni de tu amor
Ni tiene tu memoria

No es tampoco la playa del retorno
El perezoso despertar de nuevo
De la ternura siempre niña
La entrada de los ojos en el mundo
Los gestos animosos
Con que otra vez reunimos
Los trozos de lenguajes que dejamos tirados
Y los volvemos otra vez de cara
En la bonanza de la luz leal
Donde en tu propio nombre te me muestras
Donde entera y mirándome
Te pones al alcance de tu mano
Para darme la mano

Cómo decir que entre esos dos asombros
Es un más ciego asombro el que tatúa
En mi sombra tu enigma
El que me hace espiar
Tras de tus ojos tan amigos míos
La brecha de temblor por donde viene
El gran latido arrasador de nombres
Cegador de miradas borrador de rostros

A usurpar un lugar
Que sigue siendo el tuyo
Esa catástrofe de tu presencia
Que tu presencia lleva por el mundo
La puerta luminosa que abres sobre lo oscuro
Y que es ya de tiniebla en su otro lado
Esa otra cara de esa otra luna
El no ser tú que sólo tú puedes no ser

Es tu vida precisa
Con tu nombre tu historia tu memoria
Con tus ojos tu edad tus pensamientos
Con tu sabor de mí tu imán de mi deseo
Lo que me exalta que se eclipse y me eclipse
Anudada a tu carne por eso inconfundible.

### 8

La alcoba ha vuelto en sí
Y tu cuerpo y el mío
Reposan con el gesto delicado
Y soñador de la inocencia
Prestándose a nosotros
Como si nunca hubieran sido nuestros amos
Aunque hace poco aullábamos que haríamos
A ojos cerrados lo que nos pidieran

Una vez más una vuelta de rueda
Revolución oscura de los tiempos
En la inmóvil historia de la carne
Nos devuelve a nosotros
Por roncos paroxismos serenados
Purificados bajo la violencia

Dormimos enlazados
Sobre una paz sobre un abismo.

## ALGUNAS PIEDRAS DE UN COLLAR DEL DIOS

### 1

El dios mira con ojos tenebrosos. Cuídate del discurso de los que quieren reflejar en sus palabras esa sombra. No abras tu corazón a los que se construyen con la mudez intocable del dios una sordera. No ven la claridad que mira esa negrura, no conocen que inclementemente calla el dios porque hablamos, por que hablemos. Más que en su verdad ausente el dios está en los frescos cursos con que nos lava de ella. Nada saben de él quienes no supieron en la propia risa conocer la suya.

### 2

Señalaremos, al azar tal vez, días especiales consagrados a celebrar el esplendor de nuestro lecho, lugar donde la guerra se derrota a sí misma, donde tú te abres y yo no me cierro, donde los luchadores saben por fin que luchando se hablan y se pertenecen.

Los sexos allí aportan sus armas sólo para deponerlas, pero el dios con su mirada nos desarma desde más allá, no desde más acá de la cólera. Todo lecho de amor viene de las tormentas, y sólo al descender de esas sibilantes sábanas pisamos con un pie del todo humano un suelo emocionante.

Quiera el dios que nunca intentemos haber ganado antes de haber llegado a la batalla; que en nuestro lecho la victoria misma excluya que haya un vencido; que ninguno de nosotros dos olvide que el otro no es su igual, pero que la discordia salta más allá de sí misma en esa lucha misteriosa en que abrasamos las desigualdades y aprendemos a llamarnos con el nombre del otro.

### 3

Tu grupa blanca y ciega se remueve
Bajo la seriedad de las caricias

Tu inquieta grupa zalamera
Entrevero de fiebres y de fríos

Tu grupa de molicie inaplacada
Nudo vivaz y obtuso de tu cuerpo

En el coloquio a oscuras de las pieles
Le prestamos al mundo nuestra carne
Para que inscriba en ella sus musitaciones

Tu grupa sensitiva gesticula
Bucea perseguida y habitada
De una mudez que se debate en muecas

En su estertor no logra articular
La voz con que decirnos
Que es con nuestra mudez con la que calla

Tu tierna grupa inerme desfallece
Y una inaudible oscuridad del mundo
Viene a explayarse en su masa sin nombre

Pero también allí reconocemos
La inalcanzable voz que nos habita
La eternamente a punto de irrumpir en palabras
Que va dormida entre los brazos
De un despertar

Palpita entre los dos lo que nos funda
Entre las sombras somos una mirada en blanco
Para ver la ceguera que nos borra
Pues también son nosotros las caricias
Que no saben qué dicen

También nosotros el espasmo ignaro
Que no aprendió a reconocer su rostro

Somos también nosotros impensables
Los que allí estamos mudos de la voz de un dios

La voz huracanada que nos calla
En las palabras que nos dan la espalda
Vueltas a su sustancia intraspasable

Y en el beso que olvida nuestros ojos
Para mirarse en la piel de los labios.

4

De algo estamos confesándonos emocionadamente hijos si en un
agua tan limpiamente fraternal bogamos. Nunca se cierra del
todo nuestra diferencia, una ironía de nuestra igualdad la tiene
siempre en vilo, y hasta cuando estamos sometiendo al otro
nunca hemos olvidado nuestra lengua común.

Así el aliento del dios nos vigila, sonreímos bajo esa mirada
que calcina a nuestra madre, no acabamos de creer que entre tú
y yo cada uno tenga para sí una vida. Nos hermanamos y es
como si llamáramos madre a un idioma compartido y padre a lo
que en él nos deja en la tiniebla lado a lado.

Por eso también sabemos en el sofoco promiscuo y nutritivo
del clan procreador adivinar al dios. Es allí la alegría de la tarea.
Por ella se hermanan todos en la misma tibieza en que el linaje
entero se revuelca y padres, ancestros, crías son todos hijos.
Como también nosotros nos pertenecemos perteneciendo a un
suelo que aloja nuestro encuentro, aunque nuestra alegría es
danzar con la danza del relámpago negro que lo hiende.

5

Ha alzado una mano el dios y cae entre el hombre y la mujer su
sombra. Se altera de sabor secretamente el halo en que yacías. Y
viene, se nos echa ya encima, creciendo y sin llenar nunca del

todo su tamaño una inminencia que quiere ya llamarse dicha. Como algo oscuro, oscuro, alzado, henchido, encendido hasta ser una alegría. Relampaguear de brillos de un aceite negro, carbones de una sombra que en el extremo del ahogo fulgen, humos en raudo vuelo hacia su lámpara.

No es el mundo lo que nos damos, no es tampoco exactamente su alegría sino el gesto y los labios con que la bebemos. Su aceptación que para hacerse el don en que nos damos olvidó su nombre; la brecha que en él abrimos para recomenzar el mundo que sigue sin embargo sin comienzo.

Saber, eso lo sería todo, de qué manera sigue estando presente entre nosotros lo que conocemos sin mirarlo, lo que sabe de nosotros ignorándonos.


### 6

Tus ojos serán de pronto los ojos del dios mismo, inmensos, abiertos en plena llamarada, inapelables. Detrás de tu ternura tan contigua veré asomar su divino despotismo, tú estarás escuchándome en el tiempo pero él en tu otra orilla hará a un lado con airosa mano mis palabras. No quieras intentar, tú la fraterna, tú la toda-humana, ocultar a los ojos del dios en qué te falto, todo lo hará allá visible el fulgor de su espada deslumbrante en cuyo filo él establece la balanza. No nos permitirá ignorar si pudo mi metal ser un platillo puro y si supe encontrar el denso núcleo donde pesas entera, y él mismo se hará tú para ser contigo pesado en mi pesada. No atenúes tus ojos en los que el dios me mira, eres su presa, ha hecho de ti su invencible exigencia. Tengo que desnudarme porque tú resplandeces. Y porque eres de carne enumerar mi hueso, y porque una yugular de amor te tiene viva tengo que resistir al enigma inhumano, cuando el abismo en el rostro del dios sonríe, y no temblar cuando me fuerce a proclamar mi pertenencia al linaje huracanado de la dicha, y recibir en pie de su tizón el goce que borra mis refugios.

7

Mucho queda en las sombras a trasmano
Siempre omitido
En la clara aventura de las sílabas
Siempre en falta en la luz de las miradas

Mucho dormidos nos agita
Gime inarticulado y sin comercio
Bulle intentando en vano escalar hasta el rostro

No digas pues
Que está despierto lo que está dormido
Da la mano a tu ciega
Háblale de mi ciego al que no ha visto
Amiga
　　　llore el dios
　　　　　　pero no muera.

8

Es preciso también nombrar ese otro desamparo, esa otra infinitud que nos aparta abismalmente del abismo, también la
espalda serena del dios es tremenda. Compacto y desdeñoso es
el empuje del dios, siempre distante en la proximidad misma en
que nos roba haciendo de nuestros designios en la oscuridad su
empresa. Pero no es menos altivo ese otro desasosiego luminoso, cuando el dios en su figura de barquero no pone el pie en la
orilla donde nos ha desembarcado. Miramos entonces con nostalgia, casta afortunada entre los siervos, a los tiranizados animales, cuya ruta cesa donde el dios se detiene, para los cuales
no abre el dios con su mirada caminos más allá de los que abrasa su pisada. Pero es él mismo quien nos dio esa ribera, quiere
que allí en nuestra orfandad nos encontremos, para estar en
nosotros más allá de sí mismo, nombrado en nuestra clara

inquietud sin nombre, dios también él del abandono en que nos deja frente a frente, reinando también allá donde su cetro no alcanza.

## 9

Amiga, mira al dios inanimado sin nosotros. Eras tú, era yo quien revestidos de su forma la movíamos, el dios no tiene rostro. Iremos de la mano ante su faz de sombra y estaremos allí hablándole a una máscara. Sabremos que de nosotros dos nacía su violento prestigio, que detrás del temblor éramos aún amigos, que entre hermanos hacíamos hablar al no fraterno dios. Y le haremos ofrenda, sabiendo bien que cada vez que cae esa ardorosa sombra que cambia la mirada, es él quien nuevamente surge entre nosotros, sagrado simulacro, divino ilusionista danzando por los bordes, ropaje nuestro de fulgor que no nos pertenece. Porque ¿cómo sin él tú y yo retrocederíamos el paso necesario para hablar con su máscara, para dar un rostro a su peso vacío? Y sabemos también qué precio da a nuestros coloquios, qué tibieza a las manos enlazadas la máscara distante de borrado rostro y la burla cruel de su mirada ausente.

## 10

No estamos nunca a solas. Somos tú y yo, intercambiando en nuestras carnes, en nuestros corazones, los secretos signos con que afirma cada uno al otro interrogándolo y en el puro ofrecerse está llamándolo, y en que reconoce cada uno de nosotros la respuesta en que es reconocido...

Y además el dios, oscuro, mudo como una oreja, recinto intacto como el hueco de un pecho vacío y resonante, sólo habitado por las plegarias que le damos, lugar donde nuestro coloquio puede ser espiado, donde se hace escuchable lo que es entre nosotros escuchado sin razón, y que así mirado desde la alta

urna donde vive esta plegaria, puede alzar su mirada más allá de
la locura.


11


Cuando nos retiramos a la remota cámara donde hacemos las
nupcias con nuestro propio espectro, como cuando compramos
y vendemos la palabra que ata para atarla a sí misma, la carne
en cambio todavía se sabe interrogada, vuelve a tocarla el dios y
la carne vuelve a temblar en su peligro. Así el dios desbarata
nuestra astucia, tiene en rehén nuestra carne y no permite que
empeñemos en beneficio propio su promesa, cada vez que vuelve a levantarla volvemos a estar fuera, volvemos a saber cómo
la pertenencia es intemperie y no se deja abrigar, el dios vuelve a
reírse de la treta con que queremos que nos pertenezca la ley por
la cual pertenecemos.

Pues en su oscuridad la carne que pregunta por nosotros
exige recibir en la carne su respuesta. De nada vale estar cada
uno en sí vociferando su presencia, tenemos que estar allí donde
se juega el juego, el dios nos lleva a su terreno. Allí se muestra
en su proximidad terrible para enseñarnos que nadie se recibe de
su propia mano, que nuestra carne misma se hace nuestra en la
carne donde el otro gime de recibirla, y que esa ley sin él ninguno de nosotros dos podría sacarla de sí para ponerla afuera.

Él mismo es esa pertenencia, y si hace su prenda de la carne
es para tener ardiendo entre nosotros la llama de su signo, para
poder tirar siempre de nosotros cuando damos la espalda, para
que nunca podamos asomarnos afuera sin cruzar, aunque sea sin
despertarla, la ardiente sombra de la carne por su ley sellada.

## II

### *Visita a un oratorio arcaico*

#### COLECCIÓN RESERVADA DE SONETOS VOTIVOS

### I

Si te busco y te sueño y te persigo,
y deseo tu cuerpo de tal suerte
que tan sólo aborrezco ya la muerte
porque no me podré acostar contigo;

si tantos sueños lúbricos abrigo;
si ardiente, y sin pudor, y en celo, y fuerte
te quiero ver, dejándome morderte
el pecho, el muslo, el sensitivo ombligo;

si quiero que conmigo, enloquecida,
goces tanto que estés avergonzada,
no es sólo por codicia de tus prendas:

es para que conmigo, en esta vida,
compartas la impureza, y que manchada,
pero conmovedora, al fin me entiendas.

### II

¿Qué sabes tú, qué sabes tú apartada
injustamente en tu crüel pureza;
tú sin vicio, sin culpa, sin bajeza,
y sólo yo lascivo y sin coartada?

Rompe ya esa inocencia enmascarada,
no dejes que en mí solo el mal escueza;

que responda a la vez de mi flaqueza
y de que tú seas hembra y encarnada;

que tengas tetas para ser mordidas,
lengua que dar y nalgas para asidas
y un sexo que violar entre las piernas.

No hay más minas del Bien que las cavernas
del Mal profundas; y comprende, amada,
que o te acuestas conmigo o no eres nada.

### III

Tus ojos que no vi nunca en la vida
turbarse de deseo, ni saciados
dormirse tras la entrega, ni extraviados
mientras tú gimes loca y sacudida;

tu oreja, dulce concha adormecida
que no alojó a mi lengua de obstinados
embates de molusco; tus negados,
cerrados labios de piedad prohibida

que hurtan tu lengua, rica pesca extrema,
ni fueron nunca abiertos la diadema
de coral húmeda y abrasadora

que por tu rey mi miembro coronase:
yo mismo en todo esto, hora tras hora,
mi muerte fundo y a mi mal doy base.

### IV

¿Pero cómo decirte el más sagrado
de mis deseos, del que menos dudo;

cómo, si nunca nombre alguno pudo
decirlo sin mentira o sin pecado?

Este anhelo de ti feroz y honrado,
puro y fanático, amoroso y rudo,
¿cómo decírtelo sino desnudo,
y tú desnuda, y sobre ti tumbado,

y haciéndote gemir con quejas tiernas
hasta que el celo en ti también se yerga,
único idioma que jamás engaña;

y suavemente abriéndote las piernas
con la lengua de fuego de la verga
profundamente hablándote en la entraña?


V


Toda una noche para mí tenerte
sumisa a mi violencia y mi ternura;
toda una larga noche sin premura,
sin nada que nos turbe o nos alerte.

Para vencerte y vencerte y vencerte,
y para entrar a saco sin mesura
en los tesoros de tu carne pura,
hasta dejártela feliz e inerte.

Y al fin mirar con límpida mirada
tu cuerpo altivo junto a mí dormido
de grandes rosas malvas florecido,
y tu sonrisa dulce y fatigada,

cuando ya mis caricias no te quemen,
mujer ahíta de placer y semen.

## V *(bis)*

Toda una noche para mí tenerte
sumisa a mi violencia y mi ternura,
toda una larga noche sin premura,
sin nada que nos turbe o nos alerte.

Para vencerte, y vencerte, y vencerte,
y para entrar a saco sin mesura
en los tesoros de tu carne pura,
hasta que en un rendido hartazgo inerte

te me duermas feliz y devastada;
y entonces, yo tranquilo y tú sin nada
por fin que defender, por vez primera
mirarte dulce, amiga y verdadera,

cuando ya mis caricias no te quemen,
mujer ahíta de placer y semen.

## VI

No sabréis nunca el odio que alimento,
infame tejedor, sastre canalla,
hipócrita modista que mal haya,
por vuestro arte y su crüel tormento.

Pues ¿no es infamia, niña, que un fragmento
de *nylon* deleznable, o una malla
de fino *jersey* sean la muralla
en que se estrella el ardor más violento;

y una hebra del éxtasis me aparte
y cierre el paso a tu pezón, y el grueso
de un hilo al foso que mi sexo anhela?

Mas yo haré trizas tu textil baluarte,
y he de asaltar tu piel a puro beso,
y al ariete forzar tu ciudadela...

## VII

Los recuerdo turgentes y temblones,
tus grandes, densos pechos juveniles,
tímidos y procaces, pastoriles,
frescos como aromáticos melones.

Eran el más solemne de tus dones
cuando al fin liberabas sus perfiles
en cuartos cursis de moteles viles,
deliciosa de susto y decisiones.

Juguetona y nerviosa los mecías
retozando desnuda sobre el lecho,
plétora pendular frente a mis dientes.

Y cuando muda y grave te me abrías,
te sentía apretar contra mi pecho
sus dos bultos callados e insistentes.

## VIII

Tus pechos se dormían en sosiego
entre mis manos, recobrado nido,
fatalmente obedientes al que ha sido
el amor que una vez los marcó al fuego;

tu lengua agraz bebía al fin el riego
de mi saliva, aún ayer prohibido,
y mi cuerpo arrancaba del olvido
el *tempo* de tu ronco espasmo ciego.

Qué paz... Tu sexo agreste aún apresaba
gloriosamente el mío. Todo estaba
en su sitio otra vez, pues que eras mía.

Afuera revivía un alba enferma.
Devastada y nupcial, la cama olía
a carne exhausta y ácida y a esperma.

### IX

Contra mi tacto evocador me afano.
Con los más duros y ásperos pertrechos
he trabajado hasta dejar deshechos
por el hierro los dedos de esta mano.

Los quiero embrutecer, pero es en vano:
en sus fibras más íntimas, maltrechos,
aún guardan la memoria de tus pechos,
su tibia paz, su peso soberano.

Ni violencias ni cóleras impiden
que fieles y calladas a porfía
mis manos sueñen siempre en su querencia,

ni mil heridas lograrán que olviden
que acariciaron largamente un día
la piel del esplendor y su opulencia.

### X

Tu carne olía ricamente a otoño,
a húmedas hojas muertas, a resinas,
a cítricos aceites y a glicinas
y a la etérea fragancia del madroño.

Hábil como una boca era tu coño.
Siempre había, después de tus felinas

agonías de gozo, en las divinas
frondas de tu deseo, otro retoño.

Te aflojabas de pronto, exangüe y yerta,
suicidada del éxtasis, baldía,
y casta y virginal como una muerta.

Y poco a poco, dulcemente, luego,
absuelto por la muerte renacía
tu amor salvaje y puro como el fuego

## XI

Algo debe morir cuando algo nace;
debe ser sofocado, y su sustancia
chupada para ser riego o lactancia
en que otro ser su urgencia satisface.

No habrá otra hora pues en que te abrace
mientras muerdo en la cándida abundancia
de tus dos pechos; no habrá ya otra instancia
en que tu cuerpo con mi cuerpo enlace;

no penetraré más en la garganta
anfractüosa de tu sexo alpino.
Tú a otra luz amaneces; yo declino.

Mi degollado ardor tu altar levanta,
mi reprimida hambre te alimenta,
y el yermo de mi lecho te cimenta.

## XII

Y sin embargo, a veces, todavía,
así, de pronto, cuando te estoy viendo,

vuelvo a verte como antes, y me enciendo
del mismo fuego inútil que solía.

Y me pongo a soñar en pleno día,
y reprocho al destino, corrigiendo,
como los locos, lo que fue; y no entiendo
cómo no pude nunca hacerte mía.

E imagino que anoche me colmaste
de placeres sin nombre, y que esa chispa
perversa y de ternura en tu mirada

prueba que lo otro es nada —que gozaste,
que a ti también este limbo te crispa,
¡que al fin te di el orgasmo!— y lo otro es nada.

### XIII

Otra vez en tu fondo empezó eso...
Abre sus ojos ciegos el gemido,
se agita en ti, exigente y sumergido,
emprende su agonía sin regreso.

Yo te siento luchar bajo mi peso
contra un dios gutural y sordo, y mido
la hondura en que tu cuerpo sacudido
se convulsiona ajeno hasta en su hueso.

Me derrumbo cruzando tu derrumbe,
torrente en un torrente y agonía
de otra agonía; y doblemente loco,

me derramo en un golfo que sucumbe,
y entregando a otra pérdida la mía,
el fondo humano en las tinieblas toco.

## XIV

Desnuda aún, te habías levantado
del lecho, y por los muslos te escurría,
viscoso y denso, tibio todavía,
mi semen de tu entraña derramado.

Encendida y dichosa, habías quedado
de pie en la media luz, y en tu sombría
silueta, bajo el sexo relucía
un brillo astral de mercurio exudado.

Miraba el tiempo absorto, en el espejo
de aquel instante, una figura suya
definitiva y simple como un nombre:

mi semen en tus muslos, su reflejo
de lava mía en luz de luna tuya,
alba geológica en mujer y hombre.

## XV

Entre los tibios muslos te palpita
un negro corazón febril y hendido
de remoto y sonámbulo latido
que entre oscuras raíces se suscita;

un corazón velludo que me invita,
más que el otro cordial y estremecido,
a entrar como en mi casa o en mi nido
hasta tocar el grito que te habita.

Cuando yaces desnuda toda, cuando
te abres de piernas ávida y temblando
y hasta tu fondo frente a mí te hiendes,

un corazón puedes abrir, y si entro
con la lengua en la entraña que me tiendes,
puedo besar tu corazón por dentro.


## XVI


El breve trecho, pero sorprendente,
que va desde la voz fresca y alada
de tu clara garganta a la callada
monocordia del coño hondo y ferviente

basta para que así me represente
lo que hay en ti de náyade o de hada
que en lo alto vuela y en lo limpio nada,
pero fundada tenebrosamente.

Qué incomparable don que a un tiempo mismo
des a la luz tu risa, y al abismo,
secretamente, valerosa te abras,

y que a la vez te tenga en mi entusiasmo
volátil e infantil en las palabras
y temible y mujer en el orgasmo.


## XVI *(bis)*


El breve trecho, pero sorprendente,
que va desde la voz fresca y alada
de tu clara garganta a la callada
monocordia del coño hondo y ferviente

basta para que así me represente
lo que hay en ti de náyade o de hada

que en lo alto vuela y en lo limpio nada,
pero fundada tenebrosamente.

Imborrable es la grieta hacia el abismo,
de largo trazo recto y decidido,
que tu entrepierna valerosa alberga

y hace que te conozca a un tiempo mismo
volátil e infantil con el oído
y mujer y temible con la verga.

### XVII

Un momento estoy solo: tú allá abajo
te ajetreas en torno de mi cosa,
delicada y voraz, dulce y fogosa,
embebida en tu trémulo trabajo.

Toda fervor y beso y agasajo,
toda salivas suaves y jugosa
calentura carnal, abres la rosa
de los vientos de vértigo en que viajo.

Mas la brecha entre el goce y la demencia,
a medida que apuras la cadencia,
intolerablemente me disloca,

y al fin me rompe, y soy ya puro embate,
y un yo sin mí ya tuyo a ciegas late
gestándose en la noche de tu boca.

### XVIII

¿No es raro que acordarnos todavía
nos ponga melancólicos y graves?

Hacíamos muy mal el amor, ¿sabes?
Sin gracia, aprisa, sin sabiduría.

Furtivamente, donde se podía:
en tierra, en pie, en las sillas menos suaves,
encaramados como absurdas aves,
tu falda alzaba y mi bragueta abría.

Indagaban también manos y labios,
libres ya entonces y a su modo sabios;
e íbamos luego, cómplices y amantes,

muy de la mano, entre la triste tropa
de los hombres, llevando, desafiantes,
manchas de semen seco en nuestra ropa.


## XIX

Sé que no sabes que recuerdo tanto
tu piel untuosa y pálida, amasada
con fiebre y luna, y tu boca abrasada,
blanda y jugosa y salada de llanto,

y tu implorante gesto de quebranto,
sobre tu frigidez crucificada
y agradecida y tierna aunque insaciada,
y mi esfuerzo patético entretanto,

y el amor con que entonces se volvía
tu largo cuerpo de impecable diosa
en su halo de luz y denso efluvio,

y ofrecías sensual a mi porfía
la masa de las nalgas prodigiosa,
guiando mi mano hacia tu pubis rubio.

## XX

### *(Soneto a la inglesa)*

Todo hombre sin mujer es un Crusoe.
Náufrago de tu ausencia, me rodeo
del simulacro gris de un ajetreo
cuya nostalgia sin piedad me roe.

Y al correr de los días o los años,
voy odiando mi edén entre las olas,
y mi siembra de amor erguida a solas,
y mi semen tragado por los caños.

No la caza triunfal, ni el fruto en ciernes;
no el perro, ni el paraguas, ni la mona;
no el papagayo o el hogar o un Viernes;
sólo un sueño imposible me obsesiona:

por entre escollos y corales y algas,
nadar hasta la costa de tus nalgas.


## FRISO CON DESNUDOS ESCRITOS

Un pensamiento se concibe en el espíritu como en un vientre. Si
ese pensamiento es poético, entonces es el vientre el que concibe
como un espíritu.

*

Dibujada, toda línea de un cuerpo desnudo es también línea de
una danza.

*

Si ninguna otra traducción interviene, la transcripción simple de
un cuerpo desnudo está siempre en griego.

*

Comparado con el de la mujer, el vientre del hombre es una espalda.

*

Cuando un cuerpo desnudo avanza, las piernas caminan y los brazos se balancean; sólo el torso, mientras tanto, boga.

*

Por mucho que un torso femenino quiera irse a pique, siempre está por encima de la línea de flotación.

*

La línea que divide los muslos femeninos, más los dos surcos de la ingle convergen hacia un centro. Entre los tres forman el vaciado, inversión del relieve, de una estrella de tres puntas.
También el centro de esa estrella es la inversión de un cegador destello.

*

El torso de la mujer se extiende desde una boca hasta otra boca. Para recorrer ese camino la carne cierra los ojos.

*

Si se pone la oreja sobre un vientre de mujer, se oye un pozo de rumores que llega hasta el cielo estrellado de los antípodas.

*

En el centro de todo vientre femenino hay sepultada una abeja.

*

Un vientre de mujer está siempre a punto de acordarse de algo.

*

Discreción del abdomen. Es la única parte del cuerpo humano que no es simétrica por dentro.
Pero de eso no nos dice una palabra.

*

La cara anterior de un cuerpo humano desnudo está siempre deslumbrada de no mirar ya hacia la oscura tierra.

*

Además de alimentos, como todos los vientres, el vientre de la mujer digiere también sombras.

*

Cuando se sienta una mujer desnuda, se sienta también su nombre.

*

Si alguien tuviera la idea propiamente monstruosa de formar un conjunto con músicos vestidos y músicos desnudos, jamás podrían tocar en el mismo tono.

*

Los diccionarios etimológicos nos enseñan que «pensar» viene de «pesar». Esto tiene dos sentidos opuestos. Mientras estamos vestidos, pensar es la manera en que la mente pesa. Cuando nos desnudamos, pesar es la manera en que la carne piensa.

*

Incluso acostado, un cuerpo desnudo tiene siempre como ley la danza: la ley que hace de la gravedad su dicha. La ley más difícil para el espíritu.

*

La simetría complementaria de los cuerpos femenino y masculino se despliega en otra geometría, incomprensible para el ojo, incluso para el tacto, descifrada solamente por la caricia y el abrazo.

*

Entre las dos líneas que dibujan el ancho de un muslo el papel está más caluroso.

*

Una vez dibujado, en una hoja blanca, el contorno de un desnudo, el blanco de dentro y el blanco de fuera se dicen cosas de colores.

*

Aunque son para los ojos solos, los dibujos de desnudos no se ven bien del todo si lleva uno guantes.

*

Las cosas que se dicen los cuerpos desnudos no son para oídas, son para vistas. En este postulado se apoya el arte del desnudo.

*

Dos cuerpos que se encuentran son siempre hermanos. Se ven uno al otro tal como los echaron al mundo: se encuentran tal como son en el umbral del mundo, como se encuentran los hermanos.

Los amantes desnudos son siempre incestuosos.

*

Aligerado de su ropa, el cuerpo pesa más o por lo menos mejor.

*

El aire se alegra y refresca de tener dentro un ser humano desnudo. Diré por qué. De todos los animales, sólo el pez y el gusano podrían estar tan desnudos como el hombre. Pero sacados al aire, o se ahogan o se retuercen en la luz. Sólo el hombre, en su fase desnuda, está hecho para el aire como no lo está ni siquiera el pájaro. Como sólo podría estarlo la luna si fuera de este mundo.

*

El dibujo de desnudos dibuja cuerpos. La pintura no pinta exactamente cuerpos. No se puede colorear un cuerpo sin convertirlo en escultura.

*

Cuerpo desnudo de ropa y vestido de ritmo.

*

Nadie puede ser malo desnudo. (O al menos no debería poder.)

*

La curva por ejemplo de la cadera y la nalga, una mujer que se desnuda no nos la enseña, nos la dice.

*

Una pareja que se desnuda aprende instantáneamente un idioma que no sabía.

*

Mujer desnuda, lugar donde la desgarrada vida cicatriza.

*

Si ninguna mujer volviera a desnudarse ya, todos los que en este instante están llorando no podrían nunca detener su llanto.

*

En el dibujo de desnudos, más aún que los cuerpos lo que se desnuda es el ojo.

*

De todo el cuerpo desnudo, sólo por el vientre se ven cruzar pensamientos como por la frente.

*

La meseta del vientre desciende estrechándose y hundiéndose como en un desfiladero. La meseta femenina allí se interrumpe y reabsorbe con una especie de pureza, desdeñando ser camino hacia algún accidentado promontorio. El lugar que allí deja vacío es un llamado, y como todos los lugares que llaman es a una palabra a lo que llama. Lo que allí se introduce empieza a hablar.

### SEGUNDA PARTE

# PALABRAS AL TIEMPO

Antes que el tiempo muera en nuestros brazos.

*Epístola moral a Fabio*

## El tiempo en los brazos, 1

### EL MIRLO EN LA CIUDAD

He vuelto a ver al mirlo
en qué tristeza en qué día oscuro en qué manchada primavera
rastrero y sacudiéndose la mala lluvia
en rincones pacientes de la negra ciudad recorrida
aburrido por lo bajo del verdor afortunado y sin hablarle
las plumas erizadas vacante la garganta
pequeña cosa torpe de humedad y humildad
aguardando el regreso de la ardiente marea de blancura que lo
[alce y lo use
el mirlo incorruptible el mismo que en la entraña de un carbón
sabe hacer otras veces sonar una cascada de destellos
pero ahora borroso en el clima de mirada turbia
la ciudad lo diluye y absorbe en sus borrones
y pasea sin rumbo la breve pincelada frutal del pico inútil
casi él mismo olvidándola
casi él mismo ignorando en qué punzante oficio inextinguible
se entenderá la claridad de su garganta
porque en toda visión de claridad se cruzan veladuras
porque hay en la danza de la luz desnuda distracciones
y la belleza entra sus altas proas entre arrecifes sordos

de despojos sin rostro y de cosas de espaldas
así también anda perdido el mirlo por la ciudad pisoteada
y la ciudad anda perdida por sí misma
pero hay encuentros fugitivos en su errancia
por la frente del tiempo corren preciosas sombras de lujoso brillo
que estremecen su piel misma y escapan a su inquieta mirada
                                                      [sin espejos
el tiempo en su precipitación abandona sus mejores momentos
eternamente infiel a lo que él mismo en su libertad propone
incapaz de cumplir de dar pruebas de acabar una forma
traicionando manchando sin remedio su amor sus primaveras
el mundo se dispersa se acribilla como una memoria torpe
como una atención que impuramente se adormece
y así mil esplendores yacen sin voz ahogados
y toda una vida puede hibernar el relámpago
y hay primaveras que acaban su trayecto
sin una sola idea de sol sin haber dado un pensamiento al
                                                      [mirlo
si alguien ha de extrañarse de ello no seremos nosotros
atacados de olvido como de una tara
que hemos desviado la mirada ante el rayo
que no hemos despertado del sopor ni hacia la vigilancia ni
                                              [hacia el sueño
ni mucho menos hacia los dos lados allí donde vuelan juntos
bien sabemos lo que puede llegar a ser el amor en nuestras
                                                      [manos
las mil traiciones y traiciones de traiciones con que lo apuñala-
                                              [mos sin mirarlo
y peor aún la distracción la sórdida sordera la cobardía atávica
y aún peor cuando con desidia vergonzosa dejamos de alimen-
                                                      [tarlo
de darle a comer nuestros testículos nuestros ovarios nuestros
                                      [más erectos pensamientos
o cuando preferimos guardar para nosotros su sueño de vivir
castrándole su plenitud robándole su combate y su muerte como
                                              [a un niño idiota

y no le hacemos romper el vientre de los limbos
como una madre que guarda avaramente en sí un feto delicado
oprimido bajo una enormidad de carne tumefacta
y saca de su asfixia suspiros y embelesos
mil veces encontró el amor un clima inhóspito en nosotros
y hemos sido la inclemencia que desalentó muchos trinos
la luz por nosotros cruza entre lloviznas y nieblas pertinaces
y resulta siempre que habíamos roto el acecho
cuando al fin florece el trazo de la estrella fugaz desflorando a
                                                    [la noche
qué sería entonces de nosotros cómo volveríamos a encontrar
                                                    [nuestros pedazos
si en un sitio olvidado una fidelidad silenciosa
que nada nos pide ni siquiera una pregunta
ni aun decirnos su nombre
desde la penumbra de los bordes no viniese a tomar en su mano
los rezagos perdidos del rebaño que somos
y si el amor desnudo de frágiles pupilas
perdido innumerables veces en los recodos de solo un día
no estuviera esperándonos tiempo arriba intacto en un reen
                                                    [cuentro
para traer de un salto otra vez su fiesta al centro del redil
pues cuando no podríamos ya mirarnos sin vergüenza
alguien aún se alumbra en la verdad de nuestro nombre
y alguien levanta el peso de nuestro amor dormido
mientras corremos libres de su carga
y así la copa de impecable claridad
que podríamos ser si no se nos volcara a cada instante
otro la ve o hechos otros la vemos
en la ciega marea del tiempo derramada
vuelta a formar transfigurada y vasta
en las manchas y estrías en que nos diluimos
y mientras nos perdemos en el furor del tiempo
la seriedad del tiempo nos custodia la casa
qué sería pues de la belleza azotada combatida oscurecida
y de su intenso seno intermitente

si no sostuviera el hombre su luz en sus eclipses
y cómo perduraría el hombre disipado
si en su belleza el mundo no albergara su verdad en extravío
pues como los amantes que toman el relevo porque el amor no
[muera
uno y otro se dan mutuamente su nombre en nombre uno del
[otro
la primavera ahogada a sí misma se espera sin bruma en la espe-
[ranza nuestra
del mismo modo que en los ojos del rayo o en un hombro sun-
[tuoso de la noche
encontramos la mirada de lo que hace mucho tiempo traicio-
[namos
o que en unas palabras vive la fidelidad del mirlo desesperado
y en un silencio que se guarda para él vacante sigue llamando a
[la diafanidad su nota
como también en nuestra voz canta la danza desmembrada
o como cuando agonizas entre sombras podridas
en mí te sigues profiriendo espléndida.


## Canciones fugitivas, 1


### LA VOZ

Todo el día a mi lado
Ha venido un murmullo incomprensible
Todo el día escuché para otra parte
Ya no habla pero sé ahora
Que me estuvo diciendo todo el día quién soy.

# El tiempo en los brazos, 2

## ANTIINSPIRACIÓN

Entre tantos días el día de hoy tomo la pluma
para darle al tiempo lo que esperé largamente que él me diera
unas pocas palabras que abran un venero en su venero

> *El otoño de limpias intenciones*
> *Ha vuelto con su nave de aire*
> *Para bogar un tiempo entre nosotros*
> *La otra noche miramos el surgir de la luna*
> *Su enorme desnudez amaneciendo*
> *La alta falda sonámbula del monte*
> *Hacia sus pies se deslizaba en sueños*
> *Nos escondimos de su voz fantasma*
> *Aquí abajo en el mundo agazapándonos*
> *Y aquí en el desamor*

para dar si es que no me son dadas estas pocas palabras
con que acabo de abrir tan temerariamente
un blanco lecho atónito que no podré ya ni borrar ni dejar en el
[aire
que tendré que llenar lastrar volcando en él latidos de mi tiempo
para que se precipite para que corra a morir en el mar de su dicha
que tendré que empujar hasta agotar sus palabras
a fin de que el silencio alterado vuelva a ocupar lo que es suyo

> *Desde hace tiempo estoy viviendo*
> *Un buen trecho adelante de mi vida*
> *Cómo me alcanzarás si no me alcanzo*
> *Huye huye tal vez en la huida te espero*
> *Aunque a ratos añoro al que alzaba en sus brazos*
> *Tus lentas horas fluidas tus horas de mercurio*
> *Eras mi ritmo y mi pereza*

escribir es cubrir de cicatrices el silencio
es echar piedras al pozo del silencio
sonoras piedras que sus aguas insondables tragan
para saber que el silencio vive
abismo que dormido cicatriza
si no se traga nuestras palabras no hemos escrito
si no cicatriza el silencio no está vivo

> *En mitad de la noche*
> *Suena un fulgor velado en las entrañas*
> *Un poco de alma helada se derrama*
> *Entre las grietas y dobleces de la carne*
> *No es visible su luz se ve su frío*
> *Y se contraen desamparados órganos*
> *Por una claridad desde dentro tocados*
> *Vivir era una herida cruzando el firmamento*

cuando puse la pluma en esta hoja arrojé la primera piedra
tomé la pluma como una honda
honda huella trayecto trazado proyectil prodigioso
honda de piedras de palabras contra las hondas ondas del
                                                    [silencio
trazo escrito en la lisa piel del tiempo
para marcar con una cicatriz este día
yo que esperaba del tiempo luminosas heridas

> *Soñaba confundirme con tu alba*
> *Ser el rumor innúmero de su marcha invasora*
> *Con medio rostro presa de la luz dormías*
> *Mi reto hacía de tu sueño un reto*
> *Entré en ti tantas veces*
> *Sólo buscando oírte despertar*
> *Mi exaltación era encontrar a tientas*
> *El escalón que te trajo hasta ti*
> *Lo que quiero es robarle su enigma a la alternancia*

nadie me dirá pues lo que hay que decir
y si presto el oído a los taciturnos días
más bien me dicen que no hay qué decir
y sin embargo hay que decir
hay que poner en un día o en otro la piedra blanca de la palabra
el día señalado no es uno u otro día es cualquier día
por eso no es éste el día
por eso es éste el día
hay una hora en que las horas ya no son horas
esa hora no es ya una hora
no escribo en este día ni en otro día
escribo en una hora robada al tiempo
allí donde la arranqué dejo una cicatriz

> *Alguna vez quién lo recuerda*
> *El tiempo era un gran muro diáfano*
> *Petrificada catarata de implacables promesas*
> *Un horizonte de cristales claros*
> *Poblaba de reflejos lacerantes el mundo*
> *La intratable inocencia*
> *Me tuvo inerme entre sus manos*
> *Por los caminos vírgenes*
> *Altos premios de vértigo centelleaban*
> *Nunca aprendí a cerrar detrás las puertas*

no consagro este día porque en él he escrito
lo consagro porque hoy no escribí en ningún día
precisamente hoy no ningún otro día
precisamente este día hoy no es este día
es cualquier día que alguien lea lo que escribo
que no será cualquier día sino uno u otro día
y no será ese día porque ese día es hoy
escribir no es estar allá
en otro tiempo en otro humano
ese día ese humano están aquí
o estamos juntos ni aquí ni allá

> *Subir partiendo de una carne a un ritmo*
> *Quién da el ritmo nosotros o la carne*
> *Noches enteras busqué el punto exacto*
> *De mi entrada en tu danza*
> *Y tú para abrasarlos me buscabas los ojos*
> *No hay ritmo sino doble*
> *Inventa el tiempo el ritmo*
> *O es el tiempo un invento del latido*
> *(En el valle que forman*
> *Los tres pliegues que irradian de tu fuente*
> *Hueco de estrella de tres puntas*
> *Se aprieta contra ti mi bulto iluminándose*
> *Y la sombra palpita de auroras reventando*
> *Nadie sospecha mi íntima ceremonia de amor)*

estamos juntos no en un día sino en el tiempo de la cita
no fuera del tiempo sino debajo muy debajo del tiempo
muy lejos bajo sus aguas
allí donde el torrente se hace pozo
y es la gruta submarina donde todas las mareas pesan sin
                                                    [moverse
el otro venero que recorre el venero
el tiempo que le da una historia al tiempo
las horas que allí arriba vivimos aquí nos viven
son horas que ni nos van ni nos vienen
pero nos vaivienen
desde aquí donde estamos los días quedan lejos
pero nadie como nosotros conoce el peso del tiempo
nadie sostiene el embate del tiempo
sino los dos que bucean debajo de las palabras

> *Hubo un día hace ya muchos años*
> *Que tú y yo nos besamos los huesos inmortales*
> *Todo lo que después traería el tiempo*
> *Fue ya nuestro ese instante*
> *No hemos cesado un día de vivir ese día*

De darnos y quitarnos cada hora
Lo que fue dado entonces y quitado
Pero cuántos qué lentos años desde entonces
Tuvimos que prestar a su silencio
Para hacer que ese día haya existido
Hicimos trabajar el empuje del tiempo
Para doblar el tiempo
Ese día es ahora una palabra
Donde ella fue tragada habla el silencio
En todo lo que calla suena ahora el amor.

## Canciones fugitivas, 2

### ESTA NOCHE

La escala de este día me ha traído
A esta altura nocturna
Me ha exaltado a este trono emocionante
Sólo la sombra es diáfana
Sólo la noche se compara en altura a la noche
Sólo en el aire glacial de las cimas
Despliega del todo el pulmón sus ardorosas velas
Se han corrido los velos se han disuelto los muros
No hay fuerza que vencer ni con la cual vencer
Estoy en el espacio sin rasgarlo
Soy sin abrir las alas todo vuelo
En las estrellas miro las puntas de mis dedos
El silencio se escucha con mi oído
Estoy en lo alto de la torre más alta
Lo tengo todo a mis pies esta noche
Estoy listo
Esta noche podría suicidarme.

## *El tiempo en los brazos, 3*

### SECUENCIA DEL TIEMPO

#### 1

Algo más que la noche está cayendo
Está cayendo mudamente tiempo
En un fondo de copa irrecobrable

#### 2

Un tesoro de tiempo inempleable nieva

#### 3

Mas allá de mi vida se despliegan
Blancas llanuras desde siempre intactas
La nieve verdadera de las horas
Cayó siempre detrás de mis balcones

#### 4

Hoy lo sé más
                    Hoy que me exalta tanto
El desolado amor de las desolaciones
Y admiro sin mesura entre sus velos
Trozos de vida bellamente en ruinas

#### 5

Hoy quisiera saber un poco más
Si algo esperaba y si sería esto
Un poco más quisiera saber dónde
Dónde mi vida se ha estado viviendo
Si esperaba tal vez este momento
De mudez no buscada

O esta desolación que es buscar nada
O es nada este momento que esperaba
Y no esperaba desde nunca nada

6

Cae el oscuro anochecer huraño
La ciudad se cobija
Para entrar en las sombras embozada
Con una mano en sueños entre las de la noche
Y la frente desnuda bajo el frío
Algo más que la noche se despierta
En mí desde muy lejos se despierta
El que puesto a mirar desde mis lentos ojos
Ve que es de amor la miel de los faroles

7

Navegar junto a él en pensamientos
Menos veloces que el veloz instante
Para ver que se alejan los minutos
Horas que caben dentro de las horas
Y pisa el pie su propio paso
Y se espera el compás a que lo alcance
Su melodía

8

Ese que cuenta como su fortuna
Vanos ruidos de sílabas sin peso
Ese solo podría afirmar sin mentira
(Pero precisamente no hace caso)
Que está del todo en el lugar que llena

9

Encerrado en mi casa oía al tiempo
Rondar afuera hecho una fiera airada

Pero otro en mí ese que habla ahora
Estaba ya rendido a su torrente

10

Pero di pero atrévete a decir
Que ése desde el comienzo había vencido
Habla hueco viviente ausencia alma
Mentira oracular díme «aquí estoy»

11

Tócame tiempo
Para tus dedos aún estoy desnudo.

## *Canciones fugitivas, 3*

### SIN AMOR

Sin amor, sin secreto

Sin cosa de belleza alguna
Mirable para nadie entre las manos

A tumbos en la fuerza obtusa
De un mar desesperado
Por un tiempo sin días donde siempre
Mañana es también hoy
¿Habrá de perecer conmigo
El triste faro atónito
Que también soy
De mi propio naufragio desolado?

# El *tiempo en los brazos, 4*

## SECUENCIA DEL FIEL SILENCIO

### 1

Si digo que es difícil el silencio
Porque es difícil la fidelidad
Y su extraña alegría taciturna
Su adhesión sepultada
Que no precisa espejos
Ni se va a revolcar con las palabras

Más difícil aún
                          porque el amor
Violentamente anhela no tener pensamiento
Es el amor infiel de las palabras
Que piensan siempre en otra cosa
Que no quieren del todo ser amadas

### 2

Crecidos en los ritos de la carne
Les cuesta cada sílaba a los labios
Bien saben enseñados por el beso
Que están siempre callados cuando sellan

### 3

Decir algo por fin
Y no con el silencio
Con la infidelidad de las palabras
Palabras no para decir el mundo
Para estar en el mundo

### 4

Es tan altiva la mudez del gozo
Es tan salvaje el raudo amor del tiempo
Que nada es pronunciable en este pacto
Donde nunca se toma ni se da una palabra

Lo que sueña el amor
Es ser desamorada fibra muda

### 5

Cruzar toda esta selva de susurros
Para que puedan florecer entre los labios
Unas palabras que hablan de las flores
Y que en la rama no florecerían

### 6

Hablar en el centro del amor
Y no para apresarlo mejor
Para entrar en él
De la mano de otro amor infiel

### 7

Palabras en bandadas que galopan
Como sombras de grandes nubes grises
Pero van empujadas
Y acaso cuando escampen
Se abra el radiante firmamento frío
Del sentimiento inhabitado

### 8

Las palabras nos rinden en la mano
La pieza que sus fauces han cobrado
Pero se guardan lo que entonces vieron

Una cosa es aquello que nos dicen
Otra lo que nos dejan ver
En su mirada

9

Lo que el tiempo se lleva
En su virginidad demente
Traspasa como un agua de montaña
La red de las palabras

Las palabras no apresan su recuerdo
Recuerdan otra cosa

En su memoria equivocada
Donde sigue viviendo
En el error
Lo que ellas olvidaron
Nos llevan de la mano por parajes
Que no recuerdan

10

No podrán las palabras decir nunca
Este instante inviolable
En su pureza y su violencia
Mas no pueden callar tampoco
Uno distinto

11

Esto que escribo
Se lo digo a este instante
Salvajemente amado
Y no ha dejado nunca de ser canto

El que dice No sé cómo decirlo
En verdad no lo dice del decir
Lo dice del amor

## 12

No hablar de la presencia
Hablar en la presencia
Antes que sea demasiado tarde

Las palabras que hablan
De lo que ya no está
Pueden hablar aún con lo que está

## 13

La verdad del instante
Vivida en el misterio
Es tan sólo una voz toda ella
Que pide testimonio
Decir allí palabras
No es ni siquiera dárselo
Es esa misma voz reconociéndose

En los ojos amados
Para el amante hay siempre escritas
Estas palabras Díme que me amas

## 14

La mudez inmortal
Salta y me hace su presa
El instante es su abrazo
Que a veces dura edades

Si en el sofoco de ese abrazo hablo
Oigo su voz insinuarse en mis palabras
Sólo en la voz del hombre
Se oye el silencio que proclama el tiempo

Las palabras que pienso en el poema

No las pronuncio para hablar
Sino para escuchar.

## Canciones fugitivas, 4

### VIAJE DE INVIERNO

Y en la inocente agitación del clima
Que balbucía ya probando rumbos

Visitado por vientos
Por brumas y bonanzas en viaje
Por un frío viril buen compañero

Aguzado en mi piel
                        dichoso en mi pulmón
Tropecé sin cesar con la Belleza
El bulto bien anclado de su gracia
Durmiendo a descubierto
Y en la sombra imborrable de sus ojos
Vi desde qué remoto
Es fresco el manantial siempre ya antiguo
Por el que el tiempo entre nosotros brota.

## El tiempo en los brazos, 5

### TRAMA DE LA HORA

En todo mi derredor por una vez no hay prisa
por una vez las horas los días las estaciones caben en el tiempo

los ciclos se suceden dejando cada uno espacio para el otro
entrelazando los dedos como las muchachas en la ronda
y aún queda tiempo para pensar en el tiempo y saber lo que
                                                    [vendrá
por una vez no hay vergüenza en esperar confiado las primeras
                                                    [violetas
ni en decir esta semana florearán los almendros
ni en saber que en el otoño madurará la uva
por una vez en mi corazón no hay prisa
la mañana se levanta tranquila y con la boca fresca
los animales se incorporan sacudiéndose el sueño y sabiendo lo
                                            [que tienen que hacer
anoche el ruiseñor cantó hasta el alba
la llanura se extiende con profusión precisa
allá en el horizonte bajo la bruma sofocada
el mar se aleja sin decir su última palabra
bruscas brisas aclaran los opacos calores
la tierra se tumba despatarrada buceando en el fondo del aire
el mundo da la cara

a esta hora en mi ciudad de tantos años
algunos niños atónitos sospechosos para todo el mundo
buscan por el aire agrio el fantasma de una hora
que esconden ya podrida en el bolsillo
los hombres se apresuran con una especie de ira
buscando en la multitud los ojos de alguien que sepa su nombre
pero los árboles se retuercen insensatos porque nadie sabe ya
                                                    [cómo se llaman
a esta hora por todas partes en el mundo
hay hombres que nunca vieron desnudarse una hora
hay hombres que nunca palparon el ombligo de un día
que no saben cuáles son los colores del año
hombres que no comprenden las arrugas de su propio rostro

delante de mí a esta hora el aire vibra henchido
oreado de ráfagas y de golondrinas

los soplos de frescura saltan sobre mí para lamer mi olor
no tengo nada en contra del ritmo de los días
cuando vuelva el verano estaré acaso de bajada
a nadie le reprocho el bien que me ha tocado
el hijo de mi amigo no ha querido vivir
el mundo tiene pozos donde la luz se pudre
no diré que nadie miente para guardar mi hora
no es la hora de nadie es la hora de todos
pero pienso en mis ciudades en mis guerras en mis orfandades
y sé lo que nos es desde siempre quitado
no esta hora en la que entro la hora en la que entre cada uno
y allí para cada uno por una vez no haya prisa
todos los hombres y hasta los muertos deberían caber cada hora
                                        [en una hora
hay que haber podido imaginar siquiera un día por qué se curva
                                        [el año
hay que haber contemplado alguna vez un antiguo lenguaje
en que la ley caprichosa del planeta se enuncia sin capricho
hay que haber conocido un momento en que el día y la noche
nos susurran que sólo en nuestro nombre combaten en silencio
y que el fruto y la cosecha y las generaciones
dicen el verdadero nombre del giro de los astros
y ese momento hay que haberlo olvidado pero no traicionado
por todas partes hay hombres que no saben ya mirar a los ani-
                                        [males
y que tienen por eso dolorosas gibas en el alma
lo que nos es quitado tiene incontables nombres
fidelidad es uno de ellos
es difícil ser hombre porque es difícil ser fiel en pleno olvido
también los muertos chupan con glotonería nuestra fidelidad
es difícil ser fieles a los muertos luchando contra su abrazo ávido
anoche el ruiseñor cantaba en plena histeria
su canto de insolente belleza era un atropello
toda la noche amé debatiéndome su locura desdeñosa
el mundo sólo pregunta a condición de que no le preguntemos
                                        [qué pregunta

el hijo de mi amigo no ha querido vivir
la faz de la tiniebla no está allí cuando la iluminamos
el silencio está ya roto en mil pedazos cuando lo nombramos
es difícil decir una palabra que sea fiel a lo que borra
encender una hoguera que no devore la tiniebla
abrigar una traición que se vuelva sobre sí traicionándose
difícil responder a los muertos con la voz misma que los atropella
es difícil marchar al paso con los hombres
sin mentir ante su rostro ni a su espalda
sin violar el olvido desde donde su lealtad los vigila
ni la altiva máscara de la vigilancia bajo la cual respira
y no hacer hablar a la tiniebla el lenguaje infiel de la vigilia
ni entregar ese lenguaje a la voz de los muertos que en la luz se
                                              [corrompe
es difícil en el día dar a la noche lo que es suyo
y lo que es del día al día en la ceguera
sería demasiado fácil que los muertos enterrasen a sus muertos
pero también que nos sepultáramos con ellos
y que por la bestialidad los animales respondieran
pero también que sepultáramos en su mudez los pensamientos
y sería también demasiado fácil
que el pensamiento hablara sólo al pensamiento
y dejara a la carne sepultar en sus tinieblas a la carne
y al ruiseñor enloquecer a solas
y al almendro abrir en la vertiginosa inanidad sus flores
demasiado fácil que en esta hora sin prisa
no corriese rápida la oscura sangre
que este instante perfecto dejara al tiempo en la orilla corroerse
                                              [a sí mismo
que este mundo por una vez radiante no fuera el mismo mundo
donde el hijo de mi amigo no ha querido vivir
donde he visto ciudades enteras aterradas
y hombres que en países enteros no tienen una casa
y gente atropellada y arrancada
que en todo un continente no hallan tierra que los diga suyos
y niños niños

a quienes todo un cosmos no tiene una madre que ofrecerles
el mismo en que el retorno amado del verano
me encontrará tal vez apresuradamente de bajada
el mismo mundo en que a esta misma hora
en ciudades crueles de las que amé el veneno mismo
otros niños y otros muchachos y otros hombres arden
frente al ambiguo resplandor del cielo frente al que ardí yo antes
viendo ya entonces bajo otro rostro esta dramática llanura
en la que estoy mirando por una vez sin prisa en esta hora
aquel rostro olvidado desde el cual la fidelidad aquí me mira.

## *Canciones fugitivas, 5*

### LEYES DE LA PERSPECTIVA

También el hombre que partió a un retorno
Que hizo con pulso firme el equipaje
Y tomó de la mano a su mirada
Para llevarla allá
A que beba de nuevo
Lo que ella ya no ve que bebió un día

También ése retorna
Y si al volver tiene aún la fuerza
De callar largamente
Ante la noche tácita y traslúcida
Y enseñarse con ella
A pensar en su propio corazón
Como en un horizonte remoto y taciturno
Que rumores distantes y hálitos invaden

Entonces verá acaso
En una prodigiosa ligereza del tiempo

La doble suspensión
De su doble antiquísimo extravío

Y limpiamente ahondarse
Como noche traslúcida
La pertinaz bizquera de su memoria turbia

Y cesar la agonía de aleteos
Que agitó desde siempre su mirada
En su estupor de ser la presa de una urdimbre
Y no el lúcido vuelo que la abarca

Nada habrá de curarlo
De haber caído en un doblez del mundo
Que lo sostuvo envuelto y sin alzarlo
Que sin darle la llave del centro lo acogía

Y si ninguna muerte cura de haber nacido
Ni ninguna pisada repetida
Igualará un retorno a otro retorno
Lo que le enseña el intocable tiempo
Es a rendir por fin sus ojos
Como a un destino que hurta siempre su mirada
Al puro abismo de la transparencia
En cuyo seno la visión se trama.

## *El tiempo en los brazos, 6*

### EL SOLSTICIO

Ya está tendido el lecho espeso del verano
Su pesada yacija sus sábanas con bruma

Sus grandes toldos de sopor su cielo con legañas
La tarde se emborracha de rumores
Cruzamos borbotones asfixiantes en pleno aire emboscados
De fermentos dulzones y fiebres exhaladas
El mundo saturado digiere torpemente sus bocados de horas
El tiempo está ahíto de tiempo
Todo va a bascular o a encallar para siempre
La tierra lucha con su propio peso
Se debate gimiendo por liberarse de su plenitud
Es el vasto solsticio
La hora de gloria para el sol triunfante
El imperio diurno extiende sus dominios
A expensas de la noche
El empuje del día quiere cubrirlo todo
Su hálito ardiente abrasa las guaridas de sombra
La noche está infiltrada de dulzura diurna
Todo será en el mundo mediodía
No ha de quedar reducto
Para un negro designio de tiniebla
Todo ha de ser cenit sin vuelta
Y faz radiante sin espalda
Y luz sin disidencia
El día marcha hacia el final del círculo
Consigo mismo a unirse y a cerrarse
Y en la altivez encandilada
De sus crecidas aguas entusiastas
Toca ya el borde de los diques del tiempo
Se arroja sin remedio en las redes del Límite
Juez sin piedad que robará su fuerza
Para atarlo con ella y esparcer en el viento
Lo que ella había bellamente unido
Algo en el mundo quiere detenerse
Burlar la ley soez de la alternancia
La justicia irrisoria
De las declinaciones y las disipaciones
Derrocar de una vez al dios idiota de los manotazos

Suprimir el escándalo
Del perpetuo no ir a ningún sitio
El delirio pueril de un universo
Que crea sin cesar hurtando los pedazos
De lo que antes creó y se mutila solo
Que no crea de veras que disipa y transforma
Trabajando sin meta pero siempre con pérdida
Algo en el mundo quiere no trabajar más para la muerte
Sube en el cielo el sol disco de oro de un péndulo
Que quisiera alcanzar su extremo y detenerse
Toda una mayor parte aplastante del mundo
Milita junto a él calladamente
Grandes fuerzas por él meten el hombro
Intentan resistir a su desplome
Y una parte también aplastante en nosotros
Con lúcido fervor renunciaría
A su porción inmensa de futuro y promesas
A cambio de algún fruto verdadero del tiempo
En que la vida infiel se respetase
En su obra perfecta y sin fracaso
Pero algo también languidece y añora
Algo piensa en la noche y la socorre
Una memoria díscola recuerda inconsolada
Todo lo que la gloria del verano
Bajo su pie resplandeciente ahoga
Y una impaciencia intransigente quiere
Lo que el verano no podrá ser nunca
El tiempo en su tarea inabarcable
De ir empujando todo cuesta arriba de él mismo
Se divide y desvía
Sus propias fuerzas cercan a sus fuerzas
Las fuerzas del retorno
Conspiran con las fuerzas de lo nunca visto
Contra el reino leal de la presencia
Pasado y porvenir pactan contra el presente
Flor y semilla son enemigas del fruto

El solsticio está solo ante la nada
El tiempo le hace defección
Sólo es bello el verano por ser insostenible
Sobre el lomo del tiempo viaja este esplendor
Que si tomara pie se ahogaría en su peso
Tampoco el cenit quiere reposar en su límite
También en él murmura
Como un agua de gruta en el bochorno
Una voz que consiente en no durar
Y esa voz crece con su crecimiento
También son el verano las vetas de frescura
Y los soplos nocturnos y las grietas de sombra
Cómo habrá de reinar si no se acepta entero
Si busca obtusamente cegar sus manantiales
Y sepultar el negro fondo de los huecos
Donde nunca la noche se evapora del todo
Así el día respira repleto de sus fuerzas
Habitado de noche poroso y expandido
Y con el tiempo vano se hincha los pulmones
La frente del solsticio se levanta
Y toca su corona impasible y abdica
Los ojos del verano miran hacia otro sitio
Toda belleza viene
A durar contra el tiempo y sin embargo
Lucha por arrancarse de sí misma
Qué busca pues la plenitud abriéndose
Y si no está vendiéndose a la muerte
Cuál otra plenitud le tomará el relevo
Es el tiempo de alzarse
De levantar miradas que luchen con el día
Tiempo de responder con ojos fieles
A la orgullosa obstinación del mundo
Que no pide respuestas y en la impiedad resiste
Sumido en el verano alguien lo escucha
No ha de ser ciego rayo para nadie
Su hoguera solitaria

A su vasto latido alguien opone
Como una tensa piel de tambor pensamientos
Donde sus ondas vienen sin verlos a chocar
Con frontones absortos y espejos abrasados
Y en un blanco retumbo
El suceder estalla y se deslumbra
Con muros y palabras hago nacer el eco
Soy el espejo que prolonga y dobla
Y devuelve la imagen del verano
Y a la vez no hace nada sino durar abierto
Volumen de ficción a fin de que el espacio
Se pueda ver en otro espacio
Y en sus salas de sueño el verano se sueñe
Soy así en otro sitio el igual de su fuerza
Soy yo mismo un verano en la torre del tiempo
En mí late el estío que calcina al estío
Y del blanco solsticio hago mi nombre
Pues es ahora el tiempo de nombrar
Yo y el verano hacemos nuestro lecho en el tiempo
Y hacemos nuestro lecho revuelto en lo decible
Bajo dos intemperies dormimos los dos juntos
Cómo sin el verano algo podrá decirme
Y cómo sin mis ojos será él el verano
Tampoco yo podría ser un orgullo a solas
Es mía la palabra pero no su poder
El verano la llena y la sostiene
Alzo mi pensamiento y cuando menos pienso
En él el tiempo toma la palabra
Y aunque soy siempre yo quien dice
Nunca soy yo lo dicho
Algo ha acudido a saturar mi voz
A fin de que algo más que un eco vano mío
Haya quedado en sus sílabas dicho
No digo yo el verano
Pero también en lo que digo alumbra
El lugar escondido donde nos encontramos

No en las palabras en el poder de las palabras
En esa árida luz donde su reino
Mientras yo pugno en vano por nombrarlo
Se despliega por fin frente a los ojos mudos
Iluminado pero en movimiento
En su ley y en su gusto aunque mirado
Vasto impensablemente
Exasperadamente obsesionado de imborrables cigarras
Recorrido de pájaros inubicables
Insuperablemente socavado
De recaídas y de prodredumbres
Infectado de larvas y herrumbres y lepras
Inapresable y soberano
Verano para mí no para mi reposo
Para que sepa yo que no tomo refugio
Cuando tomo su nombre
Pues ni este lúcido decirlo
Podrá tampoco detener en mí
El verano que soy
Y este saber en paz que el tiempo
Este solsticio en mí colma una de sus copas
También encierra como estrías trémulas
La punzante nostalgia
De la hora que nunca volverá
Algo también en mí quisiera detenerse
En un cenit de vida
En una pleamar de amor y pensamiento
Pero algo también en mí saluda al tiempo
Esta gloria es la suya
Todo iba hacia un verano insostenible
El tiempo me lo trajo
Sólo en el lecho inhóspito del tiempo
Ha podido ser mío su cuerpo llameante
Y sólo el curso diáfano del tiempo
Me pone ante mis ojos
Aquel orden de allá donde se mira

La espalda ciega de este orden
Es él también altivo orden del tiempo
Proclamar el solsticio es negarse al regreso
Nada de lo vivido
Hubiera sido en la verdad vivido
Sin este raudo estío que lo deja atrás todo
Esa verdad donde por fin el tiempo
Se deja ver los ojos en que nos consumimos
Ha de quedar ardiendo en su alta intemperie
Que es la misma intemperie donde el verano y yo
Hemos dormido hablado edificado juntos
Esa misma en que miro reunidos
Mi solsticio y la sombra adonde avanza
Por un trazo fulgente que allí dice mi nombre.


## Canciones fugitivas, 6


### VIENTO OSCURO


En la noche sin rumbos
Con sus ropas de viento lucha el viento

Como un agua que cubre
Las vivas brasas y las carboniza
La sombra inundó el mundo
Y le apagó todos sus vivos ojos

La tierra boga a ciegas
Estamos solos en el cosmos

Y en la temible inmensidad sin huellas
Se abalanza el gran viento vagabundo

Violencia dolorida
Que sólo cuando duerme se detiene
Y gimiendo se exalta
Y se crece en su altivo desconsuelo
Sin paz y sin retorno

Porque hay también ese otro amor
El turbulento amor nocturno
El negro amor errante
Que en la sombra de amor su corazón abisma
Y es el amor sin corazón
Que turba y desordena lo que ama
Y trae ceguera y vértigo en su abrazo

Porque hay también el vendaval de amor
Abrazado a la errante perdición de la noche.

## Otras canciones para intercalar, 7

### UMBRAL DE LA ORFANDAD

En vano cerraremos hoy la puerta
Algo de afuera algo de allá muy lejos
Se ha metido en la casa con nosotros
Y su mirada triste nos sigue silenciosa

En busca de consuelo
Entre tú y yo viene a meter su hocico
El abandono inmemorial del mundo

Pero qué sal de luz y de certeza
Podrá lamer en la piel de nuestras manos
Que él mismo no haya puesto en ellas

Este corazón huérfano del mundo
Que no ha nacido de nosotros
De pronto viene a mendigar lo suyo
A cobijar su errancia en el rincón perdido
Que en su lindero nos dejó hacer nuestro

En vano subiremos esta noche
Nuestro embozo de amantes guarecidos
Que creen que su amor termina en ellos

Si nosotros también estamos tristes
De una antigua tristeza que dejamos atrás
Y hoy olió nuestro rastro
Es no olvidando que en la hora sombría
De este puño de tierra en que reverdecemos
También tenemos la custodia
Y que así la orfandad fatal del mundo
Para invertir su vértigo nos cría.

## *Otras canciones para intercalar, 8*

### LUZ O EMOCIÓN

Un largo rato he estado
Callando intensamente
Inmóvil preguntando
Por qué esta transparencia
Donde un hálito tibio se disuelve en lo fresco
Esta enorme luz leve
Este gran cielo abierto esta paz ágil
Por qué todo esto se parece tanto
A la onda de emoción onda de luz
Diáfano dardo de saberse amado

Y tanto al hambre joven de un porvenir huraño
Y tanto a la lentísima impaciencia
Del amor de los niños
(Preguntando a mi rauda vida inmóvil).


*Otras canciones para intercalar, 9*


### ANTIGUA LLUVIA

Campo tan lloroso
Con ojos nublados de resignación
¿Llueve en todo el mundo?
¿Todos los caminos están solos?

En alguna casa ensimismada
En el vaho respirando soñolienta
Habrá sonoros regresos
Con amadas botas pesadas de barro

El sol en las voces
La tibieza diáfana en las risas

Tras de las ventanas
Mirarán de lejos los estoicos montes
Suyos y no suyos como los rebaños
Sabiendo en silencio
A qué pertenecen ellos mismos
Y cómo en la casa pertenecen
A la inmensidad de los caminos
Como en barco al mar

Y allá lejos en el monte altivo
Solos entre sí los rudos árboles
Cómo en su nombre beben bruma.

## *Otras canciones para intercalar, 10*

### CANTA LA LUZ

La mañana está suelta
Retozando sin amo por las playas
Desnudez melodiosa
Para los ojos es su música

Cada vez que un tumulto turbio escampa
Y vuelve a despejarse un cielo de silencios
De nuevo empieza a oírse
Lo que otro oído nuestro escucha

Detrás del ruido sigue sonando siempre el tiempo
En la diafanidad cantan las horas

En el limpio impudor de la mañana
Con los ojos atentos en escucha
Vuelvo a oír el sonido de unos brazos de luz
En los que he estado siempre durando en una música

Esta mañana escucho lucir mi dicha tácita
Cuyo nombre danzable
Siempre callado pero exhibido siempre
Queda en su transparencia impronunciado.

## *Otras canciones para intercalar, 11*

### PENSAR PESAR

En el valle ligero por donde corre el día
Formo en medio un paciente pensamiento

Pequeña roca gris y parda y clara
Con granos y cristales y líquenes azules

Luego a su alrededor cantan los pájaros.

## *Otras canciones para intercalar, 12*

### VUELA LA VOZ

En el silencio matinal
Golfo luciente
Donde pervive sin domar el tiempo
Se responden los pájaros de lejos

De árbol a árbol
Desde sus tareas
Ramificadas
Hunden sus gritos
En un solo aire limpio

Donde cantan los pájaros
Vuelve a nacer el tiempo
Ni estanque ni caudal
Ni quietud ni progreso: manantial

Habitado de un canto
El pájaro trabaja en la frescura
De dondequiera que lo aleje el ala
Vuela la voz a iluminar su olvido.

[México, Le Racou, Laroque-des
Albères, 1973-1976]

# 7

# *Partición*

[1976-1982]

## NOTA TIPOGRÁFICA

*La ausencia de puntuación en una gran parte de los poemas no es ni capricho ni imitación de otros poetas presentes o pasados (cuyas razones para proceder así resultan para el autor en la mayoría de los casos enteramente impenetrables). Responde a una aspiración a encontrar una relación entre el ritmo del verso y el ritmo sintáctico preferible; a construir una prosodia propia del verso que no oscurezca sino que ilumine su interpretación, lejos de las facilidades del hermetismo y de las justificaciones por ciertas modas que exaltan la ambigüedad o la "polisemia" o lo que algunos creen que es la "polisemia".*

*Después de todo, nuestro sistema tradicional de puntuación difícilmente podría jactarse de ser muy preciso, y puede sostenerse que una representación de los fenómenos prosódicos fundada exclusivamente en el sistema de la versificación es susceptible, en español, de alcanzar igual o mayor precisión. El arreglo tipográfico en forma de "versos" significa pues, en el sistema del autor, que el texto debe leerse distribuyéndolo en unidades prosódicas o de entonación ("versos") claramente marcadas, y que eso es pertinente para el sentido global del poema. En pocas palabras, "verso" aquí quiere decir esencialmente verso (lo que tradicionalmente se ha entendido por verso).*

*Cuando lo es en sentido estricto: en el de verso regular, o sea con una distribución de acentos definible y simple, el autor lo señala escribiendo el poema con versales, es decir, con mayúscu-*

417

*las iniciales de verso. (Se exceptúan los sonetos, por seguir un hábito ya tradicional, y teniendo en cuenta que el soneto es en español una forma tan arraigada y divulgada, y de rasgos tan aunados, que todo lector de poesía la reconocería fácilmente bajo cualquier apariencia tipográfica.) Es probable que ningún sistema sea perfecto, y éste aloja por lo menos una falla: a veces la pura prosodia métrica no basta para decidir entre dos posibles distribuciones de las palabras en grupos de entonación. La falla se resuelve fácilmente escribiendo el verso en dos líneas.*

*Inversamente, la falta de versales indica que el poema está en "verso" libre. El autor ignora por el momento si eso es o no efectivamente verso y por qué, así como también si la prosa del "poema en prosa" es o no la misma que la de la "prosa en prosa". Utiliza pues esas "formas" sin saber justificarlas.*

# CUADERNO DEL NÓMADA

## RETORNO

Otra vez donde estuvo
El Nómada se sienta
Y mira los caminos
Gravemente domados por sus tiendas

(Siempre viajó hacia ahora
Y nunca nada está más lejos
Que lo que queda atrás)

Y entiende que no fue tan venenoso el mundo
Con el que contagió largamente su sangre
Ni quiso a él ser inmune

Ni con tanto terror buscó su fiebre
De la que aún paladea una lenta dulzura

(Y se vuelven vacíos a mirarle
Sus otros ojos despiadados
Quemados por la sal y las arenas
Y ve que un viento piensa en ellos:
«Calla embaucador calla
Es la fiebre de ti
La que en él sueñas incurable»).


## CANCIÓN DE DESTINO

El cielo aquí habla a solas
Sin pausa y sin cansancio
Desnudo y con los ojos idos
Vocifera inaudible en sus barbas azules
Su luminosa historia delirante

Nada me dice de eso
Aquí abajo no cae ni una palabra
De su transparencia
Todo sucede arriba

¿No me has visto Destino?
¿Nada nuestro penetra en tus visiones?
¿No sabes quién te escucha?

Y yo voy mientras como quien espera
Que lo alcance en vïaje una noticia
Con un oído siempre hacia lo alto
Y en la frente este humo tercamente
Por si pasa la vida
Que me reconozca.

## LENGUA BÁRBARA

El hombre que ha aprendido a modelar
Entre sus manos las palabras
Para que en ellas hable
Un lenguaje de huellas
Corporal y movible y sin sentencias

Ése a la vez que escucha
Decir lo que se dice
Mira lo que se muestra sin decirse

Y así para pensar
En lo que vive en él y es él bajo las sombras
O en esa luz donde su vida
Se mira y se profiere
No confía en la lengua de su boca
Y prefiere callar
Y esperar la evidencia del abismo.

## CIUDAD INVERNAL

Sumergida en la noche
La ciudad invernal bulle y se alumbra
Y se encandila y se seduce

Pero allá arriba el orgulloso cielo
Alza su frente intacta
Y con duras estrellas de hielo luminoso
Puebla sus limpios ámbitos
Inmaculados y sin pensamientos

En su alta frialdad fanática
Y no menos vehemente que un ardor
Centellea el Azar bello y desierto

El Nómada se mira el corazón
Y lo halla inmenso y sin ninguna huella.


## SER DE INTEMPERIE

¿Qué podrá evocar el Nómada que no sea desnudez y no esté a la intemperie? La fuerza que ha abrazado es tener siempre sus casas recorridas por el viento, su lecho siempre en alta mar, su corazón distante siempre entre lluvias y neblinas. Y sin partidas, en una sucesión interminable de llegadas, pues ha visto en el río de los días que ninguna jornada pudo ser la primera, y sabe que no existe para él reposo, que todo descanso apoya sobre alguna raíz su peso. Nacido en los caminos, su destello es saber que todos han venido sin saberlo de otro sitio, que donde ponen su origen es allá donde empieza su ignorancia, que se hermanan de otro modo que el que creen. Su tiniebla, el terror que no sembrar por fin en la tierra sus huesos.


## ENIGMA EN EL CAMINO

No puedo piensa el Nómada
Parar aquí llegado de tan lejos
Sabiendo que ni huella
Ni semilla
Ni herida mía alguna he de dejar
Sin buscarle los ojos a esta tierra

De mirada huidiza
Sin obligarla al menos
A que mueva los labios

Y así no cesa cada día
De escrutar sus guijarros
Su polvo su hosco viento su gran cielo
Hasta haberle arrancado unas palabras
Que ni comprende
Ni le exaltan
Pero que harán su carga más pesada
Y más grave su pie cuando se aleje.

## VIAJAR DISLOCA EL TIEMPO

Lejos en su memoria
El Nómada se ve viviendo allá
Sumergido en la luz que lo bañaba
Y se le acerca lo que fue fulgor
Ahora denso destello emocionante
Y se respira en él

Sabe que fue una cúspide
Ve ahora hecha mirada en esos ojos
La blanca vastedad que ellos miraron
Y en un idioma temporal se enuncia

Pero vertiginosamente le estremece
De pronto ver en un relámpago
Que esos ojos también lo están mirando
Y lo vieron ya entonces
Aquí donde hoy está
—En un relámpago que ha iluminado
Sus ojos aún futuros que lo observan.

## UNA TIENDA HECHA DEL DÍA

¿Qué madre te retuvo, qué tierra te dio nombre, qué tarea para ti abrió un surco? Nómada. Y no hubiste de hacer en las casas tu morada, sino alzar tu tienda donde el aire es luminoso, porque más que las ciudades durará la luz en la que son visibles. Para que acampara el esplendor donde acamparas tú, pues lo que es extranjero es la mirada, el viento que arrebata es un lenguaje infiel y de tormenta. Una tienda hecha del día, y no de desarraigo, que quiso fincar siempre en la visión y que sea cada etapa una clara jornada de un mismo trazo audaz. Porque no has habitado el mundo si se ofusca el cielo y son opacas las ciudades.

## EL SIMÚN DEL TIEMPO

Corre la leve arena
Sobre la vasta tierra descarnada

El Nómada en cuclillas
Mira dormir en torno
La ignorancia fatal del horizonte

Resplandores y nubes incoherentes cruzan
La enormidad de un cielo casto y loco
Sin dejar huella alguna
En su precipitada geografía

El viento ha hecho invisibles los caminos
Por los que vino a este lugar de espectros

Y el que piensa en las márgenes
En el polvo se borra.

## VOZ DE NÓMADA

No sé desde qué oasis
No había vuelto a cantar

Ahora he visto gente
Que pasaba cantando por mi lado
Sin mirarse la boca tomándose del brazo
Resuelta sin dejar de andar sin verme

Y un momento he sentido
Que iba a salir de mí como un deslumbramiento
Una voz que no esperan
Quemada en los caminos
Llovida en páramos que no sospechan
Capaz de iluminar las suyas
Capaz de oscurecerlas
Capaz acaso de borrar la hora
Y arrebatarme de entre ellos

Conozco mi poder
                          Me maravilla
Y no me sirve.


## BANDERA

Mi tienda siempre fuera de los muros. Mi lengua aprendida
siempre en otro sitio. Mi bandera perpetuamente blanca. Mi
nostalgia vasta y caprichosa. Mi amor ingenuo y mi fidelidad
irónica. Mis manos graves y en ellas un incesante rumor de pensamientos. Mi porvenir sin nombre. Mi memoria deslumbrada
en el amor incurable del olvido. Lastrada en el desierto mi palabra. Y siempre desnudo el rostro donde sopla el tiempo.

## INQUIETUD DEL CAMINO

Mientras miras Viajero
En torno a ti dispuesto
Tu frugal equipaje
Lo interrogas
Queriendo adivinar
En su manera de poblar el suelo
Si está para asentarse
O sólo en la impaciencia se recuesta

Ningún lugar de arraigo
Dice nunca su nombre
Y acechas la inquietud de los caminos
Que vuelven a partir de aquí
Cruzados por las sombras frías
De tu secreto miedo
Y las sombras ardientes de tu audacia

Mas sabrías viajar de la mano del miedo
Es de la audacia de quien desconfías
Y de su cera en los oídos
Que no te dejará luchar con las sirenas
Ni con su súbito silencio.

## LOS OJOS SECOS

¿Todo el viento fue mío?
¿Era mi propia sombra movediza
Cuando cruzaba yo los horizontes
La que ponía aquel imán en los lugares
De tiniebla y promesa
Y yo quien arrastraba los caminos?

Porque aquí estamos finalmente,
Inquieto Ángel de alas de borrasca
Y no viene a la cita el Tiempo
Y ningún cumplimiento sale a recibirnos

Me pesa este tinglado azul del sueño
Punzante Ángel infiel y ningún puerto
Nos toma la custodia de la fiebre
Y la tierra retira su regazo
Y están secos sus ojos
Cuando llega su turno
De tomar a su cargo la Visión.


## NATIVIDAD

*Para Sabina Lara, cuando crezca.*

¿Sabes acaso desde qué regiones, tras de qué travesías llegó de mano en mano hasta el día de tu nacimiento la mano humana que te puso en tierra? Pesaste antes en ella que en el polvo donde fuiste por primera vez expósito del mundo, recibiste primero el sello de aquel gesto cuyo origen ignoras. De un gesto eres nativo, y para que constase tu vida en una tierra tenías ya que hacerte huérfano. Así toda partida ha sido siempre un retorno en esta vastedad en que por todas partes florecen las semillas de los gestos. Venimos siempre al mundo de la mano de un ser que no ha acabado nunca de volverse tierra, que sigue de viaje, que con ese contacto nos sube hacia su semejanza. Tu casa es ese sitio revocable y punzante donde late tu mano en otra mano, y el hombre sólo arraiga en una tierra cuando la transitan sus caminos.

## PARTIDA

Al llegar vi que había una mujer
Dormía dándome la espalda
Dormía con violencia
No quiso ver que yo pisé su lecho

Es ya la hora de la despedida
Cuando al fin se rebulle
Abre casi los ojos va a mirar en su torno
Con la misma mirada
Con que su hija miraría

Me voy libre de peso
Contento de no ir a ningún lado
De no ser el ausente en ningún lado
De que no me haya visto

Ligero de pensar que desde lejos
Sabré que está despierta de su sueño
No del mío.


## SÓLIDA ROCA

Ahora sí que estoy solo al fin contigo
Y sin ningún amor por ti
Vieja memoria jubilada
Solos en esta roca pacífica y difunta
De donde todo parte siempre
Para siempre
Roca sin desembarco
Durable roca ciega a los destinos
Roca tibia del no pertenecer
A la distancia horriblemente vigilada
Por la sola mirada de la ausencia.

## TINIEBLA

Dos veces ciego avanza el hombre
Empujado al lindero de la noche
Dos veces va sin luz
El ojo ahogado en la negrura
Y además invisible

No es como el ciego iluminado
Un pozo de tiniebla en lo visible
Es súbdito borrado del reino de la sombra

El mundo por oreja
Sólo tiene un estruendo.

## MARCHA AGÓNICA

Viene más palidez
Para ahogar más la luz
Y es cada vez más trabajoso el paso
En la arena deforme
Que entumece este mundo

No eran así las playas que predije
Miro cómo el vïaje
No llega sino muere
También abajo nublan los caminos
Los cúmulos nubosos de la arena
Y la marcha también se me está ahogando

Oigo debilitarse su latido
Mientras sé que hay un sitio
Allí donde más peso
En que aún está por darse el primer paso.

## ETAPA

Más inmóvil que todas
Más infecunda y muda es la espera del Nómada
Este indecible y lento adiós
A lo nunca habitado
Inaceptable despedida de viajero
Pero por qué ha de ser tan doloroso
Un entrecruzamiento de miradas
De donde un sordo viento todo amor ha barrido
En su sala interior deshabitada
El Nómada no se ha movido
Es el tiempo el que pasa
Sin meta ni destino
Lo que pone en su alma
Ese dócil terror desatendido
Es saber sin protesta
Que el tiempo nunca piensa en nada.


## CANTO EXTRANJERO

Esta tierra en que entro
Se estremece en secreto inaugurada
Mi paso es su caricia
Pero nada delata ante los suyos
Del frescor en que sigue amaneciendo

(Mi casa no es mi casa
Dice el Hijo del Amo
Y durante un momento
Ceso de ser el Extranjero).

## ÁNIMO

Ni siquiera y lo sabes
Fundador desolado
Alzarías tu voz de llamas de magnesio
En los sombríos páramos

Si no entrara contigo
Hasta el fin del silencio
El oído animoso del Amor
Y su larga sonrisa
Más paciente que el Tiempo.

## HEREDERO

Desde cuándo ha sabido el Nómada
Que los senderos son la tierra misma
Acompañante

Lo descifran sus plantas
Que se sostienen en lo mismo que recorren
Que saben que caminan

Sobre un calor dormido
Sobre la firme costra de una entraña

Pero se cumple más
El signo de sus plantas
Cuando se afirma la ancha superficie
De los hombros del hijo
Y en esa vastedad distinta
Él apoya la palma
Del todo de otro modo que las plantas

En el hombro la mano
No pesa como un pie
Pesa como palabra
Pesa encima de un peso sin cambiarlo
No pesa menos pesa más su planta
Sobre la misma tierra
Que a los dos los sostiene

Y ahora será más hijo aún de los senderos
Que el hijo hereda.

# CUADERNO DEL APRENDIZ

### RECOMIENZA EL OTOÑO

Llena todo otra vez, con su quieta luz emplomada silenciosamente afable, el animoso frío viajero y hermano, soñador de fogatas, suscitador de más vivificadas luminarias. Se aventura, manchándose, por las últimas calles, la joven niebla hija de antiguos pinos. Pero allá, insomnes todavía en otra historia, las montañas azules aún se erizan como si en nuestras casas no durmiera desde siempre el fuego, definitivo perro de fiebre. El frío sin embargo desnuda los trayectos, agudiza el aire en los ojos que lo cruzan: hace frío y tenemos un mundo, volvemos a acordarnos de cómo somos pobladores, de cómo es navegable el retorno a donde en la espesura sigue pesando enormemente un sueño con el que nos soñamos, con el que puede al fin dormir con el dormir del hombre la tierra que no duerme. Y de cómo es allá, lejos de nuestros muros pero cerca de su calor que habla con el frío, donde poblamos más inmortalmente.

Dílo todo otra vez, aprendiz.

## AMA Y RITMA

A veces en la frente
De lo que corre por tu frente
Miras formarse un impreciso pliegue
Algo que pide ser interrogado
Y hacerse respondiendo pensamiento
Qué dice eso que quiere hablar
Qué piensa lo que allá se piensa
A quién habla en su cielo inhabitado
Pero busca Aprendiz
Necesitas un ritmo
Sólo con tiempo de la carne
Se le da carne al tiempo
Te es preciso amasar
Te es preciso asir algo entre las manos
Reconocer su peso para saber lanzarlo
Y derribar la idea de su cielo
Habrá vivido entonces en el mundo
Como un cuerpo de carne por el tiempo
Que empieza en algún lado
Y que termina en otro
                              con sus pies y cabeza
Que sólo habla durando
Y da un punto final a su elocuencia
Sabrá entonces tu vida
Lo que pudiste tú saber sin ella
Y podrá renacer el pensamiento
Llevado en su latido innumerables veces

Tan sólo a condición de aceptar cada vez
Que si empieza en el tiempo
Ha de acabar no lejos de sus fuentes
Vivirá más que tú
Pero habrás de atreverte a hacerle con tu mano
Esa herida en la frente que puede desangrarlo.


## MUJERES

Conversan las mujeres al crepúsculo:
Con los brazos cruzados
Con los ojos ociosos
Las que escuchan atienden
A un tiempo íntimamente y lejanísimas
En paz consigo mismas
A sí mismas devueltas por esa voz ajena
Que toma la palabra y en ella envuelto el mundo
Y pone a los oyentes en la orilla
Donde la vida al fin queda al alcance
Donde el coloquio es tibieza y abrigo
Donde el murmullo llega como en sueños
Pero está uno despierto
Y en un silencio que se vuelca afuera
Por fin el habla calla
Y es la escucha quien habla
La escucha donde es dicho
Lo que ninguno dice
Lo que toda intención ya desfigura
Y entonces son el sitio salvador
Donde la especie misma se llama la Hechizada
La Atenta Taciturna la Fascinada Muda
La Sedienta de Voces la Absorta Escuchadora
Se pasan luego la palabra unas a otras

Y va de boca en boca
Un lenguaje feliz manoseado
Mal fajado aturdido cosquilloso
No dicen nada soban las palabras
Se dejan entibiar por su licor el pecho
No dicen nada dicen que hay la vida
Dicen que hay fatalmente
Los relatos que crecen de nosotros
Como uñas o cabellos
No dicen nada por que todo corra
Por no parar su vida con palabras
Ni obcecar sus palabras de contusas acciones
Y ahora en ellas la especie se llama la Habladora
La Horneadora de Relatos
La Narradora Engañadora de la Muerte
La Incansable Hipnotista
Y ellas puestas por un rato a salvo
Con el rostro lavado en el olvido
Las manos dormitando en el regazo
Devanan el ovillo interminable
Tejen en círculo entre todas
Con inasibles ondas una red disipable
Por la que todo pasa y todo escapa
No quieren apresar su vida
No quieren poseerse en un relato
No tienen nada que salvar de la ignorancia
Hablan para ponerle un corazón al tiempo
Hablan por el manar y el devanar
Y en verdad es allí
                    no en las palabras
En el tiempo por ellas amaestrado
Que en las palabras danza
Una morosa danza aburrida y tiránica
Donde aprenden sus vidas a ser graves
A no ir a ningún sitio
Siendo el sitio de todo partir a todo sitio

A ser sombra y aroma de todos los relatos
Sin haber sido nunca relatadas
Conversan las mujeres para nada
Desde mi propia fiesta de palabras
Yo saludo su lenta ceremonia
Su juego de un misterio tan antiguo
Que se ha hecho invisible
Saludo su tranquila certidumbre
Con un saludo menos indudable
Mas desde una distancia
Tan tenebrosamente antigua
Como la gruta oculta y caldeada
Donde veo que están sentadas
Desde siempre
Charlando.

## MANOS

Las manos, mientras habla el hombre, no se duermen, no se mueren, no se rinden. Melodiosas, al margen, sin dejar de echar una mano cada mano a lo que habla, roban también lo que se dice, lo usan de otro modo, manos desasidas que saben desdecirse y corrompen la igualdad letal de las palabras. A ellas se acoge la reserva insobornable del humano que no cesa nunca del todo de estar callado un poco en su elocuencia misma, en ellas sigue entonces el hilo ininterrumpido del silencio que no sabe disentir porque palpita, y si pesáramos con ellas sobre el suelo cuando hablamos, se nos saldría el alma por la boca en las palabras, ladridos de unas fauces de odio alucinado. Pero, hermanas del mundo, las manos siguen al orgullo en marcha de la lengua sin querer saber del todo, sin salir enteramente de la sombra con las señas que empujan. Por ellas no nos confundimos con aquello que sale de nosotros, y por sus manos libres y pesadas puede el hombre pensar sin que se anule el mundo.

## CANCIÓN DE DESTINO

Frío y beato el crepúsculo
Calla visiblemente

Habría que aprender de los encinos
Ese modo sencillo y concentrado
De estar magistralmente
En la mitad del aire pálido

Y atender con entera reverencia
A esta mudez e intensidad del tiempo
Que se hace ver solemne
Detenido en lo alto antes del salto

Todo el conmovedor egoísmo del mundo
Indiferente a su belleza
E incapaz de pactar
Que sólo fatalmente llama

Que sólo atándonos con el destino
Se deja amar.

## HORA NATIVA

Purísima esta hora que no paga por nada en el mundo ni es por nada pagada, ni consume ni enriquece, como los dioses inservi-

ble. Sólo para callar otorgada, para oponer a todo lo que nos
arrastra y seduce y nos premia un silencio obstinado, y una
furiosa negligencia a la astucia que nos ha dado dominio sobre
el tiempo. Sólo venido para que yo sea suyo, perdido para el
mundo en los brazos del mundo impresentables, escondido a sus
ojos en el fondo de su propio amor oscuro, rechazando lejos de
mí inconsolablemente todo para quedarme a solas con la carne
y la huella, pues en la hora nativa sólo la salvajería infiel de la
nostalgia es carne verdadera. Venida sólo para que recuerde el
hombre dónde sigue sin cesar naciendo siempre antes de su propia historia.


## JARDINES

Reposan los jardines en su vaga extensión como en su cauce, y
no es en su tamaño sino en la vaguedad de su tamaño donde
hallan su firmeza, pues en la exactitud los jardines se mueren.
Los jardines respiran cerca de la medida sin entrar nunca en ella,
están allí para decir el nombre de jardín del mundo sin deletre-
arlo, son fielmente distintos y sólo hablan inseguros nuestra lengua traduciendo de otra. El hombre con sus jardines no quiere
hacer el mundo, quiere invitarlo a su festín ansioso dejando en
su mesa siempre una silla sin dueño. Ponemos en su boca unas
palabras para oírselas decir de lejos, es nuestro honor no querer
decirlo todo y nadie nos traiciona tanto como aquel que nos
roba las salidas y no quiere que el mundo nos tenga de rehén en
los jardines, quiere tener con ellos un rehén de todo lo que no es
aún su esclavo. El hombre necesita detrás de su locura que digan
los jardines sus palabras con incivil acento, para no olvidar que
no son sus orgullosas casas en el temor alzadas las que han
hecho habitable su morada, y que siempre hemos buscado unos
brazos del mundo acogedores puesto que incluso en el error
hemos buscado siempre la belleza. Y que esos susurrantes brazos

tan desatendidos de tan deseados, dueños de toda paz, como el
amor legitimadores, van siempre en nuestro sueño a la vez luminosos e imprecisos, ojos amantes limpiamente al sol tras un temblor profundo de follajes.

## FRASE

Y miro sin extrañeza que siga viviendo el tiempo que cesó de respirar del todo y que siga aquí extendida esta capa sin fin y macilenta que es la vieja carne gris del tiempo y que sólo se muestra
cuando vemos su piel amoratada y no tiene otro aspecto que esa
mancha contusa y fláccida en que vivir sólo es la llaga de vivir
pues esto se llama pensar dolorosamente y es impensable el
ardoroso soplo de algún pulmón de fuego irrecordable que abrasaba ese triste bagazo sin rastro y sin ceniza...

## CARTA A RAMÓN GAYA
## EN EL VERANO DE SU VIDA Y DE 1980

Ramón
    Estoy sentado delante del verano
    Pensando qué palabra o qué tibieza darte
    Hoy que se nos otorga una fecha y un sitio
    No para que pasemos para que allí acudamos
    Para estar allí juntos en un día de signos
    Donde el nombre y el pan serán ceremoniales
    Pensando qué don darte humilde y verdadero
    Que no pague por nada
                que declare la deuda
    Pero pensando más en ti que en la tarea

Como el niño que deja sin trenzar la guirnalda
Por soñar la emoción que la motiva
Pensando por ejemplo ante el potente estío
En un brillo horneado que recuerdo en tu frente
Me acuerdo de ti en Roma en México en París
En la nieve en el frío en la temosa lluvia
Tu frente estaba siempre en el verano
Tienes ahí la piedra más clara aún que fuerte
Que topa sin cesar muy altas cristaleras
Ni mármol ni granito sino canto de río
Que tiene más de pan que no de monumento
Sé qué entera has tenido siempre esa piedra tuya
Que nunca la has molido para arena de diques
Ni la has tirado al suelo para muro de greyes
Piedra en pie piedra en puño piedra inmóvil de honda
Fuerte no por el peso ni la celeridad
Fuerte por el *momentum* poderosa por dentro
Piedra que nada tiene del hiriente diamante
Excepto lo diáfano de su sombra central
Con sus graves destellos pero sin sus aristas
Sino lisa y pulida y alta como tu frente
Con esa curva fina pero que nada quiebra
Poderosa con calma que has dibujado siempre
Bañada en claridad lo mismo que tus cuadros
Que la luz aureola mucho más que ilumina

Y ahora que te veo llegar hasta tus años
Llevando por delante como tu fuerza viva
La piedra fogueada de tu frente
Pienso que tu mirada que es siempre tan visible
Que se hace para algunos a veces inmirable
Es certera también
Como sólo es certera una piedra certera
Segura como el pulso con que tu mano unánime
Persuade al material aún más que lo domina
No lucha con el cuadro como el forzudo púgil

Sino acierta con él como el hondero
Sé que has visto no sé si con mayor justicia
O más utilidad o mejor que los otros
Pero certeramente
Verdades en la vida
Pero sólo lecciones en la historia
Y sé que lo que sueñas y lo que tal vez eres
Es esa unión del pulso seguro y de la piedra
Esa plomada en carne certera y palpitante
Esa especie de piedra animal que es el alma.

## RUIDO DE FONDO

Muy por debajo de las voces y de los tropeles, en su fatal sepultamiento, el mundo se queja dormido. Quebrantado, incurable de la fiebre de sus huesos, se duele sin saber. Nadie puede arrancarse de veras de la locuacidad llamativa que pía profusa por los aires, para escuchar esa quejumbre indiscernible. Vamos y venimos sobre las llanuras sin saber qué nos remuerde, como quien ha olvidado una promesa siempre pospuesta. Nunca fue dicho que al final, cuando haya una pausa, hubiera que sanar al mundo, ni de qué mal. Pero mientras escuchamos incansablemente todo, el fondo del oído sigue siendo suyo.

## CONFESIÓN DEL RELAPSO

Lo que me fue desde el comienzo dicho no pudo con su misma voz decirme que era enigma. Tuvo que callarme su destino si no quería robar para esa historia la voz que le fue para otro fin prestada. Soy yo quien ha aportado la mentira cuando su voz me miente: yo quien la hace hablar donde ella nada dice. Desde el comienzo todas las palabras eran hijas de ellos y nada podían darme que no fuera también proclamar esa estirpe. Así hablaba la estirpe en mi discurso y así sin mí se decidía del nombre de  mis pasos. Mas ¿cómo podría ser su vigilancia sin fisura? Sólo podían darme todas aquellas leyes haciéndolas contemporáneas mías y para eso tenían que dejarme a solas con sus hijas en mi nido de tiempo. Después de todo no era mi deseo revolcarme con nada que hubiera salido de mí mismo: son las hijas de otros las que hacen el amor conmigo y no con ellos, las hermanas de otros a los que desterramos de nuestro inmirable anudamiento y su presente soberano. Ningún ancestro habla por mí cuando desnudo a su hija, soy yo el que así interroga a la estirpe entera y en ese abrazo nuestro destino ya no se confunde con su idioma. Todo me lo dieron hecho, pero si era yo quien tenía que tomarlo hubo que darme también la oscuridad a solas del desfloramiento. La hija al pronunciar su nombre no puede decir con él ese destino ingobernable, pero es ese destino reservado el que le da su nuevo nombre para siempre en la estirpe impronunciable.

## DIFERENCIAS DEL VIENTO Y LA TIERRA

### 1

Hoy detrás de los vidrios
Miro al viento correr desnudo al sol
Templado por la luz como un acero
Claro como una voz
Y oscuro como sus musitaciones

### 2

Cuando es día de viento
En la casa del mundo

El viento cumple con su cometido
Como si no pudiera
Ser día de otra cosa

### 3

Los días de la tierra
Son su intensa aventura sin historia
La tierra no descansa
Siempre lanzada a alguna nueva hazaña
Sin salir de su casa

### 4

La tierra dentro de su casa llena
Siempre en lo suyo entre los suyos
Puede en su tiempo sin veneno
Sin renegar lanzarse toda en todo

### 5

Cuando le llega el turno al viento
En la crónica íntima del mundo
Se crea en el telar del día
Este episodio único
Completo y terminal como una obra
Que ninguna soberbia hará valer mañana

### 6

Toda la gran familia de la tierra
Vive hoy un día pasional de viento

Por la pasión de hoy
No para la memoria
Por la pasión del viento
No contra nada

7

La tierra novelera
Se entrega a la verdad de su día de viento
Vive a fondo su ventolera
Su luz de soñadora de viajes
Su inquietud contenida
Sus espacios de súbito aumentados
  de calle patrullada
Sus hojas sorprendidas
Su polvo en silenciosas erupciones
  de corral alarmado
Su entrada en juego tenazmente
De las raíces y los entramados
El apego el cimiento el ligamento
Su espejeo de brillos exaltados
Su tersura de roca en el torrente
Su expectativa de poblado abierto
  recorrido por nómadas

8

La única verdad del episodio
Es verdad episódica
La tierra sin mañana
Que vive al día no es eterna
Su verdad no se transforma ni destruye
Sólo se crea

9

La tierra vive dentro de la casa del tiempo
Y nunca sale a verla desde fuera
Ni quisiera añadirle territorios

En su casa indivisa
Su verdad pasajera no es efímera
Ni tampoco es eterna
Es verdad siempre todavía

10

No es el tiempo el que borra el episodio
Es la fractura de la lealtad
Que rompe el tiempo en fechas por cansancio
Y al ayer y al mañana deja irreconciliables
Incapaz de vivir la unidad de su reino
De marchar sin descanso y sin cruzar fronteras

11

La verdad manirrota de la tierra
Puede despilfarrarse sin medida
Su riqueza no tiene cantidad
Sino fuerza

12

Tierra riquísima
Y sin progreso

13

Día de viento sin sosiego
Donde agitan los más sombríos sueños
Un cuerpo luminoso

Grave día sin fecha
De un palmario destino sin registro
Día que será aún inolvidable
En brazos del olvido
Día casi persona
                    inconfundible
Como un rostro de amigo
Que no tuviera nombre
Día sin domicilio


14

Hoy detrás de los vidrios
Miro correr al viento por su casa
Miro este día haciéndose
Obra sin descendencia
Pero también sin ruptura
Inmortal inventiva de la tierra
Que llena siempre bien todo su tiempo
Que lo sabe tejer sin destejerlo


15

Mi casa si es preciso protegida
Pero nunca oscura


16

Protegido detrás de la ventana
Busco el lugar en mí donde una gana
Está admirando al viento inmortal como él
Y quisiera vivir en su caverna
Y desde su dintel
A este miedo vivaz que me gobierna
Decir por juego una plegaria

17

Protegido detrás de la ventana
Veo al viento embestir pasar de largo
Volverse y embestir de nuevo

Desde mi burladero
Soy como él el toro y con él giro
Y soy su obstinación
Y resisto en las ramas la embestida

Todo lo vivo allá en el mundo
Menos el miedo
Que nunca salta al ruedo

18

Mi casa contra el viento errático
Mi miedo para no desfallecer
Edificándola
Pero yo con el viento
No errabundo
Viajero.

PASEANTE FATIGADO

El que sale sin designio
Cerrando detrás la puerta de su bien y su tarea
A vagar entre las sombras fatigadas
Allí donde sabe bien
Que nada pasa
Que nunca habrá de cruzarse
Con su nombre o con su amor
Escucha sólo las voces que musitan

Mucho antes de la risa y el gemido
Y va aprendiendo sin odio
Que la noche no buscada
La indeseada en sus velos
La noche inutilizable
No le es dado saltársela
Y sin meta sin amor sin comprensión
Habrá que estar
Pero misteriosamente
No se ha evaporado el tiempo
Su cuerpo no pesa menos
Por opaco
Vive en su insignificancia
En donde el estar incomprensible
Incomprensiblemente emociona
Y cuando por fin el tiempo
No tiene ya nada que decir
Todavía la ignorancia de sus labios
Enredada en nuestras fibras nos las besa
Y el que vaga en la penumbra
Allí donde sabe bien que será inutilizable
Toca también él
          sin voz
La otra región imposible
La que ha abierto en otro mundo
El hombre que ha alcanzado en las palabras
Sin destrozar su lenguaje
Sin huir
Todo bien dicho
La gloria de no pensar
Indestructible.

## ADVENIMIENTO INCUMPLIDO

Esta vez era la suspensión del gesto que alargaba ya la mano ilusionada, la suspensión del estupor incluso; de toda petición que pudiese salir de los limbos de afuera para tener un rostro. Tan firme y franco el tiempo había estado tendiendo hasta el límite de su poder el arco, sin otra suspensión que la que anunciaba el vuelco a la jovialidad del surgimiento, cuando la misma solemnidad sonríe y la fuerza está ya en orden para hacer su incandescente entrada. Y no: la mano desistía con el mismo aplomo con que antes tomó rumbo, con el mismo desdén de los cálculos y los motivos penetrables. La estación avanzaba hacia un sumiso cumplimiento, el aire acarreaba sus humos, sus temples afanosos, su gran meandro consolador de embozo, sus ojos bajos. Y la alta deliberación no se dejaba ni siquiera interrogar, la autoridad de su destello lo vedaba, ni pedir, la limpieza interrogante rompía el ancla de todo lo pedible, ni mirar en los ojos su designio. Nada nos daría con que poner a nuestra luz un esqueleto el tiempo si no fuera soberano en su capricho.

## SOLITARIO SOLIDARIO

Hace horas ya que los ardientes azadones del día amainaron en su blanca aplicación. La fiebre que en la tierra araban fue despegando por bandadas hacia sus elevados dormideros. Grandes parvadas del calor que piaba entre nosotros dan ahora al resguardo del cielo su morado fogoso, y en el aire bajo oscurecido que dejó vacante la partida del revoloteo de llamas, corre entre las espigas vagas de los rostros un vientecillo nocturno al que se le va secando la tibieza. Pero allá arriba sigue aunque callado el conciliábulo, se rebulle en su silencio exaltado el concierto de alegrías y es allá nuestra fiesta. El que da frescos pasos por la noche y cuyo corazón no tiene sueño, si no encuentra en las plegadas mieses de los rostros un ramo de miradas que no hayan desistido, sabe que arriba arden los invisibles ojos que aquí la noche barre, y que allá con el calor remontado palpita para otra siembra la hermandad jubilada.

# CUADERNO DEL DESEADO

## DIFERENCIAS DE LA RESPUESTA

### 1

El deseo es nocturno en su deriva

Perdido ya muy lejos de sus costas
El arrastrado en sombras
Anhela siempre hacer la noche

### 2

Mendicidad embelesada de la carne
Su ardiente polo de cegueras
Imanta al alma amante

### 3

Adicto a borrascosas sábanas
Quisiera haber nacido en ese lecho
Jamás haber sabido de otro mundo
Cavernícola fiel de la gruta que lame

4

Anhela un mundo oscuro
Con todas las historias apagadas


5

Anhela afuera un gran silencio huero
En donde no haya sido dicho nada
Borrado todo vuelto todo a oscuras
Al cajón del comienzo


6

En el desierto blanco de las sábanas
Árido y sofocante y con arrugas
Como la playa del reciennacido
Su vida informe sin registro y sin cúmulo
Su riqueza confusa anterior a la baza


7

Hacer así amorosamente encendidamente
Un lúbrico silencio en torno
A fin de que se escuche el latir de la espera


8

Leal no adelantándose ni por una palabra
Ser él en su despojo
Desnudez implorada
Agua de sed sin freno
Imán de aquel deseo que él desea

9

Puro e inerme merecer al fin
Ser él mismo la forma del hambre de comerlo


10

En la oscura deriva
Él mismo valeroso borrándose sus sobras
Ser digno al fin de no tener deseo
Separado


11

Cumplimiento supremo del deseo
Desear sólo lo que venga
Desear lo cumplido                    •
No cuando falta sino cuando llena
Desear en presencia
Es ya no ser algún yo que desea
Es ser el puro inmortal desear


12

No ser entero sino el deseado
Para esperar callando el momento en que oiga
Nacer todo el lenguaje con el grito
Que gimiendo su nombre lo ha llamado a la vida


13

Estar al fin presente en su bautismo
Ser del todo paisano de la voz del origen

Que sólo si se abrasa en su avidez
A sí mismo lo entrega.


DIALÉCTICA

También yo
                desigual mía
Sobre un difícil sendero movedizo
Y siempre precariamente
Tentado y con terror y torpe esquivo
El peligro de tenerte
Sin que tú me tengas

La trampa de meterme
Donde no me hayas tendido ya tu trampa.

SED SIN SED

Es el labio el que sube el agua
A ser luz de la sed

Pero es allí donde no eres sedienta
Donde nacemos juntos
Hijos de un mismo don

Donde el agua ya no repara
Sino inaugura
Y en el sorbo empieza la sed ya iluminada
En el punto en que se hace el agua iluminante.

## COMERCIO CARNAL

Más allá del oscuro anudamiento
En que se imantan mutuamente
El abandono y el abrazo

Después del bálsamo
Que en uno y otro alivia
La indigencia nativa
Por la que uno en el otro
Para empezar entramos

Detrás del canto ciego del consuelo
Otro canto alza el vuelo

En ese no fatal amanecer de un himno
Haces de mí
El limpio donador agradecido
De lo que no pedías
Ni nunca te faltó ni te fue prometido

Me haces dador con ese gesto mismo
Que abre con mano alada
Tu limpia libertad de ser colmada

Así en la carne
Me haces don de tu cuerpo
Haciendo de mí el don para tu cuerpo
Como en tu transparencia
Me haces la dicha
De hacer de mí tu dicha y tu inocencia
Toma pues de mi carne el precio
Que de ti sola viene
Mas que solo por mí para tu carne tiene.

## EL ORIENTADO

Ah miro el mundo disponerse
Bien dispuesto
                    bien puesto
Cuando todo mi ser
Vuelve toda la cara
Hacia el polo de ti
Y mi centro retumba al decir Tú
Cuando me empuño entero
Para mirarte desde todos mis balcones
Y eres todo el enfrente
El otro lado entero de la vida.


## SIN AMOR

Como la sombra
De absoluta tristeza
Y de absoluta vanidad de la tristeza
Que caerá sobre el alma de los últimos hombres
Cuando vayan cayendo las últimas sombras
Del día último del mundo

Así desciende sobre el mundo la sombra
Para el que dice No me amas
Y la luz se eclipsó y todo le es nada.


## NÁUSEA DE AUSENCIA

Todo en la vida está ausente
Menos tu ausencia

El hueco en que me faltas
Me pesa como un bulto

Una víscera intrusa
Expandida en mi vientre

Está vacío el mundo
Que mezclaste a mis fibras
Y no puedo expulsar el horror de sus heces
Que untan mis tegumentos

Todo se fue contigo
Sólo quedan pellejos y detritus
Pudriendo el manantial del tiempo

Si late ya mi vida sin su eco
Que el mundo espeso siga en pie me mancha.


GAFE

Esta nostalgia atroz anula el mundo
Heme aquí impíamente invulnerable
Ponzoñoso de llagas y esquivado

No quiero pensar nada
Mientras estoy sentado
Con las manos dormidas
Con los ojos ahogados como peces
Sacados de las aguas de los tiempos
Intocable en la casa del Dolor.


ME PREGUNTO

Me pregunto y no entiendo
tendrías que ser tú quien lo explicara
me pregunto por qué a veces esta piedra en la dentadura

que no deja salir a gusto mis palabras
cuando se disponen confiadas a brotar hacia ti
a correr más frescas que las cascadas de agua
tan frescas como las cascadas de notas
y a brincar joviales en tu torno como perros de aire
por qué es difícil pues algunas veces
decirte lo que tú y yo queremos que yo te diga
lo que casi sabemos bien sabido tanto tú como yo
como si estuviera dicho ya
si no fuera porque es justamente
lo que no puede saberse
mientras no esté dicho
lo que más importa saber
y por eso tal vez tampoco tú podrías explicarlo
y no sabremos tal vez nunca por qué me atollo
me distraigo me atraso me pongo a hablar de otra cosa
en lugar de decirte así sencillamente sin pensar en nada
sin pensar siquiera en ti
cómo pienso en ti
y cuándo y dónde y con qué fin
y por cuál falta de causa pienso en ti
en qué idioma te beso en pensamiento
de qué sabores es hablarte mientras no te digo nada
y la continua escenificación con que te admiro
como si todo el tiempo vivieras en mi trastienda
en la muy leve pecera que es el bolsillo de mi memoria
o como si compartiéramos juntos una gran habitación de des-
                                              [pués de la fiebre
una clara estancia toda convaleciente de algún ataque de luz álgida
que es donde únicamente puede entenderse de veras
cómo es que muchas cosas que haces me embellecen
por qué en tus más imprevistos gestos me descifro
y que el significado de mi rostro
depende cada instante de qué cara
estés poniendo en otro sitio tú
y por eso cuando salgo a la calle

puedo sonreír a todos con condescendencia
como quien va por los caminos encerrando en su puño
la llave del tesoro fabuloso
o sea un don que es a la vez una fuerza y un secreto
y del que consiguientemente somos más que el dueño el elegido
pero entonces repito es difícil entender
por qué esta dura densidad del paladar
este zumbido de entumecimiento en las palabras de en medio
para decirte sin más
levemente jovialmente
cuántas veces quisiera imitarte hasta la ignominia
y que hay ratos que siento esa cosquilla en la nuez de la garganta
que indica que el pulmón necesita su grito
como el adicto su dosis
cuando estoy viéndote o pensándote o las dos cosas
en tu gran luz ejemplar de halo de montaña
y entiendo emocionado
que nunca entenderé del todo la raza amada de tu sexo
siempre entrará mi sexo en el tuyo como un meteco férvido
converso acaso con delirio pero nunca nativo de tu misma tiniebla
tal vez por eso para hablarte de estas cosas
es tan difícil tener fácil la palabra
pues yo no sabré nunca
cuando volando hacia abajo entre mis brazos
tocas fondo y tu médula al fin hace contacto
con ese látigo de alta tensión que desmiembra el espacio
en qué lenguaje te tartamudea el ser
y no sabré tampoco o tal vez esas dos ignorancias son la misma
a qué sabe en tu boca la redondez misma que admiro tanto en ti
tu fiel gravitación centrada con su sol en tu plexo
la unidad de tu fuerza que te salva para siempre jamás de la
                                                    [violencia
el misterioso don de no necesitar violáceos torniquetes para no
                                                    [ser traidora
y quizá por eso a veces la interminable dilación de mi lengua
                                                    [sonámbula

que no puede nunca acabar de no hablarte
sólo en otro lenguaje inaclarable podría compensarse
tal como el lenguaje estrafalario de estas líneas
que dice lo que dijo que no iba a decir
un lenguaje no siempre más difícil pero sin rectitud
que vuelve las esquinas para hablar a quien no habla
y hablar de aquello de lo que no habla
o también aquel otro lenguaje estrafalario
que viste con la desnudez del cuerpo al pensamiento
único en el que se puede sin pervertir la expresión
decir naturalmente cuánto la ira ama y la violencia es tierna
desconjugar gozar en el estallido gozogozas
retraducir te amo en su sinónimo me amas
formular la unidad sin idioma del deseo
no mintiendo que somos un ser mismo ni un ser otro
delatando la verdad diciendo pues nuestra verdad de delatores
desnudando que la carne sólo en su egoísmo rabioso se entrega
y que sólo el extraño irremediable ama.

## CINCO SONETOS VOTIVOS

### I

Del día aquel por años como un quiste
tuve el recuerdo envuelto y asfixiado.
En la hora del adiós te has desnudado
pensando que se da quien no resiste.

No entré en ti de verdad. Lo que me abriste,
apartando las piernas con cuidado,
era un sexo en tutela y vigilado
del que eras con horror la dueña triste.

Mas si le queda a este deseo un día,
más que el fracaso duren las hazañas
y más que el quiste el cuerpo que lo cría.

El hoy viola al ayer, y en tus entrañas,
el sexo que abriré como un abismo
y el que tuve sin ti —serán el mismo.


## II


Si del Amor, como Platón enseña,
nace en las almas el conocimiento,
en los cuerpos en cambio un mutuo y lento
conocer da al Amor su mejor leña.

Esa fue tu enseñanza, oh mi pequeña:
con su ternura y su consentimiento,
ni ruin, ni avaricioso, ni violento,
tu goce yergue el mío y lo domeña.

Más dentro estallo cuanto más te entiendo,
poco a poco mi verga va aprendiendo
cómo excavar tu espasmo, aún invicta

cuando gimes mi nombre con locura;
y mi lengua a la larga se hace adicta
a tu vulva y su férvida textura.


## III


Sean dadas las gracias al sofoco,
al estertor, al hipo, a la ronquera,

a los ojos en blanco, a la bizquera,
a la turbia visión fuera de foco.

Con lealtad agradecida evoco
esa carne que vi por vez primera
retorcerse en su gloria, diosa y fiera,
y húmeda de sudor y baba y moco.

Aprendí para siempre, esa hora ardiente,
qué a gusto se revuelca el alma altiva
entre la piel, los pelos, la saliva,

y abolida y violenta y dependiente,
gime de gozo de acallar su empeño
y no ser reina, y célibe, y sin dueño.


### IV

Qué bien bailabas cuando oscuramente
te sentías fundada en mi mirada.
Y a la vez, bien lo sé, yo no era nada
en tu ritual salvajemente ausente.

Ni yo ni nadie ni remotamente
te poseerá jamás ciega y borrada
como te poseía desalmada
la ola sola en tu viudez demente.

Duele saber que hundida en una cama
nunca darás lo que intocable alcanzas,
y yo no sé soltarme solo al pasmo;
mas lo que digo aquí, ¿dónde se trama?
¿dónde sabes que miro mientras danzas?
¿dónde tenemos juntos este orgasmo?

## V

Hay una fantasía que a menudo
me hace temblar como una fiebre aguda:
tú yaces junto a mí toda desnuda;
yo yazgo junto a ti también desnudo.

Y pegado a tu flanco, ungido y mudo,
islas en ti mi piel cubre y escuda,
y su ritual las marca y las saluda,
y a un talismán con cada mano acudo:

una mano litúrgica en tu sexo
de vello montaraz; la otra en un pecho;
y si pensara que me falta una,

tu otro pecho, lo sé, figura el nexo
con tu parte intocable, tu derecho
a un libre curso de remota luna.

## TUMULTO

Dónde en qué noche mía
En qué violencia mía
Te has cargado en secreto de esa fuerza
De imán tiránico
Que crea un vórtice en la mitad del tiempo
Tiempo alzado en redondo
Tiempo de tempestades sin refugio
Cuándo palpaste que no te sentí
Hasta hallar en mis sueños
Las grietas hacia el miedo
Qué es lo que diste a beber a mis venas

Que otra vez soy
El derrotado innoble de mi historia
El cobarde de sí

Suelta un poco mujer
La insobornable garra
Que me ahoga y deslumbra
Dame un poco de olvido
Donde posar para ti unas palabras.


## ANIMA VORTEX

Tuvo que ser el alma lo que te mordí, no puede venir de otro sitio esta amargura sin cuerpo, este contagio que me pone enferma la vena capital del tiempo; tuvo que ser ese lugar intocable y ciego, cesación del espacio que deshace mis puntos cardinales y devora las flechas de la orientación y le mata el sabor a todo sitio: tengo la carne invadida del veneno gaseoso de haber tocado aquello, el vórtice, la no-tú, la invencible fuerza ausente; tuvo que ser tu alma la que destiló este elixir mortal de sabor plomizo y la que hace de mi alma la enfermedad horrenda de mi vida. No puede ser sino en el alma, en la violencia del silencio que tiene en pie tu corazón, donde el rostro mismo del amor se muestra en su árida lisura y tus ojos mismos me borran con el viento helado de más allá de ti —tiene que ser el amor sin corazón del alma tuya, esplendoroso monstruo de antes de las leyes, el que me da por no nacido.


## JIGA

Échame un vistazo al menos de arriba a abajo
mírame cómo estoy de cabo a rabo enamorado
tengo enamorados los ojos

y tengo la boca enamorada
y tengo el pie izquierdo enamorado
y mucho más el pie derecho
tengo también enamoradas las espumosas ingles
y el pene conmovido enamorado como los niños de sus maestras
y los testículos al borde de las lágrimas de puro enamorados
tengo las manos pesadamente enamoradas
tengo enamorado el pecho combatiente
tengo con delirio enamorada la saliva
tengo la vieja cabeza altanera perdidamente enamorada
y enamoradas como vírgenes ridículas todas sus ideas
y todas mis palabras enamoradas hasta la tartamudez
y tengo enamorada la memoria
y enamorada hasta la abyección la imaginación
tengo el día y la noche enamorados
tengo enamorada cada hora con una herida roja y un sexo violeta
tengo enamorados los oídos y todo lo que oyen
y enamorada la lectura de cada línea que leo y cada idea que
                                                                    [pienso
tengo la inteligencia magníficamente enamorada como una es-
                                                                    [túpida
y tengo enamorado este dedo meñique
y tengo enamorado el gesto con que escribo estas líneas
tengo la voz con que te llamo enamorada
y enamorada la paciencia milagrosa en que te espero
porque te espero enamorado y no me dejes así
junta apretadamente todo esto en tu abrazo
dueña de los enjambres y de las cataratas reúneme
recoge fuertemente en tu abrazo de hermana insensata
apretados contra tus pechos más claros que los himnos
calmados en tu seno de cauce de las fiebres caudales
todos estos pedazos doloridos.

## HISTORIA Y MITO

Más allá de todo ese lugar más lento que el mundo donde avanzamos de la mano, como anteriores a nuestros nacimientos, como después de nuestra muerte, en la figura de los reconocidos, los ojos para siempre ahogados en los ojos, la imagen en su luz para después del tiempo, hechos mirada y atención y cuidado como si recordáramos de dónde vinimos los dos a esta misma vida, cada uno arropando y preparando al otro para el mundo como desde su puerta, como si no fuera aquí sólo donde nos amamos. Pero ¿cómo podría allí tu mirada asentir tanto a mi figura sin dejar de ser mirada, elegirme entre los hombres sin borrar en mí al hombre, bajar su espada ante mi flaqueza sin vaciar mi vida, si no fueras aquí la que me da el goce, la que ofreces a mi búsqueda tu goce ingobernable y me salvas del riesgo sin arrebatármelo? La hermandad luminosa de allá es aquí ese abismal poder que milagrosamente no quiere nuestra muerte y cuyo brazo soberano suspendido llamamos la belleza.

# 8

# *Cantata a solas*
[1983]

## 1. RECITADO

Se equivocan los pájaros
Inician a destiempo su bullicio
Los engaña su sangre su impaciencia
El año no nos suelta todavía
Se equivocan de clima
El invierno un momento se distrae
Mas no abandona aún su implecable doctrina
Su contagiosa intolerancia
Su purismo
Se rebullen los pájaros equivocados
Yo paso en medio de su alharaca impúdica
E inesperadamente me abochorno
De lo que dicen sus gorjeos
Mañana callarán de nuevo
Mañana volveremos sin protesta
Al frío y a sus rígidas demostraciones
A ese pálido orgullo de cruzar la inclemencia
Y de tener por vida un heroísmo
Mañana como ayer todo en su nicho
Pero hoy los pájaros irrumpen sin modales
Atropellados agrios antipáticos casi
Con chillidos vulgares y codazos de alas
A tropezones bajo el peso incómodo

465

De una hinchada lujuria que no es de su tamaño
Y yo entiendo yo entiendo demasiado
Entiende mi impaciencia estrangulada
Bajo los gruesos verdugones de su largo castigo
Responde mi emoción rehuyéndome los ojos
(Mi emoción dónde estaba
Dónde ahogaba su aullido doloroso
Dónde encogía como perra amedrentada
Aquel pelaje de pantera incorruptible
Quebrantada en su fétida mazmorra
A pan y agua de comedimiento
A mísera ración de raciocinio
Desfigurada y vil de consunción)

## 2. CANTADO
### *Trío del Encogido*

#### 1ª VOZ

Estoy podrido de abstinencia
Puesto al margen de todo
Como en la playa siempre estéril
De la sobrevivencia

#### 2ª VOZ

El día entero espero hambriento
Unas migajas de emoción
Y tengo como un pájaro en invierno
Eso que antes llamaba corazón

#### 3ª VOZ

Tanta vida rozada cruzada tropezada
Pero no para mí
Y no se entrega nunca a la mirada
La inconfesable prohibición de decir que sí

2ª VOZ

Desde el revés del mundo me domina
La confabulación por siempre clandestina
Que en contra de mí mismo a oscuras urdo
Mandamiento que acato y que no entiendo
Más vano aún que absurdo
De dejar de vivir para seguir viviendo

1ª VOZ

Nunca sabré por qué he aceptado
Ir por el mundo con la mano encogida
Con esta vida
Que muere de deseo
                muriéndose de miedo
De coger lo que puedo

3ª VOZ

Y deshabilitado
Desnaturalizado
Desprovisto
Por qué sigo queriendo estar aquí
Donde no hay presa para mí
Donde no existo


3. RECITADO

Retornará el invierno y más me vale así
No sé qué hacer con tantos pájaros
Se abaten sobre el mundo con demasiadas ansias
Caen frente a mis ventanas
Como oscuros guijarros
Horriblemente palpitantes

Gotas calientes de frenético egoísmo
Se disparan como nubes de langostas
A acribillar arbustos
A agusanar aquella vana carne
Con gris rumor de alas y con hipos de buches
No
    no puedo
            no estoy para estos trances
Retrocede el peligro de mi vida
Mi vida envuelta sepultada custodiada
Sostenida de pie por sus vendajes
Mi vida que menea la fláccida cabeza
Para decir que no que no ha de permitir
Que la engañe mi sangre mi impaciencia
No sé no puedo no quiero todavía
También yo contra el pájaro
No tengo como él más que un solo fraseo
Resistir resistir
Que nada se derrita
Que nada ceda ni consienta
Que se aferre el invierno
Violencia inversa y salvadora
Pureza negadora insobornable
Espacio lúcido
Y tú emoción hiberna
Tu corazón *obstinatus obdura*
Tú vida mía persevera
Para eso estás
Para vencer al tiempo
No para revolcarte en su apetencia

## 4. HABLADO

Pero claro que esa famosa vida mía, o para decirlo llanamente yo
mismo, allá en su fondo no cree una palabra de esa edificante doctrina que sin embargo no se atreve a infringir, tanto es su temor de
*perderse* —como si supiera lo que eso quiere decir. Allá en su
fondo, detrás de su gran terror, sabe, cree, siente que el tiempo es,
o fue, y quién se atreviera a pensar que será, su grande, su desmedido amor. Antes de la muerte de la aventura. Y lo dice; lo canta.

## 5. CANTADO
*Muerte de la aventura*

Qué nos sucede Tiempo
Por qué ya no luchamos
Por qué desvías la mirada
Por qué te dejas arrastrar del rabo
Sin lanzarme tus densos zarpazos destellantes
En qué otro sitio oculto sigues abalanzándote
En tus rotundos atropellos
Quién de los dos se ha hastiado de morder
Y ha aflojado el abrazo y ha vuelto las espaldas
Tiempo ahora evasivo y clandestino
Pues no puedo pensar que tú glotón altivo
Que tan hermosamente estabas devorándome
Moriste antes que yo

## 6. RECITADO

Reine pues el invierno
Yo seré su amanuense
Su vasallo servil
Alcahuete de su hosca tiranía
Trabajaré del lado del triunfante
Engordaré de convicción

Contribuiré a que sea el ser
Estaré siempre ya justificado
Antes de que comiencen las justificaciones
Mandaré a su siberia sin piedad
Mas también sin rencor todas mis dudas
Aplaudiré el decreto que declara
El fin de la nostalgia
Nada habrá que añorar
No habrá más que el invierno
Y el masivo tesón para ensancharlo
La vida no es un regateo
Nada me han prometido
Nadie me obliga a inmiscuirme
En este mundo que no he hecho
Esta heredad no es mía
Nada podré reivindicar en ella
Yo mismo aquí me instalo y me niego a salir
Yo mismo abrazo el mundo y sus inviernos
Ningún derecho tengo sólo tengo deberes


## 7. CORO
### de los Regañones

Nada te han prometido
De qué te quejas
Esta heredad no es tuya
Por qué la tomas y no la dejas

Lo que eres y no eres
Te lo has buscado
Quién tenía que amarte
Quién por haber vivido
Te debe algo

No hay ley que diga que ha de existir
Lo que deseas
*Esta heredad no es tuya*
*De qué te quejas*

(SOLO)

Miren al quejumbroso
Al gemebundo
Lleno de remilgos y repudios
Como si todo lo que ha tenido
No fuese deuda

(TUTTI)

*Nada te han prometido*
*De qué te quejas*

(SOLO)

Cesa tu letanía
Mendigo indigno
Fastidioso molino de agravios
Que te quejas por vicio
En vez de lamentarte
Conquista y gana
Qué hacías en verano
Fatua cigarra
No te falta fortuna
Te falta meta

(TUTTI)

*Esta heredad no es tuya*
*De qué te quejas*

(SOLO)

Ponte en pie da la cara
No hagas chantaje

De tus vacuos fracasos
A nadie harás culpable
Mucho peor sería
Si por tus lloriqueos
Alguien te diera el triste mendrugo
Que no te daría su deseo
Resiste calla acepta

(TUTTI)

*Nada te han prometido*
*De qué te quejas*

(SOLO)

*Esta heredad no es tuya*
¿Quieres que el mundo
Cambie sus leyes por darte gusto
Que por tu linda cara
O tal vez justamente por no hacer nada
Amanezcas en gracia?
Quién te crees que eres
*De qué te quejas*
Nadie que implora y gime
Vale la pena
Si estás donde están todos
Por qué tu sino
Sería la excepción
*Nada te han prometido*
Si no te gusta cómo es la vida
Quién te pide que existas
Quién prefiere que seas
*De qué te quejas*
*De qué te quejas cínico*
*De qué te quejas*

## 8. RECITADO

Sí sí viril invierno certidumbre
Dame la fuerza sin retorno
La marcha convincente que nunca mira atrás
El rigor de tu clima riguroso
El descarnado orgullo del realismo
El arabesco nítido y sin corazón
De las demostraciones
La oronda prueba y su cuchilla
Los hechos cejijuntos
La cura alpina de las ilusiones
Salud que va descalza por el hielo
Desintoxicación de la nostalgia
La entereza de dedos ateridos
La mirada que ha domado el parpadeo
Y le hiela a la vida la mirada
La obliga a revolcarse con gemidos
La desnuda la exhibe la humilla la voltea
Le arranca al fin triunfante su verdad
La verdad de la vida que es la vida caída
La vida denunciada
Acusada y confesa de sus gracias
Sus melindres su ornato
Su inocultable seducción
Su entrega su lascivia sus placeres de balde
La verdad de la vida
Que es la amargura de la vida
Su fealdad que hay que poner en evidencia
Denunciando sin pausa su belleza
Arrojándola al centro del invierno
Y sacándola así como está a la intemperie
Matándola de frío dejándola en los huesos
A ver si era lo que parecía
A ver si no reniega en el tormento
Invierno sí rasguemos todo el frondor del mundo

Invierno inquisidor apasionado
Acusador glacial y justiciero
Quién dijo que el amor era conocimiento
Saber es no ser cómplice
Verdad es desamor
Mi verdadera vida es este paso tieso
Esta mirada con el rabo entre las piernas
Esta sed diluida
Este obediente amor escarmentado
Este cauto vagar por los traspatios
Esta vida indudable puesto que no me gusta
Este es mi espectro indestructible
Este que se atarea en el invierno
Sin regocijo sin exaltación
Sin pálpito sin vuelo sin lujuria
Que se atiene al horario al turno a la ración
Que no gritará nunca que le estafan
Que migajas de amor no son amor
Que el pan de amor no da migajas
Este que no habla nunca de su hambre insultada
Que vota por el frío establecido
Que pone a dieta al día y a la noche a hacer pesas
Y a adelgazar al tiempo con grandes sacrificios
Hasta no tener nada que hacerse perdonar
Invierno sí nada te sobra
Imposible dudar de ti que no me halagas
Ya no me quejo sé que nada guardas
Para entregarme de tu propia mano
Que la vida por mí no se desvive
Que no hay gracia
Ni amor
Ni rapto de elegido
No hay don de vida sino sólo viento
Sólo viento demente
Sólo el viento maniático cuyo juicio en fuga
Deja un hueco que invade una malignidad

Sólo este viento estrábico que silba airado
A un palmo de mi rostro
El viento fiera en cuya jaula duermo
Escucha invierno cómo en mis ventanas
Ronda este viento de pocos amigos


### 9.  CANTADO
*Viento de pocos amigos*


En mis claras ventanas
Tan inquietantemente altas
Sobre el suburbio ralo
Ronda y embiste el viento
Gigante y torvo y sin medir su fuerza

Sabe que estoy abandonado
Desatendido inescuchable
Deportado a esta altura
Despegado del suelo solidario

Quiere cascar esta nuez de cristales
Hundida en sus dominios
Como en un fondo inverso de oceano
Que cruje atenazada en las honduras

Resiste el frágil vidrio ingenuo
Y yo de pie en el centro
De mi nuez transparente
Voluntariosamente estoy sereno

Sabré esperar que llegue su cansancio
Pero ah
                mientras temo y confío
En secreto también me regocija
Que él pudiera vencer

Lo que en mí es vendaval arrasaría
Alegremente al pobre ser liviano
Distante desamado desodiado

Y expandiría mi jovial pulmón
De gratuidad y ráfagas
De saber que si borro como una nimia mota
Al ignorado y su inaudible miedo
No habrá pasado nada


## 10.  RECITADO

Aprendo que vivir es defenderse
No disputarle el mundo al formidable invierno
No confundir la casa y la intemperie
No regalar al monte y las arenas
Nuestras cuatro paredes
Para irnos a vivir en los torrentes
En el lecho sangriento del instante
En el mar para siempre del vagabundeo
Con la pandilla de los sentimientos
Con la tribu de lobos de los elementos
No traicionar los pactos por el amor del tiempo
Y más que nada no creer en el amor del tiempo
Nunca cerrar los ojos en el beso
No navegar sin el timón seguro
Nunca alzarse en la proa a beber el espacio
Cansado de la popa soltando las escotas
No hay más orden que el orden
Vuelvo al redil lamo la empalizada
Me escondo de los pájaros desorbitados
Átenme no soporto esas voces
Sométanme vigílenme
Ténganme bien guardado
No valía la pena descerrajar la puerta

Nunca llegué muy lejos
No valía la pena
Acercarse a la orilla del abismo
Si nunca entré en su lecho
La audacia de espïar su belleza asesina
De entrar en las heladas aguas
De mi deslumbramiento fascinado
Qué era junto a la audacia que no tuve
De proclamar su reino
Qué es la emoción del vértigo
Junto a la verdad última del salto
Dejé deshabitada largamente mi casa
Mas no la incendié nunca
No pude decidirme a detonar la Muerte
Abrirla como un fruto con un gran estampido
Seguro de que oculta la semilla
De una vida más vida
No me atreví a abrir la jaula
De la insaciable Negación
Y su pueblo prolífico de ratas
Nunca aposté mi vida con la Muerte
Apostaba a la vida con la vida
No jugué a todo o nada sino a esto o lo otro
Lo que perdí en la apuesta era sólo otra vida
Que traté de ganar para mi lecho
Por la que hice locuras
De la que hoy estoy viudo pero no estoy muerto
Puse más de un amor en el tablero
Pero nunca arriesgué que en mi jugada
Se pudiera perder el amor mismo
No valía la pena
Apostar mi verdad mi bien mis pruebas
Si a mí no me apostaba
No me atreví a jurar el juramento
De no sobrevivir a la aventura
¿No me atreví? nunca busqué la hazaña

Pero cómo saber en la agria hora
De los brazos caídos
Si a este hoyo seguro y desolado
Bajé por las laderas de mi miedo
O bajé por senderos convencidos
Cómo saber dónde estaría ahora
De haber querido lo que no he querido
Mi único anhelo exultante escribió von Kleist
Dos días antes del doble suicidio
Es hallar un abismo lo bastante profundo
Para saltar a él junto con ella
Lo encontró a los dos días
Es cosa de buscar con ganas
Es cosa de decirle a la insidiosa vida
Que no ha de ganar siempre
El dominio del amo dice Hegel
Lo ha ganado en el riesgo de la muerte
La vida así es su esclava
¿O es la muerte? la vida
No es la esclava de nadie
La vida es siempre de los otros
Pues cada uno sabe que un día no estará
Pero estarán los otros
Los otros son los que nos sobreviven
Los esclavos del amo no son sino los otros
La vida es de ellos
Y finalmente siempre triunfan ellos
¿Pero triunfan? ¿es de ellos?
Ninguno escoge ser esclavo
Escoge no morir
Pero también si el amo sobrevive
Escoge no morir
Lo que distingue al amo
No es aceptar el riesgo de morir
Lo que acepta es el riesgo de matar
Todos apuestan por la vida

Todos han de morir
Pero algunos apuestan a morir o matar
No triunfan de la vida están fuera de ella
Para ellos morir no es dejar de vivir
Es dejar de matar
Bajo el cielo desierto y casto de noviembre
En el campo dormido
Von Kleit y Jettchen pulcros peinados bien vestidos
Sentados cara a cara mirándose a los ojos
Disparan puntualmente
Hacen volar la vida pero no los horarios
Cumplen el compromiso
Que pulveriza todo compromiso
¿Fueron en ese instante amos
Sin ser amos de hombres?
¿Matar la propia vida es la única vía
Para no ser o esclavo o asesino?
¿No basta el riesgo de la muerte
Que es certeza de muerte del que pierda
Sino es preciso el riesgo del suicidio?
Y qué busca el esclavo que se evade
De su única certeza su cadena
Qué riesgo es ese ¿ningún riesgo es válido
Sino el riesgo de muerte?
Antes de codiciar con frenesí y en vano
Una tajada en el festín
                    Rimbaud
Escupía en el plato de los amos
Esto es lo que decía su insolencia
Soy de raza inferior
Desde la eternidad de eternidades
Esclavo respondón ¿volviste al fin
Al redil también tú
Dejándonos un ácido mensaje
El rebelde también
También él es esclavo?

Qué lección para el siglo
El rebelde ejemplar el ángel el intacto
Puro como el altivo presidiario intratable
Más desinteresado que el mendigo mejor
Quiso también ser amo
El esclavo orgulloso
Fue traficante en África de esclavos
Aceptó ser lacayo de los amos
Nos deshonró para todo este siglo
¿Valió la pena entonces ir tan lejos?
¿Valió la pena haber llegado
A los acantilados del lenguaje
Y atreverse a saltar?
¿La verdad del lenguaje está del otro lado?
¿La verdad del lenguaje
Como la de la vida la de todo
Es también sólo y siempre
Belleza destripada?
Mira tu descendencia Rimbaud dinamitero
Esta caterva de denunciadores
La verdad del abismo es la verdad del amo
Pero no hay amos Dios ha muerto
El amo ha muerto
No hay más que delatores
Ya no se dinamita se denuncia
Se domina purgando
Nuestro imperio se extiende
A fuerza de dejar sitios vacantes
Somos los orgullosos domadores de espectros
El mundo es nuestro porque está vacío
El lenguaje nos rinde su secreto
Y no era nada nunca hubo secreto
Claude Bernard no encontró nunca el alma
Bajo el austero filo de su bisturí
Saber es no ser cómplice
Verdad es desamor

Hay que estar siempre lejos
Y moviéndose siempre hacia más lejos
Todo conocimiento es desolado
Su prestigio altamente codiciable
Se mide por las zonas que devasta
Por las tierras que deja en desperdicio
Como viudas lozanas
Por los extensos pudrideros
De maravillas obsoletas
Por los gestos que empuja con su escoba engreída
Al cajón de los trastos inservibles
Por la desprevenida muchedumbre
De atareados que un buen día pasan
En plena apoplejía de estupor y de mofa
Al asilo de ancianos
Por la herida narcísica
Por el destronamiento
La amargura el escándalo el rebajamiento
Las sonrisas que hiela
Las alegrías que envenena.


## 11. HABLADO

Pero no es eso, no es eso. Nunca pensé escoger entre ser amo y ser esclavo. Es otra mi libertad (nuestra libertad) y es otra nuestra servidumbre. Nunca pensé presentarme en el coloquio armado de conocimiento, ocultando debajo de la axila, tras la chaqueta afable, una compacta máquina demostrativa cargada hasta la boca. Si de algún modo quise empujar a mi prójimo no fue nunca apropiándome de su explicación como si le hubiera robado el alma. Siempre pensé que se equivocaban los que creen que los explicados son los zombis de los explicadores. No es ése mi cuidado, sino el coloquio mismo. Empezando por el lugar donde se teje. De lo que quiero hablar es de otro extravío. De cómo fue que acabé en esta margen, perdido en este monte sin caminos, esta espesura.

## 12. CANTADO

*Espesura*

Me fui yendo
Adelantando un poco
Y otro poco
Pensando cada vez que era el último trecho
Que ahora ya volvería
Me fui alejando sin sentir
De donde estaban todos
No sé por qué ni adónde
Ni menos todavía para qué
Me fui yendo sin saber sin ganas
Lento inconstante bobo
Nada tenía que buscar allá
Ni allá ni en sitio alguno (tal vez por eso)
Me fui viendo perdido
Incongruente en medio de lo extraño
Ya no se oía o se veía a nadie
Comprendí de repente que era ya inencontrable
Sollocé que el camino regresara
Pero el camino por el que he venido
No era como un camino
Era como una historia
No hay regreso
El rumbo que he perdido
No era el rumbo del mundo
Era el mundo

## 13. RECITADO

Y ahora dónde estoy
¿Piso ya el dulce hedor del redil
O sigo en la espesura?
En cuál de los dos reinos

He sido sentenciado a soledad
De quién soy súbdito de quién soy reo
Pero no
     soledad
        nada pregunto
No provoco tu ira no evado la tarea
No dejo sin cumplir tu guerra minuciosa
Tu círculo compacto de rutina
Tu celoso programa
Este es tu reino
Me meto entre tus cuatro paredes empeñosas
Desde aquí miro al vigilante invierno
Bajo cuyo favor tú soledad lacónica
Satisfecha organizas el avance
De tu metódica defoliación
Desde aquí miro afuera
Del otro lado a un paso en otro mundo
Al pueblo estoico de los árboles
Doblarse dignamente
Vapuleado por el malhumor del viento
Yo aquí me estoy
Aprendo que vivir se retenerse
Que hay que soltar la mano de la intemperancia
Alcahueta festiva que nos tironea
Para echarnos de bruces en su revolcadero
Que no hay que interrumpir la ronda de murallas
Con la que cada uno se patrulla a sí mismo
Despeinarse y saltar por la ventana
Trasponer su azul aura irresponsable
Y correr atontado por la risa
A sumarse a las filas de allá afuera
Nunca seré acogido en su tumulto
Nunca seré de veras de los suyos
No hay entrada en los ritos de otras razas
Nunca podré olvidar el rito que traiciono
Siempre bajo el invierno seré una resistencia

Podré entregarme pero no hermanarme
Siempre me asaltará un desfallecimiento
Cuando haya que llegar hasta el final
De la ferocidad del pájaro
Nunca sabré juzgar la casa en que he vivido
Siempre tendré un temblor
Cuando haya que encender la mecha
Nunca aprendí a cerrar detrás las puertas
Nunca supe implantar
Pena de muerte para un amor caído
Perdido en la ventisca llevo oculto en el seno
Un puño de ceniza de mis antiguos fuegos
No sé empezar en cero traiciono la traición
Me deslizo del aula y de la regla
Y no puedo evitar infringir el desorden
Echo a perder el fruto de mis roncos bulldózers
Igual que el fruto de mis dictaduras
Soy bestia de querencias y nostalgias
Aquí mismo apretando el torniquete
Estoy también pensando en otra cosa
En el banco del reo me distraigo
Mirando afuera moscas y reflejos
En lo alto de mi peña de estilita
Me estoy contanto cuentos
Le robo hasta a mi propio carcelero
El invierno cetrino con su llavero helado
Unas briznas de sol del fondo del bolsillo
Hallo un encanto rústico en su mueca
Admiro su mordaz cristalería
Me intereso en el cierzo y su madura escuela
Su estilo de desdén y punta seca
Encuentro inesperadas incidencias
Un rastro de palomas en la nieve
Un pañuelo bordado atrapado en el hielo
Voces de niños esponjando el frío
Gaviotas volando entre los copos

## 14. CANTADO
### *Gaviotas en la nieve*

Vuelan las gaviotas
Sin esfuerzo y sin meta
En la nevada

Han venido de lejos
A mirar esta espuma
Tan fascinantemente leve
Como la otra

Van mirándolo todo
Subidas en su vuelo
Como el hombre en sus barcos

Bogan desocupadas
Dejándose llevar
Como los copos

Han venido a acordarse
Con la danza lentísima
De la nieve suspensa
Del día que aprendieron
A volar

## 15. RECITADO

No soy buen militante del invierno
Me mezo en la borrasca
Divago mientras marcho en la columna
No asumo la nevisca hasta los huesos
Duermo la noche de su desembarco
Doblo mi ropa y cuento mis cebollas
Mientras afuera ulula el mundo

Sorbo té miro fotos soñurreo
Dormito en pleno examen de conciencia
Siempre me esperó al término de mis vorágines
La vergüenza de haber sobrevivido
Voy por la vida arrastrando mis vidas
Todas sin desenlace
No tiene fin el árido repaso
Este terco equipaje no me dejará nunca
    libre de manos
                no hay despeñaderos
Y sin embargo vengo aquí yo mismo
A la boca de lobo del invierno
Pastoreando por las soledades
Mi pueblo de tullidos
Acampo a cielo abierto
Tentando el clima menos amistoso
Juro no defenderme contra sus correrías
Que palpe cuanto quiera
Que derroque una a una todas mis jerarquías
Sólo busco unos ojos que desnuden
E ignoren el perdón
No guardaré un secreto
Todo se lo diré a la adusta inclemencia
Con tal que nunca diga te comprendo
Quién me hará confesar hasta la afasia
Quién expondrá hasta el vómito mis trucos
Busco la penitencia del invierno
Pero sé que no soy un invierno yo mismo
Soy de los que no saben
Tallarse un rostro como un mausoleo
Soy de los que no acaban nunca
De alzar un solo mapa de sus brumosos fiordos
De los que no aprendieron a dejar fijo el ojo
Inmóvil en la mira
De los que sólo admiran la nieve y sus cilicios
Porque jamás abrazarán su fe

## 16. CANTADO
*Trío de la extensión nevada*

1ª VOZ

No sabemos cómo ser
Delante de tanta nieve

2ª VOZ

Tanta extensión y tan callada
Y tan segura sin proclama alguna
De su leve blandura

3ª VOZ

Tanta tez delicada
Tan infinitesimalmente frágil
Confïada en su ser
Toda intocable

1ª VOZ

Nosotros somos de otra pasta
Jamás desplegaremos mucho
Un pensamiento de incolor constante
Y hecho para fundirse
Sin transfiguración y sin ganancia

2ª VOZ

Nosotros no sabemos qué sentir
Con nuestro corazón de colorines
Frente a esta blanca intransigencia

1ª VOZ

Nos dan contradictoriamente ganas
De proteger el pálido prodigio
Su desnudez efímera en postura de eterna

Y la imborrable voz de su verdad borrada
Y a la vez de plantarle en medio los zapatos
Marcarla con el hierro
Evidente y deforme de este mundo
Donde sí pasan cosas

3ª VOZ

Pero tú en lo concreto
Pusilánime ánimo de desteñidos tonos
Amagador inconcluyente del cegador Destino
Bien sabes en el fondo
Que aquí el único digno de posarse es el cuervo

17. RECITADO

Tuviera yo ese paso bien parado
Supiera yo cómo suena mi nombre
Pudiera yo vivir emprendedor y alerta
Donde ha dejado de crecer la hierba
Pero nunca fui puro en el amor del triunfo
Nunca pude entender el goce del guerrero
Lo que buscaba en mis expediciones
Era ganar amor no ganarle al amor
No me exaltó la gloria
De haber sido más fuerte que la vida
Siempre quise rendirme
Siempre soñé saltar fuera de la coraza
Siempre mis armas me aterraron más
A mí que a mi enemigo
He dejado de abrir innumerables puertas
Por temor de reinar
Ahora acepto adentrarme en el invierno
Pero no sé escalar la cumbre cristalina

Del deseo abismal de su victoria
Quisiera ser de los que arrastran la batalla
Le llevan siempre un paso de ventaja
Y dejan que las víctimas
Se ocupen de contar las víctimas
Yo me paro a contar y nunca acabo
Mi lucha es forcejeo
Nunca estoy en el cerro de las tácticas
Sino en el llano de los estropicios
En mis avances no veo conquistas
Veo estrago y ofensa
Y mis derrotas no son el martirio
Ni el empujón espantoso a la Nada
Son gravoso tributo duradero

## 18. HABLADO

En el fondo no he acabado de vencer una obnubilación para mirar la ley de los lúcidos. Se me sale de foco, se me nubla, bizqueo tratando de abarcar su contorno, lagrimeo con el esfuerzo de mantener nítidos sus trazos. Veo dónde está la fuerza de esa mirada superior, pero me pongo en su sitio y no es lo mismo. Veo el ojo que ve que todo es nada, y veo lo que ve, y veo cómo se ve. Y aun así no lo entiendo. Sé pensar, en mis buenos o mis malos momentos, eso que piensa el recto inaccesible a la maraña; pero cuando pienso eso no sé qué estoy pensando. De pronto me pregunto dónde estoy, y se desvanece el altísimo aerostato y doy con mis huesos en un minuto patán cualquiera; y siento, ya en tierra, que no estaba en ningún sitio. Cuando estoy asintiendo a la evidencia de que la fuerza lo es todo, que el nombre del deber es Resistencia, que ninguna verdad halaga nunca, sigo rumiando, por supuesto a escondidas, que no se ve la *necesidad* de que ninguno pueda entregarse a la debilidad desenfrenadamente y hecho por el amor invulnerable. Me estoy quieto y soy testigo de cómo el bisturí le abre el vientre a la creencia y muestra que no hay nada, que era ilusión de piel envolviendo su propio hueco, que nada hay compacto sino para una mirada distraída, que toda sustancia está arrojada allí por la fantasía como antídoto del vértigo. Pero soy de raza inferior, sigo irracionalmente necesitando que aquella evidencia me dijera algo en un lenguaje no inventado.

## 19. RECITADO

Bien sé que le hago trampas al invierno
No soy de veras su converso
No entro en su estepa para borrar nada
No quiero con sus bosques acendrados
Desengañarme del frondor siempre movido
Y su poco viril garrulería
No me redime ardientemente
La calavera monda del desierto
De antiguos desvaríos de hortelano
No disipo tinieblas de una carne
Abrazándome a un lúcido esqueleto
Me resisto a la cura
No sé si hay algo sano
Pero rehúyo cortar por lo sano
No estoy aquí para dejar resuelto
Ante el cierzo glacial incorruptible
Cuál mitad de la vida tiene que perecer
No estoy en una cumbre de llegada
Estoy expuesto como un tránsfuga
Sólo vengo al invierno a que no falte
Su disciplina a mi estupor errante
Vengo sólo a restarle un reproche a mi juez
Quiero saber si es una fe
Esta fe que no es mía

Tal vez la fe de nadie
La fe de inencontrables ojos
Que siempre se fue ya cuando llegamos
Dejando un mapa más del nuevo paradero
Quiero verle la cara a la verdad del látigo
Quiero saber de dónde viene
La voz del mandamiento
Sentencia escrita y nunca dicha
Que me diga su nombre
El que hace suya la verdad penitenciaria
Quiero ver en qué gruta sigue aterrorizándonos
La voz del amo cuando el amo ha muerto

## 20. LEÍDO

Un hombre avanza por un dédalo de corredores lisos, geométricos, sin puertas ni ventanas; cada uno desemboca en otro igual, que nunca se sabe si no es alguno ya recorrido; no hay salida, no hay descanso, no hay puntos cardinales. Una voz le adoctrina, brotada de ocultos altavoces inubicables. Le repite disciplinadamente su sentencia. El dédalo es su condena pero es él mismo quien lo suscita. La voz le explica que de esa circularidad está hecho el dédalo. Todo él no consiste sino en la ligadura con que en secreto lo gobierna, modelando sus pasos que así trazan inevitablemente el camino laberíntico. El sentenciado es libre de creer que otros han levantado su prisión o que allí estaba desde siempre. Esto no lo sacará de ella. En realidad todo autor de esos multiplicados tabiques era un relevo en una interminable jerarquía. Por supuesto, no hay jefe responsable. Ni guarda alguna: el sentenciado puede en cualquier momento, con un chasquido de dedos, borrar el ilusorio laberinto. Y plantarse libremente en mitad de la Nada. Al hombre le parece haber pensado alguna vez si no sería la voz misma la que se esfumaría si él se arriesgara a respirar en la verdad que ella prohíbe. Pero debe de ser una falsa impresión, puesto que la voz no calla y es real. Debe de ser impracticable plantear, si el laberinto no es sino sus pasos, y él es entero esa madeja ambulatoria, y la voz es del laberinto, por qué lo dice ella. No está seguro de haberle preguntado en un momento «¿Quién eres?», y en todo caso ella jamás ha contestado. Le tienta el sueño de decirle algún día que si anda en esas imaginaciones está marcando por su lado una senda que ni la voz ni el dédalo sospechan, con la que acaso sin dejarse ver los liga. Pero sabe que una voz no es una oreja.

### 21.  RECITADO

Al fin cedo y desciendo por los páramos
Con las manos ociosas
Y arrastrando los pies
Llevo ya varias vidas obstinándome
Nada me queda que oponer a la sequía
Al fin rindo por hambre mis últimos reductos
Entro a mi vez con reticencia
En el bien ordenado orfanatorio
De los desengañados
Que me habían prometido desde siempre
En el que no creía
Aquí estoy qué hay que hacer
De qué hay que arrepentirse
Qué ilusiones se deben confesar
Dejé mi casa abarrotada de ellas
Las doy de balde ya no sirven
Las que ahora me nazcan las ahogaré en la cuna
Tendré a raya al deseo
Le apretaré el bozal a la emoción
Al fin seré maduro
Al fin sabré tomar con mano firme
El paquete compacto y bien compaginado

De mis derechos y de mis deberes
Sin la risa nerviosa del que sabe
    que en algún sitio tiene aún arrumbado
        sin terminar el texto de la infancia
Al fin podré mirar mi nombre impreso
Sin sentir que hay error y que me callo
Temiendo que alguien me desenmascare
Al fin podré arrancarle un fruto al tiempo
En lugar de esperar que caiga del prodigio
Lo digo en serio invierno
Todo fue nada
Ni yo mismo diría que mi andar fue una ruta
Todo acabó en acidia y arenales
Cómo podré decir que fue veraz la brújula
Que me guió a este mar de sargazos
Ya ves que en tus umbrales deposito
Todas mis pertenencias
Que doy por nulo lo que dejo
Que reconozco que acuñé un metal
Que nunca tuvo curso
No vengo a que mi corazón haga fortuna
Vengo a un exilio cierto
Me despojo de todas mis coronas
Me desuello del halo
Me arranco el tuétano que más me duele
No volveré a mi casa donde gimen
Agonizando de hambre y encerradas
Las numerosas razas de latidos
Que dormían conmigo lamiéndome y mordiéndome
Dejaré que se pudran de moho y redundancia
Mil sueños que dejé en mis alacenas
Y de los que pensé sacar toda la vida
Mi variado aliciente a luminosas cucharadas
Llego sin nada
                    es el exilio
                        ya se sabe

Acato sin chistar su orden condescendiente
Nunca salgo a la calle sin mi traje de espectro
No menciono que tuve una mirada
No pienso qué rumor llevan entre las piernas
Las mujeres que cruzo
Y que sé que no es cierto que anden sueltas
Tengo hecha una gran muesca en mi lujuria
Para escurrir su savia y tenerla en letargo
Hago el amor sin perturbar el aire
Y sólo con las voces femeninas
Que en la radio difunden
Su tono de gamuza y tegumentos
Cuido no se me suba a la cabeza
La cautelosa sangre más que terciada de agua
No le miro las manos a la gente
Ansioso de encontrar una mano con cara
Una mano de amigo
Digo lo que me manden
Digo que hay que pagar
Siempre
Interminablemente
Pagar por los pecados cometidos
Y los pecados omitidos
Por el mal que hemos hecho
Y por el mal que nos han hecho
Pagar pagar sin pausa día y noche
Pagar al levantarse de la cama
  por el lujo suicida de los sueños
Pagar por una hora de inocencia
  en brazos de la brisa
Pagar por el amor
Y pagar por no haberlo merecido
Pagar a pie sentado entre el gentío a solas
En casa en pleno viaje a voces en silencio
Pagar a la llegada y otra vez al salir
Pagar en sangre rota y en carne mutilada

En enconadas púas venenosas
En mudas hecatombes de tiniebla
En deseo esquivado despeñado
En voz en el desierto enloquecida
Y no sólo en dolor
Moneda de oro en llamas
También en precios macilentos
En niebla a largos plazos indigentes
Pagar en desamor
En mirada negada
En respuestas que mueren sin abrirse
Marchitas de desidia
En adicto estupor regateado
En ademán incandescente
Apagado en el fondo del bostezo
En fondos desfalcados por la desafección
Y su incrédulo asno de petulante trote
Que deja nuestra frágil porcelana
Hecha un montón hiriente de filosos añicos
Hay que pagar por todo
Por el derecho a seguir vivo
Por la ocurrencia incontinente
Que tuvieron los padres de traernos al mundo
Por nuestra infancia perdonada
Por la gracia impagable
De no ser asesinados cada día
Y hasta por el favor inmerecido
De al menos permitirnos que paguemos
Desde mi perspectiva dice Simone Weil
Y eso se aplica a cada uno
Desde mi perspectiva sólo tengo deberes
Pero ningún derecho
A la vez que mi prójimo sólo tiene derechos
Pero ningún deber
Tienes razón Simone
Santa Simone iluminada

Mas qué es eso en un mundo donde falta
«La celeste unidad que presupones»
Donde hay escasez crónica de amor
Donde falta la gracia
Tú lo pensabas para un mundo vivo
Un mundo con idioma
Crüel pero inervado
Un mundo donde la barbarie
Desgarraba la carne de la vida
Mas no le dejaría nunca seca
La médula en las vértebras
Un mundo donde resistir
No era parar el tiempo
Era desanudar la pesantez
Donde la Resistencia era el futuro
Tú moriste en olor de Resistencia
En olor de esperanza
Mas qué es eso en un mundo de deberes
Donde el prójimo ha muerto
Puesto que el hombre ha muerto
Según la prensa ha sido ya informada
Cómo pudimos esperar por un momento
Que el amo marcharía dulcemente a su tumba
No muere así el guerrero
Siempre se lleva a alguno por delante
¿Qué abismada nostalgia de la fuerza
Le abrasa la mirada al pensamiento?
Si ha de morir el amo
Muera también el hombre
Suba a su negra pira aristocrática
Produzca al menos una bella llamarada
Mirado así con lucidez con desamor
Mirado en su vergüenza el hombre
Es la viuda del amo
Acaso pueda un día consolarse
De la muerte de Dios

Aun si fue alguna vez su verdadera esposa
Como lo fue temblando el presidente Schreber
Pero nunca de la muerte de su amo
Del que no fue tan sólo esposa
Sino esposa vendida
Sino botín rastrero
Pronto embolsado como una soldada
Pagado a precio de demencia temeraria
Conquistado en la mesa de apuestas de la Muerte
El amo se ha ausentado
Pero no se ha ausentado
El resonante abismo de su ausencia
Quién se atreve a sentarse en su terrible silla
Quién se atreve a comer con su cuchara
A profanar su lecho
Donde ello estaba
                   dice Freud
                           he de estar yo
Pero qué es yo
                   nos lo pregunta él mismo
Donde ello está no hay yo
Ello es ausencia
Donde ello estaba la pira se levanta
Somos su viuda
Sólo subimos a su lecho ya convertidos en ceniza
El yo es un síntoma
Donde ello estaba
Sólo estará su síntoma
La viuda es síntoma
Nunca el ello será viudo del yo
Nunca el destino cegador del amo
Será ser viudo de su esclavo
No hay superhombre
                       ardiente Nietzsche
El ex esclavo abismalmente liberado
No prorrumpe en la danza de las cumbres

Se abalanza al negocio de la trata de negros
En donde el amo estaba no está la libertad
Está su huella calcinada
Está la mesa obscena de los denunciadores
El látigo del amo sin el amo
Dios murió mas no lloremos a sus huérfanos
También ellos murieron a su debido tiempo
Ya no hay esclavos hay cenizas
Estos Fabio que ves despedazados hombres
No son hombres son síntomas
Quién no sabe que el hombre está bien muerto
Pues de qué vida viviría
La vida era del amo se la llevó a su tumba
No hay amo vivo luego nada hay vivo
El amo ya no es carne es forma y hielo
Conocimiento señoril y desolado
Fuerza denunciatoria
Torbellino sin cuerpo que gobierna el polvo
El pensamiento no pondera manda
El pensamiento es fuerte por definición
Dice el Segundo Manifiesto Surrealista
E incapaz de encontrarse nunca en falta
Conocimiento es no ser cómplice del hombre
Es encontrar en falta al hombre
Antes que a la verdad
Verdad es desamor
A un desamor me abrazo ciegamente
A mi verdad convoco a gritos entre el hielo
La verdad de mi falta que es mi verdad sin falta
Me desama el invierno me conoce
Me humilla me envilece me revela
Me avergüenza me pone en evidencia
Me hace evidencia.

## 22. CORO
### *de los Lúcidos*

(SOLO)

Compréndelo amador
Soñabas que corrías a la hoguera
Que querías nacer segundamente

(TUTTI)

No corres tú
Corre la forma quieta que te inventa

(SOLO)

Compréndelo habitante
Sueñas que habitas tú la casa
La habita el Arquitecto

(TUTTI)

No vives tú
Vive la forma muerta que te inventa

(SOLO)

Compréndelo hablador
Sueñas cruzar bogando en las palabras
Quien boga es la Gramática

(TUTTI)

Nunca hablas tú
Habla la forma muda que te inventa

(SOLO)

Compréndelo ignorante
No eres tú quien comprende
Esto que piensas tú compréndelo
Esto que piensas y comprendes

No lo comprendes tú
La comprende la Forma que te empuña
Y no lo sabe nadie

(TUTTI)

Yo que te hablo no lo sé
Yo que te hablo no te hablo no soy yo
Soy la forma vacía que te inventa
Pero nada te digo
Tú me dices

## 23. HABLADO

Calma, recluso, calma. Ya dije que no es eso. Ya ves qué torpe
escarabajo eres, sin cesar intentando escalar tu brizna enana y
sin cesar cayendo bocarriba con un seco ruidito de tu espalda
deleznablemente acorazada. Estás bien atrapado, de qué te ha
servido una vez más borrar, sintiéndote tan ufano, a los escarabajos entomólogos, husmeando en tu renco contoneo el rastro
más que vago de una reptante hermandad de escarabajos llenos,
si vuelve el alfiler que te traspasa, si regresa el viento que se mete
en tu vaina de liviana quitina inhabitada, si se extiende una vez
más la nieve que colma las arrugas de tu mundo y sepulta su
rostro. La voz que te condena a tu noria huera de Sísifo sin
pulpa te espera a cada vuelta de tu distracción. Dos veces clava
tu esfuerzo en la tabla de la impotencia, dos veces atraviesa la
esfera de tu negra piel acartonada: allí donde abre entrada a tu
dolor, y allí donde te lo roba. Sólo por ese doblez te vence, sólo
por ese cerco de reflejos. Pero ve: es tu coraza la que reduplica
la llaga de su trazo, y sólo por eso te rodea su irrisorio cartón
inventado. Hazla a un lado y el golpe único irá a tu hueso. Si
haces tuyo el dolor de tu hueso vuelve a dejar impronta el pie del
tiempo en marcha.

## 24. CANTADO
### *Amor Fati*

Manso en la dura orilla
De su pozo de paz
Aún dolorido en su memoria
De sus locos agónicos galopes
Un hombre escucha
Domado por su historia
La vibración violenta
Que le responde con silencio sólo
Cuando pregunta en un remoto vértigo
Si será esto el grande Amor del sino


## 25. RECITADO

No es nada invierno no he huido
Sigo aquí no te agites soledad
Todo esto son los juegos derrumbados
Bajo el hastío circular del viento
De tus ociosas dunas sin salida
Bien sé en qué cárcel invencible
Pones a tus reclusos
Está hecha de horas
Cada día la ahonda
Recorrerla endurece su cimiento
Pensarla la amuralla
Estoy en ello marco el paso
Ya ves que no he intentado abrir el cofre
Donde tú y yo sabemos
Que tienes el amor depositado
Puedes estar tranquila
No escucharé a mi sangre mi impaciencia
Me sentaré con hambre bajo la suculencia

Y no alzaré mi mano adoctrinada
Me alimento de escarcha y disciplina
En mis andanzas por tu crudo territorio
No llevo ansia y temblor llevo un horario
Donde antes tuve rumorosos pensamientos
He instalado una higiene sin rebabas
Paso sin detenerme a unos centímetros
De la sombra entreabierta donde suena
«Rumor de besos y batir de alas»
No me desvío más
No voy pidiendo citas galantes a la vida
No lanzo mi jauría de miradas
A levantar la pieza mayor de la hermosura
Toda la adversidad la bautizo castigo
A todo mi despojo llamo precio
Toda esta sed proclamo que es justicia
Es hora de pagar
Me detengo me entrego me someto
Presento mis muñecas a la proba inclemencia
No voy por el invierno me lleva su cadena
Su justo viento helado me pone en mi lugar
La Negación me da mi merecido
Entro en la paz del convicto y confeso
Invierno invierno
            laborioso pedagogo
¿Era esto pues lo que se me pedía?
¿Terminó ya el espanto puedo ya presentarme?
¿Soy ya acogido?
No negarás que traje mi osamenta
A tu celoso campo de reeducación
Pero ahora tú mismo te distraes
Tienes ya pájaros y desfallecimientos
Te crujen ya tus hielos
Cruje el cristal sin peso de la Forma
Para qué proseguir cuando llegue el deshielo
Estudiando mi error y tu doctrina

De cualquier modo hay que volver
Se vuelve siempre mientras quede vida
Vuelve hasta el mismo forajido
Viene a merodear
Viene a escondidas a probar a solas
Con su vieja cuchara manchada de arenillas
Las mieles que desprecia
O viene airado a romper más las puertas
Que sabe que le siguen encerrando
Nadie se va de veras para siempre
Aunque algunos se alejen
Nadie borra el redil
Nadie está nunca más allá del hombre
Después de la batalla los guerreros comen
Comen el alimento del redil
Comen trozos domados por el fuego de todos
Comen si no están muertos
Sólo el muerto se cierne más allá
Sólo el muerto es el amo
Después que se ha llevado el lenguaje a los páramos
Y allí lo ha degollado
Le ha sacado las tripas a su vida
Y ha visto que eran muerte
El duro predador de certidumbres
Regresa también él
Viene a decírnoslo
Si no está muerto
Con las palabras que comemos cada día
Solamente los muertos ayunan de lenguaje
Sólo los muertos callan
Podría yo decir un día
Que «senté a la Belleza en mis rodillas
—Y encontré que es amarga —Y la injurié»
Y para hablaros de esa injuria
No encontrar un lenguaje
Sino el de la Belleza

Nadie está más allá
La disputa del amo
Dueño del otro
La disputa del amo de la verdad del otro
Es la disputa de los muertos
Los vivos vuelan de otro modo
Con otra libertad
Con otra servidumbre
La Muerte es de los muertos
Por ellos vive entre nosotros
Por ellos somos hombres
Pero no por aquel que entre nosotros
Agita su bandera
Ése quiere embolsarse nuestra vida
Con el poder del amo el poder de la Muerte
Con el saber del amo el saber de la Muerte
Ya lo dije no es eso
Hay que pensar por fin dentro del tiempo
Hay que empezar de nuevo
El año no me suelta todavía
Pero tengo que hacer que suelte mi mirada
Debo intentar mirar esto que estoy diciendo
En el instante en que lo estoy mirando
Sin que enmudezca bajo la mirada
Lo que queda de invierno será escucha
Soledad resonante de gorjeos
Presente sin murallas hundido en la corriente
Voz suelta por el tiempo
Abrazado al invierno no hay salida
Ir hacia la salida es volver a ser reo
Es dejarme engañar de nuevo por mi sangre
Por mi verde impaciencia
No seré nunca presentable
    donde sólo la ausencia se presenta
Siempre caerá al vacío esta locura
De hacer mi abrigo del invierno

De buscar la mirada de amor del desamor
De querer que la muerte
Deje un beso en la frente de mi vida
Es otro mi cuidado
Otro mi riesgo otra mi pérdida
No será haber guardado
El calor de mi sangre entre las nieves
Y no haber empujado el hielo por mis venas
Lo que ha de hacerme indigno
De respirar la primavera cuando llegue
Fue en el curso del tiempo donde me extravïé
Dónde sino en el tiempo me podría encontrar
Pedirle amor al tiempo es otro riesgo
El abrazo del tiempo es otra historia
Es historia que sigue en el camino
Que viene con su hombre por el tiempo
Es mi historia con olas en mis playas
Que son las olas de hace mil kilómetros
Amorío del tiempo con mis días
Historia compañera
Historia que no es amo
Ningún dique es el amo de las aguas
También pasa el invierno
Hasta la misma soledad es remontable
Bajo el hielo mi vida es aún navegable
Hay que empezar de nuevo
Tengo que relatarme una vez más mi historia
Para escucharla allí donde estoy relatándola
Hay que empezar de nuevo por los pájaros
A pesar de su sangre su impaciencia
Volver a recorrer las sendas del invierno
Sin poner tercamente su hielo en mi mirada
Nunca seré un invierno
Donde el invierno estaba no estaré nunca yo
No puedo estar donde no esté conmigo
    esta sangre caliente

Donde estoy con mi sangre
Siempre se quedará afuera el invierno
Allá afuera lo escucho
Allá afuera me espera su aventura
Allá me hablan sus pájaros
No hay remedio exiliado
En pleno exilio escuchas
Siempre echas hojas mientras quede vida
En las más abrumadas y más llovidas tardes
Te estás tras tu pared de solitario
Pero mirando por una ventana

## 26. ESCANDIDO
*Solitario mirando por la ventana*

Tarde abúlica de llovizna y bruma
el día se va a la cama sin haber dado golpe
los árboles se arman de paciencia
siempre apoyados en el mismo pie
el aire se aspira y espira a sí mismo con fatiga
las luces de los autos se enternecen
formando y deshaciendo cadenciosas figuras
como queriendo hacer una belleza
por los cien ojos rasgados
todos ellos en blanco
de sus reflejos diluidos
el suelo alza hacia el cielo
sus cien miradas ciegas
nadie llegará nunca ni en mil años
hasta las lucecitas remotas de los cerros
que callan resignadas anidando en un humo
el tiempo lo pospone todo
el presente le da todo a la paciencia
hoy no cuenta

la vida se queda ociosa con el rostro chorreando
las horas dejan pasar las horas
pero no hay que cerrar la espera
todos los días cuentan
este rostro del mundo es rostro verdadero
es real su pasión de irrealidad
su lasitud de todo nos persuade no nos disuade
no hay que cerrar la cuenta
no hay que dejarse disuadir de dejarse persuadir
soledad no me disuadas
soledad divinidad desmantelada
diosa-perra-sarnosa
de mirada encharcada de brumas y lloviznas
no es la vida lo que borra tu bostezo lacrimoso
sino tus propios ojos repudiados
anciana herida y culpable persuádete
déjame ser amigo de esta tarde taciturna
hay una dicha musitadora tras la bruma
el mundo ve visiones en su penumbra recluida
hay roces de llorosas mejillas refrescantes
entre los tallos en los pálidos jardines
hay mucha alma con los ojos bajos en el vaho
hay mucho peso vivo en el húmedo abandono
soledad no seas envidiosa
somos tú y yo los que no conducimos a nada
es nuestro lazo agrio el que es mentira
bajo la lluvia apagada y tenaz el mundo boga
barco fantasma que deja una estela narcótica
y llama a la añoranza con voces de sirena
soledad anunciadora de desgracias
no me tengas aquí haciendo tu tarea inventada
tu rasposo ganchillo para matar el ocio
para matar el tiempo para matar el nacimiento
no me dejes perder esta cita intrigante
esta hora empapada de rezumante tiempo
estos labios de agua donde besar los adioses

este rostro del mundo velado y persuasivo
sé que me harás volver que tú eres la más fuerte
pero no me hagas decir que mientras me recluyes
no pasa nada

## 27. RECITADO

Reanudemos la marcha
Volvamos a tomar el paso acompasado
Que se deja empujar por la cadencia
Y va dormido entre sus brazos
Pongamos nuevamente en movimiento
Los sepultados émbolos cordiales del lenguaje
Su densa danza vertebrada
Su vaivén corpulento
Su columpio que induce un apacible trance
Sobre su lomo avanzo a la aventura
Mecido en su pueril tranco incansable
Su paso de jamelgo para camino largo
Su penduleo que hipnotiza el tiempo
Quiero un lenguaje así que piense al paso
Que me dé una verdad probada por su pulso
Que diga con sus curvas y sus ondas
Que me llene las manos
Con la forma del bulto no la forma del hueco
Quiero ver en mi vida
Una verdad que es gesto toda ella
Entender su lenguaje como se entiende un cuerpo
Quiero ver con el tacto del oído
Busco un saber que no es correcto o falso
Sino latido o jaula armada
Busco saber con la imantada
    sabiduría de la melodía
De qué me ha de servir puesto en esta ribera

Nombrar mi vida y ya no verla
Tener su cifra exacta y las manos vacías
El nombre que le busco
Es para oír en él lo que me dijo
No lo que yo me digo con el nombre
Quiero un lenguaje que es todo él escucha
Que jamás hace oír otra respuesta
Que un modo de pregunta
Tengo que remontarme por mi vida
Sin pisar sus preguntas
Recorrer sus praderas tachonadas
De esas vivas corolas sensitivas
Sin instaurar un blanco invierno reductivo
Que cauterice sus heridas rojas
Tengo que ver por dónde anduve
Renunciando a los mapas
No anduve por un mapa
No tiene mapa el tiempo
Lo más difícil no es trazar el punto
Sino decir qué es lo que vive en él
Lo que entra por allí cuando algo entra
Lo que allí se ha perdido cuando es punto final
Necesito perderme del todo en mi lenguaje
Esperar su marea que me deje sumido
En las palabras hasta las orejas
Ahogarme en su oleaje y su deriva
Necesito un lenguaje en que embarcarme
Que me lleve con él
Que no me deje aquí sabiendo y separado
Quiero saber estando
Quiero llegar a sitios metido en las palabras
Como viajaba antes de haber palabras
En el sonoro vientre de mi madre
Estar allá con ellas
Donde habita el suceso suspendido
Encallado en el tiempo

Esperando la ola que lo ponga a flote
Inundar de lenguaje mis islotes
Ir y venir entre ellos llevado en las corrientes
Poner mi mano allí
Donde en un tiempo me fui de mis manos
No encontrar lo perdido
Ver la mirada de quien lo perdió
Encontrarme en la pérdida
Presenciar el momento de la ausencia
Estar donde mi historia se dice su pregunta
Qué fue ello
Qué pasó de verdad
Cuando pasó lo que juzgando borro
Qué fue de veras aquel día
Que llamo el día de mi herida
Qué se dijo en mi voz
Qué es lo que queda siempre sin nombrar
Tras el curso impulsivo de las aguas


## 28. CANTADO
### *Canción sin nombrar*

Lo que habla en la frescura amiguera del aire
Y hace guiños jovial en las banderas
Lo que en el golfo vegetal me dice
Que soy hijo hasta el límite del cielo
Lo que de pronto hace presente
La hondura luminosa del espacio
Donde cruzan sus vuelos los sonidos
Lo que en su seno adensa una región del aire
Cuando unos pocos traban sus palabras
Convergen unos hacia otros
Hacen un cerco de gravitación
Caldero alentador donde volcar lenguajes

Revolviendo heteróclitos botines
Lo que tenía siempre abierto
Un horizonte claro y en espera
Donde intentar de todo hacer figura
Lo que nos empujaba limpiamente
A traer nuestra cara a la sala de todos
Lo que nos daba días y más días
En cuyos recorridos
Todo era emparentarse

## 29. PENSADO

(Vas bien, poeta, siempre más allá, no más acá del argumento.
Jamás pidiéndole perdón a tu propio andamio. Y a la vez sin
tener que poner de espaldas tu lenguaje para que no nos alcance nunca la teoría.)

## 30. RECITADO

Vuelvo a salir a mi frugal paseo
De nómada convaleciente
Atesorando briznas y rincones
Buscando sitios y silencios
Donde ahora es consuelo
Lo que antes era intensidad zumbante
Veo moverse poco a poco el tiempo
Frente al distanciamiento curioso de estos ojos
Que aún no son ciudadanos del presente
Veo que empiezan a ganar los pájaros
Sus gritos rayan ya por todas partes
El cristal del invierno
Están ya afuera atareados todo el día

Extendiendo su orden sin importarles nada
Tejiendo su tejido entre las mallas
De los otros innúmeros tejidos
Y a pesar de su sangre su impaciencia
A pesar de su ímpetu obcecado
No ganan destejiendo
Sus picos muerden donde pueden
Tironean de bordes esquinas hebras sueltas
Pero cunde el tejido
Sus chillidos airados
Se sumen en la lúcida piscina del espacio
Se propagan mecidos
Y llegan a mi oído hechos ya canto
¿Y nosotros invierno quebrantado
Nosotros inclemencia empedernida
Tendremos que seguir diciendo
Que es mentira su canto?
¿Estás segura lucidez
Filoso hielo estás seguro
De que el pájaro siempre
Irremediablemente necesariamente
Está tan sólo allá
Todo él donde su grito brota
De la fuente violenta de su ferocidad
Daga colérica que rasga el cielo
Como un buche más grande más tierno y más expuesto
Y nunca en ningún modo aquí
Donde su canto hace de luz el aire
Donde sus voces alzan numerosas
La columnata diáfana del día?
¿Es seguro implacable invierno
Que el pájaro se oye en su garganta agria
Que su oído no vuela
Que allí donde yo oigo su belleza
Él sólo escucha su sordera?
¿Sabes de cierto austero frío

Que conoces las voces verdaderas
Porque no escuchas lo que tu oído oye
Porque no eres su cómplice
Porque aquí te haces sordo
Para escuchar allá
Donde no hay voz para tu oído?
¿Sabes bien y del todo pensamiento
Que entre el oído y la garganta
No media un aire azul denso de sol?
Qué haremos de ese peso
Qué haremos de eso que se está diciendo
Que está dejando huella verdadera
Que ocupa su volumen en el tiempo
Cómo negar que existe el sitio
Que sucede el momento
Donde este cruce de chillidos en el aire
No es ciega dispersión de impulsos propagados
Es lenguaje centrado
Es cifra que da un polo a la vorágine
Idioma para un sitio habla para una escucha
Orden tramado en una luz abierta
Donde labra sus rumbos la mirada
Ábrete invierno
Deja fundirse un punto en tu cogollo helado
Ponte en mi sitio
Ven a escuchar desde este puesto caldeado
Desde el espeso centro del suceso
Verás nacer la música
Oirás hablar al pájaro
Lo que aquí dicen para mí sus voces
No es lo mismo que dicen para nadie
No es lo que tú me enseñas
Que calla su mudez para una ausencia
Allá donde me dice tu escarchada doctrina
Que la verdad del canto no ha cantado nunca
Que el nombre de la rosa no da aroma

«Idea misma y pura
De todo ramo ausente»
No es la mudez gloriosa del decir
La «desaparición elocutoria» incorruptible
Hueco inmortal a salvo del transcurso
No es eso lo que dicen para mí sus voces
Pero lo dicen
En mi sitio lo dicen
Y ningún aire muerto del invierno
Es bastante vacío
Para borrar mi sitio y lo que en él se dice

## 31. HABLADO

Siempre escuché con un oído inundado de sangre y de impaciencia. De algo tuvo que estar inundado si había de escuchar: de aire, de sus propios huesecillos, de su carne opaca, de tejidos lerdos. Nadie oye nada en el vacío; es más, en el vacío nada suena. Inútil intentar poner donde vibra el sonido directamente la oreja, el tímpano, el martillo, el yunque, la clóquea, el nervio mismo: siempre habrá un espesor intermediario del que nunca se fiará la desconfianza. Inútil también intentar extraer todo ese magma intercalado: lo que entonces lo ensordece todo es el estruendo de la succionadora. Y el vacío absoluto, ya se sabe, es más ilusorio que el deleite ilusorio de la melodía. Mientras tanto el oído boga tranquilamente en el mar ondeante de sonidos, oyendo en el temblor del magma la suma de la ondulación del magma y de la ondulación nacida en la otra orilla, todo ello sumado espesamente en la ondulación del caldo de su propia sangre. Oye latir su sangre y dentro de ese retumbo oye el latir del vasto aire en cuyo seno late su latido. Oye incluso la complicada palabrería de la desconfianza, que sigue hablando enmelcochada en la vibrátil telaraña. Su refinamiento es tanto,

que sabe oír en el grueso lastre pulsátil del compás de las sílabas
la pura onda ingrávida del pensamiento.

## 32. RECITADO

Piensa pues
        deportado
Piensa despacio consumiendo tiempo
Haz del paso del tiempo el cuerpo de tu idea
Mira el rostro del tiempo de tu vida
Mírate cómo vas por el lenguaje
Navegando subido en su materia
Pacientemente hablando con su estela
Ni eterna ni instantánea
Que hierve sobre un móvil tiempo humano
Haciendo señas mientras das bandazos
Haciendo líneas con la duración
Poniendo huellas en su amasamiento
Y con ese lenguaje hecho de mundo y tiempo
Que construye paciente la impaciencia
Espesa de tu sangre
Y que por eso habla
Que no por eso es peso mudo
Tiempo insensato
Sino que es como mano hecha de carne
Y que explora la carne
Sin confundir su exploración con lo explorado
Porque una limpia partición
Irremontablemente
Reparte las vertientes de los tactos
Con ese pertinaz lenguaje
Evadido por fin del clausurado invierno
De su aire de mica congelada

De su nieve que pone en blanco al tiempo
De la dura anquilosis de sus hielos
Vuelve a hacer tus preguntas
Vuelve a mirar atrás sin detener la marcha
Y tú cerrado invierno
Muestra por fin tu rostro aureolado
Déjame ver mientras me hablas
Los refinados labios que pronuncian
Déjame respirar con tu enseñanza
El delicado aliento en que la exhalas
Admirar tu figura renegada
Creer en lo que en mí causan tus pájaros
No eres mi amo eres mi presa
Te acecha mi deseo
Soy peor que el esclavo respondón
Soy el vasallo que no mira al suelo
Que le mira los ojos a su reina
Y que sorprende turbadoramente
Su carne su temblor su herida
Su pertenencia a la mirada
Por debajo del límite
Con que la Muerte acota lo intocable
No he de salvarme del invierno
Purgando en su dogmática mi vida
No salva del infierno un purgatorio
El purgatorio es el infierno
El precio de la mácula es la mácula
El castigo es la culpa
La confesión construye la doctrina
No abdico en el invierno no le entrego mi vida
Desgarrar su belleza no es haber comprendido
Nada pueden decirme los inviernos
Si no viven conmigo
Hablamos enredados en el tiempo
No lo escucho en su ausencia
Lo escucha recorriéndolo

Pesando en él
Hurgando por su cuerpo con miradas
En marcha por mi vida y por su vida
Tropezando mis hombros con los suyos
Echarme a andar no es evadirme
Si el invierno no es cárcel si es camino
Si no tengo que ser el amo de la vida
Para no ser su esclavo
Qué pasaría tieso invierno
Si una vez me negara a confesar
Si mandara al demonio la autocrítica
    que has instilado en mí
Por una vez marchando libre
Desnudo de polémica
Y si por una vez no ayudara a fundar
El poder que me ahoga
Disputándole un sitio y así reconociéndolo
Tiranía intangible
Qué pasa si por una vez me evado
Saco de tu tablero mi jugada
Dejo deshabitadas mis justificaciones
No te contesto ni siquiera te hablo
Te dejo hablando sola
Sin que puedas usarme ya para existir
Es verdad que he vagado
Que he andado por ahí más de una vez
Sin ir a ningún sitio
Sin pisar masallases
Añorando el redil cuando me iba
Tirando al monte cuando estaba dentro
Lejos del centro sin ser más que el centro
Sin querer invertir los puntos cardinales
Sin arrastrar el centro hacia mi orilla
Perdido en las orillas por amor de la orilla
Pero qué pasa si de pronto digo
Que es válido ese riesgo

Que no sólo se atreve
Aquel que hiende mortalmente el tiempo
Abriendo en él de un tajo
El victorioso abismo de la Ausencia
Que va también sin red sobre el despeñadero
El que vive desnudo en el fluir indómito
Y apuesta sin figuras y sin ases
A ganar el amor del borrascoso tiempo
Y no vence el peligro de los días
Con el peligro heroico
Que da poder sobre los días
Ni quiere ser el primogénito
De ningún impecable Nuevo Orden
Ni ser el hijo coronado
De Su Alteza la Muerte
Ni reconocerá otra madre
Que la santa emoción
Diosa esencial y vagabunda
De innúmeros altares raudos
Limpia de dogma e indomiciliada
Diosa de los encuentros y la terca ilusión
Diosa de las visiones inservibles

## 33.  PROSA CANTADA

Eso, eso, el tesoro sin curso, sin aplauso y sin mérito, el perpetuo oleaje de subyugantes sabores con el que me revuelco apasionado en nuestro oscuro encierro, que no habrá sido nada
cuando el manar incontenible de su palabrería soberana se disipe conmigo, sin rastro y sin sitio en el tiempo como el sonoro
amor que oye el amante y que no sobrevive a su indecible escucha, la cegadora luz que no reflejan los espejos y la cáustica
música de la que no da prueba un eco: el precio de la vida, impagable, incomprable, el loco amor que me ata al tiempo, que

nunca nada fundará ni nadie podrá usar, que me hace sagrado
inútilmente e inaceptablemente no me justifica.


## 34. RECITADO

Qué es un descenso más
Qué te cuesta aterrado carcelero
Dejarme zambullirme
Puesto que no he de desertar
Puesto que he de seguir aquí a la vez
Puesto que del pasado
Nada podré traer
Que amenace o subvierta tus deberes
Puesto que toda acción es tuya
Puesto que la añoranza es sin doctrina
Viajar al paraíso del pasado
Es un descenso a los Infiernos
A un Infierno perdido turbiamente añorado
Toda Eurídice llama hacia un averno
Y todo averno un día ha raptado una Eurídice
Me doy la vuelta y hacia atrás avanzo
Llamando nombres inseguros
Escuchando el retumbo de mi voz
En lóbregas cavernas
No sé a quién preguntando si me oye
(«¿Me oyes conciencia?» susurraba
Casi ya al otro lado de la Muerte
La voz de Juan Ramón Jiménez
Aún con su tono intacto
Donde vibraba una carnosa ganga)
¿Me escuchas pues viviente olvido
Pródigo continente a la deriva
Perdida Atlántida salvada a solas
Envidiada república pletórica

De infatigables figurillas
Risibles y chillonas inolvidablemente
Cuya entrada nos vedan los espejos
Subterránea nación de bellas larvas
Bullente antimateria en su antitiempo?
No conjuro a tus muertos
No vayas a mandarme tus fantasmas
Aquí quiero vivir
Sólo quiero el latido
Sólo quiero ganarte lo que me pertenece
En esta quieta búsqueda
Nadie interroga sino el estupor
No parto hacia un examen
Parto a una palpación
No quiero conocerte sino olfatearte
No me des la verdad la fórmula la clave
No me digas tu nombre
Regálame el secreto sin nombrarlo
No pongas en mi boca
Una palabra dura como una mordaza
No te quiero nombrable
Te quiero adivinable en las palabras
Quiero seguir hablando de otra cosa
Mientras mi habla te ronda y te enamora
No te quiero apresada en las palabras
Quiero que corras libre en medio de ellas
Quiero siempre tener
La casa del lenguaje con la puerta abierta
Sé tú mientras te hablo
No te hagas una estatua de pronunciado mármol
Pero responde
Sonríe haz una seña vuelve acá la mirada
No te sometas nunca a mi lenguaje
Pero deslúmbralo
Imántalo de lejos
Deja que vuelva de su errante oteo

Inmutado de haberte vislumbrado
Así salgo a la búsqueda
Así me dejo hundir bajo las aguas
Desde la solitaria barquichuela
Que aquí se bambolea en el frío presente
Así empiezo esta página
Que se echa a andar sin rumbo a la caza de un rumbo
Interrogando a lo que salga al paso
Preguntando al azar
Hablándole al azar en cuyo puño
Se cruzan todos los caminos
Quién ha visto a mi madre
Quién me dirá hacia dónde
Desvió la Diosa su mirada
Donde se hizo visible mi vida nunca vista
Dónde dejó de seguirme la Atenta
La ocupada de mí desde otro mundo
En cuyas manos dejaba yo segura
Toda mi impedimenta
Y cuidaba mi ropa
A la orilla de todos mis torrentes
Tampoco esta otra madre
Sin otro cuerpo que el amor del día
Me dejó presenciar su desaparición
También ella esperó que no mirase
Para dejarme solo sin martirio ni adioses
Odiando el rato placentero
Que me dejó perderla
Envenenando todos mis aflojamientos
Poniendo para siempre mis descansos
Entre los pétreos dientes de la culpa
Hasta llegar a este desamorado invierno
En que sentí sobre mi rostro
Más oscuro y glacial
Que el sobrecogedor «soplo del ala
    de la imbecilidad»

El excitante cierzo de la Negación
La tentación consoladora
De hacerme por fin hijo de la Culpa
Que desde siempre me ha tenido hecha
Su infatigable oferta de segura tutela
Renegar de la diosa olvidadiza
Buscar mi paz en la guerra triunfante
Confesar con alivio mis errores
Para pasar del lado de los jueces
Pero cómo curarme de su voz
Entretejida en todas mis saludes
Cómo vivir sin ella sino para buscarla
Cómo darme a estos amos malolientes
Con los que un día insobornable
Le juré y me juró no pactar nunca
Aquí estoy otra vez en los caminos
Nunca dejé de erguir la oreja
Sudando bajo el fardo
O atendiendo a compuestas escenas deferentes
Siempre he estado pendiente de una seña
Esperando la vuelta de un culto erradicado
Sin decir nada mas todo yo pregunta
Cómo era aquello
Cómo era vivir con el alma besada


## 35. CANTADO
### Sin descanso


El día entero el corazón tirando
Con fatiga y febril de su cadena
El día entero su vacía desmesura
Anhelando sin paz y con el juicio en ruinas
Por el viejo aire usado que por doquier esconde
Los velados fulgores de la muerte

El día entero acompañando
A este extraño agitado y estorboso
Esperando algún signo en su ir y venir
Que me diga qué busca en este mundo
Que su eterno jadeo hace tan triste
El inútil saqueo
    gigantesco
Con que todo lo estraga su deseo
Fuerza sin fondo que jamás vio una luz
Impenetrable a todos los lenguajes


## 36. RECITADO

Mil días me miró una Madre Divina
Mil días fui el huésped de unos Ojos
¿Me recuerdas aún en tu traición
Diosa desimantada?
¿Saben tus dioses que aún me arrastro
Entre la doble fila de sus espaldas vueltas?
No sé cómo llegué a tus brazos
Cuando ya no hubo brazos que hasta ti me llevaran
Ni cómo pude tantos años
Tener la dispersión de tu luz embalsada
Una vida después también tú me abandonas
Voy sin ti por las márgenes buscando mis pedazos
Quemado en el deseo de saber ahora
Lo que no sé si supe entonces
Saber al menos si lo supe
Pues acaso no tuve que saberlo
Mas tengo ahora que haberlo sabido
Tengo que oír lo que mi vida dijo
En un lugar distinto de donde ella lo oía
Como escucho a los pájaros en este albor del año
Heraldos sin saberlo pero no sin quererlo
Tengo que oír mi vida que pía en su tumulto

Y oír allí una lengua
En su flujo fugaz de lengua viva
En su querer decir incondensable
Abrazar su verdad sin extraerla
Sin convertirla en perdurable hueso
Desleal a su pulpa putrescible
Lo que derretirá mis hielos
No es saber lo que fue
Sino ver cómo fue
Ver cómo fue vivir del todo en un abrazo
Y enteramente libre
Y sin soberbia ni venganza
Correr bajo los puentes de este mundo
Siempre bajo las olas de los días
Tan locamente el corazón despatarrado
Y punzado también
Con tristezas también por aureola
Todo lo tengo que robar de nuevo
También la pesadumbre y su aromada brasa
Los taciturnos páramos el hastío con nubes
Y esta nostalgia universal de náufrago
Sentir a qué sabía en las mañanas
La irradiación en el volumen fresco
De la terca tibieza de la sangre
A qué olía el deseo chamuscado
En una ardiente desesperación
De agotador verano
Saber cómo sonaba una canción de otoño


## 37. CANTADO
### *Canción de otoño*

Desperdigados pájaros ociosos
A pie por la lodosa hierba

En la que el día gris
Deposita en silencio
Un leve sedimento de luz turbia
Tan tenue dicha interminablemente
Ahora que no nos mira el mudo cielo
Y sólo ahora lo sabemos
Por un rato apeados del estruendo
A estirar nuestros miembros a aclarar los pulmones

En el ligero frío liso
Sin cenit y sin hora
En el lago de tiempo redimidos
Por un rato seguros de que un día
Ya curados por fin de esta torpeza
Para soltar los bultos
Que la avidez abraza
Empujando al deseo entristecido
Un día oscuro y frío
De tenue conmoción interminable
Bajo un cielo borroso de igualadas horas
Volveremos a casa


38. RECITADO

Sal a la liza envidiosa condena
Me arrojo de cabeza sobre tus pretiles
Me precipito al fondo
Dejo caer todo mi peso inerme
En el desprestigiado pozo en ruinas
De la nostalgia de imposibles ojos
No renuncio ya a nada
Todo lo que ha sido mío es mío
Todas mis agobiantes trashumancias
Perdido de avidez y de no pertenencia

Todo el metódico descorazonamiento
Mi sorda espera mi hosca delicadeza
Y este amor asfixiante de la vida
Que me impide vivir
Nada de eso está muerto
La prohibición no mata desfigura
Con todo ello hablo
Todo vuelve a ser mío si me atrevo
 a no tomar en serio sus disfraces
A mencionar su amor contradiciendo al miedo
Lo proclamo en voz alta
La vida siempre ha estado ahí
Festejando a ojos vista
Entregada a sus dramas sin ningún disimulo
Impúdica impecablemente
No menos bella e imborrable
Cuando no me hace caso
Siempre he seguido siendo su mirón
Espiando su belleza mal tapada
Sus abrazos con otros sus dones prodigados
Su emocionante tenebrosidad
Su risa inapropiable sus sofocos
Su gracia de inspirada ineducable
Fascinadora apasionada e inconstante
Puta adorada
Indomable hechicera
La incorruptible que jamás se deja
 imponer juramentos
Siempre fui su *voyeur* cuando no fui su amante
No es verdad que jamás la perdiese de vista
Nunca estuve de veras del lado de sus jueces
Sé que está aquí muy cerca ahora mismo
Sólo una frágil lámina de hielo amenazado
Me separa del viento de sus alas
Confesaré a qué sabe su ausencia
Más que a la amarga náusea de su olvido

Sabe al asombro de que fuese mía
Cuesta creer que fuese yo aquel mismo
Que medía la anchura del presente
Con las claras zancadas animosas
De los descubridores de islas vírgenes
Yo aquel que tuvo siempre
Todas sus barcas sin amarras
El que lo esperó todo del deseo
El que jamás regateó una hora
A las ensoñaciones manirrotas
El soñador incorruptible
El santo niño iluminado

## 39. NARRADO

Había claramente una proliferación indefinible de sociedades secretas. De veras secretas, innombrables, indiagramables, indemostrables. La vastedad humana estaba recorrida por corrientes, empujes, condensaciones, estrías desflecadas, capas superpuestas de temperaturas varias, filamentos de sutiles sabores, traslúcidos islotes de diluidos bordes flotando a la deriva. Todo lo demás era opresión y esquema. Íbamos de filiación en filiación inasible intercambiando señales perfectamente desautorizables, descifrando siempre clandestinamente, ignorando entusiastas la falta de razones. Había por ejemplo reencuentros con algún otro extraviado del corral ya derruido de la infancia, azorado como uno en este o el otro vericueto de la nueva áspera diáspora de los adultos tan inconfesadamente incomprensible. Por fin unos ojos puestos a un lado nuestro, cerca o lejos, pero no enfrente acechándonos y tapando el mundo. Tantas verificaciones rápidamente intercambiadas bajo cuerda, tanto tácito cotejo de perspectivas, de itinerarios, de huellas, incluso confundiendo un poco el alivio de que fuera atestiguable aquel mundo en el que habíamos dado con la jactancia de hacernos suyos.

Había también la logia invisible de *los habitados*, hábiles en reconocer en seguida el gesto esquivo de los que llevan por el mundo, como un fatigoso pariente forastero, una visión; expertos con humor en la farsa altisonante; leales a los muertos y alegremente maternales en el mimo y cobijo del aura de los vivos. Había aquella urgencia de sacar por los ojos toda la sonrisa en reuniones de precio siempre tácito: navidades caldeadas y capitosas en la gruta de brillos a presión, efusión de enérgica pureza de una luz de bengala en la gran noche fría; o abrazos al término de las etapas, descargándonos del peso de la distancia en leves salas claras, llegados como largos afluentes a un remanso donde giran aún despacio nuestras aguas removiendo la frescura del confortable amor que esperándonos se asentaba; o nerviosas pausas a mitad de excursiones deslumbradas, en torno a irrepetibles platos o tazas humeantes o a vasos escarchados, queriendo regalar excitación unos a otros, con todas las palabras bailándonos en la garganta, exultantes de haber visto juntos la belleza del mundo hermanadora. Había la instantánea fundación de un reino misterioso por la inflexión imperceptiblemente doblegada en la voz de una mujer puesta por fin en foco, toda su peculiar temperatura súbitamente adivinada y la veloz familiaridad con los más extraños y espesos jugos de su vida. Había innumerables pertenencias, vastas, locales, pedestres, imaginarias, comunidades de una luz del intelecto o de un sentimental hábito alimenticio, las inqueridas de las raíces y las soñadas de los florecimientos anhelados, parentescos con antiguos muertos de los que sólo unos cuantos rasguños conocemos o con estorbosos compañeros que han dormido obtusamente a nuestro lado, filiaciones con seres adorados, compadecidos, alentados, prometidos, enriquecedores o enriquecibles, inolvidables o fieles, hermanados por la historia o la invención o la nostalgia, unidos por equivalencias en el sufrimiento o por la larga atención o la complicidad en impresentables ilusiones o por el puro deleite de la especie. Y todo ello de mano a mano, de boca a boca, sin constancia oficial, por intercambio de calor sin mediador autorizado, sin tener que poner en medio y arriba para hablarnos la vigilancia de una idea, una proclama, la tiranía de un sistema o de una patria, un amo que nos conceda la palabra para que la creamos fundada, la inquisición que nos mutile para encajarnos, definidos por la delación y la sospecha, en su impecable, su implacable sistema de feroz evidencia.

## 40. RECITADO

Así fui hoja de incontables vientos
Así viví en innúmeras anónimas familias
Bellas comunidades de amor de veras libre
Amor inapropiado todo él de cada uno
Cofre sin fondo de tesoro ingastable
Con el que nunca se quitaba a otro
Lo que a mí se me daba
Y en una geografía en movimiento
Fui feliz peregrino inaccesible
    hasta el fin a la envidia y a la militancia
Nunca dije nosotros sin que al punto
Alguna voz en mí gritara ¡ellos!
Tuve todas las patrias verdaderas
Las únicas que dejan a sus hijos
Dueños de todo su peligro
Las que no los protegen de otras patrias
De otros amores de otros sueños
Ni por su bien los curan de sí mismos
Ni los alivian de la enormidad
De su potencia toda ella intacta
Regalada mil veces o prestada
Mas delegada nunca
No fue ese vasto arraigo lo que me faltó
Por todas partes oigo las voces de los míos
Pero una y otra vez he tomado senderos

En los que iba dejando rezagarse
Uno tras otro todos mis amores
Un día ya no fui el Predilecto
El Seductor desenfadado del destino
El bienamado de la madre Vida
Eximido de pruebas y de méritos
El que era sostenido en alto
Por la gracia del giro de los días
Ya no pude ser fiel sin tragarme la agrura
Ya no fue fácil rematar agravios
Fue preciso salir por las mañanas
Bajo los más desapacibles climas
En los que tuve que reconocerme

### 41. CANTADO
*Oh agria fidelidad*

Bajo este viento frío impertinente
Que refunfuña a soplos grises sus agravios
Desatento y confuso
Una desapacible lealtad
Siento vivir aún en mí
Diáfana y presa como fuente helada

Tiene razón la necedad del viento
Era su mundo y se lo usurpamos
Me paso de su lado
También yo renegando
De la avenencia ecuánime
Sintiendo que en el falso arraigo
Ser justo es ser adusto
Deseando ser fiel y desolado

Pero sé ya que no llegaré al fondo
A todo aquel que aún tenga por reivindicar
La más trivial herida
Es claro que este amor lo anegaría en sombras

## 42. RECITADO

Ocioso entumecido
Jornalero de amor desempleado
Sólo despiertas ya brumosamente
Cuando te atreves a mirar con vértigo
El boquete abismal de lo perdido
Qué hiciste pues de tu fortuna
En qué usaste tus títulos de amor y de milagro
Dónde has puesto las llaves de las arcas
Qué no habrás traicionado
Qué don no habrás malbaratado
Qué radiante cometa no habrás desatendido
Ves ahora aflojándote
Cómo el invierno baja su alta espada
Pero no sube en ti la savia
Poco a poco el deshielo
Va dejando de nuevo a descubierto todo
Tú sigues ocultando las manos en tus ropas
Te has vuelto adicto del exilio
Te has hecho dependiente de la turbia añoranza
Drogas tu sangre para que nadie entre
Prefieres por tu mano dosificar la muerte
Darte tú el método y la garantía
Antes que hacer la corte a la temible vida
Pero sigue rodando el año tiempo abajo
Invierno distraído
Decepcionante déspota

La tolerancia deja desplanchado
Tu terso manto inexpugnable
Presiento ya que un día venidero
Añoraré también esta añoranza
Añoraré el rigor irreprochable
En que viví contigo
Tu tribunal helado no me rehabilita
Resistí hasta el final y otra vez se derrite
Tu afilada sentencia sin cesar aplazada
No fui bastante fuerte para ser tu discípulo
Desfallecí y no te has vengado
Adónde iré sin tu castigo
Si a tu vez desfalleces
Esta pueril flaqueza para entrar en tus filas
Para volver mis armas contra mi estirpe apátrida
No habrá de devolverme la hermandad denunciada
Enmudezco en tu casa y no vuelvo a la mía
Toda la rebeldía desemboca en errancia
Todo el deshielo escurre un charco de aguachirle
Después del grito sollozante
Viene un casero sonar de narices
Había que salvarse
No salir sano salir salvo
Haber sobrevivido no me salva
La salvación de nuevo se queda en salvamento
¿O es que no hay salvación
Es que no saldré nunca
De esta torpe estructura de sofoco y alivio
De berrinche sanguíneo y enjugación de lágrimas
Con que pendularmente
Me echo a perder la vida y la escritura?

## 43. CORO
### de mujeres

Terco viajero confiesa
Di que te das a la vela
Con desgana
Di que te cala y escuece
El azote de la espuma
Desembarca

No es que la mar te dilate
Es que la tierra te encoge
Y acobarda
Qué vértebra enferma temes
Que te cruja en tierra firme
Desembarca

Ni tesoro ni aventura
Guarda el fatigoso mar
Sino borrascas
Echa el ancla de tu cauto
Corazón de cabotaje
Desembarca

«La sal del mar en los labios
Y en las venas» recogiste
Con que abrasas
Este tumulto frutal
Que inventas que quiere ahogarte
Desembarca

Qué fatalidad de herrumbre
Te impide vestir la tierra
Con tu carga

Qué vocación de naufragios
Deja a bordo tu bagaje
Desembarca

Te aterra en ti el acogido
Es tu adoración del puerto
Lo que embarcas
Baja al amor de su faro
Desembarca tu inocencia
Desembarca


## 44. RECITADO


Ah sí desembarcar
Posar por fin la planta en la salud
Deambular desertando del destino
Donde no llegue el negro mar amargo
Y su atroz oleaje
A salvo de sus lenguas obsesivas
De su perversa corrosión salobre
De su hervor rencoroso
De su titánico deber demente
Ah sí quedarse en tierra
Y que zarpe sin mí la desventura
Quedarme a que me huela el manso espacio
A cubrirme de yedras y rumores
A criar afables musgos
A cultivar frescuras luminosas
A esperar a ser centro
Quedarse como un árbol
Donde van a hacer su nido las miradas
Quedarse donde el fuego echa raíces
Ordenando los puntos cardinales
Donde sepa el amor mi domicilio
Donde venga a buscarme la ley en su extravío
Pero qué playa es ésta
En dónde me has desembarcado árido invierno

Tu estéril río sucio desemboca
En una gris ausencia de estaciones
Ni frío ni calor
Ni belleza ni espanto
Huecas ciudades muertas
Cuyos cadáveres intoxicados
No pesan en la tierra calva y fétida
Dónde están todos
Por qué no sale nadie a recibirme
Por qué se emputeció la primavera
Dónde se fueron los aromas
Qué han hecho de mis nostalgias
A quién se malvendió mi nombre
Oigo a Gilberto Owen
Hermano mío muerto
Nada de amor
Pregunta como un huérfano
Nada de amor —de nada— para mí
Y venir no es llegar si el amor ha emigrado
Si se ha llevado lejos el dolor de sus alas


## 45. CANTADO

*a lo lejos*


Todo rostro añorado está siempre en lo alto
Miro el cambio lentísimo y remoto
De este nublado tan espeso y leve
Tras el cual se adivina el sueño enfebrecido
De un cielo denso y taciturno

Y allí porque el amor se expande tanto
Y remonta su aliento siempre tanto
Allí por el azul vagamente entrevisto
Y no en la tierra recta

Cuya mirada siempre está sentada
Busco el sitio en que estás

Sólo puede correr hacia ti el pensamiento
Echándose a volar
Y el corazón se acuesta y da la espalda al suelo
Para huir por los ojos y estar contigo arriba
Acechando tu rostro y el temblor de tu frente
Auscultando en tus sienes tu pulso de tristeza
Suspendido en la pálida lentitud veteada
Donde sé que está puesta Amor tu pena altísima


## 46. RECITADO

De que haré pues mi fiesta
Qué ceremonia puede hacerse a solas
Sin declararse así en tierra de infieles
Que no es amar el rito
Sino la soledad del rito
No hay salvación a solas
No hay propiedad privada del lenguaje
No hay verdad apropiada
Toda verdad es siempre inapresable
Toda verdad es luz libre y dispersa
La soledad es mala compañía
Bien lo supo Machado el viudo nato
Que vio en su soledad cosas muy claras
Y que no eran verdad
Bien lo sé yo también en mi ritual decrépito
Avanzando hacia el borde del invierno
Sin que nada suceda
La lucha tocó fondo y nada sale a flote
Adónde ir ahora
Qué se puede aprender

De este final de espanto sin grandeza
El rigor del invierno es para nada
La época en que vivo no ama los nacimientos
No son tiempos de auroras
Son tiempos que aprendieron a pisar el horror
Y no cruzar su cauce
La crueldad es banal
Al borde del abismo se hacen buenos negocios
La esperanza no pasa de su edad más pueril
Le dejarnos decir sus niñerías
Si habla en su media lengua de amable mamoncillo
Con voz de adulto nos daría risa
Desde cuándo he andado despistado
Por esta ágil época sin un pelo de tonta
Nunca tomé el viraje a tiempo
Estaba distraído en mi ilusión
Mientras a mis espaldas todos se hacían guiños
Cuando dejó de subir la marea
Del nunca visto abismo
Vi a cada cual envolver su petate
Tomar sus vacaciones
Volver a abrir sus venenosas tiendas
Dejar del todo al fin que el hombre
Se las entienda solo
No se luchó por eso
La sangre es un licor de ilusos
La sangre es impaciencia engañadora
No se vertió la sangre para salvar la sangre
Quién no sabe en el Siglo de los Lúcidos
Que no hay conocimiento en la impaciencia
El saber es paciente y desangrado
El saber es sin fin y sin halago
Quién va a querer salvar al hombre
Cuando es tanta y tan seria la tarea
No hay tiempo para eso
El combate en su nombre se disuelve

Sin triunfo ni derrota
Sin pasiones sin santos sin grandes juramentos
Como un trivial congreso de gerentes de ventas
La liga se dispersa con alivio
Sólo queda en la orilla
Un puñado infeliz de boquiabiertos
Ésos siempre estuvieron en la luna
Bobamente esperando que alguno hablara en serio
Ésos nunca entendieron el lenguaje
Y sus trucos de feria
Quisieron que algo se dijera en las palabras
No supieron del goce superior del vacío
No descubrieron el refinado
Escalofrío de la gratuidad
No amaron el maduro desencanto
No merecieron nunca
La beatitud de la abstracción
Continuaron de frente sin haberse enterado
Que de ese modo erraban el camino
De repente el salón estaba solo
Y anochecía inexorablemente
Qué mucho que el invierno no vaya a ningún sitio
Tampoco a ningún sitio va el lenguaje
Los tiempos largamente me informaron
Que nunca nadie habla
Sólo se oye en la noche glacial el hablar mismo
Los mitos dice Lévi-Strauss
Se comunican entre sí
A través de los hombres sin que lo sepan ellos
Cómo oiremos jamás lo que se comunican
Cómo podré saber lo que se habla
Cuando eso habla por la boca de tenia
Que me mueve la boca
A qué oído le habla el fantasmal Ventrílocuo
Por mi boca sonámbula
Por la boca locuaz del estudioso

Por la boca viril de mi exorcista
Mas lo intangible con qué oído escucharía
Si es que no con el nuestro con el mío
Con el carnal oído de los lúcidos
Dónde si no
                interceptan esas ondas
Cómo saben que escuchan
Dónde alzan sus refugios con antenas
En este invierno humano que proclaman
Invierno doctrinario no te creo
Si hablas tú es que yo escucho
Si tú escuchas yo hablo
Si no tienes más boca ni tienes más oído
Que éstos que a mí me robas
No has dicho nunca nada
Si en mí te dices y te escuchas
La ilusión eres tú
Mas tu hielo mordaz no es ilusorio
Bien lo saben mis dedos doloridos
Lo ilusorio es tu mando
Lo ilusorio es la voz sintetizada
Que enuncia mi ilusión de libertad
Qué más me da quién pueda ser el amo
De este lenguaje que yo no he inventado
Si el amo nunca dice nada
Si sólo yo trabajo su lenguaje
Si sólo yo consumo su cosecha
Si soy yo y no es el amo
Quien se acuesta con él
Por qué permitiría en el nombre del amo
Que las palabras se me hielen en la boca
No es de hielo mi boca mientras hable
Todo el invierno prodigó su vaho
Todo el tiempo viajó
Protegiendo su sauna enrojecido
Es el invierno al fin y no ella quien cede

Es el vaho al final quien sobrevive
La rigidez del frío se empaña y reblandece
Vamos hacia otra luz
Vamos a entrar más cerca
Del corazón brumoso del lenguaje

## 47. CANTADO
### *Luz gris*

Flecos borrosos gasas y jirones
De la desmadejada vastedad de nubes
Cuelgan a ras de suelo
Viajan deshilachándose en las ramas
Rozando nuestra tierra de caminos
Nuestro fondo de espacio sin paredes
Viaja el agua expandida
Su peso se desliga y va por todas partes
Su gran hocico hundido
Resopla y llena el mundo de su resuello húmedo
Todo es aliento
El pulmón bebe aire
Pólipo henchido ondeando en la marea
La piel respira y se confía
El espacio inundado muestra que no fue nunca hueco
Su remueven los grises hay atmósfera
Lo saben nuestros poros
El cielo emborronado
Renuncia a su polémica de fuego
El mundo es todo cauce
El agua en lento vuelo ahoga las fronteras
El horizonte se ha anegado
En cualquier dirección el mundo no concluye
Todo lo que se aleja se oculta y no termina

Algo en nosotros cede y se distiende
Alguna seca enemistad se borra
Es dulce descansar de los contornos
La precisión desgasta y erosiona
La plenitud es siempre henchida
Toda dicha rezuma
Todo latido es húmedo
Toda verdad brillante y nítida
Acaba por caer como una gota
En la verdad borrosa que fluye entre los dedos
Mancha oscura en la húmeda superficie del tiempo
El mundo muestra su dibujo último
Tinta corrida que siempre se difunde
Y nunca acaba de secarse y de fijarse
Empapada de atmósfera no está a oscuras la piel
Tiene su luz adelgazada el cielo
Tiene nombre flotante todo esto
No hay perfil pero hay rostro con mirada
La penumbra del agua no es ceguera
No es blandir una luz es estar dentro
Respirados por ella y respirándola
Nada se nos oculta mientras nos sumerge
La saciedad dichosa de nublados ojos
La llave que nos abre la cifra de la vida
No es menos nebulosa que la vida


## 48. RECITADO

Confuso fin de invierno
¿Puedo decir acaso que me asombra
Este indeciso asalto en lentos remolinos
Del descuidado tiempo?
Bien sé que la labor del año

No se hace a vuelta de hoja
La nieve en una cara y en la otra el sol
El invierno no acaba heroicamente erguido
La nieve no se dobla intacta
Para salir de nuevo a su debido tiempo
De su ordenado armario
Su blancura entra en tratos con la lluvia
Se revuelca con charcos
Tiñe sus barbas lastimosamente
Pacta esgrimiendo justificaciones
Se va rindiendo en diferentes frentes
Abdica sus derechos negociando
El tiempo siempre fue colaboracionista
Siempre el pasado se salvó rindiéndose
No reclama heroísmos la urgencia de mi sangre
No estoy para exigir milagros
No quiero ser más puritano que el invierno
No atropellaré al año más que los tercos pájaros
No volveré la espalda al día neblinoso
Por esperar el rayo
Mis ojos se abren dentro de una atmósfera
Se desplazan hendiendo el aire resistente
Donde flotan sudores polvaredas humos
Respiro dentro de una carne diáfana
Con manchas y borrones
Aquí la luz no es línea sino baño
Confusa difusión iluminante
Cuerpo encendido
Dura onda hecha harina en la muela del aire
Para nutrir mis ojos
Lejos de mí decir que me defrauda
Si nada se me da desencarnado
Si toda mi verdad la mediatiza
Un espesor hermano de mi tacto
Paisano de la gruesa vibración de mis cuerdas
Pariente de mi lenta sangre

Cierto que no me alumbra ya la entraña
El frescor de la fuente
Que la emoción no habla conmigo
Que la dicha ha olvidado mi nombre
Pero es su voz esta voz mía
Que delata la deuda
Es de la diosa enmudecida
Mi voz que ella no escucha
Pero le pertenece
Y ella en su ausencia seguirá a mi lado
Mientras hable de ella con esta voz brumosa
En cuyo fondo siempre carraspea la carne
Que no aprendió a nombrar sin impureza
Sin mezclar en la limpia perfección del nombre
Un ronco rastro de llamada
Nombrarla así no es haberla vencido
Es seguir siendo suyo cuando ella ya no es mía
En la añoranza salvo su fidelidad
En su traición me hago su mártir su testigo
No sólo la nostalgia vive en mi testimonio
En él el amor mismo vive
Sigo haciéndome suyo en mi habla incontinente
Cuando él no me hace suyo
No soy ya tu elegido Amor abstemio
Pero soy tu aborigen
No represento ya por el mundo tu imperio
Mas no puedo negar que soy tu hijo
Renegado perdido excluido de tu reino
Sigo siendo nativo de tu tierra
Mi precaria salud desmujerada
Se aferra a tu estandarte
Y hasta en plena viudez soy amor de mujer
Soy yo ahora quien habla
No oigo ya tu latido mi susurro es a solas
Mas no dejo morir «la voz a ti debida»
Mi vida gime a tientas sola en su laberinto

Mas no habrá muerto mientras no me calle
Un día será audible
Cómo podrá ese día
Retumbar por los aires y vibrar en las puertas
Si le niego mi boca


### 49.  CANTADO
*Inaudible*


No temas más
Descendedor que despilfarras metas
Que de alguna certeza dimites cada día
Y de tu propio bien te desheredas
Malgastas la verdad que te han prestado
Y el sitio en que te acogen
No temas hablar solo
Encontrarte de pronto
De espaldas a las voces
A espaldas de las marchas
Abrazado a lo inerte
Pendiente de los muertos inaudibles

También el hombre cuya oreja
Olvida el pozo oscuro de su boca
Si su oído no oye el rumor que lo lleva
Su sordera lo escucha
Y allí donde él también desciende solo
Invisible y sin verte
Lo que es pensado para nadie
Ese oído lo escucha para todos

## 50. RECITADO

Nadie me ha dicho lo que viene ahora
Pero esta reclusión se acaba
Aquí nos separamos tosco invierno
Cada quien toma su camino
Sin mirar mucho atrás
Cuando se retiró por fin la nieve
Tampoco bajo el hielo había rumbos
Tendré que seguir yendo por caminos sin flechas
Sin pedir anticipos al futuro
Sin la lista de precios de la felicidad
Aturullado entre la algarabía
Confusa de los pájaros
Aturullando yo también al año
Con esta algarabía de musitaciones
Confiando en la fortuna de que un día se escuche
Como se escucha en mí la gloria de los pájaros
Todo está siempre dicho
El lenguaje lo dice siempre todo
La que acalla las voces es la escucha
Lo que pido a los dioses no es aprender a hablar
Eso lo aprendo hablando
Es aprender a leer en mi vida
Saber lo que me digo cuando digo algo
Que sé que también quiere a mí decirme algo
Lo que pido a la intrépida fortuna
No es dominar mi lengua
Ese dominio soy yo mismo
Es que alguno la encuentre
Es que alguno en silencio sepa en qué idioma hablo
Reconozca el compás de mis jornadas
Oiga dentro de sí mecerse mi tonada
Quien habla se confía locamente
Alegremente corre el más inerme riesgo
Nada se dice nunca sino en un oído

Toda palabra y no sólo el enigma
Es una loca tirada de dados
Todo lo que no sea al instante tragado
Por el pantano bruto de lo mudo
Es un tirar de dados
No hay mudez en el hombre sordera es lo que hay
Desamor es sordera
Nadie ha pedido nunca otra fortuna
Que la de resonar de pronto en un oído
Por milagro curado de su fatal sordera
Nadie ha pedido nunca otra cosa que amor
Siempre hay mucha más cera en los oídos
Que en los viajes sirenas
Hablar es mi tarea
Destapar mis oídos mi esperanza
Mi vida nunca me ha ocultado nada
Todo ha estado a la vista desde siempre
Lo que es inencontrable es la mirada
Lo estoy diciendo todo
Mas no está en mi poder ser esuchable
Balbucir a pie firme es mi tarea
No hay presciencia en la dicha
No hay encadenamiento del futuro
Esperanza y Deseo son la única ley
Del gárrulo animal humano
Nunca nos es debido ningún alba
Mas no amanecerá jamás entre sus brazos
Aquel que no ha dejado abierto
El balcón de su oriente

### 51. CANTADO
*Amor ahora*

Despierto espero aquí al amor
Como a un frescor abierto y sin arrugas
Que se acerca a mi vida por su oriente
Y va a invadirla
Sin quitarle nada
Toda
     Y no va a ser su dueño
Ni a ganarle un pedazo de su espacio
Va a ser en ella como su color
Como el tamaño de un azul
Que llena un cielo

### 52. RECITADO

Pongo un pie fuera del invierno
Una vez más estoy en un umbral
Cada paso traspone un umbral siempre
Pero sé que un umbral es un fiel de balanza
No siempre pesa más el día nuevo
No siempre pisa fuerte la joven primavera
Estoy de pie en la entrada o la salida
Espinoso y cordial como el acebo
Todo el invierno conservaron
Todo su peso mis verdores
Siempre seguí avanzando
No se detuvo nunca cuajada en claro hielo
Mi sudorosa sangre
Llego al fin de la etapa junto con el invierno
No me dejó encallado el año
No volaron los pájaros a la siguiente etapa

Dejándome varado en la otra orilla
Yo también he viajado a bordo de los días
Sigo siendo mi exacto coetáneo
Soy hasta ahora la última palabra
Que ha articulado el tiempo
Sigue pasando por aquí su curso
Sólo siguiéndolo sabré adónde me lleva
Estoy en el meandro
No he entrado en su torrente emocionante
Pero mi gorgoteo irrestañable
Ha seguido a su lado trabajando en su cauce
Tengo en barbecho todo mi lenguaje
Sólo después sabré si he dicho algo


53.  CANTADO
*Primavera en obras*


Hermoso día gris con mucha historia
Todo el tiempo ocupado en vastos episodios
De un lado a otro entre tendencias insumisas
Del chubasco nervioso a la tibieza
De nubes viudas a extasiados resplandores
Del galope en que huyen a esconder su dolor
Lejanas lobregueces perseguidas
A la respiración audible a ratos
De una fiebre sensual rendidamente
Día con la melena por el rostro al viento
De ropas en desorden y sin secar las manos
Día hundido en su vida hasta las cejas
Movido por pasiones y por corazonadas
Expuesto en los caminos donde errabundos soplos
Arrastran pensamientos de zonas sumergidas
Así por los meandros del tiempo verdadero

Empujada entre piedras charcos arenas ramas
Nos llega en medio de nuestras tareas
La primavera que ha viajado sola
Es ella
      reina a pie
Diosa que viene a la faena
Dulce pero cargada tierna pero con huellas
Este es el mundo aquí el tiempo es latido
Gorgoteo oleada alud rezumo chorro
Su río aquí es lodoso diverso espumeante
Aquí la primavera no desciende del cielo
Puntual y disfrazada de sí misma
Como apeándose del calendario
Ningún instante ha sido el de su nacimiento
Llega por todo un trecho impreciso del tiempo
Nunca reconocible sin retraso
Empieza ya acordándose de su pasado
De cualquier ángulo que la miremos
Le sobran carnes a su idea
Se viste con jirones del invierno
Exhibe redondeces de verano
No viene a ser la primavera
Viene a intentar hacerla
Viene a probar si puede
Mientras le alcance el tiempo
Entusiasta inconstante remolona tozuda
Usando mundo arrancándole horas
Reacias a la mano y cargadas de ganga
Hacer que aflore en la reunión precaria
De toda esta materia que no es ella
De ese clima confuso de ese avance indeciso
De esa lluvia que piensa en otra cosa
De esa luna que ignora la otra cara del día
De esas necias tormentas prepotentes
Del atropellamiento mismo
Con que aborta designios la abundancia

El trazo trémulo de una figura
Donde acaso empecemos a mirar
Quién es la primavera
Cuando ella ya se aleja.

[Maryland, marzo-mayo;
Iowa-Washington, octubre-noviembre;
México, 9-12 diciembre, 1983]

## *Guía prosódica*

El uso de versales a comienzo de línea indica que el pasaje está escrito en verso (en verso-verso, no en «verso libre»). El olvido en que ha caído rápidamente en español el antiguo arte del verso —no sólo el arte de escribirlo, sino también el de leerlo— empuja al autor a asumir la petulancia de algunos comentarios, con la esperanza de reanimar en algunos lectores la sensibilidad del oído y de colaborar con los que aún se resisten a la pérdida de una de las riquezas del lenguaje.

Como en todo verso español, el ritmo métrico no siempre resulta mecánicamente de la articulación de las sílabas; muchas veces es ese ritmo el que dirige esa articulación. A menudo en español existen dos o más silabeos legítimos de un mismo enunciado: «Mi alma» se pronuncia *miál / ma* o *mi / al / ma* según la insistencia o la velocidad o el dibujo general de la melodía. Cuando Garcilaso escribe «Hermosas ninfas que en río metidas...»; cuando López Velarde escribe «te quise como a una dulce hermana»; cuando Juan Ramón Jiménez escribe «No sé cómo eras, yo que sé que fuiste», sólo el ritmo del endecasílabo clásico impone que leamos *queen / el / rió / me / ti / das* y no *queen / el / ri / o / me / ti / das, te / qui / se / co / moa / ú / na...* y no *te / qui / se / co / moau / na...; có / moé / ras* y no *có / mo / é / ras*; todos esos silabeos son legítimos, y los mismos autores usan unos u otros en diferentes lugares de su obra.

Existe además el curioso fenómeno de la sinalefa «mental»: fusión de dos sílabas contiguas saltando la barrera no sólo de la división entre dos palabras, ni siquiera sólo la de una coma, sino de un punto y coma, un punto y seguido, un punto y aparte; incluso, como es sistemático en el teatro clásico español, fusión de la última vocal pronunciada por un personaje con la primera pronunciada por otro: cosa articulatoriamente imposible —lo cual no prueba que lo sea acústicamente. No hay más remedio que suponer que allí donde el que oye es el oyente y no literalmente su oído, o sea donde él entiende lo que su oído oye, aparece como una unidad prosódica lo que cualquier método «material» no podría registrar sino como dos o más unidades. Porque indudablemente esa sinalefa *se oye* —aunque nunca se ha articulado fuera de esa «audición».

Así (como en los más ingenuos análisis de la Estilística de principios de siglo), la pura versificación de este poema habla a su manera de algunos enigmas de los que también sus temas hablan de otra manera (y estas líneas de otra más).

Por lo anterior se comprende asimismo que las normas aceptadas de puntuación son una convención deliberada escasamente rigurosa, que tiende a producir en los modernos hablantes masivamente semialfabetizados casi tantas confusiones como las que resuelve. Por ejemplo: casi todos los alfabetizados han aprendido que la coma representa un modo de pausa, sea lo que sea lo que entendamos por esa vaga noción de «pausa». Basta escuchar con un poco de inocencia para percatarse de que en los enunciados verbales espontáneos, en español, la mayoría de esas «pausas» caen en lugares donde la mayoría de los correctores de estilo no pondrían, por escrito, una coma, y viceversa. En este y otros libros del autor, la supresión de la puntuación en los textos versificados obedece pues a una tentativa de articular la configuración prosódica del verso con la de la sintaxis «prosaica» (o «normal») con tanto rigor por lo menos como el que puede alcanzar su transcripción en una grafía con signos de puntuación. Es decir que se intenta sugerir una lectura en la que la división en unidades sintácticas (que manifiestan por supuesto unidades semánticas) se apoya fuertemente en un ritmo de verso bien marcado. Estas consideraciones, y la claridad que trae siempre lo coherente, bastan para justificar que la supresión de la puntuación se haga sistemática, aunque sin duda eso acarrea que queden algunas ambigüedades sintácticas superficiales. Un ejemplo: a veces, sin puntuación, es imposible decidir en un texto escrito si una subordinada se conecta con una principal previa o subsiguiente. Muchas de esas ambigüedades se resuelven escribiendo un verso en dos o más líneas para sugerir sus divisiones sintácticas, o escribiéndolo sangrado y sin versal para sugerir la doble unidad métrica de un encabalgamiento (casi siempre suave); otras veces el sentido hace evidente las unidades sintácticas, aunque pueda haber un instante de vacilación; otras, en fin, el texto mismo reivindica esa ambigüedad.

El metro utilizado (salvo un par de excepciones) tiene una larga tradición, es cierto que casi clandestina, en la poesía en español de este siglo, y consiste en una inocente flexibilización del ritmo petrarquesco mediante la elemental sistematización de su principio básico. La canción petrarquesca se funda en la combinación de endecasílabos a la italiana con heptasílabos, gracias a la coincidencia del acento final en 6ª del heptasílabo con el acento central en 6ª de uno de los tipos canónicos del endecasílabo italiano. Quién no conoce los ejemplos de Garcilaso:

*Si de de mi baja* Llra
*Tanto pudiese el* SON *que en un momento...*

(Los acentos métricos en *li* y en *son* caen ambos en la 6ª sílaba métrica.)

Como el otro tipo canónico de endecasílabo lleva acentos en 4ª y 8ª, era fácil generalizar esa norma introduciendo versos de acento final en 4ª (pentasílabos) y de acento final en 8ª (eneasílabos, en principio con otro acento fijo en 4ª). Se podían combinar así esos pentasílabos y eneasílabos con heptasílabos (acento final en 6ª) y endecasílabos (acento final en 10ª). Era tentador también prolongar la serie e intentar un verso unitario de acento final en 12ª (no es fácil) y aun en 14ª (tentativa clarísima por ejemplo en Gilberto Owen), lo cual se logra a veces armoniosamente manteniendo en todo el pasaje el ritmo endecasilábico típico, o sea uniendo versos con acentos en las siguientes posiciones: 4-6, 4-8, 6-10, 4-8-10 (a veces 4-10), 6-10-12 (a veces 6-12), 4-8-10-12, etc. Todo esto por supuesto sería bastante arduo si hubiera que hacerlo mediante un cálculo de sílabas («Me quedaré completamente sordo», dice aprensivamente Gilberto Owen: «haré versos contados con los dedos»), pero fluye con bastante naturalidad si se escribe de oído. Una de las sutilezas que este sistema permite es que llega a combinar sin disonancia alejandrinos (dos heptasílabos) con versos de 13 sílabas, cosa inaceptable para Jaimes Freyre, el más lúcido, quizá el único lúcido comentador de la métrica castellana.

Añadiré para terminar que este sistema métrico (con alguna que otra anomalía «experimental» en tal o cual autor) se encuentra más o menos a menudo en la obra de Rubén Darío, Lugones, López Velarde, Juan Ramón Jiménez, Xavier Villaurrutia, José Gorostiza, Gilberto Owen, Octavio Paz y muchos otros poetas de lengua española desde fines del modernismo. Y una curiosidad final: en italiano (cuya prosodia es tan próxima a la del español) casi toda la obra madura de Giuseppe Ungaretti sigue un sistema idéntico.

# 9
# *Lapso*
## [1984-1985]

## I
## POCOS DÍAS

### 15 DE ABRIL

Entre la virgen alba
y el viudo anochecer
Al pie de este cenit remotamente alzado
Sobre las dos mitades de mi día
Quiero y no quiero
Dar mi palabra a la mudez celeste
Que describe la trágica lentitud de su círculo
Como en torno a su centro
En torno al monumento del amor difunto
Sobre el que estoy subido viéndola.

### 16 DE ABRIL

Para aquel que convive
Como con su alma misma e intocable
Con un santo vacío

El día entero es un secreto orden
De inconsoladas ceremonias

En el silencio que le presta amparo
Ve a las cosas medrar en su presencia plena
Y en el silencio de su corazón
De los labios borrados de las cosas
También ella incumplible
También ella su dueña
Oye la otra palabra
La que no es de amor.

## 17 DE ABRIL

En tu invencible olvido
Con el que no hay cómo entablar combate
En este gran vacío que me chupa afuera
Y hace la vida para mí impisable
Nada puede evitar
Que se me vuelva del revés el alma
Y que me enseñe para nada
Cuán verdadero soy también
Para los negros ojos de la Muerte.

## 19 DE ABRIL, TARDE

Donde calla el amor
No habla tampoco el desamor
No es nunca nadie
Alma fundada en la agonía
Quien te rechaza

Donde calla el amor
Habla la estúpida Fortuna

Tú misma alma de vértigo
La has levantado allí
Tú misma escoges que te hablen
Desde un lugar que ha de tragarte entera
Si no lo habita nadie

Tú misma que aceptaste
Que tu vida y sus dardos
Te los dispense la mirada de alguien
Supiste siempre que la Muerte es nadie.


19 DE ABRIL, MEDIA TARDE

Recuerdo que las horas
Crecían confiadas
Había cielo azul montañas rutas
El mundo no pensaba en nada
Yo viajaba pensando en el viaje
Dónde pensaba pues que iba aquel día
Sin conocerte aún.


19 DE ABRIL, NOCHE

También vive en mi casa
Como en todas las casas la verdad
Y yo le doy albergue y la alimento
Rodeo de solícitos cuidados
Su preciosa existencia delicada
Duermo en su blanco lecho

Y me equivoco siempre
Con tal de no intentar hacerla mía.


21 DE ABRIL

Mujer sola y desnuda
Y toda sin refugio y sin política
Sin retención alguna declarada
En su indomable exceso
La belleza del mundo
Abierta toda
Sigue siendo secreta

Y aun así tiembla nuestra vida
Aun así escatimados
Nuestro peligro es haber admitido
Cuán de verdad y cuán sin vuelta
Estamos aquí enteros
Sin deliberación y sin coartada suyos
Y es difícil pensar
En la mitad del pacto inconcebible
Cómo poder vivir mañana

—Ah sí enigmática burlona
Mañana estaré hablando de otra cosa
Mas tendré que poner en mis palabras
Esta herida que es de otras

Ni siquiera estas líneas
Dicen nada de ti
Aun las palabras con que te merezco
No me son dadas
Para que digan el secreto
Sino para que digan que hay secreto.

## 23 DE ABRIL

Quién pide nada
Quién puede imaginar la duda
Con la cual preguntar si es él el designado
Si todo esto es suyo
Si para él se ofrece
En su punzante libertad el don
Quién exige saber
Si es él el dueño si a cada movimiento
Sabe que ondas y estelas le responden
Que vive inmensamente en esas aguas
Que lo que todo en torno
Lo tiene envuelto y sumergido
Con caricias y choques y empujes y mareas
Es el denso el viviente el tembloroso amor.

## 25 DE ABRIL, TEMPRANO

Desde el umbral de mi jornada
Miro el limpio tamaño de las horas
Frescas y ociosas
Dispuestas y en espera de su huésped

Y el amor ya está ahí

Siempre lo miro desplegarse
Tan adelante de mi centro
Siempre sigo su onda apresurándome
Pisando sólo el borde de sus aguas

Desde la puerta de mi día
Admiro su zancada desmedida
Contemplo su certeza ingobernable

Y tempranera como el Verbo
Haciendo ya mi mundo.


25 DE ABRIL, TARDE

También ellas
          las ágiles palabras
Que nunca han sido mías
Pero dónde podrían sino en mí decirse
También ellas me dan lo que no es suyo
Pero de quién podría ser sino de ellas

Lo que su paso deja entre mis manos
Y nunca fue su bien
Como lo que nos da con asombro el amor
Y no sabe de dónde
Es más que lo que puedo hacer con ello

Pero la angustia de avanzar cargado
De este poder en frágil equilibrio
Me cura de otra angustia
Que me haría intocable
Y en el vasto concierto de las ráfagas
Donde se abre mi vela
Soy de amor y coloquio hasta los huesos.


25 DE ABRIL, NOCHE

Negrura tan cristalina
Cuándo la habíamos visto
Algún jirón de los gestos diurnos

Que seguía exaltándose a deshora
Quedó atrapado en la noche

Esa frialdad que trepa
Por el muro de la sombra
Quisiera ser de alborada

Y la lúcida tiniebla
Se limpia de todo el peso
Para que sólo repose
En su centro
Mi denso corazón tibio
Y despierto.

## 26 DE ABRIL

Dime vida
dime tiempo
¿voy demasiado aprisa?
el amor como todo lo fértil tarda
todo lo que ha de vivir se hace esperar
es mortal arrancar de sus raíces el destino
lo sé lo sé no se atropella el don
no se apresura lo que germina
no se roba el mañana
sé que rebaso todos los abrazos
sé que apenas me entienden las horas
¿puedes seguirme viento?
¿puedes alcanzarme pensamiento?
no crezco adrede no puedo detenerme
no puedo reprimir la llenazón
prolifero de mundos pululo en continentes
estoy lleno habitado preñado
emito más de la cuenta

perturbo el orden y el repartimiento
y sin embargo si supieras
cuán cuidadosa es mi celeridad
cómo aquí dentro
sabe el milagro esperarse a sí mismo
milagrosamente dócil
y lo que boga en el vértigo
es una gran paciencia pensativa
y toda esta intemperancia callado desprendimiento
y estas líneas precipitadas que pisotean la cadencia
laboriosa inscripción
porque son inabarcables las regiones del reino
pero juro que yo voy despacio
recorriéndolas poco a poco en su minucia
palpando humildemente y sin saltarme nada
juro que no me escapo
que no subo mi casa a su propio tejado
no estoy corriendo amor quien corre es tu prodigio
yo sigo estando aquí a tus pies sentado
en tu silla solícita
sin que la gloria se me suba a la cabeza
ah dios alma cifra como te llames
si no me hubieras dado ya antes tanta carga
si no tuviera tanta edad mi tráfago
se habría disipado ya en la inercia del aire
este amor que me lo da todo regalado
sin haberlo pedido
sólo para que yo en mi invencible intemperancia
lo ponga entre sus manos sin guardarme nada.

## 1º DE MAYO

No sabremos jamás qué nombre dar a esto
Vamos al día y allí está
Vamos a las palabras y allí está

Vamos lejos al bosque a los susurros
Al gran viento que salta el horizonte
Al extendido pueblo de las hierbas
Y su patria fragante y allí está
Todos los pájaros lo saben
Cruzamos grandes trechos de tiempo y allí está
Y no puedo llamarlo mío
Nada mío ha llenado nunca tanto
No es mi amor
     ni tu amor
Es todo eso y además su origen
Contemporáneo suyo de repente
No es la cosecha sola sino envuelta en ella
La fuerza feraz misma de donde se levanta
Hemos entrado en el lugar en donde
Repleto e incapaz de condiciones
El amor mismo ama
Aquí es donde despliega
La esfera diáfana de su potencia
Para que tú y yo dándonos en la cima la mano
Contra su atmósfera de alta presión
Nos reclinemos.

## 2 DE MAYO

No pierdo nunca mi noción de amor
Sé todo el tiempo de qué lado queda
Del lado que mi rostro
Lleva la piel más encendida
El alma va segura con los ojos cerrados
A su manera ve
Como la piel del ciego
Informada
   besada.

# II

# ECLIPSE

## SÓTANO

A esta inmovilidad de ojos atónitos
Y postrado lenguaje
Que me encadena a estar presente
En la ausencia de mí
A esta sombría suspensión
De mi latir difunto
           le pregunto
Si he de morir sin haberme lavado
De tanta sucia soledad errática
Y qué sol me podrá secar un día
De aquellas cavernosas aguas pútridas
Donde he chapoteado tanto
Mirando tiritar la vida
Desfigurada por la llaga obscena
Del amor omitido.

## OTOÑAL

Hay en el día un resto de blandura
De mundo muy lavado y no bien seco
Una húmeda tristeza engrisecida
En los árboles serios y en los prados profundos

Un reticente otoño vigila su lenguaje
Temeroso de brumas y delirios
Evitando tumbarse sobre la tierra obtusa
Dormir con ella a pierna suelta

Ah parsimoniosas
Qué es lo que quiere ahorrar el tiempo y para cuándo
Cómo me quiere convencer de que esto es todo
A mí que sé su historia

No me engaña su pálida prudencia
Bien sé cómo en su avance poderoso
Sabía desviar exaltados meandros
Que vagaban sin fin
                         impertinentes
De la mano conmigo
                         iluminados

Por qué finges ahora no escucharme
Cuando te llamo por tu ardiente nombre
Y apartas con rubor los ojos
Del hueco oscuro que dejaste en mí
En cuya boca ruge el viento
Si fuiste tú más que yo mismo Tiempo
Quien fue feliz conmigo.

## INVERNAL

Solo en mi cuarto a medianoche a oscuras
No quiero ir a cerrar la ventana entreabierta
Por donde el frío forajido
Mete sus negros dedos buscándome los huesos
Esas manos lo sé son la impiedad del mundo
Y sé dónde me han puesto

Bajo sus dedos yertos que me soban y entumen
Pienso aún en mi vida que su desalmamiento
Hizo siempre inaudible
En pleno invierno ciego aún no desmiento

El viento ardiente que corrió en mis días
Aquel siroco rojo que amasaba
Sus desiertas arenas
Pues por sus fatigosas extensiones
El Amor transitaba prodigando
Su generosa insumisión sin detenerse
Pero allí saludó a mi libertad
Que hablaba con la suya

Así está bien
Aquí sentado sin mover un dedo
Sin exhalar palabra
Dejo al frío husmear mi casa ociosamente
Queden mis huesos de impiedad transidos
Téngame aquí por el pescuezo
Con sus manos heladas contra el muro
Para que sepa el coro lenguaraz de mi vida
Cómo se oye su idioma en la hórrida ladera.

# III

# SALIDAS

## MASCULINO FEMENINO

Mi ser gris te redime
De tu bella cadena de contrastes
Mi lenta fuerza gris
Mi fluido peso extenso

Tu vida que se atrasa
Cosechando tus huellas

Belleza cuesta arriba
Y teje para luego
Tu vida y yo cuchicheamos
Un escalón abajo de tus ritos

Soy la alegría de una luz de un gris
Mira de cuánto ocio te descargo
Yo digo aquí lo que te sobra
Para hacer más lugar en tu memoria
La hora desasida que te guardo
Es tuya cuando quieras

Con mi ser gris te envuelvo toda
Borro el tajo brillante donde de un lado y otro
Te opones a ti misma
Impregno el lado de tu noche
De la luz que nos ciega en tu otro polo.


EL EXTRANJERO

No le toques los pechos Extranjero
A esta sombra con fiebre que esta noche
Anocheció tan hembra
Por los linderos de los residentes
Todo el verano es de ellos

Escúchalos dichosamente extraviados
Sin saber cómo hacer
Para entender bajo sus propias voces
Este lamento de la plenitud
Que tan claro se oye en tu silencio

Y tienes que vagar a solas
Por las quietas afueras de su fiesta

Y poner sólo ecos distantes
En tu ramo nocturno en la sombra cortado
Y bañarte tan sólo en murmullos de espumas

No saben que su amo
Tiene en ti un siervo más
Que también el verano te devuelve un rato
Tu corazón con llaga
Nadie sabe aquí el nombre
De tu amor extranjero
Y tienes que alejarte al borde de la noche
A decirlo a sus muertos
Que duermen allá afuera y que piensan en ti
Tras sus pesados párpados cerrados.

## SALIDA DEL VERANO

Oigo esta vez también
Con ese oído que fue siempre otro
Y es siempre el mismo otro
El silencio rugiente del verano
Su poder desolado
Su repleto bloqueo
Y el gran desierto en ascuas
Que su fuego regala al pensamiento
Pero esta vez no quiero que en los pesados brazos
De la callada dicha sudorosa
Se me duerma mi oído de despierto
Esta vez mi torpor tiende el oído
Quiero saber por dónde suena
El rumor de frescura de la palabra dulce
Dónde está el claro en la espesura
Donde sacar afuera la cabeza

Mirarse mutuamente más allá de la fuerza
Abrir la hinchada puerta del verano
Hacia una levedad donde por fin circule
Y donde pueda darse y recibirse alerta
Como claros bocados de amor intercambiados
La verdad de su incendio
Y su desesperanza hermosa.

## ANTIGUA CORTESANA

### (Cuadro de Ramón Gaya)

Es el sitio intocado de una lujuria antigua
Que tanto olvido ha vuelto finalmente sagrado
La mirada entra en puntas de pies y se santigua
Nada queda del viejo fragor decolorado
Por el santo silencio sino la mancha ambigua
Del tenue resplandor con que aún anaranjado
Ya sin deseos llama fielmente intemporal
Se consume el Deseo en un frágil fanal.

## SALIDA A TIEMPO

Fluye también pero a su modo
Por un lecho obstinado
Como un tirar de cabra a un monte otro
Ese tiempo freático en el que me sostienes
Cuando algo en ti
                que nunca habló tu lengua
Como en una caricia del dolor
                      se encoge
Al escuchar mi nombre
Que me dieron aquí para otra cosa.

## SALIDA A FLOTE

Saliendo de su ahogo la hora rompe a hablar
Debatiéndose emerge de su tenaz maraña
Toma una bocanada de aire limpio y palabras
Se vuelve al otro lado sube a la luz a braza
Su mirada fulmina la pesadilla innoble
Arroja los ropajes de su viudez de mí
Me busca entre mis ruinas la emoción destronada
Y la mira a los ojos inapelablemente
Hablemos pues reviviscencia
Este es el clima de los juramentos
Estamos donde todos los comienzos
    no cesan nunca de empezar
Hablemos pues
        te escucho
Estas son mis palabras
No las digo de ti sino contigo
Escribo junto a la ventana abierta
Escribo dentro de la brisa
Los ruidos de la noche son míos mientras pienso
Escribo para estar desde mi sitio
Desde este asiento de escritura
Hablando no con la escritura
Con el misterio del presente
Pienso en la dicha sin dejar por eso
De hacer sabiéndolo el amor con ella
El tiempo me recorre mientras hablo
Escribo estando vivo
Soy yo otra vez soy otra vez respuesta
Y enigma respondido
Volver en sí no fue nunca otra cosa
Sino volver al mundo
Nunca he sido el ausente sino el secuestrado
Que tuvo maniatado el pensamiento
Que tuvo mucho tiempo que pensar sin manos

Tragarse sus palabras sin probar bocado
Arrancado a los suyos e inhallable
Si le sueltan las manos el pensamiento ríe
Mira suceder todo y no lo eclipsa
Tenía que volver tarde o temprano
Este lenguaje que abre con su viento las puertas
Que a sí mismo se empuja
Afuera de su lóbrega cisterna
Que por fin no se queda delante del espejo
Hipnotizándose su albedrío
No son mordazas las palabras
Que otros las droguen vengándose del tiempo
Me niego a hacer con ellas banda aparte
Basta ya del encierro en gabinetes fétidos
Con su irrisoria colección de sellos
Basta de especular con su precio inventado
Tengo con voz de nuevo mis palabras
Las digo respirando
Soy un pulmón sonoro
No soy un rey larvado y que impera de incógnito
    donde la vibración no llega
Mientras escribo esto se ha levantado el viento
No se está quieto el mundo
Para que lo retrate el pensamiento
Tampoco se está quieto el pensamiento
También sus vendavales barren aquí mi vida
También él se levanta y crea el horizonte
También frescas verdades empujan mi velamen
Abro mis diques contra cuyos muros
Rompía siempre lejos el futuro
Sobre su marejada puedo darme a la vela
A bordo del presente siempre
Mientras subsistan las navegaciones
De cualquier oleaje haré mi danza
En las brisas nocturnas vuelvo a hablar en voz alta
Otra vez sin temor de despertar los monstruos

Saliendo del terror de hablar a solas
Palabras para nadie que la locura enjuga
Seguro una vez más reviviscencia
De que ante mi ventana bajo la noche henchida
No ha de dejarme el viento la palabra en la boca.


## VIAJE DE OTOÑO

No acaba nunca de subir la palidez
Del frío anochecer de otoño
Laguna interminable
De un pensamiento para siempre en blanco

Bajo el cielo que deja de atendernos
Lanzado hacia su abismo inverso
La imprecisa ciudad siente encogida
En toda su extensión su desnuda estatura

A este fulgor final
Se llega sin un choque
Después de un viaje que ha durado edades
Deslizando en la arena con un yerto silbido
Una cabeceante proa insomne

Y bien lo dice el entumecimiento
De esta luz maniatada:

No son un puerto aún estas ausentes playas
Pero al cabo aquí estamos con casi todo intacto
En esta orilla que hasta el último momento
Fue siempre remotísima.

# IV

# TIERRAS

## TIERRA DE SOMBRA

*A Antonio Serna*

En el sabor metálico
de una mirada fuerte
la tierra se nos muestra alguna vez
sin retención
la tierra fatigada de ordenarse a su distancia
frente a los ojos del hombre
se da indolente y promiscua
tierra tirada sin arbitrio en tierra
de puro ausente se exhibe
nos descuida
mira bien entonces habitante
y aún más que mirar huele palpa
en esa grávida visión se ve el hueso de una estirpe
la tierra de impudicia pone a descubierto
que nuestra sustancia es de su sustancia
si somos barro polvo limo
es que hay febricidades carnales en la tierra
mírala desollada y sin gemido
mira sus tajos sus verdugones sus mataduras
la afónica explosión de polvo de sus terrones aplastados
la llaga de sus nimios cráteres
sólo por esas costras sabemos que es un lujo
no se estremece no clama la tierra trabajada
arañada pisada desplazada
sólo un suelo de carne sin tortura
pudo nunca ser lodo para nidos
así nos pone en su desolación la rica tierra
donde demos la cara a la visión sesgada

la visión de impudicia donde es carne el agua
es carne el aire es dramático rictus de la carne el fuego
es carne el tiempo en su carozo que inscribe nuestras voces
y arde a su lento modo la tierra incombustible
su materia apagada sin pálpito sin hálito
su reseco espesor sin brillos sin zumos sin aceites
su macilenta tez sin halo
su sorda esencia de desmoronada
se hacen allí blandísima extensión para las huellas
sensible superficie modelable
pasta masa arcilla piel apretable
viva delicadeza hollable oprimible imprimible
y empieza allí el difuso latido de la tierra
su nebuloso pulso enormemente sepultado
su calor sus fiebres
su existencia de carne
como desinervada carne blanda nuestra
su entrada en el tiempo de los cauces
al abrirnos el mundo de la impronta
al compartir su grave vida de custodiadora
en la que hay que ir a buscar nuestro calor guardado
nuestra memoria sembradora de incisiones
la expansiva costura sin fin de nuestros rastros
ves allí la construcción de las capas los planos las entrañas
y comprendes entonces habitante
que sólo por ella has sido si lo has sido habitante
en esa entraña en que te miras de antemano sepultado
te ves punzantemente vivo y sólo allí te verías
todo tu trabajo es labranza de tierra y sólo en tierra vive
sólo trazada la voz dice el fondo de su ritmo
y en la tierra sin sangre
siempre apenas alzada transitoriamente
sobre el estéril polvo de su origen
encuentras finalmente todo el calor de hombre
todo su olor incluso todo el latir que pierdes
y comprendes acaso

que tú que has de buscar tu dentro siempre fuera
para no disiparte en tiempo sin retorno
en el pétreo vacío de espacios sin entraña
habrás de escarbar siempre.

## AFUERAS

Estas orlas desde siempre habitadas donde tan perezoso se vuelve el crepúsculo son también suburbios del tiempo. Dura aquí de
infancia en infancia, estancada ya cuando el lento despuntar de
los caseríos, una muda y desvaída ley que pasó también sobre
nosotros con su rumor mayormente mujeril, cuya enseñanza
olvidada colma aún de sorda tierra ignorados boquetes en nuestra sombra hundidos.

Trasmina pues nuestro fondo todavía, viejo aroma apisonado, esa certeza para arrebujarse sin rencor en la pequeñez del
mundo, esa tristeza emprendedora que hincha el buche contra
el tibio nido de la fealdad y se amaciza y planta bien su bulto
en el cruce opaco de su tiempo y su espacio.

Las tardes fueron siempre aquí lentísimas, se fueron siempre
a dormir exhaustas de arrastrar el lastre de tanto silencio re-
quemado.

## RETORNO DE AGRA

Todavía en el polvo el pie del hombre
Se mueve acariciado
Polvo roto sin fin de los caminos
Que van a los verdores
Viejo polvo caduco que aún conversa en su lengua
Con los lodos los humus las vastas hojarascas

Todavía abrazados a la tierra
Cabalgamos su empuje

Y es cierto que es amarga
La espalda del humano que aún no dejó de ser
Compañero de ruta del torrente
Que procura su rumbo sacudido
Sobre inseguras jibas por un trote rejego
El viejo domador violento
De una altivez que nace sólo indómita
Y no se reproduce en cautiverio
Es cierto que la estirpe bulliciosa
Monta en el mundo ensangrentándole la boca
Y que esa estirpe tiene las ingles desgarradas

Pero en sus bien plantadas pausas
Cuando apacigua sus callosas manos
Y se abre en su mirada una ilusión enteca
Su gesto abraza entonces
La más viva cintura de las tierras nupciales
Color de tierra él mismo
De la áspera textura de las lianas
Se envuelve de colores evidentes
Como un pueril regalo empapelado
Jovial y abiertamente se señala
Para reír mirado por su mundo
Alzado en medio de su bien
En el que sigue viendo
La sustancia y la fibra que domeñó su mano
El bello garabato de sus signos
Hace hablar allá enfrente
En su nacer nunca violado
Al robusto balido nativo de la tierra.

# V

# HÖLDERLIN

## HÖLDERLIN

Devastadora ha sido la jornada
Más lacerado ha sido que ninguno
El corazón valiente
Pero tú y yo sabemos
Que no hay fortuna o desfortuna alguna
Sino igual fuego cegador tan sólo
En la verdad celeste
Mientras que allí donde se pesa el sino
Con un fiel de balanza abierto en el sol público
Y donde el sueño nuestro desde siempre antiguo
Es derramar también
En la extensión sedienta de los días
El riego azul de lo sagrado
El más afortunado de todos los mortales
Es el que se atarea sobre su quemadura
Y al que le ha sido dado
No tener que dejar el amor en su sótano
Mientras sigue el llamado del trabajo
Traicionando uno y otro cada día
Sino que haciendo del amor la talla
En la cara de todos
Tiene siempre uno al otro consagrados.

# 10

# *Orden del día*

## 1986-1987

## I

## EL TIEMPO HUÉSPED

### NEUMA

Como la flor el Tiempo se desnuda abriéndose. No espera un término o un cumplimiento para dejar inesperadamente oír, creciendo con dulzura apenas, en cualquier cruce de sus tupidas sendas, el soberano son de su manar dichoso. Como si nada tuviera que ver nuestro largo esfuerzo de escalar hasta aquí, como si estar en el mundo fuese ir arrastrados por una libertad lejana.

Bañada en tiempo límpido es otra vez un alma esto que está consigo y a su propio cargo. Todo el camino fue de quemas, mucho quedó abrasado de los bordes de la ruta y por la espesura descargada corre más suelta ahora la frescura celeste. Sólo por eso, aunque libremente él se desnuda, puedo pararme a resonar bajo su música. Con todo en mí puesto a nivel, empezando por el ritmo que dejo hoy encharcarse como un espejo de aguas lisas. Aquí se abre el compás de la inhalación nueva.

## ORILLA

Verde vivaz en la orilla escondida, en frescor arropada, luciente
como un iris y tierno como un labio. Por el ámbito umbrío,
negra pupila espiada bajo la sombra de sus pestañas, el agua
niña corre como por un salón. En esta límpida oscuridad se
adentran los colores con toda su sonrisa, sin apagar su juventud
mínimamente, sin velar tan siquiera su desnudez redonda, al-
terando tan sólo emocionadamente de sus voces la temperatura.
El sendero entra allí cruzando una secreta puerta, el espacio
indiviso ha dado a una parte de sí un nombre de interior, en este
sitio se ha agrupado ahora un indeliberado domicilio.


## LUZ GRIS

Un alto cielo gris blandamente esculpido, ensombrecido pero
nada muerto, rico de contusiones y arañazos de luz diversamen-
te cicatrizada, allá lejos, bajando, en los inabordables horizontes se deslumbra a sí mismo, tendida cristalera hacia el blanco
misterio.

Claridad toda en velos para vivir en tierra como bajo un fiel
toldo en una íntima intemperie. Para hacernos un frío cuidadoso y descifrable como una plaza. Para poner la planta perenne-
mente efímera en el más puro suelo viajero. Para coincidir un
instante con esa huella nuestra dejada para siempre en el correr
del tiempo fugaz eternamente.


## TARDES

Lo que amamos más que las felicidades es confluir a su debido
tiempo, a condición por supuesto de haberlo merecido, en estos
espacios de remanso entre paredes altas, suelo de libertad más
firme que las cárceles, más resonante que un vientre de ballena
para viajar, conversando, por los mares de la especie; estos luga-

res donde nos bañamos unos en otros, vigilados por el claro abismo de la luz divinamente muda, preferiblemente muy arriba.

Y no mirar cómo el eje tremendo de las horas nos va moviendo el día, no decirnos cuánto sabemos vertiginosamente que sin esa límpida violencia allá, nada encontraríamos aquí de toda esta vendimia espigada en los rostros incesantes ni nada del amasamiento de estas moliendas de lenguajes.

## PIEDRA Y PALMERA

Esta brisa pueril tan poco seria viene a curiosear por las ciudades desde una juventud del mar que nunca envejeció con nuestro mundo. Lo que sólo sus ojos ventoleros ven es la ágil dignidad que recorre sin ser vista nuestro empeñoso tumulto, el leve orden alegre que hubo siempre entre nosotros, contumaces inventores de tareas, si supimos dejar que en lo más alto de nuestras labores siguiera dando un poco un sol ocioso. Entonces el trabajo foguea sin borrarlos nuestros rostros, la especie puede entregarse a su otra contumaz cosecha y prodigar su incansable diversidad de especímenes hasta el límite de la inventiva. Así puede la brisa correr por nuestras calles sin ser ahogada para siempre, alentada su inmortal travesura por la lenta travesura misteriosa de la inventiva especie: niña no molestada entre unos seres que se envuelven en codiciadas piedras pero saben también en sus ciudades poner claras palmeras, y en ellas soltarse la inmortal cabellera a la fresca ironía del soplo vivo de las playas.

## ALAMEDA

Bajo los follajes la gente suelta se derrama siempre en armonía. Sus lentos remolinos giran con líquida soltura ligados y diáfanos en una sucesión de equilibrados cumplimientos. Verde y azul filtrados trasponen su color, forman de luz y sombra otra enramada donde es el tiempo quien se filtra trasponiendo su embate, hecho limpio remanso donde juegan vivos reflejos de las horas. Y no es para escapar por lo que se demoran frescamente aquí estos seres de pronto absortos en la enigmática trasposición de sus abalanzados ritmos. Es sólo para puntuar el tiempo, para intentar alguna vez frasear un destino de sombras o destellos siempre despeñado. Están todos aquí, en sus posturas diversas, en sus variados grados de quietud, abrazando contra el pecho sus vidas invisibles, inasibles como trozos del agua irrepartible.

### EN TREN

Inmensidad ligera de los horizontes que amplía en toda sencillez el viaje, hasta su tamaño inconsumible aunque finito de pecera suficiente, tranquilamente irisada, donde vive esponjada y veloz la inquietísima confianza nuestra en las vicisitudes de la tierra. Esta dicha sin peso y que ama su sobresalto lleva también un leve moretón de pesadumbre, como en la piel una pequeña mancha de fiebre, que refresca como un agua de torrente la agilidad del tiempo. Y luego, las hierbas tristes entre los rieles abandonados que corren un momento con nosotros en una cercanía inalcanzable, como una sal de nostalgia que recupera el mundo.

### PRIMAVERA GIGANTE

Esta robusta primavera tosca tan crecida para su edad está a gusto tumbada entre los grandes bultos tibios de roca lisa como hogazas. Con sus brazos y sus piernas entrelazados sin cuidado, roca y verdor nos echan encima su caluroso vaho impertinente, alentando en nosotros lo que la dulzura tuvo siempre de troglodita. Seríamos acaso demasiado inderribables cuando la gracia en principio alada de vivir se pega así al antiquísimo hueso de un mundo tan pesadamente vertebrado, si no asomaran ya tras las severas crestas las extensas nubes de plomo magullado, emborronado alero de sombra y retención, de enfriamiento y temperancia. Para que aprendamos con el tamboril alegre también a su manera de la lluvia y los coloquios del cobijo a salir de ese silencio inmenso que parecía no ir a dejar nunca empezar las palabras, de ese inminente sol gigante cuya fuerza total nunca hubiera dejado empezar una historia.

## MADRUGADA

En el cuarto abierto a la delgada inundación de punzante frescura, los ojos se abren de madrugada en un fondo de limpísima piscina donde la casa desde hace horas se mecía levemente. ¿Tendrá nuestra piel aún sus arrugas, sus frotadas manchas, sus cicatrices en este luminoso baño de incoloro yodo dulce? Debemos parecer muy blancos mirados, si se pudiera, desde las acaloradas zanjas de la tarde, peligrosos de tocar en nuestra cáustica pureza, incomprensivos de tan íntegros, fuertes por la ceguera de nuestra altiva indigencia. Como las vírgenes que resisten puestas de contrapeso al mundo y lo inmovilizan toda una temporada en vilo, al pie de cuyas torres de limpieza lunática queda suspenso el tiempo antes de abalanzarse a un vértigo sanguinolento. Ahora que va a hacerse adulto el año, hay cada día una hora en que la vida no ha empezado.

## VOCES CUANDO ANOCHECE

La tarde fatigada se descarga de su peso en el ocaso, y en el aire ligero y abstraído cruzan los gritos de las muchachas innecesariamente altos, cantados sin saber por qué, lanzados no se sabe adónde en sus bellos trazos de parabólica ensoñación. Nadie cree en la ostentada distracción del poniente cárdeno que tan serenamente sufre que le rayen así la bondadosa frente. El mundo avanza por una suave playa noche adentro, valeroso y austero en mitad de su altamar de incertidumbre, cuidando como a una infancia la inocencia de esas voces que lleva en su viaje. Tiene que hacerse evidente la borrosa vastedad emocionante de esas delgadas resonancias, cuyos hilos de velado cristal dejan solos, pero punzantemente habitados en su fondo, los grandes huecos vacantes de este mundo, sin los cuales sería deleznable su poderosa construcción victoriosa del abismo.

### VESPERAL

Refluye susurrando cada vez más limpio el ímpetu del día. La tarde, perro viejo, se tiende a los pies del tiempo a montar una guardia inútil de espaciados parpadeos que nada defiende sino su propia fidelidad obvia y pacífica. Todo va buscando su sitio donde estarse quieto, los encendidos gestos que agitaban la hora se sientan calladamente a ser espectadores del gran paseo señorial de nuestro amo el Tiempo por sus ricos jardines solitarios donde ya nada sucede. Era por eso por lo que suspiraba el ardiente aliento que anduvo rompiendo el oleaje, por este gesto fatalista y feliz que envaina el corazón y sella una eterna paz con el deseo, por esta inclusión de todo en un único amor interminable sin más historia que su perpetua confesión. ¿Cómo no nos aterra pensar que de este cumplimiento no debería haber retorno? Empieza ya la nostalgia de aquel agobio del que fuimos noblemente rescatados, y es incazable el susurro que nos dice que esa nostalgia no traiciona este amor inmune a las traiciones, que aquel amor era este mismo en figura inmencionable. Ésta será la alentadora verdad de la noche y su ardor sepultado, que ella nunca nos dejará ver cara a cara.

### APUNTE

En la noche que aún se soba absorta la piel tan largamente enfebrecida, el joven álamo agita como dedos en el agua en la luz recoleta del farol, tibio chorro en el fresco estanque de las sombras, salpicándose de níquel loco, sus subidas hojas inmaduramente afirmativas que nadie atiende confinadas en su altura y también quieren decir algo.

## BAÑO DE AIRE

Se están bañando los árboles, hunden alegremente la cabeza en el ancho soplo refrescante, bracean chorreando limpia brisa, estas regocijadas ondulaciones son sus saltos de jóvenes cuerpos frenados por el denso abrazado fluido de las aguas. Los chopos sacan por encima del verdor arremolinado la mitad de su pecho de rumorosa pelambre, lanzan a todo el horizonte agudas luces como rientes voces claras. Es todo un muchachil bullicio de destellos cuyo eco cristalino se ve desde muy lejos.

Allá, en la austera distancia donde mascullan sus manías los cetrinos cerros, el extenso suspiro mueve también su apagado pelaje de gato garduño, llevando hasta aquel silencio testarudo leves hebras de estas risas. Los reacios hierbajos y las ásperas matas ondulan también allá delicadamente, no es la gracia del mundo lo que su seriedad ignora aunque no piensen en su premio, pero no levantan la cabeza, no se dejan distraer en su empeño de atiborrar de raicillas esa tierra basal, están allí para hacer que el tiempo enrede sus raíces con las suyas y no dejarlo nunca romper amarras y soltarse a flotar por la locura.

## BALAUSTRADA

El color allá arriba está sobrecogido; detrás del blanco estragado por los nómadas aires altaneros el azul es más sin masa y los grises cuando fondean tras esa borda rumian más oscuramente su sueño de húmeda paz sombría. Todo ese diálogo tendido dura suspenso en el esfuerzo de arrancarse a una solemnidad. Las estatuas asomadas a sus ropajes de piedra, misteriosamente subidas a aquella soledad, aferran sus miradas aquí abajo, nostálgicas de manuales confusiones e inconcluibles trasiegos. Levantamos estos asomaderos imposibles a la vastedad para mostrar cuánto añoramos que una alta armonía nos añore.

## VOZ ALTA

Anima descubrir tan indudablemente casi el volumen de resonancia que da su sano aplomo a estas voces que bogan, proferidas limpiamente al aire, por plazuelas y callejas de a pie públicamente íntimas. Allí se muestra con alegre inmediatez la diáfana inocencia de toda vibración, se siente en el rostro casi la frescura con ecos donde sacan a orear la vieja madre inmensa, con amor enterrada en su maternidad pero en las ráfagas de nuestra hermandad ondeando siempre, vasta bandera transparente cuyo fresco vuelo sostienen sin enarbolarla nuestras voces devueltas.

## SOLSTICIO

¿Hasta cuándo irá a seguir aún esta vehemente radiación desde arriba muy cerca? Está reseco ya el más tierno tallo del onduloso tiempo, duramos en la gloria opaca de una feliz monotonía y pesan con fatiga la menuda plomada de los pájaros en su trayectoria y el animado bulto de los pechos de las mujeres. Después de este largo apisonamiento de llamas, la perezosa marea de paz que avanza desde el horizonte trae descanso tan sólo a una emoción en cenizas. En su calor sepultado camina el pie removiendo el hastío y su muy fundadora aceptación de la vida, que asiente al resplandor con voz opaca y mantiene viva una vehemencia grave como la muerte.

## TRABAJOS DEL VERANO

El verano ensancha enormemente su copa enceguecedora de aclamada barbarie en cuyo fondo negrea una tenue carbonilla de locura. La gran luz corpulenta, sorda boa obcecada que se ha comido el mundo, digiere con extravío, se le van a ratos los ojos en esa terquedad trastornada de un proceloso procesamiento. Esa resaca diluida en su fuerza nos desplaza como un peso hacia un desesperado borde del esplendor, hay que plantar bien el pie y de pronto la piedra es una nueva ligereza contra el lento irse a pique. Tanta blancura asfixiante acaba por invertir nuestra vista del mundo: flota la pesada tierra, vuelan las madrigueras de sombra liberada, en la aridez opaca se aclara el ofuscamiento. Y la piedra en su inesperada ligereza revela el alma risueña de su envés, su destino súbitamente indudable de claro fondo acuático y origen de aguas vivas.

La estación más difícil de domar es el verano irreprochable, hay que traerlo a casa como un noble animal violento después de haber vencido juntos la demencia.

## VERANO HEMBRA

Las mujeres, mira: arrastran el verano como un palanquín despótico de vastas ascuas desvencijadas. El verano con su caricia incauta les atenaza el rostro, les levanta rudamente los inflamados pómulos, los ojos empujados no pueden liberarse del agua ardiente que se mueve en ellos. El verano les busca por el vientre el tenebroso cuajo de su sangre, su sueño es estancarse anegando ese nido. El hombre tiene que saber entonces no apartar la sorda mano de aquella fiebre tiranizada, como si pudiera la pobre flexibilidad de sus muñecas por una vez hilar los temblores lunáticos. Entre los dos tienen que deshacer el abrazo aferrado del verano, arrancarlo de la sangre encharcada del fondo hembra el mundo, donde quiere pesar anclando para siempre el tiempo allí; entre los dos echarlo a andar por esos mundos con torpes pasos de hombre.

## LLAMA FRÍA

Llamea en los rojos del otoño para la vista sola una aérea fogata, los ojos van por el frío reconfortándose al amor de su clara lumbre bajo esa intocable limpieza con refinada cortesía sostenida. Esta inmovilidad sin corazón central pero poblada de rubores como manchas cordiales le pone su diáfana pauta al tiempo: salimos afuera como salir a un frío barbecho gris de horas, y a traérnoslas al final del día como cosas recogidas para hacerlas objetos domésticos queridos. En el abierto otoño todo es para guardar, en casa nos esperan las firmes lámparas bien ordenadas, los alimentos humeantes y el ardor afelpado de los dulces.

## ISLA DE OTOÑO

Y vienen pues los días apagados de lloviznas vagabundas y confusos nubarrones migratorios en que se suelta de nuestra rienda el año en la querencia de su gran libertad salvaje y triste, nunca del todo erradicada. Por los vastos espacios que deja descansar nuestro retiro vaga a pelo y a sí mismo abandonado el tiempo, husmeando en silencio sus antiguos mugidos y triscando con hambre pero a gusto en ella. Hay que dejarlo ir lejos, vigilándolo a la distancia sin demasiado apremio, y no sin preguntarnos aunque más o menos confiados si en la casi oscura lejanía seguirá llevando en su flanco nuestro hierro. Pero centrados en otra cosa, dedicados aquí a la orilla del pálido poderío a atesorar el oro menudo de todas estas pequeñas ternuras ignoradas que ahora que hemos quedado entre nosotros descubrimos en nuestra isla humana azotada y dichosa en su océano.

## ESTORNINOS

Contra el cielo muy pálido del grande otoño entontecido con el frío naciente y su impiedad angélica, vuelan desaforados en enormes nubes por estratos, los de cerca más negros y abultados y no obstante más raudos, los últimos ya cerca de un sucio pulular de gris manchado. Llenan por arriba el horizonte hasta desvanecerse en el cenit, a ras de frondas en torrencial jauría y en la lejana altura como empañado enjambre.

Acuden por ríos a nuestras ciudades a ignorarlas con insolencia, hacen allá arriba una obsesiva sociedad vehemente, cada pequeño ser exaltado y violento fuera de sí por la furia de la pertenencia. Se pegan al mundo sin intervalo y sin creer jamás en su verdad, gritan de dicha y de ignorancia, se comerían la vida hasta los huesos sin que pudiéramos decir nosotros que no fue por pasión.

Y suben sus ensordecedoras espirales como si no fueran a detenerse ya, como si fueran a soltarse en el abismo encandilado. Pero no: en su veloz agilidad no están nunca muy lejos del hollado origen, colonizan con desenfreno lo real sin horadar nunca mucho su espesor sumiso, el mundo es suyo con exclusión de todo pero hecho modesta presa, y sigue así conmoviéndonos aunque nos estremece esa convicción conquistadora.

También entre nosotros resonó la limpia campanada del otoño. Bajo la luz de los faroles se agita la sombra desazonada de las aprensivas hojas. Conocemos la dulzura de la tibia grey cuando el viento frío nos hace con nuestros cabellos involuntarias señas y la luz se va de nuestras frentes como una tenue voz se va haciendo inaudible. Podríamos ser esa unánime devoración, nos ha sido desde siempre dada en la enseñanza del aturdimiento esa loca verdad que resuelve todo y no retorna, pero acabo de ver desde sus ropas recién aumentadas, a la deriva por el bravo cierzo nocturno, sonreírse a unas mujeres que vienen de comprar el pan fuera de casa.

## II

# INTERMEDIO CON NUBES

## VARIACIONES DEL INNOMBRADO

### 1

Cómo sabrá el nunca nombrado
Y que sólo temiendo y para sí
Se pregunta si aún tiene nombre allí
Donde en un gran vacío desolado
De recién despeñado aire
Sin ser oído se evapora

Cómo sabrá si habita
O deshabita cada hora

Cómo sabrá si el Tiempo
Que en su animada nave embarca
Su total cargamento de aventura
Cuenta con él aún en su premura.

### 2

Dónde vivir entonces
Nublado inhabitante

Del reducto inhallable del recuerdo
Donde se tumba el Tiempo
Arropando sus pies
                haces tu casa

Y con miedosa brasa
Y punzante prestigio y lástima encharcada
Dispones tu guarida de lisiado
Abrigas tu neurálgica raigambre
Esperando que dure más que la pena de hambre
Tu provisión irrenovable de pasado.


3

Desde aquel retraído fondo
Tímidamente caldeado
Donde secuestras un inocuo ayer
Te miras allá afuera entumecer
Sin resistencia traspasado
Por el soplo del Tiempo
En el que ves pasar volando las miradas
Que te barren y borran intocadas.


4

Ninguna pista aquí delata
El velado salón de la memoria

Allí engañas a solas a tu historia
Sustrayendo a la comba de su catarata
Los charcos en la sombra rezagados
En cuyas negras aguas
Con otra pervivencia fraguas
La ceremonia infiel en la que te supones
Viviendo en clandestinas duraciones.


5

Residencia en que vivas
Respirando presente
No hay otra sino el círculo viviente
Que recorre y deslinda la curva iluminada
De una libre mirada

Que te arroja en la luz para que en ella
Seas visible tú y visible tu huella.


6

Dónde vivir entonces sino en ese volumen
Que una mirada ahonda y clarifica
Y lo mismo lo funda que lo arrasa
Esa intrépida casa
Que aboliendo sus muros se edifica.


7

Abierto abrigo
Donde tu nombre entre contigo

Donde también se abra
La luz que haga visible tu palabra

Umbral de un domicilio de tu nombre
Donde expira tu monstruo y entras hombre.


8

Cuándo tus aguas bajas danzarán inundadas
De un vaivén de miradas
Que desencalle al Tiempo de sus sordas arenas

Y escapando a la noche del pantano
Orearás tus pulmones y tus venas
Entre las ondas del espacio soberano

Y también en sus golfos atmosféricos
Habrá horizontes para amaneceres
Del nombre que soportas y que eres.

9

Negrura diáfana de los golfos profundos
Inundables de luz
Donde nadan desnudas las miradas

Cuándo me arrasarán tus marejadas.

10

¡Ah! los golfos profundos
En cuya diáfana negrura
Respiran lado a lado tu dialecto y los mundos

La misma sima te abre la casa y la aventura.

## VARIACIONES DEL CONTEMPLADOR

1

El que calla mirando
Como desde antes y después del mundo
Pulular en las anchas avenidas del Tiempo
Una indesanudable profusión de hilos
De irrastreable enigma

Ése se ha retirado
A una abrigada gruta de silencio
En cuya boca montan guardia los lenguajes
Donde incivil y sin proyecto
Supremo y embrionario
El tiempo engaña al mundo entre sus brazos.

2

Jamás en su penumbra habla el lenguaje
Pero allí habita.

### 3

Habitamos también esa orilla irredenta
En la que vive a solas la palabra
Sin hablar nunca a nadie
Cuidando sin visita su casa y su alimento

La orilla que el lenguaje ha desbrozado
Para allí haber nacido
La gran virginidad que ha conquistado
Inmortal e inviolable.

### 4

Descubrir el lugar astuto e íntimo
Donde habitar sin que lo note
Su espesa piel celosa un mundo hasta su médula

Excavar en el tiempo cálidas madrigueras
Donde jamás tropezará conmigo
El desamor guardián del bien que acecho.

### 5

Oculto en los cultivos del mundo cultivar
Como el jardín de su jardín
Un nido de espesura

Bucear por el vientre de lo dicho
Hasta sumirse en el calor oscuro
Que es vientre de ese vientre
Durar allí donde el lenguaje
No es un sonido es una fiebre.

### 6

De allí sale la espuma de rumores
Que crepita en los poros de estas líneas
Y el encallado péndulo con que vacilan.

### 7

Desde siempre he vivido este otro amor
Siempre he tenido al Tiempo aquí
Y en otra casa al mismo tiempo
Siempre en otros lugares he escondido
Insospechados desenlaces

(No
      viajador
Siempre el Tiempo te puso
En el riel que quería
De sus disímbolos amores
Nunca dejó en tus manos
Un desenlace.)

### 8

Leal a las orillas
Como si así hubieras de anclarlas
Mas cuidando de estar sin ancla tú
Y nunca agazapado cuando callas.

### 9

El habitante sin registro
El intachable de cualquier registro
Inexiliable de algún público horizonte
Y su dueño de incógnito
Nativo de un país
Donde el lenguaje sólo habla en sueños.

### 10

El que mira callando las reparticiones
Sabe qué nombre tiene la patria que recorre
En la callada casa tribal de los lenguajes
De donde es nativa
La natividad misma.

## VARIACIONES DE LA NOSTALGIA EN VERANO

### 1

El deseo se mira azul y ardiente
En su espejo de cielo
Y dolorosamente
Ignora qué desea
Y la felicidad es sin fondo y desierta
Como la tarde misma ociosamente abierta
La tarde con calor y sin tarea.

### 2

Bajo el mugido silencioso
Del gran cielo apopléjico
Divagamos huyendo del acoso
Estragados de ardor y de nostalgia
Sin poder digerir la palabra «mañana»

Merodeamos con desgana
Por los parajes de la gran fatiga
Que llamábamos dicha
Buscando la emoción quemada que nos diga
Que un gran verano inacabado es todavía
La verdadera casa que en la infancia
Guardaba la perenne y fabulosa estancia
En tonde todo siempre pervivía.

### 3

La tarde injustamente sometida
Por un sol que no duda
No contará tampoco con la ayuda
De esta luz tercamente convertida
Al dogma intolerante del calor
Que hasta el martirio del ocaso

No dará nunca en su fervor
Un luminoso paso
Fuera de su fanático sofoco.

### 4

Pero cómo escapar
En la vasta blancura sin refugio
De estos tercos fantasmas llameantes
Que el resplandor esfuma y oculta el subterfugio
De la luz cegadora

Estos ardientes huérfanos
De una enterrada hora
Ubicuos perros de unos sordos amos
Gimiendo que borremos esa orfandad en pena
Nosotros que la amamos.

### 5

No
    no volver
No deshacer la vida
No quemar su maleza desvalida
Para dejar visible una mirada
Para la cual mirarme es mirar nada

No amar la réplica de lo que era
Amar su ausencia verdadera
Viva en la llaga y viva en el presente
Ir habitado desoladamente.

### 6

La llaga evocadora
Es una llaga vívida de amante
A todas horas busco los ojos de la hora

A todas horas sé que estoy delante
Del impío imposible
Que a esos ojos jamás seré visible.


7

¿Te acuerdas de esas tardes de verano
Tratando de empujar en vano
La enorme bestia echada del calor
Y sin saber aún reconocer la ofensa
Del lastre y del sopor
Dejando fermentar temible y densa
La asfixiante inminencia de vivir

Invencible elixir
De hechizo y mal de amor
Nuestro incurable dueño
Que nos daba el delirio de besar soñando
Loca ella misma en nuestro loco sueño
Los pechos de la vida y detonar con eso
El tremendo milagro de su beso?


8

Vagamos sin objeto en compañía
De la tarde estorbosa y bella
Ahíta de sí misma
Y no tenemos nada de que hablar con ella

Vamos pensando en otra cosa
Consolidando un muro de traición desdeñosa
Clamando como mártires cautivos
Por la desolación de otros amores
Con rencor de estar vivos
Y ensordecidos por nuestros clamores.

### 9

Ah si nos alcanzaran
Aquí donde hoy estamos los que fuimos
Si inundase el presente en que vivimos
El géyser de las horas sepultadas e hirvientes
Para ahogar este ahogo de vivir pendientes
De no entregar al desamor del día
La no solicitada y dolorosa prenda
Que debió hacernos a la vez vasallos
Del manantial sin fin y la enterrada senda.

### 10

Mas qué potencia portentosa
De un vértice perdido
Restituirá el tejido
Que aflojó el tiempo en su expansión
Qué invertido empellón
Remontará el torrente para siempre seco
De una entropía desalentadora
Y haciendo resurgir el orden de la hora
Arrancará al azar inabordable
La luz inteligible donde brille el diseño
Que cure de su exilio errático y sin dueño
La divergencia atroz de nuestras vidas.

### 11

Llamea pues presente
No hará todo tu blanco poderío
Que nunca haya existido la hora ausente
Serías todo tú un alud de vacío
Si no pusiera en ti esa víscera hinchada
Donde rebullen dolorosos ecos
La crueldad sin retorno que empuja tu rïada.

## 12

Hastío alma arrumbada sin odios ni deberes
Que no sabes qué hacer con este tiempo obeso
Ya sin posible avance o retroceso
Mas no quieres perder lo que no quieres.

## 13

Compréndelo añoranza
Si se ha llenado el tiempo y ya no avanza
Si la tarde está ausente con los ojos abiertos
Y los sonoros sótanos del deseo desiertos

Es que sobre sus playas azolvadas resbala
La otra onda inaudible de un tiempo de otra escala
Pulsación inasible del abismo
Rizo del éter donde boga el tiempo mismo
Temporal firmamento de su astral parpadeo
Rotación de su río
                         cuenta de su conteo.

## 14

Allá en su cielo el Tiempo danza
Corriendo en torno a nuestra historia
Alegre perro de esa trayectoria
De la Constelación de la Añoranza
Tren de ondas escapado del presente
Que se aleja sin fin y lleva en sí su fuente.

## 15

Si aunque invisible en la blancura
Detrás del día el tiempo se constela
¿No es razón la locura
Que en la bellísima agonía apela
A la palabra sola

Que empeñó el Tiempo en su primera ola
Y quienes nos amaron algún día
No nos amarán siempre todavía
Si a pesar del olvido y la renuncia
Para siempre ese amor en su nombre se enuncia?

## 16

Tarde de ardiente fasto y de envilecimientos
En donde desangrados yacen todos los vientos
Y callan sobornadas las borrascas
Nada has dejado sin llenar y todo es tuyo
Todo gime servil ante tu orgullo
Todo lo ha corrompido tu belleza
A mí también me quitas todo mas no pidas
Que te dé las heridas
Que encenderé en la noche que en sus pozos empieza.

## 17

Y de pronto le he visto al día en llamas
Entre sus vagos velos rojos
Que un blando soplo ha descorrido
La fiebre de los ojos
Y el embriagante cuerpo herido.

## III

## EL HUÉSPED DEL TIEMPO

### RECUENTO

Como el unánime verano aquí las horas me rodean. Soy su antiguo pastor detenido a esperarlas, en postura de callado rompeolas, bañado por la espuma en que siguen llegando. Protegido de las brasas el azul, que eternamente esterilizan la cama del mañana, pues aquel que se vuelve a mirar su rebaño está siempre al amparo de una grave enramada. Paciencia, pastor de días, no vayas a querer nunca llamarte capitán.

### NIEBLA TIBIA

Ha llovido sin orden y sin deferencia alguna y no se sabe por qué ahora una vasta tibieza rezumante se echa a vivir por el mundo sin contar para nada con esa turbia victoria irreplicable, ignorándolo todo y sonriendo como una ciega, como si no supiera que está enteramente oculta tras la bruma intratable y la negrura pertinaz del abolido día. ¡Ah!, veladuras, ¿cómo sabré que se da de verdad en mi mundo esa tranquila absolución si no quiere saberlo ella misma? ¿en qué lenguaje oír esa promesa ausente que no dice su raza? ¿cómo hacerse el destinado a esa voz que con tanto desdén no se destina? Soy yo, sí; pero ¿y tú? ¿y soy entonces yo de veras? Yo que vago entre las nieblas removidas, mojándome en los charcos que sobre tu espalda vuelta abren reflejos exaltantes y sin profundidad, sé que este cálido aliento de treguas se dispone a durar sin conflicto en la noche, a errar por ella hasta el día como si no hubiera venido a otra cosa, pues en mi errancia a solas por la ciudad sumisa a la brumosa ocupación, yo tampoco haré mío lo que se piensa en mí ni llegaré jamás a los pretiles para aceptar que esta inminencia era un perdón.

## VIAJES, 1

En aquella escala de un retorno extenuado y renuente como el desplome de venas del niño cuando le apagan la fiesta, había sin embargo la misma libertad suspensa, con su gran boquete abierto e inhabitado, de aquella otra llegada, toda una era antes y tan lejos, a aquella otra fácil población sentada alegremente en su luz de aire libre. Una vez más acaricié interminablemente la ciudad, metiéndome como una mano morosa por sus recovecos y posponiendo siempre el momento terminal y enérgico de su posesión. Hay a veces raros amoríos de viajero para los que las ciudades no son hasta el fin mujeres y que prefieren al partir llevarse su virginidad intacta. Con todas mis fuerzas rehusaba ser presentado de la mano de una u otra convención a aquel trozo de mundo centrado y real como una persona. Mil veces he preferido rondar las rejas de la vida y ser su soñador enamorado, antes que cambiar la intransigencia de ese sueño por la ignominia de comprarla o de que un deber me la entregara maniatada.

## FIN DE JORNADA

La breve tarde enciende su alta lámpara
Que siga un poco más el día su tarea
Con aplicado pulso

La muy discreta exaltación de luz
Tan lavada de drama
Que ni un poco de ritmo pesa en ella
Desliza su reflejo susurrado

Hasta este fondo tibio
De penumbra sobada y de rumor de hombres
Donde encallado en una rubia arena
Espero apenas deslumbrado
La preciosa visita.


## NO DECIR

¡Ah! claras diosas nonatas, ¿cómo no guardo de verdad silencio?
Ni sé quién está en mí callado huyendo alegremente de pensar la
sencillez más imposible, esta fresca explosión de la fuente azul
de la blancura, como si un tiempo hembra me hubiera dado
ahora mismo a luz, más joven aún que yo, nacida en la irrupción
de la misma cascada pero nativamente madre. Daría vergüenza
decir, si esto fuera decir, cuánto me ama su jovialidad desnuda,
cómo bailan conmigo todos los verdes centelleados, cómo le cos-
quillea en la garganta al mundo la pueril impaciencia de viajar
conmigo. Sería contrahechura pensar, si esto fuera pensar, de
qué manera conspiramos todos por esta esclavitud secretamente
idolatrada a la diáfana ley de la respiración, cómo todas las
mujeres que cruzo se saben a mi paso hermanas y se comunican
la cifra que traduce mi nombre. ¿Sois vosotras pues, Nonatas,
las que empujáis estas palabras que no puedo ni quiero hacer
mías, que sólo cuentan con lo que no dicen? Yo sólo de lejos sigo
su giro en espiral, su paso de lo oscuro a lo infijable al conato al
desistimiento siempre por debajo de su materia, y sólo puedo en
imaginación dedicarlas, más allá del que escucha y sin tocarlo, a
aquel que en él nada puede hacer con ellas.


## CASAS, 1

Nos miramos el balcón y yo como se miran los viejos amantes
desde sus vidas de ahora mutuamente intocables y vigiladas.
Más lejos de nuestro deudo el Presente que si le fuéramos infie-

les, fatalmente cerrados a las asiduidades de hoy en nuestra certeza de estar ante la Leyenda sin retorno, más que inalcanzables por no abrigar protesta alguna ante lo inalcanzable. Pues no se abrirá la antigua casa ni nada en mí intentará pasar subrepticiamente al otro lado de las bobas paredes, ni siquiera la ilusión con su cine de balde. Pero cómo quisiera ella, si fuera ese pensamiento representable, que supiera yo cómo se ve desde su balcón, desde ese lugar que desde entonces se enclaustró trágicamente allí para hacer mi ausencia inamovible, esta calle que en aquel tiempo miraban superpuestos nuestros ojos en la concertación magnificente del regazo tranquilo y el peso abandonado, y desde la que estoy mirando ahora su espacioso cuerpo largamente poseído sin mi conocimiento, y sin saber tampoco yo cómo decirle que todos estos abultados años que no quiero dejar de hacer míos no quisiera sin embargo habérselos hurtado.

## VIÑETA

Hay una plata de la noche, plata negra pero plata por lo frío y sibilante, por la tenue alucinación empañada, por la enemistad sin ruido. Se afina en las muy altas horas y prepara ese momento de la madrugada en que el mundo es cruelmente succionado y cae en mortal pasmo la esperanza. Un poco antes, está a punto de hacer eclosión la hora justa para un fogonazo en la noche o para ser tuyo sin consideraciones.

## VIAJES, 2

Los niños llegaban callando con rencor, pesados de empujar en su reticencia, los viejos abriguitos rabiosamente abotonados, humillados por las poco costosas zalemas. Había que entrar en aquel mundo ajeno, tomar vilmente una hospitalidad de utilería cuya falsedad era alucinantemente inmencionable. ¿Dónde se decidían aquellos pasos, viajes, movimientos, traslados, quién insistía en desplegar maniáticamente un juego cuyas reglas estaban siempre de espaldas y si no se pulverizaban instantáneamente era sólo porque la verdad tenía desde siempre retorcido el pescuezo? Era invisible de tan incalculable lo que quedaba en los niños violado. Allí estaban, menudos rehenes de una ética obscena, entregados inermes a la ficción inacusable de los brazos abiertos y la acogida desapasionada, que un mundo comunitario y desalmado, bien dueño de sí mismo y que calcula la generosidad, desplegaba magistralmente para no dar nada, para abrirles su casa pero jamás hacerlos suyos como la entraña que los hubiera liberado. Así engordaba la mentira engulléndose aquellos tiernos bocados errantes, porque el niño tiene el juicio suspendido y no puede apuñalar telones para que brote la sangre abrasadora.


### PROCLAMA

Toda tu vigilancia, escuchador, sólo para saber intransigentemente dónde sonó de veras cada voz. Toda tu fuerza en la prosecución de los caminos, toda tu audacia en la minucia prodigiosa. De esa apretada humildad el cañamazo es todo de sorpresas. Dejar que al ojo todo le sea dictado desde enfrente para quedar, admirador, duraderamente deslumbrado por la voz con que te has nombrado en tu mirada.


### VIAJES, 3

Hay partidas que dejan caer con demasiada fuerza la pesada cuchilla y su ancho golpe en blando de sorbido chasquido, que cortan también las capas de abajo del tiempo, dividen con nuestra vida a la vez el suelo en que se levantaba, parten en dos el mundo y dejan brechas insalvables en los caminos para volver a las casas y los corazones que nos alojaron. Aquella vez había vivido demasiado a la intemperie, había esperado mucho que aclarara el sombrío temporal para sacar un poco la mirada de los negros huecos y los húmedos rincones donde únicamente la cobijaba, y sólo cuando el sañudo clima se cansó de perseguirme empecé a amasar de aquella tierra una joven madriguera que ahora tendría que dejar desierta en su fragilidad inmadura. Pensaba en los afectos que me despedían para siempre y que presenciarían sin poder hacer nada aquella siembra niña que empezaba a criar allí y que a nadie serviría en su corta estatura. ¿Sabrán ellos todavía que ahora vive en mí la casa donde nunca volveré a vivir y que me traje conmigo el cielo siempre a salvo con que la rodeaba la rotación de sus rostros, y al que sigo saliendo a respirar con ellos?

## CASAS, 2

Este amigo mío tenía voz de maleza, apagaba macizamente cigarrillos apenas empezados mirando hacia otra parte, iba y venía por su casa como si estuviera siempre abierta y se cruzaba en ella con sus huéspedes como si hubiéramos llegado allí sin su deliberada intervención. Su casa parecía siempre recién salida del baño y ligera de ropas en el ojeroso esplendor tropical, se pasaba toda la noche en perezosas habladurías con el agua y las flores del jardín calenturiento y desvelado, y en las pasionales tormentas nocturnas de tierra caliente suspiraba toda recorrida de frescores y alivios, como una mujer noble y solitaria alcanzada por sus ilusiones. En esa casa hablábamos alto separados por abiertos corredores deslumbrados y reíamos con un leve chirrido de histeria, aprensivos de un pacto que a veces entreveíamos furtivamente al entrar en el cuarto de otro o al escuchar de lejos sus conversaciones, un pacto una talla mayor que nuestras vidas y que a ratos teníamos la casi llorosa tentación de jurarnos para siempre.

## VIAJES, 4

Antes de la despedida me acompañó en la primera etapa la menos gravosa ternura. Unas pocas horas ya en viaje y todavía sin deshacer los lazos de diálogo favorable y confesado hermanamiento. Viendo desfilar sin rastro de hostilidad los paisajes de un mundo en tregua desde aquella burbuja en movimiento de tiempo respirable en cuyo seno diáfano avanzábamos sin la menor asfixia y sin pensar en la sentencia del apeadero que esperaba al final con su impostergable hocico. Abriendo con jovial holgura la jaula de las palabras de abajo, viendo ondular con prodigiosa soltura hasta la superficie iluminada las floraciones de las profundidades, por una vez inalcanzablemente a salvo de la punción de negrura que emborrona las ondas donde flota toda la luz humana. Nada más serio que esa alada sonrisa de una diosa de roca, la alegre liviandad que emana a veces del peso mismo de una vida que de pronto aprende a embarcar en la despreocupación de ágiles velas toda su grave carga sin perder una partícula, como si aprendiera a poner la densidad de sus verdades en la radiante evanescencia danzada de un lenguaje.

## CASAS, 3

Pocos hombres conocen ya la mezclada tarea de hacer con sus manos la casa con la que dormirán. Es un trabajo pegajoso hecho constantemente en un atávico estrabismo que no le deja enfocar bien una idea de lo que hace. Como si mientras arriba impera el torso empeñado en su lúcida edificación, de cintura para abajo siguiéramos hundidos en una confusa gleba de ásperos escarbamientos y duras grietas de acurrucarse. Toda casa quiere crecer hacia el cielo pero empieza a ras de madriguera y nunca puede ocultar del todo cómo edificar es el ramal de un empeño que sigue cada vez empezando en labranza. La casa no se eleva sino después de haberle sepultado en la sombra una raíz, siempre se empieza hacia abajo, y el hombre que jadeó largamente preparando él mismo el festín de sus nupcias y no compró ya hechas las bodas con su morada es el único que no olvidará nunca ese linaje oscuro y sabrá que dormir con su casa es siempre hundirse en una tierra un día laboriosamente desflorada.

## URBANIDAD

Imposible adivinar desde qué remotos sueños inmirables salen al agua recién filtrada de la mañana todas estas gentes instantáneamente repartidas en sus menudas empresas siempre ya empezadas y jamás medibles. De una orilla a otra del proceloso día se dejará arrastrar por su animoso hormigueo el gran cuerpo pasivo de la ciudad voluptuosamente parasitado. Está ya completo y firme el cielo netamente azul y su franca luz descriptiva y cada uno se remueve reducido y holgado en el gran baño de presión pululante. Estas son las calles por las que hemos deambulado tanto buscando el sitio de la cita siempre confusa con la vida, donde hemos paladeado inevitablemente los mil sabores de la espera, todos inolvidables desde la náusea hasta la delicia, desde donde hemos hecho señas desesperadas al tiempo en su supremo vuelo que nunca se posó en nuestras aceras. Siempre ante la altivez radiante de la vida desnuda sentimos por estas calles que le faltaba peso a nuestra plomada, nunca acabamos de añadir rasgos al rostro con que nos soñábamos para ser su elegido, y su mirada virgen dejó sin fin suspensa como un gesto que no acaba de caer nuestra vaga asiduidad callejera. Pero también sabíamos que aunque no pudimos arrancarnos de esta diluida aventura de urbanidad trillada para saltar al abismo inmóvil de su amor, eran sin embargo los nimios y enternecedores monumentos de una historia de amor lo que en el vagabundeo encantador e irresponsable sembrábamos por las sobadas orillas de este enredijo de grises correnteras.

## CASAS, 4

Toda la casa pensaba ya secretamente en eso, sumida como si nada en sus humildes ciclos, revolviendo todavía tenuemente su leve atmósfera lechosa de esclarecido gris, dejando escurrir el paciente peso de la sombra y ayudando a emerger en las frescas estrías a los pliegues, los blandos amontonamientos, los esponjados bultos que dan sus rasgos al territorio de esta encomienda suya tan santamente aceptada. Y de pronto, allá en su cosmos desmedidamente ajeno, imperativamente alzado en su orgulloso y fatal rumbo, desnudo, radiante y obtuso, el sol rasga una línea en la membrana que temblaba entre dos cerros, y brota el centelleo que nos mataría si no estuviera mitigado de niñez, frescura y mieles. Y ríen sorprendidas todas las ventanas que lo estaban sabiendo sin equívocos. Ríe la casa toda, alborozada por los rayos traviesos que rebotan, escinden reflejos malabaristas, encienden fuegos en las aristas cristalinas, revelan mundos en las transparencias, drogan a los colores y ponen en roja ingravidez a las paredes.

Pero ha subido ya de peso levemente el día, el sobresalto juguetón aquieta su cosquilla y lo que queda es una tranquila magia en cuyos labios no cesa la sonrisa.

La casa sabe, aunque no tendrá nunca para eso un nombre, que allí sonríen la gracia del milagro y la gracia que la salva del peligro del milagro. Había que vencer también al juego y su airoso arrebato, no ha volado en astillas la repartición, el haz de fuegos que la casa ha capturado deja intacta la intocable libertad de la fiera celeste, y su trombón terrible tampoco devastó a la casa con su hecatombe áurea: leal entre sus paredes no queda sino un salubre don de rubor y ensoñaciones, y en la memoria de su tarea para siempre inscrita la cifra de la balanza, que ha de reiterar sin fin el instantáneo paso de su fiel por estos fulgurantes equilibrios, mágico punto inapropiable y posible.


VIAJES, 5


Mirado desde un tren el mundo es bello y hosco como una muchacha espiada en su baño. Y nunca si flota en el aire del viaje es senil la mirada que mira esa belleza, pero es para siempre cierto que jamás tuvo ni tendrá la juventud que se le muestra allí, acercada hasta el límite en su intocable halo, irresistible invitación a embriagar sin futuro nuestro indomiciliable sueño. Este horizonte hirsuto y reticente en su altiva soledad vegetal, mineral, animal sigue profuso y repetitivo tenazmente fundándose ante nuestras propias narices sin nosotros. Corremos a un palmo de los pinos de anchos hombros, las encinas de reseca lengua, los álamos sensitivos a contrapelo, tanta prolífera mata de obtusa raza, a lo largo de una interminable orilla de desdén soberbio. Pero bien sabe esa hosquedad que será alguna vez mirada en su esplendor mayor y subrepticio, desde una mazmorra de impotencia anhelada sin freno, fuera de su ley amada y su sombra atropellada por el sueño. Nada extiende tanto el suelo de la vida como ese diálogo negado que tenemos con ella, los dos de espaldas pero en algún sitio completándose nuestras réplicas. Con lo que en sueños atropella el deseo bien puede en una luz del día dignificar lo deseado, y de lo que es fuera de su ley con sinrazón amado, una ley que no es suya puede hacerse su dueño y darle su alto nombre. Muchacha exhibida en su recato, esta belleza que vive de no dársenos no viviría sin nosotros; y la historia que nos trenza a ella a espaldas nuestras irrumpe instantáneamente en nuestras mudeces enfrentadas cuando de pronto ella se abre en amarillos con la alta risa impune de la retama, cuando desfallece toda la ternura umbría con el morado espliego, y ese espasmo es también el nuestro y también la nuestra esa dulzura en vuelo.

## ALTITUD

¿Adónde nos han subido? ¿Nos hemos salido del espacio? ¿del tiempo? ¿de los dentros? ¿de los fueras? Esta interminable veladura no es de nubes, ni siquiera son brumas entre los ojos y el mundo, es el mundo mismo en plena indecisión de su visibilidad, lo estamos sorprendiendo con aterradora indiscreción en el confuso lecho parturiento donde yace oprimido por

vagos sobresaltos, incapaz de resolverse a haber nacido sin
vacilaciones, queriendo soñar de nuevo el vasto delirio de su
despertar.

¡Ah!, sí, estamos naciendo, ¿cómo seríamos ya nosotros
cuando todavía duda en tomar su arranque el tiempo?, somos
el todavía-no-mundo, arrojados en sueños a una impensable
playa en la ola de esta arrasadora nostalgia inversa, esta abismada nostalgia de las playas futuras, desgarrando, sin querer, el
tiempo de la eternidad. Tiránicamente arrancados de una gran
nostalgia a otra, pues éstas son las brumas sin comienzo donde el
nacer, chapoteando, tiene que ahogar su más grande amor, el
mortal amor desolado, la bellísima, inconsolable pesadilla.
Desconocida soledad del nacimiento, insondable y brumosa pero
sin llaga, abrigado terror que no se posa, que flota y no aplasta,
ceguera a salvo de todas las quemaduras. ¡Ah!, sí, estamos
naciendo en sueños, todos los pisos del tiempo derramados unos
en otros, toda la vida de dentro y de fuera revuelta en un gimien-
te delirio como las confusas entrañas esparcidas sin fin de un
júbilo.


PAISAJE CON PÁJAROS

La tarde azul y blanca extiende a todas partes su reinado sin
luchar con nada, ni aun con la pesadez del mundo que la exime
en su sereno privilegio, libre entre las dos manos de la pacifi-
cación detrás de las cuales quedan a un lado y el otro el calor y
el frío, la tiniebla y el incendio, maravillosamente limpia de
pecado y sin mota de doblez en su molicie iluminada. Por ese
augusto espacio de consentimiento cruzan los pájaros como fugaces hallazgos de un pensamiento sin codicia. Van y vienen
cambiando de altitud sobre la marcha y llenan con soltura un
orden perviviente y fácil como un juego. Los pájaros saben con
exactitud la tarea y el canto de la hora, el centro de la órbita y
el norte del viaje, no cesan nunca como si también ellos tuvieran
que asegurar que será mirado el rostro de la vida, instauran tam-

bién un reino suyo y entre todos disponen las partes donde el día pensado podrá amarse. Fieles a la vez a un nido y a un incondicionamiento de aventura, pueblan como nosotros la repartición con sus tareas, y como nosotros salen gritando a la inmensidad y no dejarán solo al mundo.

[Madrid-Barcelona-Rià,
abr. 1986-sept. 1987]

# 11

# *Noticia natural*

## [1988-1992]

## CONSABIDA NOTICIA

### DIFERENCIAS SOBRE EL OTOÑO

#### 1

Vuelve a mordernos siempre estas tardes de octubre
Nuestro residuo de hambre para siempre insaciado
Insobornablemente este aire es salubre
Aunque estuviera y no lo está estancado

Mas ninguna belleza es nunca triste
Sino altivo el refugio adonde tiende
No se ampara del mundo sabe que en él la entiende
Hasta la pesantez que le resiste

No se ampara del tiempo y su regia violencia
Todo eso es intemperie y su vida es aerobia
Se ampara de nosotros sólo nuestra es la fobia
Que borra y tergiversa y deserta y silencia
Toda belleza hiere allí donde atacados
De la tara incurable del olvido dormita
Nuestro rencor brumoso de lisiados
Que nunca irán desnudos e inermes a una cita

Mas mira los aleros rosas en la penumbra
Aura fiel que al amor desmemoriado alumbra.

## 2

El cielo quiere que lo dejen solo

No se digna decirlo pero no deja duda
Su castidad de polo
Ni el nácar gélido con que se escuda
Y que nos borra el habla pero al menos
Con un silencio que sabemos santo
Puesto que duelen tanto
Las ganas de ser buenos.

## 3

Llega el tan demorado cumplimiento
Con su emoción sin mengua y más segura

Tiene Otoño su belleza tan madura
Y tan fresco su aliento.

## 4

Tiene tan sensitivo Otoño el pecho
El desnudo tan santo
Tanta dúctil cintura
Tan poco peso suficiente y hecho
Para yacer o alzarlo y basta tanto
Su silencio sin prisa y sin hartura

Es tan paciente con la hiel del hombre
Tan apagadamente le lava la ponzoña
Tan libre de heroísmos desdeñados le guía
Que quisiera poder cambiarle el nombre
Y me dan ganas de llamarle Otoña
Otoña sí la otoña Otoña mía.

### 5

No por la íntima dicha pierde Otoño el decoro
Ni les teme a los obvios amarillos de miel
A todas luces esa miel es oro
Y digno el pozo azul de su desnudez fiel
Sereno de saber que finalmente
El tiempo aventurero ha vuelto a casa
Y nosotros con él (por eso nos consiente)

Y si es brumoso a veces lo que pasa
Es que jamás se ha visto un corazón
Bien dibujado en la emoción.

### 6

Cuando Otoño está limpio el mar se asea
Lava por fin su inmemorial legaña
Y desnudo de crestas y de crines baña
Su hondo cuerpo en la diáfana marea
Se lame el vientre oscuro peina el móvil destello
De sus lóbregos rizos y saludable y bello
Sin velos bajo el cielo azul se muestra
Tendiéndose en la luz que le ilumina
Y glacial le acaricia su negra piel marina
Como a nosotros el calor la nuestra.

### 7

Hoy el día no parte su azul fresco
Dulce pero exigente y sin coartada
No quiere nuestro sino todo o nada
Como ese amor sublime y novelesco
Que espera intacto y sin dejar resquicio
El salto a su radiante precipicio.

## 8

También ella es efímera pero la gloria
De otoño es otra historia

El velo de frondor se desvanece
Y entre ramas desnudas la perspectiva crece

Y aprenden nuestras vidas con el límpido abismo
Cómo buscar refugio en el destino mismo.

## DIFERENCIAS SOBRE EL INVIERNO

### 1

No es el calor y su clemencia roja
Lo más precioso de que nos despoja
El invierno en su abierta sepultura

Lo que su avance mudo y obstinado
Ha dejado hace mucho sepultado
Es todo sitio para una frescura.

### 2

La sombra de las nubes que resbala
Por el hielo del lago mudo y plano
Como una oscura y disgregada ala
Que impalpable lo palpa con su ciega mano
Sigue ignorando que ya existe el mundo

Y en su sueño errabundo
Sigue tramando hacerlo eternamente
Su desmedida y desolada mente.

### 3

Si en la nevada vastedad cupiera
Pensar que algo ha de ser de otra manera
Sería extraño ante el suspenso cielo
Que un resplandor tan denso nunca hable
Y que tanta presencia inacallable
Tanta ausencia de voz tenga por suelo.

### 4

El blanco enigma que en la nieve flota
Es lo que la desprende de la paz remota
Donde el puro silencio le responde
Y hace que a esta rugosa tierra hirsuta
Incalmable en el fondo de su aérea ruta
Enigmáticamente sea adonde
Tengan que descender de fatal modo
Sus blancos labios a callarlo todo.

### 5

Pero su drama es tan moroso y leve
Es tan ingrávido su cataclismo

Que en él se calla hasta el enigma mismo
Y sonámbulamente cae la nieve.

### 8

Si su contacto hiela a la vez quema
La violenta visión de su blancura

Con doble estratagema
La nieve aserta su noticia pura.

### 7

Si rectamente cubre el hielo
Algún cable mecido frente al cielo
Ningún azul se ahonda más

Ningún cielo en el mundo
Es más limpio y profundo
Que el cielo y el azul que ves detrás
De ese incendiado parpadeo
Que lanza su obsesivo alerta
A la entumida infinitud desierta
De un espacio sin drama y sin deseo.

8

De nítido diamante revestido
Decorativamente nos envía
Sus alfileretazos de luz fría
El ramaje ganchudo y renegrido

Disfrazado a ojos vista
Su enjoyado esqueleto se engalana
Y en la efusión centelleante y vana
Brilla el escuálido exhibicionista

Pero ¿qué infancia nuestra ilesa
Rudimentariamente se embelesa
En las llamadas ciertas o presuntas
De una emoción ilusionista o bella
Que bajo el hielo hipnótico destella
Inmortalmente inmune a las preguntas?

9

La blanca niebla ahogó la nieve blanca
Y desmedidamente al fin se estanca
Borrando todo el orbe
El arrullo del tiempo ya no suena
La henchida esponja de blancura sorbe
Todos sus cursos en su tenue arena

No podrá nunca la encallada vida
Desmantelar su emborronado juego

Mirada en blanco suspendida
Del insomnio del ciego.

10

Qué me susurran en su lengua extraña
Robándome de en medio de los míos
Pegados contra mí tus labios fríos
Amiga insobornable nieve huraña

Fuereña intransigente
Te obstinas en callar entre mi gente
Me sacas del idioma en que me abrigo
Para infielmente recorrer contigo
Un mudo amor de intraducible paria

Y torturada al sol pisoteada
Negarías haberme dicho nada
Oh blanca voz sin casa oh solitaria.

11

Ciega en el manto tan tupido y leve
Que teje el vuelo de la nieve
La tormenta imagina que se mece
Y ya no sabe a ciencia cierta
Si el trueno que a ella misma la estremece
Lo ha proferido en sueños o despierta.

12

Sin duda nos engaña la memoria
Son sueño esos recuerdos en girones
Que hablan de la anterior y ardiente historia
De otras perplejas estaciones

Sin duda el inmordible invierno ha estado
Desde siempre en el mundo ya empezado

Cuando nació el nacer y habló el azar
Más que el Tiempo increado más que la Inercia inerte

Cómo pudo jamás lo que es la muerte
De todos los comienzos comenzar.

### 13

La inabarcable nieve intacta
Que hace imposible imaginar en ella
La vanidad dudosa de una huella
En la extensión de su presencia exacta
Nos deja ver lo que sería
La blanca vida manifiesta y fría
De quien durara bajo un firmamento
Sin tener que arrastrar un nacimiento.

### 14

Con su helada evidencia
La nieve dice que ella es otra cosa
Asentada en la vasta diferencia
Que va de un ser que nace a un algo que se posa.

### 15

Y cuando una mañana
Por vez primera se nos muestra en ella
El drama de una huella
No puede ser humana
Aquella altiva y solitaria estela
Dos trazos de certeza paralela
Que en su perfecta gracia nadie ha puesto

Ninguna mano haría sino la de un dios
De un tan indestramable único gesto
Tan unánimemente dos.

## 16

Si de puro intocable tiene a raya
La vulnerable nieve al atropello
Y si a pesar de ello
Su inmóvil exigencia no soslaya
Que acabe por hozarla el mundo obtuso
Sin meta se amontona el rastro innoble
De ese inservible pleitear confuso

Sordos en su verdad aislada y doble
El tiempo deja a descubierto
Su demencial incontinencia
Y la intachable ley de la inocencia
La enemistad de su rigor desierto.

## DIFERENCIAS SOBRE LA PRIMAVERA

### 1

Bajo los nubarrones que en su torva ronda
Persiguen todo brillo a la redonda
La tierna hierba sin embargo brilla
En su glacial aura amarilla
Con fulgor insensato de insomne soñadora

En la agonía de la hora
La joven luminosidad no ha muerto
Quieta en el aire oscurecido y yerto
Con los ojos cerrados yace desabrigada

Ausente de la helada
Recogida y pequeña
Vuelta a la terquedad del feto sueña.

2

Un frío de pezones descubiertos
Punza a los tiernos brotes sensitivos
Frágiles y ateridos pero ciertos
De estar irrevocablemente vivos

En la apretada fuerza comprimida
De su inmostrable vida
Los retoños devoran de antemano
Congelado el verano

Nada más delicadamente lento
Que esta urgencia impaciente pero absorta

Detrás del tiempo y su acerado viento
Otro tiempo sin voz que nunca aborta
En su inminencia henchida
De goterón a ras de la caída
Lo vive a ojos cerrados todo para sí mismo
Antes de dárselo a su propio abismo.

3

Por nuestras tierras bajas se apresura
Un aire límpido de gran altura
Una virginidad salubre y boba
Que nunca se enteró de la taimada historia
Del viejo tiempo astuto y que se soba
Sin compostura con la parda escoria
Que es nuestro lastre y nuestra pertenencia
Y en ella obra milagros su inocencia.

4

Cuando hay ya un rastro de sazón y aroma
En la muy mineral raíz del frío

En los serenos parques más que nunca asoma
La muda dignidad que los rodea
Esa aura de cautivo señorío
Que se atiene a su suerte y su tarea

No vemos lo que allá en silencio mira
Mecida en las alturas su mirada
Mas los vemos mirarlo y su señal velada
No por inaccesible nos retira
Su lealtad de cercano camarada.

5

Los parques no rehúyen lo solemne
En el frescor risueño pero es con una indemne
Solemnidad bifronte

Sin nosotros responde a otro horizonte
Su seriedad mayor innegociable
Pero cruza también la incontinencia
De nuestro fabular para sin reticencia
En la fabulación hacerse afable.

6

El aire nuevo que nos echa encima
Las lúcidas cascadas de su salubre clima
No hurgaría jamás una memoria
Que la penumbra ampara
Nada nos echará nunca a la cara
De nuestra bochornosa historia

Rebautizando todo en la pureza
No olvida ni perdona —empieza.

7

Tan poca cosa dice la cercenada luna
Detrás de sus mojados velos

Pero hasta el límite del horizonte
Se sigue trasluciendo su ahogado pensamiento

Cuando el mundo descansa
De su efusión de visibilidad
No se desploma en la abismal ausencia
No deja de bogar en lo real

Se acuesta en brazos de la viva noche
Que en la penumbra insomne vela
Y en la solicitud del seno oscuro
Borroso y no borrado hiberna
Mientras los astros que le montan guardia
Susurran todo el tiempo la presencia.

## DIFERENCIAS SOBRE EL VERANO

### 1

Punzante soledad de la cigarra
El verano en su exceso mismo borra
La riqueza fatal que le atiborra
Y nada da de veras —despilfarra.

### 2

Verano desmedido no celebres
Tu triunfante redil sobrepoblado
Donde ya no cabemos tantas fiebres
Que el agobio amordaza lado a lado

¿No oyes el jadear desesperado
Con que todo en tu cárcel de abundancia
Sueña su libertad y su distancia?

### 3

El verano es mortal fervientemente
Cargado a tope el tren de sus edades
No tiene tiempo para eternidades

Se encierra en el fortín de su presente
Congregando su bien y su alimento
En un inexpugnable hacinamiento
Y amasa densas horas tras el muro
Que lo protege de cualquier futuro.

### 4

Todo menos la fuga en el verano cabe
Atado al carro de su rito espeso
El cuerpo irradia fuerza pero sabe
Que sigue en la tiniebla el núcleo de su peso
Y que en el esplendor donde vibra el camino
Tiene los ojos ciegos su destino.

### 5

Amor fanático a la brisa parca
Que nos traen de lejísimos a veces
Como un don altanero de jerarca
Los siempre inabordables jueces
Del verano inflexible para que sepamos
Que no desean nuestra muerte nuestros amos.

### 6

Desde algún más allá limpio y precario
El leve soplo delicioso baja
Y lo posible frescamente raja
El denso ahogo de lo necesario.

## 7

Alegre en el calor
Insoportable
Toda el agua es amor
Risa potable.

## 8

Apostadas a solas por el amargo suelo
Las cigarras fanáticas se aferran al lugar
Y ni un instante piensa ninguna en desertar
Tienen que mantener hinchado el cielo
Zumbar heroicamente a presión en su cráneo
Sin aflojar su alarma frenética y vibrante
Y sostener el cerro del verano gigante
Seguras que al menor hiato instantáneo
De su hosca militancia se desmoronaría
Todo el enorme ardor vacilante del día.

## 9

Exhausto como un niño enardecido
Duerme ya el cielo veraniego
Cuando aún se perpetúa un eco embebecido
Del resplandor más bellamente ciego
Lívido untuosamente y estragado de rosas

El tiempo se abandona con las manos ociosas
Y corre ya escapada la brisa husmeadora
Con la que está soñando el tierno estío ahora.

## ABANICOS

### I

Este papel plegado en dócil ala
Cuándo voló y de dónde hasta la mano
Que se promueve ave haciendo gala
De un batir de aletazo soberano
Mas no a sí mismo el cuerpo se propaga
En este vuelo ancladamente humano
Vuelo del soplo y no del ave nada
Por un edén la mano angelizada.

### II

Un rato sacas la cara
Fogosa pero insumisa
A la salvadora brisa
Que la mano te depara
Como si por fin la alzara
Náufraga en aire y sedienta
Con su piadosa tormenta
Sobre el ahogo estival
El mínimo vendaval
Que tu abanico le inventa.

### III

Pay-pay de Marina

¿Toda brisa es marina?
¿Toda bruma opalina?
¿Todo pay-pay de China?
¿Todo amparo Marina?

### IV

En el ardiente crepúsculo
De asfixiante paraíso

Vive un tumulto minúsculo
Que levanta su indeciso
Pálpito de mariposa.
Y al cerrarse, si se posa,
Da un suave rasgueo de ala
Y un tenue golpe de pico,
Sedante ruido que avala
Su nombre mismo: abanico.

### V

Aproximada tentadoramente
A un ardoroso rostro femenino,
Lanzándole su aliento tan vecino
Y a su vez ávida de su relente,
Buscándole sus labios o su pico,

Pavoneando en la vistosa liza
Con obvio aletear, se viriliza
La aérea ánima del abanico.

### VI

La carne que un soplo exalta
En plena beatitud ora
Por su salvación, y añora
La redención de su falta,
Pues bajo el borbotón tibio
Que el abanico le vierte
A latidos, se convierte
A la fe de un fresco alivio;
Y también su parte alada
—La piel, presa del estío,
De un rostro con albedrío
Por el que será juzgada—
Sueña encontrar la salida
Hacia un más allá que inverte

El sofoco de la muerte
En eterna fresca vida.

## QUIÉN VIVE

### EL DESAMOR

#### I

Dónde me has puesto Amor
Cuál tarea me has dado en tu fiero reparto
Que me tienes aquí cuidando a brazo limpio
El borbotón natal del tiempo
Sin dejarme soltarlo y correr a tu lecho
Prohibiéndome dejar en mi lugar un dique
Con esta fuerza inútil levantado
Que me dispense del mortal deber
Con que me excluyes de tus regadíos
Pues es mi vida misma la que exiges
Que custodie esta viva sepultura
Donde destierras tus raíces
Para soltar de espaldas tu risa salvadora
Y donde es mi tarea
Sostener el milagro en el que no confío.

#### II

No digas que algún día
En algún limpio cruce
De los que en sus empresas
clementes abre el tiempo

Estarás a mi lado

Nunca estarás conmigo
En la tiniebla inmóvil
Donde estoy para siempre inconsolado
Velando al que no amaste.

### III

La noche amoratada y terregosa
Anda rejega asustadiza a tropezones
Embistiendo por fuera su corral
Buscando a ciegas el portón del mundo
Por donde echarse abajo y acercarnos
Su cuerpo grande y sucio y sin cobijo

Tú muerdes el silencio no sé dónde
No estás en ningún sitio de mi vida

La noche lejos desespera
Se le ahoga la voz en la garganta
Se sofoca en boqueos sin proferir su lluvia
Sin llegar a soltar sus vendavales

Nada vendrá a inundarnos y lavarnos
Nada me limpiará de nuevo el alma
Que dejaste tan turbia y encharcada
Para mis chapoteos bajo el cielo sin soplos
Del desaliento.

### IV

Bajo este sol compacto sin compensaciones
El encharcado unísono del mundo
Pulula sin moverse
Nada se cumple nunca
En este denso espacio caldeado
A la vez tan pesante y suspendido

El tiempo cíclope patentemente ignora
Toda doble visión

Nuestra riqueza hoy es la radiante
    putrescencia de todo
Donde fermenta un bien sin redención
Como un mal sin malicia

¿Estaremos al fin convulso Amor
Curados para siempre del destino?
¿Será de veras consistencia
Este mudo tirón de nuestra resistencia
Que busca anclar la salvación
Y la dulzura
En la constancia obtusa de las cosas?

Aquí rebota el sol
En nuestro pecho bellamente inerte
Y su blancura alrededor silencia
Las retorcidas voces del enigma
Mientras tan cerca de estos rostros nuestros
El vértigo fatal de los llamados
Malignamente ulula.

V

No sabrás nunca cuando vuelvo a casa
De mi vagabundeo indiagramable
De qué sitios sin rastro
Tu amor y yo volvemos

El que yerra sin raza
Sin nombre sin deberes
Va por caminos de donde se vuelve
Pero a los que jamás se vuelve
Vive y respira desaparecido

Sin hablar con ninguno
Salvo los dioses indomiciliables
Y la divina burla de su idioma

Nada de allá te traigo
Sino a mí mismo y tan intacto
Que ni en mi alma dormida
Encontrarías una sola huella

Pero he llevado por allá de la mano
Este amor nuestro para que entreabriera
Lejos de nuestro estruendo
Los infantiles párpados martirizados.

## VI

Hay un premio de tregua en los exilios
Hay esta tarde un fasto de nostalgias

(Los jugosos azules por supuesto
Pero también estos lanosos grises
Que esta vez son un noble lujo
En esta seriedad inesperada
De una inexperta primavera
Modestamente joven que abotona
Tan cuidadosamente sus más tiernos verdes)

El Amor ha mudado su cruel templo
Lejos de nuestra vida
Y en su violenta ausencia
Que nos deja vacío el fragoso escenario
Ha aparecido al fondo una paz limpia y plana

El pobre mundo nos sonríe
El mundo otra vez rey del mundo

Que con su peso y sin abismo
Con su certeza y sin relámpago
Se alegra de su turno de seducir al sueño

Pero dime Quietud
Dime que esta paciencia tiene un nombre vivo
Y que lejos del sísmico corazón de la vida
Todavía el pulmón respira tiempo

Todavía es riqueza cruzar las blandas horas
Donde un destino dócil
Amado perro inocuo
Nos sigue en nuestra errancia
Por estas extensiones sin consuelo
Tal vez las mismas donde un día
En su inmortalidad vagará el alma.

## VII

No viene ya de retumbantes grutas
No cae con la melena enloquecida
En sordas cataratas
No llega hirviente ni salobre ni álgida
Viene ahora sin furia y sin estruendo
La onda del tiempo manso

Lame mis pies con blandas olas bajas
Sigue su curso sin alzar la voz
Se va incontaminada
Sin tormentas sin vórtices
Sin nubarrones sin mentar mi muerte
Sin gota de mi sangre

Y bien sé que si allí donde hablas sola
En la otra orilla de este hendido mundo
Mojaras tú también tus mudos labios

Corriente abajo de estas aguas
No pensarías nunca que es el mismo
Donde sigo flotando como un antiguo ahogado
Este tiempo que bebes y que no sabe a nada
Que me traspasa aún pero que nunca
Volverá a oler a mí.

## VIII

Claro que una vez más
Me encuentra aquí la primavera
Y dejo sin moverme ondear en su aire
Esta tela mojada que me toca por dentro
Y me encoge ateridas las entrañas

Claro que se deslíe en mi mudo recaudo
Su indeciso perfume de modorra y jazmín
Y de miel nadadora y cabellera en vuelo
Y que profeso aún su fe si aún respiro

Claro que no me he muerto aún para el olor
Pero desde que me dejaste Amor a oscuras
Aquel vivo aposento que cerraste
Con tu atroz cerradura
Lo que no sé ya nunca es a qué olía
Como otro abrupto aroma no el aroma
Sino el frescor de las ansias de olerlo.

## IX

De nuevo abandonado a la maleza
Hosca gleba mostrenca
Barbecho del invierno
El corazón desimantado
Se vuelve errante bestia cimarrona

El Amor con su bárbara sentencia

Lo ha puesto fuera de su ley
Sin voz ni voto en su gran foro en ascuas
Nunca más historiable
Nunca más registrable en su intenso redil

Y es cierto que la lúgubre espesura
Hace sus miembros vigorosos
Mas va triste esa fuerza excomulgada
Bajo la sombra muda de su propia estatura
Alzada a un lado como cosa ajena
Compañera inquietante de su errancia
En su astrosa aventura de pardo forajido
Que jamás topará con un descubrimiento

Aquel a quien Amor ha desterrado
Se acoge a una Justicia inmensa y hueca
Que va vociferando el propio espectro
Y una fósil Razón lo aclama en las estepas
Con la que nunca pactará un latido.

## Desahogos

### MODESTO DESAHOGO

Estoy más triste que un zapato ahogado
estoy más triste que el polvo bajo los petates
estoy más triste que el sudor de los enfermos
estoy triste como un niño de visita
como una puta desmaquillada
como el primer autobús al alba
como los calzoncillos de los notarios
triste triste triste de sonreír como un bobo desde los rincones
de ver tallar las cartas en redondo saltándome siempre a mí

de todo lo que se dicen y se dan y se mordisquean en mis narices
estoy harto de quedarme con el saludo en la boca
de salir bien dibujado entre la muchedumbre
para que me borre siempre el estropajo de su roce
de no estar nunca en foco para ningunos ojos
de tener tan desdentada la mirada
de navegar tras la línea del horizonte
con mis banderitas cómicamente izadas
no puedo más de no ser nunca nadie
de que no me dejen jamás probarme otra careta que la de ninguno
de no irrumpir de no alterar el oleaje
de no curvar jamás un tren de ondas
de no desviar a mis corrales una palabra suelta
de que nunca me caiga a mí la lotería de un vuelco visceral
De no poblar ni el más vago sueño ocioso
De saber que ningún mal pensamiento tendrá ya más mi rostro
Ni ninguna sobrecogedora luz mi nombre
Estoy hasta aquí de la avaricia de los privilegiados
de que quieran para ellos solos toda la juventud
todos los influjos en las cosas del mundo
todo el favoritismo de la puta alegría
toda la iniciativa de renuevo y capricho
de que se apropien sin escrúpulos la plusvalía de calor y encuentros
todo el capital de risa y de coloquio
que repartido con justicia
alcanzaría de sobra para alimentarnos a todos
a todos los hambrientos de carne de comunión
y sedientos de vino de comunión
a todos los que están tristes
como faldones arrugados que les cuelgan a los otros
en fin en fin estoy jibosamente desolado
de haber envejecido sin seguro de vida
sin seguro de nombre
sin cavar mi guarida en el espeso ahorro
de no haber cobrado el billete cuando la vida se asomaba a
                                             [mirarme

de haber tirado siempre las deudas al cesto sin mirarlas
y lo que quiero decir es que estoy a fin de cuentas
terriblemente triste de que no me hayáis perdonado.

## EPÍSTOLA NOSTÁLGICA Y JOVIAL
### A JUAN VICENTE MELO

El tiempo mi querido Juan Vicente
Siempre nos fue fugaz mas nunca evanescente
Las horas se disipan pero crece su trama
¿No miras tú también su rico panorama
Desde la perspectiva de este día escogido
En cuya rara cumbre uno y otro subido
Estamos ahora juntos llegados por caminos
Tan mutuamente ajenos tan sin duda diversos
Como lo son nuestros diversos sinos
Y donde intercambiamos saludos y estos versos
Mirando alegremente en torno
Las estelas de vida bellas y sin retorno
Que abrieron en el tiempo nuestras probadas naves?
La nostalgia supongo que tú también lo sabes
No siempre es esa triste especie de asma
Que rellena el pulmón de ceniza y lo pasma
Sin dejarlo llenarse de enorme aire presente
El amor del pasado puede ser igualmente
Un intrépido amor que escala la alegría
Y enarbola la risa en plena luz del día
Hay una emprendedora y jovial añoranza
Que ensancha al tiempo entero la esperanza
Y no deja al ayer cornudo y olvidado
Igual que todo amor el amor del pasado
Si es limpio a veces duele pero jamás aflige
Confiesa abiertamente como alguna vez dije
Que al fin «la vida toda fue verdad»

No cabe pues animadversidad
En esta evocación dichosa de otros días
Que quiero compartir contigo sin premura
Como tu cómplice en la travesura
Por puro gusto evoco tus horas y las mías
Y sin tristeza nombro el oro que tuvimos
Y las intensas frondas de opulentos racimos
Por donde deambulamos más o menos conscientes
Hambrientos de señales y miradas y gentes
Pródigos a la vez de la impaciencia y paciencia
De sorpresa y presciencia
Queriendo algunas veces de modo subrepticio
Alzar un poco el velo del tiempo taciturno
Y espiar por el resquicio
Quién habríamos de ser cuando llegara el turno
De lo que era el futuro y es ahora el presente
O sea por ejemplo justamente
Esta hora precisa de misterioso azar
En que nuestros caminos se vuelven a cruzar
Pero a la vez dispuestos con ejemplar fervor
A recitar el texto que el destino depara
Sin saltar una línea y con voz clara
Y con todas sus letras de goce o de dolor
Y también impacientes de descifrar un día
La enigmática ley que nos teñía
De una imborrable resonancia santa
La voz que nos sonaba en la garganta
Y aceptando asimismo
No menos santamente el riesgo
De hablar sin garantías al borde del abismo
De soltar en el tiempo una voz cuyo sesgo
Sería lo que el tiempo hiciera de ella
De asumir las palabras sin controlar la huella
De confiar el sentido
A la soberanía de otro oído
Fuimos recuérdalo cuidadosos hablantes

Tratamos de no hablar jamás sin oír antes
Viajábamos con fe mas siempre sin seguro
Y sin tomar rehenes al futuro
Todo lo que dijimos fue propuesta
Siempre aceptábamos que en la palabra
Más que lo que uno dice habla lo que contesta
Pues nunca una verdad temió que se la abra
De nuestra propia voz siempre aceptamos
Que nunca habremos de saberlo todo
Nunca intentamos ser sus amos
No quisimos jamás de ningún modo
Saber nosotros más que la propia escritura
Ni valer más que nuestra propia vida
Nuestra pasión del tiempo fue violenta mas pura
Lo dejamos ser libre en su venida
Soñamos es verdad con un rostro del mundo
A la vez más rïente y más profundo
Y soñamos también que en nuestras vidas
La riqueza y la luz pudieran ser leídas
Pero generalmente supimos según creo
No forzar nuestro sueño sino con el deseo
En la vida lo mismo que en el amor me atrevo
A decir que en conjunto tuvimos el coraje
De usar la seducción mucho más que el chantaje
Por eso en esta hora en que de nuevo
Podemos comparar nuestros senderos
Años después cual viejos compañeros
Yo siento que no estamos para decir a otros
Cuál es el nombre de nuestro pasado
Sino para intentar escucharlo nosotros
Mas seguros los dos que en esa escucha
Nunca debe tomarse literalmente nada
La hondura de los signos bien lo sabes es mucha
La vida del sentido nunca queda cerrada
Y es claro que a nosotros más que a nadie nos toca
Ser fieles al enigma y su exigencia

Y no pensar jamás en taparle la boca
Ni en meter en cintura a su ágil descendencia
Y así por todo esto finalmente
No te quisiera dar querido Juan Vicente
Ni un premio llamativo ni un fatuo espaldarazo
Sino estos pocos versos y un abrazo.


## VIEJO DESAHOGO
### (POEMA REENCONTRADO)

No pueden ocultarlo se les nota en los ojos
se les trasluce cuando navegan ansiosos y a la deriva
por los vastos meandros desolados de las multitudes
flotando torpemente en ese río que es el más contaminado del
[mundo
enganchándose a cada rato en los rabillos de los ojos
dejándose llevar en la gran extensión de los rostros
sobre la cual por todas partes parpadea
un constante y velado centellear de miradas
desenvainadas fugazmente
y fugazmente cruzadas en incesantes escaramuzas
vergonzantes torcidas ahogadas peticiones
se les nota en ese gesto ardiente y pusilánime
con que sacan a relucir las patéticas miradas
las dagas denegadas innoblemente retráctiles
mientras desautorizan temblorosos a sus propios rostros
como ocultando el puño que empuña la mirada
se les ve entonces que están a un tiempo
poseídos y vaciados por la promesa
que no saben qué hacer con ella porque no saben ya quién la hizo
y sobre todo porque creen que hay que saber quién la hizo
o al menos que alguien la hizo aunque se llame Nadie
y de antemano quieren pagar su ignorancia renunciando a la
[promesa

o más bien no renunciando mientras no se note nada
pero aceptando en sus corazones que nada hay que oponer a la
[renuncia
y se les nota cuánto anhelan que no se note nada
pero no podemos ocultarlo se nos nota en los ojos
vamos muertos de miedo de ir llenos de promesa
sin atrevernos a aceptar en voz alta que nada nos sea prometido
como yo mismo no me atrevo a escribir «vamos muertos de
[miedo y vivos de promesa»
porque la vida en fin de la vida no sabemos nada
y debe ser castigado el hablar sin saber
y cómo vamos a atrevernos a pensar
que la promesa es nuestra aunque no la haga nadie
porque está escrita en los ojos de los otros
porque en la mirada de los hombres le ha sido prometido a cada uno
que sería el regalo y el honor de este mundo
cómo vamos a pensar cuando esa misma mirada deshace la promesa
y cada uno con sólo mirarnos
nos ordena dejar toda esperanza
pues el hombre nada ha prometido al hombre
y cuando quiere prometer sólo puede mentir
o también cuando quiere mentir promete
ningún hombre concreto a ningún otro tiene nada que cumplirle
ni ninguna mujer a algún varón o inversamente
ni las madres y padres e hijos mutuamente
ni los hombres todos a unos pocos
ni esos pocos a muchos
cómo podríamos entonces no avanzar recelosos
no tener trémula y retráctil la mirada
si sabemos que vamos pidiendo a gritos con los ojos
unos ojos que prometan lo que está prometido
que nos digan fui yo que nos digan yo soy
yo que sé que viniste para gracia del mundo
pero también sabiendo que no es eso
que si alguien nos hace esa promesa se la ha robado al mundo
que cada uno cuando vino fue el prometido del mundo

y rompe esa promesa si se promete a alguien del mundo
como lo supieron los santos célibes
incluso los que no supieron que lo sabían
pues nada me han prometido si no me lo promete alguien
pero nadie puede prometerme la promesa que no es suya
y así nada puede quien me ame
si no me ama la vida misma
pues no será el vientre que del mundo me recibe
el que ha de darme al mundo
y hasta el vientre de mi madre me parió vencido por el mundo
sabiendo que no eran suyas las promesas que me hizo
y me tuvo que mentir si me daba una vida
no era suya esa vida
ni era yo suyo si era yo quien vivía
ni era ella el mundo si era yo del mundo
y por todo ello tienen razón los hombres en buscar y no hallar
y más razón aún en seguir buscando
porque es fácil decir
que aquel que es el honor y el regalo de uno
es el regalo y el honor del mundo y que no hay otra manera
pero míralos por las calles navegando entre el gentío
y verás en sus ojos día a día más fiebre
porque es más inconfesable día a día la promesa
desde el día que preguntamos quién la hizo
y así tuvimos que saber que nunca lo supimos
y es cada vez más tiránico el miedo
desde el día que dijimos que no hay nada que temer
y cada vez se juega menos entre el hombre y el hombre
desde el día que afirmamos que todo se juega entre los hombres
y cómo luchar a la vez contra el miedo y la promesa
cuando ya no nos socorre cada uno contra el otro
cuando son los dos un mismo miedo prometido
y una misma promesa temerosa
y cúando llegaremos a aprender aprender de verdad
aprender iluminando transformándonos
pues el hombre no hace la promesa sino que de ella nace

y no hace falta que nadie con su voz proclame
que es el rey y el honor y la gracia del mundo
Ni hace falta que nada proclame en su silencio lo contrario
porque es ésa la promesa que le da su rostro a cada uno
y cada vez que es defraudada estaba ya allí para ser defraudada
y cada madre que nos miente tenía ya sobre qué mentir
pues nadie duda que la promesa está toda en nosotros
y si es mayor que nosotros
es que nunca nosotros somos todos nosotros
mientras perviva el tiempo y mientras haya un nosotros
y porque la promesa vive en el lugar donde estamos juntos todos
los que en ningún sitio estamos nunca juntos
y estamos prometidos porque pertenecemos
pero no estaríamos prometidos
si no perteneciéramos a todos siempre
y todos siempre son siempre más que todos
pues siempre hay alguien más a quien nos debemos
y las mayores muchedumbres no pueden ser nuestro dueño
pero esto que sabemos habría todavía que aprenderlo
aprenderlo de verdad iluminando transformándonos
aprender a dejar que diga cada uno
sin que nuestras miradas lo borren o lo envilezcan
que vino para dar precio a la vida
y por él se embellece y dignifica todo
todo todo no sólo este o aquel humano
a quien se le autoriza a colmar sin vergüenza
ni sólo padre y madre y todo el clan proclamado sanguíneo
que por eso pensamos no poderle negar
ni sólo todo un pueblo y ni siquiera todos los hombres que se
puedan contar
porque todavía faltarían los que no pueden contarse
cada uno vino a viajar desde un vientre hacia la vida
no de un vientre que lo ha soltado
hasta otro que lo atrape
o hasta caer en la trampa de hacer de su vientre una trampa
o en el enredo de ser regalo

para quien le hizo al mundo el regalo de su nacimiento
porque incluso quien hace de ti su alegría
puede cobrarte el precio
puede cobrarte aun sin querer el ruinoso precio
de que renuncies a ser la alegría de este mundo
y por eso llegamos al terrible momento
en que puede el amor fácilmente ya no ser socorro
dejar de luchar por nuestra dignidad reconvenida
dejar de ser el ala que nos pone en el mundo coronados
para ser la corona pagada por el miedo para consolarnos del
[mundo
y así llega a veces un momento
en que un hombre tiene que juzgar lo que más ama
y alcanzar la dignidad de no dejarse pagar
por lo más digno que tiene
y en que tiene además que alcanzar la sabiduría vertiginosa
de no matar no ensuciar para siempre
aquello contra lo cual combate
no ahogar la libertad de aquello de que quiere liberarse
pues lo que tiene que aprender aprender alcanzando
iluminando transformándose
es a no decir nunca yo era la promesa
ni a decir tampoco ninguno es la promesa no hay promesa
pues quien te da la vida es quien te da a la vida
no quien te toma de ella
y quien te dice eres para la vida y para ti es la vida
no se hace así el autor el dueño de la vida
se hace el amigo de la vida que no le cierra el paso
y ninguno es tu amigo si no es amigo de tu vida
ni amigo de tu vida si no ama la vida
como tu madre misma no te entregó la vida
sino entregándote a la vida al mismo tiempo
entregándote incluso al amor de sus peores enemigos
aceptando que te amarían seres que ella jamás podría amar
y a los que sin embargo de ese modo amaba
no en tí no en ella no en su vida no en su casa

sino en la promesa
porque también de ese modo te decía
que si estás para ser de una vida que está para ser tuya
se debe al simple infinito motivo de que aquí estamos todos
aquí en la promesa estamos todos
los que estamos y los que no estamos
y por eso tenemos cada uno un rostro
que es uno de los infinitos rostros de la promesa
y no es nunca el único ni el último ni el primero
pues cuando hayas visto todos los rostros que puede tomar la
                                    [promesa
todavía le quedan tantos por tomar como los que hayas visto
y por eso cada rostro nos la da y nos la quita
y por eso van los hombres entre las multitudes
ansiosos navegando a la deriva
y por eso es el miedo o su máscara dominadora
quien habla por la boca del que los avergüenza
y renuncia a ser la risa o la fiesta o el honor de este mundo
con tal de que no lo sea ninguno
y dice que no hay nada prometido
que todo se compra y se paga y hasta el amor con amor se
                                    [paga
y hasta la fiesta se paga y toda belleza es precio
y hasta la vida se paga
y el que está sin recursos pierde el derecho a ella
y se la dan de segunda a precio exorbitante
y hasta la libertad la cambias en moneda menuda
y te compras con ella la libertad de otro
o acaso dos o tres si la vendes muy cara
porque esos rostros que ves a la deriva tienen miedo
se les nota en los ojos que buscan otros ojos
para poder en el mundo estar desnudos
pero aceptan siempre apartarse con ellos de este mundo
y si se desnudan ante ellos
es abrigándose siempre de este mundo
afirmando que el hueco generoso

donde el mundo los cobija juntos
no es un hueco del mundo sino que es él el mundo
o es otro mundo que hace caduco al mundo
pero también se les trasluce que no se consuelan del todo
que sólo se resignan como quien dice otro día será
en otro mundo será
y en el fondo de sus ojos sigue una brasa respirando
que quiere un día iluminar los horizontes
con un amor que por fin arda y no consuma
que sepa más que cosechar sus flores
que sepa ser un suelo como el suelo
que siempre siempre da más de lo que le ponemos.

## Vida del tiempo

### DIFERENCIAS SOBRE TEMA MÍO

#### 1

Qué nos sucede Tiempo
Qué viaje indefendible es éste
Sin precipicios sin altiva angustia
Sin tumulto magnético que preste
Su vivo sobresalto a la brújula mustia
Cruzando de alba en alba con paro vespertino
Un vago mundo de gastado cuño
Sin despeinarnos y sin un rasguño
Cómo creerá el viajero en el camino
Si a su lado no viaja ya el destino.

#### 2

Cuál pudo ser el día
En que el reino del día cesaría

Y cómo pudo el Tiempo acarrear la hora
Del fin de su imantada tiranía
Cuándo fue que en sus ojos sin descanso
El rayo sin cuartel que el deslumbrado añora
Se volvió lento fleco manso.

3

¿No es verdad que darías oh domado
Todo el precio tan píamente amado
De tu vida bien hecha
Por la instantántea vibración sonora
De alguna fulgurante flecha
Que llenara de luz deslumbradora
La profunda y vacía caja de resonancia
Que aún puede ser tu apaciguada estancia?

4

Al fin de la desdicha siempre un muro te espera
Donde está escrita la sentencia artera
Que desalienta al desaliento mismo

La que te dice siempre con su voz velada
Al término de todo cataclismo
Confiesa fatuo la desdicha es nada.

5

Mas desde dónde desde dónde
Tendré que regresar si regresara
Qué emboscada hará al Tiempo dar la cara
Dónde buscar los ojos que me esconde
Si siempre vi el borrón de su mirada
Detrás de una vidriera esmerilada.

## 6

Desde cuándo estoy siendo
Propietario ausentista de mi vida
Y si así me desoigo y desatiendo
Y dejo que obstinada la nostalgia resida
Allá donde una vez la colmó el Tiempo
Quién sigue pues sembrando en mi historia baldía
Y ocultando su grano acerbo cuida
Que no corroa el corazón del día.

## 7

En alguna caverna
De las que aún ahuecan tu tiempo apisonado
Oscuramente hiberna
En su destierro desolado
Húmeda y macerada una cosecha
Y desde allí en silencio acecha
La prometida vuelta de una hora
En que sacado al sol su agrio verdín
No sea ya el salitre maldito que es ahora
Y brote veteando el aire limpio al fin.

## 8

Mas guiado por tus pies desatendidos
Leal era el umbral que has traspasado
Para salir al frío donde al otro lado
Siguen siendo tus pasos acogidos
Y esa salida pues era también entrar

También el frío llena un redondo lugar
Del que emergemos a las casas o los nidos
Y si la ley de leyes del consentimiento
Al incoloro despedazamiento
De tu mostrenco y tolerado mundo

Te exige estérilmente ser leal
De esa lealtad te lava oh vagabundo
La lealtad del umbral.

## VESPERAL

El día entero el tiempo esperó al tiempo
Quieto en su casa abierta a las alturas
Nativo donde no hay casa posible
Y donde todo umbral no llega nunca

Todo su afán rabioso era el jadeo
De la fiera enjaulada
Ahora que el ansia afloja al fin se evade
A esa altura sin borde donde ahora
Toda la última luz adelgazada
Más ligera que el aire
Más que la ligerísima penumbra
Ha subido por fin a respirar frescura

De ahí deja volar estos diáfanos soplos
Con los que quiere que yo también me lave
Desnudo como él que en su casa incerrable
Abierta a todo ojo
Deja ver la violencia de su cuerpo inmediato
La hora que no espera hora ninguna
El abismo de paz del que tanto he huido.

## MIGRACIONES

No se decide a irse este extraño verano
Se arrastra desganadamente terco
Cuelga de nuestra historia como un mudo reproche

Sospechando tal vez que ya nos llama
Otro inminente amor de brumas y de alivio
También nosotros esquivamos su mirada
Sin acabar de preguntar de veras
Si nos amó mientras nos tuvo
Si no fue todo él indecisión y amago
Fiebre tardía y sequedad agónica
Si este trecho de ruta viajamos bien despiertos
Si no estuvimos siempre esperando un comienzo
Que no supimos nunca si ya había llegado
O lo habíamos errado sin remedio
Como niños sin ánimo que titubean
Paralizados de inminencia
Ante el giro implacable de la cuerda apremiante
Y su tiránico chasquido
Que el minuto acorrala
Y la fascinación del fracaso hipnotiza
Y no encuentran la entrada a ese urgente latido
Hasta que afloja al fin su intensa comba y muere
Mejor no hacer balance
Mejor no decidir si tenemos reproches
Para este irresumible verano vergonzante
Mas nos vale pensar si algo le dimos
Que fue a fondo perdido
Mejor no prolongar con despedidas
El indudable fin de esta dudable historia
Titubeando sin convencimiento
Entre el rencor y la nostalgia
Aunque aquí sigue mudo estorbándome el paso
Sin dejarme distancia para intentar al menos
Volverme a ver de frente su mirada
No podré saber nunca mientras siga rondando
Con su cuerda aflojada reptando entre mis pies
Si latí de verdad en sus revoluciones
Si la bruma invencible de mi escucha
No era el zumbar redondo de su impecable látigo

Pero también si se demora tanto
Yendo y viniendo así sin dar la cara
Es que tampoco él quiere
Ahora que acaba el tiempo que despilfarró tanto
Preguntarse por fin si cumplió sus promesas
Mas qué importa saber a estas alturas
Si he vivido de veras un rotundo verano
Es en el alto otoño que viene fatalmente
En el que una vez más quiero probar fortuna
Necesito estar limpio
Estar ligero y fuerte delante de un comienzo
Libre de manos un momento antes
De hacer el gesto de tomarlo
Tener para mí entera mi mirada
Hacer acopio de mis pensamientos
Necesito ese aire frío y lúcido
Suspendido sin peso sobre un frágil instante
Que dura trémulo entre dos umbrales
Y abre en medio la pura diafanidad del vértigo
Tengo que apresurarme antes de otra llegada
A preguntar por mis llegadas
Quitarme este verano como un traje arrugado
Y salir sin demora desnudo a la intemperie
Antes que otros ropajes hagan de mí su presa
Pero no es no partir lo que maquino
Como el turbio verano que se queda
Arrastrando los pies por rincones del año
Que ya no son los suyos
Lo que quiero es llegar llegar de veras
Llegar por fin a esta región del tiempo
Donde estoy instalado sin saber desde cuándo
Quiero por una vez una partición clara
Que el verano termine noblemente
Sin hacerme más trampas con mi brumoso tiempo
Entremetiéndose en mi fresco otoño
Necesito un reparto de amores traslapados

Un espesor de gozne entre un fin y un comienzo
Un momento en que pase mi vida por mis manos
Y por una vez pueda sopesar fugazmente
Su raudo capital hipotecado siempre
Mirar atrás desde este puente
Que pronto el tiempo habrá cruzado
Alzarme por encima del resto de verano
A mirar su horizonte mientras está visible
Recobrar su llegada y mi llegada
Aquella irrupción súbita pero tan poco a poco
De las soliviantadas golondrinas
Desembarcando en un tropel disperso
Del largo tren pulido del verano
Ocupando esa nueva correntera del tiempo
Volcado de repente
Pero tan lentamente derramado
Llegando una por una
Y a la vez todas juntas
En las ondulaciones sucesivas
De una misma gran ola insitüable
También yo pude haber llegado así
Pulsátil y sin titubeos
Paso a paso y de un golpe y de una vez del todo
Como una inundación de certidumbre
Como un huésped del tiempo autorizado
También yo era imparable y migratorio
También yo regresaba a un sitio y un verano
Y buscaba el secreto que sostiene
La alta certeza de las golondrinas
Esa celeridad sin pausa y sin escrúpulo
Con que tan abusivamente nos rayan este espacio
Sin preocuparse de quién sea su dueño
Ellas que llegan desde fuera
Que desertaron de él en vez de dedicarse
A custodiarlo y a cuidarlo y poseerlo
Que dejaron tirado el lugar y la hora

En manos de los seres del arraigo
Que nunca defendieron del invierno sus nidos
Que huyeron del rigor del tiempo
Y no pagaron en renuncia y resistencia
El precio de la pertenencia
Y que vuelven ahora bulliciosas y altivas
A este lugar que otros poblaron tercos
Con esfuerzo labrando en él su territorio
Y lo invaden con diáfana insolencia
Más seguras que nadie de que es suyo
Locas de vida subvirtiendo el reparto
Sin dudar que el desorden de su algarabía
Es el santo atropello de la santa alegría
Pues cómo la evidencia del lugar y su peso
La seriedad palpable del espacio
Toleraría la traición del tiempo
Y sus vertiginosas nigromancias
Si no tuviera en él toda su luz
Cómo pues una tierra de raíces
Un tibio crïadero de lo suyo
Una redonda cerrazón celosa
Puede así iluminarse con la ágil barbarie
De esa incursión sin suelo
Con la precipitada esgrima de chillidos
De unas aves apátridas que no posan la planta
Que vuelven a sus nidos superiores
Y volverán a dejarlos infielmente vacantes
Y llegan sin pactar a adueñarse del aire
Como de un continente descubierto
Qué otra patria es la suya
Que en sus lechos las patrias secretamente añoran
¿Es que toda alegría es migratoria?
¿Es que sólo partir es abrazar la vida?
Cuál es la ley que en un arca de aire
Se lleva el nómada en volandas
Los regazos en orden de las tierras

¿No son también infieles al aire irrepartible?
¿Nada traicionan las filidelidades?
Allá arriba no hay bordes
La luz celeste vuela sin trasponer umbrales
El aire libre no es el suelo de los vientos
Es él mismo los vientos
Es él su libertad no tiene que ganarla
No tiene que guardarla y defenderla
Contra las nubes y las golondrinas
Y ellas pueden cruzar sin freno y sin prudencia
Descuidadas de choques y de enmarañamientos
Su celeste unidad sin continentes
Mas ya sobre nosotros no nadan golondrinas
Y ahora que ya han partido
Sin ceder un minuto nebuloso
Al vasto estío pusilánime
Y su sentimental horror del término
Ahora que huyeron arrastradas
Por la clara resaca sin escollos
De su infidelidad irreprochable
Retrospectivamente comprendemos
Que jamás el verano se habría sostenido
Sin aquel despilfarro de grácil energía
Sin aquella armoniosa algarabía
Amiga a gritos del silencio
Ese impune alboroto al que la paz sonríe
Y que sin trabajar siembra una herencia
Por eso es aquí abajo donde ahora nos faltan
Nos falta su desdén y su despego
Como tal vez jamás nos faltaría
Una humildad perruna doméstica y sumisa
Nos falta esa presencia que no fue nuestra nunca
Han dejado vacía esta zona del suelo
Que jamás ocuparon
De la que no podrían por eso haber partido
Porque sólo aquí abajo ponemos nuestras rayas

Y nada demarcamos con sentenciosos tajos
Sino esta plana faz del mundo
Que superficialmente repartimos
Mas cómo repartirnos las raudas golondrinas
Y aun menos sus chillidos incorpóreos
Si en su mundo sin fondo no han partido
No han salido del aire
Nunca han cruzado algún celoso límite
Ni traicionado nunca ningún bajo dominio
La traición es el drama de la planta
El ala no traiciona
Nunca el vuelo si es alto
Será una baja huida
No busca en su subida escapatoria
Ningún lastrado ahorro de deberes y lazos
Busca la libertad y su gasto insumiso
Como ya me lo habían mostrado en otro clima
En otra migración terrestre y laboriosa
Otros altos graznidos migratorios
Antes de que las golondrinas y yo desembarcáramos
De nuestra larga travesía olvidadiza
En ese vasto estío abierto y confundido
Que ha acabado por fin sin mucha gloria
Y que ahora me vuelvo a contemplar
Como un espeso trecho navegado
Que va asentándose y apaciguándose
Y que ya resignado y abarcable
Deja ver más allá de su otra orilla
Un relevo nostálgico de etapas
Un ensartar de migraciones
Y entre ellas una oscura y lacerante
Donde se oye llegar de un glacial fondo negro
El graznido animoso de los patos salvajes
Y quién pretendería que allá arriba
Donde el espacio viudo de su cálida esposa
En su mudo estupor se paraliza

Ese terco aleteo huye de algún rigor
Buscando en su altitud fuera de alcance
Otras felicidades con sus facilidades
Ningún desdén esconde
Desde su orden remoto y solidario
Su vuelo solitario
Altivamente atareados
No han escapado hacia el calor y el ocio
Siguen teniendo domicilio
Entre las tierras y las aguas y los hielos
Siguen cruzando buenamente
El aterido suelo enfurruñado
Sin reprochar a nadie la torpeza
Tranquilamente suya de su paso
Desde sus chapoteos entre hielos
Desde la sencillez de su reposo
Y la clara soltura de sus preparativos
Resultará grotesca nuestra lucha ostentosa
Contra el invierno de desnudos puños
Y su vasto reinado indiferente
En los días sin sol los días desolados
Nuestra vida se ha vuelto una milicia
Cada quién se atrinchera y arropa bien su miedo
Cerramos filas contra la inclemencia
Mimamos nuestros fuegos y armamos nuestras luces
Cada salida al mundo es una expedición
Espiamos las señales vigilamos los ruidos
Nada más torvo y más inconsolable
Que el crujido submerso de los hielos
Ese gruñido de un gigante inmóvil
Que no tolera que lo mueva nadie
El mundo está intratable
La tierra nada pone de su parte
Se ha acabado aquel tiempo de las puertas abiertas
Cuando salíamos de todas partes
Con todos los sentidos rebosando

De un botín regalado
Pero también en esta áspera hora
Hay que escuchar lo que nos dicen
Con diferente voz las migraciones
Esa punta de flecha levemente ondulante
Que ha formado en su vuelo la hilera de los patos
No es el filo de un arma
Es la desnuda proa de un abierto vïaje
Las ánades no cierran sus filas contra nada
Las embeben de todo
El frío de la tierra no es un frío del gozo
Ningún despojo helado desanimaría
El amor sin halagos de estas aves salvajes
Cuyo grito insumiso alegremente llega
Al fuerte corazón infalible del tiempo
Remontarse del suelo no es volver una espalda
Su inquietud empeñosa
Recorre sin descanso un ronco amor de roca
Y así va repartiendo su corazón en vuelo
¿No podré yo también saber sin titubeos
Que no es ni premio ni castigo
Esta nostalgia cíclica de las otras orillas?
Bien sé yo si la nieve se sonrosa
Con cuánta prontitud me volveré entusiasta
De la ágil primavera y sus ojos lucientes
Y ahora que me acerco al acendrado otoño
El corazón me salta ya en el pecho
Como si bajo tanta y tan antigua carga
Nada hubiera perdido su instantánea presteza
Como si de las vastas y minuciosas garras
Que tan pertinazmente lo templaron
No le quedara cicatriz alguna
Como si fuera a entrar al palpitante centro
De la comba nerviosa
Cruzando de un certero paso un muro
Parpadeante de fustigaciones

Pues también yo cuándo he partido
Lo que quiero es llegar ya lo decía
Allí donde la vida hace brotar su empresa
Nunca de la nostalgia a la impaciencia
Encontré un límite que trasponer
Allí no tuve nunca que escoger
Mi impaciencia monista nunca me apartó un paso
De la nostalgia y sus dispersas patrias
Si me adentro de nuevo en ese móvil centro
Esa viva raíz a borbotones
A hacer recuento de mis migraciones
No hallo sino una historia de diáfanas llegadas
Siempre llegué sin ser llamado
Siempre desembarqué como el intruso
En tierras que escondían tras la espalda sus manos
Mas detrás de las brumas de hosquedad y sordera
Siempre una luz se traslucía
Que buscaba mis ojos
Siempre adiviné un valle de levedad radiante
Donde fui siempre el esperado
Una vez más en el otoño
La emoción está en casa
Todas mis puertas son nupciales
Todo mi transmigrar citas a ciegas
A todas partes llevo
Un secreto lugar regocijado
Donde todos mis pasos por un suelo
Se han abatido siempre de algún vuelo
Ahora juraría que a este otoño
Le seré fiel toda su vida
Pero ¿he sido infiel de veras al verano?
¿Traicioné yo su vida por no morir con ella?
Si salí de su lazo y sigue siendo mío
También yo sigo siendo suyo
Suyo aunque no haya muerto
Suyo porque no he muerto

Lo que pido a esta hora suspendida
A punto de dejarme deslizar
Entre las frías sábanas tan dulces del otoño
Es no estar ya más preso en el pozo de polvo
Donde está sentenciado un oprobio de tránsfuga
A esa alma que fue siempre migratoria
Es en el corazón limpiamente dejar
Centrada en su lugar su pertenencia
A una fatalidad de migraciones
Y una nunca pactada libertad arraigable
Entre un denso verano
Que aliviana un frescor de golondrinas
Y un yerto invierno lóbrego
Que los patos salvajes leales reaniman
Desde este otoño señoril domino
El roto panorama de una vida
Que es a vuelo de pájaro unitaria
Un día el incansable corazón desdoblado
Sabrá del todo que es el mismo
Su viaje separado por su doble camino
Un día el aletazo de la verdad subida
Y el paso a ras de suelo que hace huella
Serán el doble golpe de un único latido.

# Conmemorables
### (Nuevos sonetos votivos)

## I

De pronto estoy despierto en la pardusca
penumbra de la noche desgastada.

Dormía sin buscar ni querer nada
y oí la voz de una exigencia brusca.

Un residuo de sombras se apeñusca,
y en mi mitad, erguida y desolada,
la ansiosa verga sólo ausencia horada
apuntando al vacío en que te busca.

Vibrante como un grito, el freno tasca
y estira loca el cuello en la hojarasca
de las mantas —y ahoga, si tu entraña

no unta su yesca y la abreva y la baña,
sensitiva y tenaz como un molusco,
su hosca desesperanza de pedrusco.

## II

Abrazarte al salir junto a la puerta,
en camisón, descalza, despeinada,
blanda y mimosa de haber sido amada,
tibia de sábanas y mal despierta.

Y respirar en tu pechera abierta
la leve y tenebrosa bocanada
que sube de tu sexo caldeada
oliendo a pozo y algas y agua muerta;

oliendo a hongos metálicos, a fosa,
a sombra macerada, a exangüe yodo,
a fiebre en pena, a fósiles humores,
a exhaustos émbolos y a cal mucosa

—y añorar todo el día de este modo
una perversa Ítaca de olores.

## III

Nunca estoy más fundido con tu vida,
más en la honda ruta en que perdido
sigo tu más recóndito latido,
que si cedes la grupa estremecida,

y en esa estrechez trémula y ceñida,
paciente, cuidadoso, conmovido,
me abro paso a tu túnel guarecido
mientras toda tú anhelas suspendida.

Y estoy entero en ese extremo mío
bajo tierra en tu fiebre sepultado,
semilla henchida de tu paroxismo;

y aguardo la avenida de tu río,
en tu mina más tórrida clavado,
vivo en el epicentro de tu sismo.

## IV

Un día entero en tu presencia ansiada
y ayunando de ti en plena tortura;
un día entero a dieta de agua pura,
bebiendo tú sin fin con la mirada.

Vuelvo a mi casa con el alma hinchada,
fermentando en mis tripas tu figura,
sudándote en mi piel con calentura,
mascándote en mi boca intoxicada.

Para que al fin mi voz soltando el grito
te llame tú, tú, tú, escribo esto
con las palabras que infectó tu nombre,

y mi mano, investida de tu mito,
busca mi sexo al fin, y en ese gesto,
mujer te llamo con gemido de hombre.


## V


De este trabajo ruin de no tenerte,
lo amargo es, por haberte ya tenido,
no poder no saber con qué quejido
santificas la dicha de perderte;

llevar en mí grabado de qué suerte
gime tu goce roto y bendecido
cuando abre brecha en tu espesor tupido
el tesón que te cumple y te subvierte;

conocer sin remedio el peso ciego
que hay que vencer en tu jugosa gruta
para entrar en tu lazo palpitante

—y saber que si no, tu mano luego
alzaría del velo que lo enluta
sólo un sexo de viudo, no de amante.


## VI


Toda la noche revolqué mi sueño
con tus pechos, tus muslos, tus caderas;
toda la noche pensé estar de veras
con tu cuerpo exigente y halagüeño.

Nada ponía término a mi empeño:
tras despertar volvía a mis quimeras;

tras de mojar mis sábanas, aún eras
mi vicio de insaciable perdigüeño.

Era el demente, el inmortal deseo
por siempre lúbrico y por siempre erguido,
tercamente encerrado en su hipogeo

con mis dientes, tus tetas, mi bufido,
mis garras, tu humedad, tu hondón peludo
—sin ti ni mí en su edén de sordomudo.

## VII

Alzar la mano a fin de acariciarte,
y hallar tu mano en busca de caricia;
buscar tu lengua y palpar la delicia
con que lames mi lengua por tu parte;

echarme encima y sentirte acostarte;
saber que mi rodilla subrepticia
es obvia en tu entrepierna que la auspicia;
terco morder sin que el pezón se harte.

Y cuando hasta las sílabas perdí,
y con el poco aliento que convoco
mi boca llega al punto en que le toca

decirte «Quiero estar dentro de ti»,
escuchar que me dice en un sofoco
«Quiero que estés dentro de mí» tu boca.

## VIII

Como el hombre drogado en el suplicio,
dolor y éxtasis fundo: por un lado,

duelen mis dos meollos que ha enconado
el deseo a presión y en desperdicio,

pero si es doble en mi lascivo quicio
el castigo a su obtuso afán frustrado,
a la vez en dos éxtasis me evado,
de los sentidos uno, otro del juicio:

pues mi juicio se exalta con la idea
de que así desgarrándome me habitas
en mis dolores de invertido parto;

y a la vez sensualmente aún me marea
como un éter tu olor, y aún me visitas,
anestesiado, extático, en mi cuarto.

## IX

¿De dónde partió el dardo virulento
que me ha punzado en la memoria lerda
un vivaz nervio ciego que recuerda
gimiendo y agitado en el tormento?

Algo, una línea, un ritmo, un movimiento,
no sé, me ha herido una preciosa cuerda,
y de pronto ante mí tu nalga izquierda
surge rotunda en un sensual portento.

La nostalgia me arrastra en su rïada;
perdido para el mundo, no soy nada
sino la intensidad con que, obsesivo,

logro alzar de la sombra el tacto vivo
de ese regio volumen, y en la palma
sentir temblar su masa como un alma.

## X

Hasta la paz que has trastornado gana:
sacia como la tierra subvertida
su ahogada sed de oxigenada vida,
absorbe el sismo que añoró su gana,

vuelve su peso con alivio, y sana
el dolor de su vértebra entumida
después que ha sido rota y abolida
su ilusión de quietud perpetua y vana.

Guarda otra vez el tiempo en sus dobleces
el implacable polo que atraía
mi urgencia alzada hacia tu oscura brecha,

como si hendirte a ti fuera a las veces
hacer mi propia paz de veras mía,
en mis brazos violada y satisfecha.

## XI

Sin piedad empuñado y sacudido,
tu cuerpo gime, implora y desvaría
en el alto voltaje de agonía
por mis dedos y labios inducido.

¿A qué abismo de ti dulce y temido
tu carne se abalanza y se desvía?
¿Qué la desgarra, y colma, y desafía
y agita como un dios enloquecido?

Nada sino la carne sueña y piensa;
sólo hundido en su fiebre y en su peso
vive el sentido, y la aventura inmensa

que llamamos espíritu, y por eso
no puede el ansia en la que te has urdido
rendirse a la Verdad sin un rugido.


## XII

Todo el calor que por tu piel ondea
hacia el valle central de ti gravita,
cálida orografía que transita
la mano que en tus vegas se pasea

y en la tórrida cuenca al fin fondea,
copa de fiebre cuyo fondo habita
la cifra de un misterio que palpita
para que ella palpándolo lo lea.

Tanto riego de ardor en tu represa
presta a un secreto el clima que lo expresa
en ese lugar raro donde eres

a la vez más hirsuta y recia —y tierna;
savia exquisita y viva carne interna:
ese arcano crisol de las mujeres.


## XIII

Cómo me duele en la mañana fea
tu ausencia que me azolva los pulmones.
Tiznado el rostro de hoscos nubarrones,
un cielo innoble y cegatón bizquea,

y la casa inconexa balbucea
revolcada entre estúpidos rincones.

Qué tristes los estériles colchones
que un aire asexuado y muerto orea

y que pudieron ser, tras la frontera
de luz descuartizada y caos nefando,
nidos para hibernar toda una era,

mi lengua con tu vulva conversando,
hasta hallarme de nuevo en la alegría
lamiendo ya en plena verdad del día.


## XIV

En la ritual penumbra de la alcoba
que un tufo a sexo y a saliva incensa,
preso mi flanco en la carnosa prensa
de tus muslos, un vértigo me arroba.

De tu cuerpo arqueado de honda loba
penden tus pechos niños, indefensa
su desnudez bajo la sombra inmensa
de esta verdad abismalmente proba.

En el cerco hosco y negro de tus greñas
una ternura tenebrosa anida,
turbia luz ávida en tus ojos fieros.

Y en tu rostro de pronto están las señas
del otro, el de la espada tan temida,
el dios voraz y soberano: ¡Eros!


## XV

Estas tardes ya frescas, en que nada
la fiebre en la luz perla, y que conmueve

el amor de la brisa niña y leve
y de su intrusa naricilla helada,

y en que rumiamos toda la jornada
el suave abrazo que el hogar nos debe,
sé que en mi casa en cambio no se mueve
ninguna brasa fúlgida y sahumada:

falta entre mis anémicas paredes
el rescoldo que, oculto en la hosca lana
de un pubis de mujer, irradia y mana,
fuente y pan de mis hambres y mis sedes:

le falta al frondor rojo de mi otoño
la pavesa recóndita de un coño.

## XVI

Hoy por ejemplo sé con fe segura
cómo tendría que abordar la cama
nuestro rito de amor: sobre una trama
de inamaestrable luz que nos figura

siempre a un tiempo a los dos, y que perdura
sin mutuo eclipse, y donde a mí me llama
la tú que me ama, como el yo que te ama
te ama en tu goce a ti sin veladura.

Mi boca por ejemplo, en la pelambre
preciosa de tu pubis, buscaría
servicialmente tu jugosa griega,

sin avaricia, con más mimo que hambre,
haciéndome más tuyo que a ti mía,
fiel en tu coño mismo a ti completa.

## XVII

Te adivino oscurísima en la hondura
que al cabo de tu vientre se escabulle.
Entre tus muslos mi fervor intuye
la noche en vela de la selva oscura,

la salvaje quietud de su espesura,
su pantano que todo se lo engulle,
su sombra alzada para que farfulle
mi dicha en el pavor y la locura.

Pues invenciblemente me obsesiona
la incultivable y tenebrosa zona
que apartando tus piernas miraría

en su acre lujo, en su mudez ardiente,
donde sé que eres negra abismalmente,
ciega verdad donde anegar la mía.

## XVIII

Sabemos tanto ya, que de antemano
es como si mil veces, en los hechos,
te hubiera hecho el amor: me sé tus pechos
como me sé este oficio en que me ufano,

conozco a fondo el tacto de tu mano
bendiciendo mi escroto, y cuáles trechos
cruza en tus fosos cálidos y estrechos
mi pene familiar, su viejo hermano;

sabe mi lengua a qué tu vulva sabe
y mi glande cómo unta tu saliva,
y sé que tú lo sabes a tu modo.

Y tenemos los dos la última clave:
nada me quitas si te vas esquiva,
y a la vez si te das me lo das todo.


## XIX

No tengas miedo de este acecho mío:
la misma sed que hace de ti su presa
te hace libre también y siempre ilesa,
y arde más que por ti por tu albedrío.

De tu belleza y de su poderío
yo te hago la encomienda, y sólo ésa
es mi astucia de amor rea y confesa:
tu verdad misma a ti te la confío,

y si el rugido de tu paroxismo
me nombra al fin, tendremos la certeza
de que en mi nombre fue si tu belleza

guardaste tanto, y en mi nombre mismo
si siempre fue tu centro ése velado
que entre las piernas siempre has custodiado.

# 12

# *Fiel imagen*
[1993-1995]

Para María Luisa,
fielmente implicada

## I

## CEREMONIA

### CEREMONIAL DEL MOROSO

Empiezo posponiendo
Empiezo por la pura suspensión
Por no querer saber cómo empezar
Empiezo anticipadamente triste
De manchar la pureza de la espera
Empiezo por callar
Por soñar con salvarme de un aciago lenguaje
Que empieza consigo mismo
Ansiando que con él empiece todo
Un lenguaje intocable ensordecido
Por la violencia misma
Con que mantiene abiertos sus ojos fulminantes
Por no empezar empiezo
Por honrar en su gloria a la inminencia
Todavía aplazando
Con un lento ademán ceremonial y ausente
Lo que ha de quedar dicho

Sin soltar la correa a su impaciencia
Dejando que el decir tome su tiempo
Que nazca noblemente del silencio
Callado todavía en su lento gestarse
Mas rescatado ya de la mudez
Empiezo no empezando en cero
Empiezo por un ritmo
Por tener verso antes de tener tema
Y que antes de que entremos en materia
Un orden material haya entrado en nosotros
Cuando empiece a decir será teniendo
Algo ya que llenar de ese decir
Pues poco a poco es como empiezo
Sin decir todavía
Estoy diciendo ya
Diciendo que no hay hoja en blanco
Diciéndoselo a aquel que busque oír
Sentado en este día de la historia
Diciendo para él que es posible moverse
Que es posible soltar esta fe en el vacío
A la que tanto apego tenemos todavía
Diciendo pues calladamente
Que la hoja está ya siempre empezada
Ya empapada de mundo
Polvorienta de tiempo restregada de vida
No la defiende su blancura
La defiende el orgullo y el terror del poeta
La hoja está ya siempre en marcha
Tiene ya siempre cara de hoja usada
Lleva ya huellas y manchas del poema
Como lleva una virgen las indomables marcas
Del frustrado destino de su carne
Pues bien sabemos que una virgen nunca
Hizo ella misma su virginidad
Nuestra abstención hace a las vírgenes
Nuestro repudio nuestra distracción

Nuestra mirada puesta en otro sitio
Nuestra falta invencible de deseo
Pasa junto a la carne sin tocarla
Nuestra pureza absorta en su terror inmóvil
Pone en blanco a la hoja
Su blancura no es ésa
Su blancura no niega lo que calla
Digo que no es la hoja quien se cierra
No es nunca el mundo lo que se escabulle
Jamás se ha defendido del poeta
Cuándo ha tenido asco de ser dicha la vida
Es la impaciencia del decir
La que silencia todo en torno suyo
Es su impaciencia avara
Es su febril coleccionismo idólatra
Que sólo arde en deseos de empezar
Por la impaciencia de acabar
Más que para haber dicho
Por el orgullo de tener ya dicho
Pues el deseo de decir es impaciente
Y esa impaciencia ha de ser honrada
Si se honra en ella el oscuro deseo
Que da su fiebre a lo decible
Pero no hay que halagarla en su avaricia
En su querer decir de una vez por todas
No hay que vivir saciado y defendido
En la gran discoteca de lo dicho
Por siempre coronado de impecables audífonos
Ya sin oído para lo decible
Para eso que allá afuera sin decir todavía
Está diciendo ya
Eso que está ya aquí pero pidiéndome
Que aplace todavía mi ataque de vocablos
Pues sé que estoy cruzando una belleza
Que he entrado sin buscarla
En una intimidad silenciada del mundo

Que le he metido la azarosa mano
Bajo las ropas a la realidad
Y sé que esa tibieza nunca estuvo cerrada
No tengo que forzarla aunque no se me ha abierto
Ni me estaba esperando aunque este encuentro
Es el encuentro con la espera misma
Y esa espera lo sé espera una palabra
Bajo la cual espera poder seguir dormida
Lo sé porque me implora
Me pide un lento nombre que no usurpe
La callada labor de la mirada
Ardiente cazadora que suelta toda presa
Que no me exima de su palpación
De mano siempre abierta que no empuña
Que asigne una memoria a mi memoria
Pide no disgregarse sin haber sido vista
Me pide no morir sin ser pensada
Me pide ser me pide que le hable
Pero no quiere que me le adelante
Que le dé nada antes de que lo pida
No quiere que mi don sea sólo mi don
Quiere que conste en él la voz que lo pedía
No quiere ser nombrada sino respondida
Quiere que mi decirla sea todo respuesta
Y no concluya nunca la pregunta
Que nunca empiece nada en lo que digo
Que mi decir confiese que hubo siempre algo
Antes del nombre que lo ha dado a luz
Y sepa la solícita palabra
Esperar todo el tiempo
Que lo que va a decirse necesita
Para solicitarla
Es solícitamente si mi lengua pospone
Si mi lenguaje admite que nunca será huérfano
Sólo un huérfano reina
Sólo un lenguaje huérfano

Dejó de ser el heredero
Y es lenguaje reinante que dicta y no responde
Por eso voy despacio
Pidiéndole silencio a lo que estoy pensando
Por temor de que llegue con estruendo
Sin dejarme escuchar los pasos con que viene
Por eso yo también
Avanzo apaciguando mis pisadas
Atento a lo que cruzo
Posponiéndome todo
Por no negarle nada de mi oído
A este silbido ingrávido del tiempo
Con el que tan morosamente se desliza
Este rizo del mundo
Este poco de hierba y follajes y umbrías
Este frágil paisaje en cautiverio
Que alguna distracción de la dureza
Dejó suelto un momento
Por eso voy despacio pero sin detenerme
Entre la luz los árboles las flores
Que sin rencor embalsan unos tranquilos muros
Por eso empiezo aunque sin prisa
Con pasos que posponen pero que no cancelan
Cuidadoso hasta el fin de no robarle nada
Al natural tamaño del momento
No estorbar su despliegue
Pero tampoco su declinación
Dejar que dure y que termine a gusto
Mientras sigo avanzando
Entrando lentamente en la impaciencia
Sabiendo bien que en la otra orilla
Habrá acabado esta invisible tregua
Empezará la caza de palabras
El acoso de briznas de memoria
El intenso espionaje de andrajos de emoción
De nimias huellas rotas recogidas del lodo

Y la hipócrita forja del pasado
El parchar de solemnes documentos
La obcecada y tenaz reconstrucción
Que aplastará los desvaídos rastros
Que no acepta que puedan pervivir en sueños
El atropello de la salvación
La violación de la causa adoptada
La seca dictadura
De los ejércitos liberadores
La usurpación altiva del sentido
Todo eso quiere estar ya aquí
Con su alta tiranía salvadora
Antes que sea demasiado tarde
Tener hecha la cuenta dibujado el diagrama
Dejar marcado el sitio que ocupó cada uno
Tener fichada cada pieza
Preparar cuanto antes el sucedáneo inmune
Organizar su evacuación del tiempo
Antes que arrastre todo la torrencial demencia
Levantar en el último segundo
Desde su ingrávido helicóptero
Esquivando las aguas imparables
Lo que puede salvarse
La fórmula el esquema la estructura
Lo único bastante leve
Bastante puro exangüe descarnado
Para que un puño inmaterial lo arranque
De su chapoteante balbuceo
De su pantano turbiamente tibio
Del horizonte de perfil movido
De su rumbo de estrábico
Y con un pestañeo lo proyecte
A un firmamento diáfano de hielo
Y allí lo exalte congelado y lúcido
Repetible a capricho repasable a placer
Sin fin reproducible sin rebaba

Pues mi impaciencia clama ante el peligro
Que mi silencio deja para luego
Sin querer tomar nota aunque está viéndolo
Sin querer hacer caso aunque no sin saber
Que acaso ya jamás podrá saber qué ha visto
En este módico paraje
El tiempo caminero de mi vida
Veníamos a un trote contumaz
Y aquí se ha demorado inesperadamente
Posponiéndolo todo
Infiel a sus innúmeras polémicas
Absorto en este alzarse de la interrupción pura
Este hiato en la trama
Que nada trae ni quita al tejido del mundo
Pero huele de pronto en qué luz se ha tejido
Y aquí cruzo con pasos que sé que no son éstos
Que sé que se están dando en otro sitio
Un sitio que está aquí y es este sitio
Pero en otra manera de ser éste
Y busco por el aire
El trompetazo oculto que me despertó
El vibrante llamado de atención
Que no ha sonado en ningún sitio
El trombón insonoro que inicia la inminencia
Y su salubre clima de intemperie
En el que ando desnudo
Como siempre lo está quien se abre a lo que ignora
Esa intemperie en la que mi impaciencia
Quiere abrigarme pronto
Quiere apremiarme a cortar mi cosecha
Y ponerme con ella a buen recaudo
En mis seguros hórreos
Antes que se disipe y se disperse toda
En la gran descubierta de este clima sin ancla
Y sigo adelantándome pero aún sin rendirme
Iluminado aún por la desobediencia

De nueva cuenta transformado
En el heroico resistente
Hasta el fin obstinado en no obstinarme
En no volver aún al hormiguero
Tercamente extraviado
En mis expediciones sin botín
Por la región perdida y montaraz del goce
Y de sus soberanas inutilidades
Empeñado en seguir difícilmente
Sobre mi cuerda floja
Equilibrado entre dos vuelcos
Entre el silencio y la palabra
Y en mirar en mi largo titubeo
Las cosas deslumbradas un dilatado instante
Alzadas ya en el halo luminoso
Que precede a la lluvia de flechas de los nombres
Pero volando aún en su flotación libre
Queriendo descubrir mi habla
Ya en su silencio antes de mis palabras
Adivinando ya su callada respuesta
Al nombre suyo que aún no tengo
Acallándome todo mientras miro
El frescor melodioso que construye en el aire
Este remoto círculo de altas ramas absortas
Preguntándole yo cómo se llama
Aunque sé que al final de su silencio
Mi espera topará con la impaciencia
Y su gran sacudida
Que hará rodar las bayas del árbol del lenguaje
No ignoro las falacias del silencio
La ilusión óptica de su fingida hondura
La desalentadora eterna huida
De su siempre aplazada anunciación
El engaño vacío de posponer sin fin
La inanidad de la pura inminencia
Y este leve episodio inenfocable

Sé que no acabará por decirme su nombre
Yo iba a algún otro sitio pisando algún camino
Un camino tan mío como de cualquier otro
Un camino de todos que está ahí sin ser nadie
Cuando sentí que alguna faz del mundo
Volvía la cabeza y me daba la cara
Se alzaba a la mitad del escenario
Con un amago de mirada
Transfigurando su silencio espeso
En un silencio como el mío
Un silencio que calla mordazmente
Que ha sacado de pronto la cabeza
Del mar de la mudez y su penumbra bizca
Y aquí se ha echado huyendo de su gran orfandad
En este otro silencio playa de los lenguajes
Donde llaman de lejos las palabras
Y todo lo que calla está en acecho
Donde el silencio huérfano boquea
Estéril de palabras irremediablemente
Pero se vuelve entero hacia su luz
Y hechiza y enamora su potencia habladora
Seduce a mi locuaz deseo
Y con el ansia que levanta en mí
De abrazarlo entre nombres
Y regalarle todas mis palabras
Él mismo se reviste de otro querer decir
Y tiene así todo el lenguaje
En esa sola voz con que me pide «¡Habla!»
Y sí
     sé que a pesar de mis demoras
No he de aplazar por siempre mi vuelta a las palabras
A mi suelo natal dicharachero
A mi sembrada Ítaca de voces
Cómo ser fiel a este silencio en pena
Que implora la traición de una palabra
Cómo ser fiel a algún deseo virgen

Cómo podrá escapar
A una fatalidad de incumplimiento
Quien despertó las llamas de alguna doncellez
Que no puede saciar sin subvertirla
Ni puede preservar sin defraudarla
Este quieto doblez del mundo
Insospechado tras la densa trama
De tanto nombre acumulado
Dormido en su latencia sin historia
Ha quedado de pronto en mi camino
Como un guijarro gris inadvertido
Y al tropezar con él algo en mi vida
Rimó con ese leve y casual choque
Algo en su luz cambió el enfoque
Y este pequeño tramo somero de mi tiempo
Se vio de pronto que ocultaba un rostro
Se vio cómo podría con los ojos abiertos
Ser un limpio episodio en una historia de hombre
Cómo negarle pues ese audible destino
Cómo no dar cabida a su llamado
En mis grandes talleres que ensamblan la memoria
Mas también cómo darme a esa obstinada búsqueda
A ese otro amor crüel de las palabras
Y del sarcasmo irresistible
De sus tretas sublimes
Sin burlar la inocencia
De este implorante amor afásico
Cómo meterme en las profundas forjas
Donde relampaguea la expresión cegadora
Sin dar la espalda a esa otra luz de afuera
En el mundo aún intacto toda lengua es impía
Y un amor indomado aún se debate
Bajo las encendidas ropas de los idiomas
Pertinazmente fiel a una dicha sin rostro
A la estremecedora gloria
Del despilfarro regio y sin testigo

Vertiginoso gasto irrecobrable
De una erupción del tiempo en pura pérdida
Suprema libertad del abismal instante
Que no se dejará jamás pensar
Pues es verdad que en esta hora
Renunciaría a toda la belleza
De mis claros tesoros enunciables
A cambio de un instante prolongado
De este suspenso abrazo impresentable
De esta verdad siempre de lado
Siempre fuera de cuadro
Cuando la ágil mirada va a saltar sobre ella
Esta huidiza certidumbre
De que se cumple aquí liberadoramente
Una promesa nunca hecha
Sólo que también yo me he prometido
He dicho sí a un hambre que no es mía
Un hambre de decir
Y un hambre de vivir completo y tácito
No sólo la pureza del momento
Con su libre caída deslumbrante
Con su limpísima catástrofe
Anhela mortalmente ser rasgada
En la virginidad de su silencio
También la altiva luz de las palabras
Mira con repugnancia
El diáfano poder de su pureza
Y desea también violentamente
Revolcarse en el tiempo con lo mudo
Mancharse en el oscuro sudor de su ceguera
Quedar toda impregnada
De su sinuoso olor incultivable
Pues no hay pereza
Ni desliz
Ni huida
En la morosidad de este pasaje

Ni se abstiene de nada
La suspensión henchida de la etapa
Esta morosidad es mi tarea
Esta alta suspensión es mi obediencia
Es la firmeza misma del decir
La que suspende su victoria
Renuente a apresar lo libre en fuga
A repetir lo irrepetible
A poner en sí mismo lo que sale de sí
Y en la ruda fortuna del encuentro
En ese instante innegociable
En que no es que sumisa se desnude
La siempre envuelta realidad
Pero reacia como siempre
Sin desdecirse como siempre
Deja ver que su cuerpo es esos velos mismos
Por siempre intraspasables
Y en el mismo espesor en que se oculta
Expande viva su respiración
En ese vivo suelo del desarmante encuentro
A nada teme más
La álgida lucidez que nos vigila
Que a la captura y su pericia ufana
A la engreída y hábil fijación
Del desvalido instante en su castrado precio
Al pinchazo exquisito y carnicero
Del coleccionador de mariposas
Pues con toda su impune llamarada
La dicha indomeñable del encuentro
Tiene por corazón amoratado
Un doble gran dolor
Sólo porque está intacto es encuentro el encuentro
Pero sólo un encuentro tocado es un encuentro
Sólo el silencio es fiel
Pero tan sólo es fiel
Por tener empeñada una palabra

Cómo no demorarse entonces
En esta frágil suspensión sin anclas
Donde cesan de pronto su combate
Paciencia e impaciencia
Y donde el tajo desde antiguo abierto
Entre el amor siempre inminente
Siempre al borde del tiempo
En su virginidad inhistoriable
Y la gran lentitud de su tarea
Los serios pies de plomo de sus días
De pronto es la abertura de la dicha
Y del borbotón fresco
De su lentísima celeridad
Mis palabras pospuestas
Dejan intacto un silencioso trecho
Que nunca cerrarán del todo
Pero tampoco ellas se cierran
Para dejar abandonado a la feroz tiniebla
Este fetal silencio desvalido
Que cerrando los ojos se confía
Y sin cobijo gime
No volveré la espalda a la dicha incazable
Y su glorioso vértigo llameante de aullidos
Para hacer el amor con su fotografía
No diré que el torrente de la luz imparable
En que tan mudamente soñé ahogarme
No es nada junto al precio del minucioso ídolo
Con que lo borro y lo suplanto
En mi blindado gabinete
Pero no he de negarle tampoco esa tarea
No pretenderé ahorrarme laboriosas minucias
Sino que con minucia uno por uno
Dejaré abiertos los sedientos poros
En la piel concluyente de este ídolo
Y esa sed de lo libre imposeíble
Podrá seguir sin término llamándolo

Y sin término abierta a su llamado
Seguir siempre empezando por la morosidad
Por no querer saber cómo empezar
Por no querer saber cómo acabar
Por no entregarme a la impaciencia
Ni imponerle mi puño a la paciencia
No abalanzándome a la conclusión
Abalanzándome más allá
Saltándome la conclusión sin detenerme
Abalanzándome a la lentitud
Al avance animoso en plena suspensión
No quedará apresada jamás en mis palabras
La insobornable fuga del momento inmirable
Sólo puedo decir que aquella luz sin cauce
Aquella suave inundación
Del remansado alud de las llegadas
Que dejaba lavado el peso de las cosas
Aquella luminosa suficiencia
No era ésta que digo
Ni eran éstos que digo los móviles ramajes
Tan prodigiosamente seguros de su sitio
Ni la húmeda umbría viscosa limpiamente
Que bañaba los pies de las audaces flores
Ni será nunca ésta que digo
Aquella repentina cesación increíble
De la celosa guardia
Que cada cosa monta de sí misma ·
La súbita salida milagrosa
De cada ser recóndito
A la gran plaza expuesta del encuentro
Aquel crédito unánime y sin límites
Que inesperadamente cada cosa
Daba a su propia visibilidad
Aquel estar por fin del todo
Como en mí mismo en un lugar de estar
Un sitio de presencia

Llegado a él a bordo de mi cuerpo
Navegando en su tiempo y no en el mío
Nada de eso está aquí
En lo que digo de ello
Nada de eso buscaba que esté aquí
No quiero mi decir para tenerlo
No me armo de un decir insuperable
Que dice letalmente lo indecible
Todo lo digo posponiendo
Suspendiendo sin fin el tenerlo ya dicho
Nada he nombrado en nombre del nombrar
Sino ceremonialmente en nombre del llamado
El peligroso amor a una virginidad
No habrá sido en verdad amor a ella
Si no la ha desflorado
Mas tampoco la ha amado
Si no la ha amado intacta
Y sólo el más moroso de los desfloradores
Suspende ese desgarro ensangrentado
De los dos rostros de su amor dolorosos
Pero esa suspensión nunca concluye
Estará siempre abierto su llamado
En su amor desflorado
Siempre hablará el amor indesflorado
Reaparecerá siempre como el lugar intacto
Hacia el que va el llamado
Como el decir siempre pospuesto
Del moroso pastor de intranquilas palabras
Que no obstante desflora la hoja en blanco
Y nunca apresará en ella el prodigio
Mas no dejará nunca concluido el suyo
El manchado prodigio a solas de su obra
Donde seguirá siempre abierta una salida
A lo que en su moroso camino se perdió
Y así por siempre lo que deja dicho
Con la sed de decir seguirá ardiendo.

# II

# REFLEXIÓN DIRECTA

## MATINAL

Y sin embargo amo la inmadurez
De esta hora sin lecho
Niña callada y sola que vaga renuente
A sentarse en su silla de presencia
Desocupada esperando que despierte
La seriedad que ha de venir a ensordecerla
Amo su desnudez sin consecuencias
Este frío silencio de agua pura
Donde es tan claro que no nadan voces
Esta frescura impúber
Que me deja husmearla de tan cerca
Sabiendo bien que yo no he de tocarla.

## VISITADOS

Hoy ha venido el otoño
De excursión
Sólo a preparar su casa
Su regalo es este aumento límpido
De un azul recién traído
Cuyo frescor deja ver sin nubes
Una jovial vocación
De ser surcado

Nunca la luz y la sombra
Se han repartido el espacio
Con más nítida justicia
Nunca hemos visto pesar
Más escrupulosamente en sus platillos
Al verdor y al frío

Cómo entonces no sabernos visitados
Y marchan pisando la evidencia
Estos seres levemente deslumbrados
Que con tan seria atención
Se miran callar unos a otros
Cada uno transportando en plena luz
El secreto de su vida
Siempre esquivo entre el bosque de sus gestos
Escabulléndose siempre
Entre los pliegues y flecos
Del vasto ropaje de sus signos
Que van meciendo en la leve brisa
Como ondulante señuelo
Llamando sin pausa a la atención de alguno
Para oír por fin su nombre.


## DANZA DEL VIENTO

De qué insalubres posos nos limpiamos
Dejando alegremente
Que así nos arrebate de la boca
Todas nuestras palabras
Este viento de ideas tan dispersas
Y de propósitos incomprensibles

Sólo el capricho sopla por las calles
Pero este soplo

Sabe guardar intacta bajo el sol
Su frescura obstinada

Viene desde muy lejos su capricho
No viene a borrar nada
Viene tan sólo a no guardar
Viene tal vez a recordarnos algo
Que un día inmemorial le arrebató
A la memoria de su boca misma

Nos mete por debajo de la ropa
Impertinentemente su cosquilla helada
A fin de que recuerde nuestra piel
El convulso retozo de la danza

Y en él que la verdad
Tiene siempre su arca abierta
Su pie no aplasta nunca
Y de soplos tan sólo hace su cuerpo.


## LIBRE LUZ

Cuánto tiempo hará pues que la ciudad
Así encorvada enormemente
No alzaba hacia el sinfín visible
Sus grandes ojos bajos
Ahora de pronto luminosos

Habíamos olvidado esta otra inmensidad
La instantánea presencia lejanísima
Del hondo espacio interminable
Todo él de una vez aquí
No sabíamos ya
De este vuelo de un trazo y sin apoyos
Hasta las más remotas perspectivas

Ni de esta altura altivamente limpia
Que deja abrirse todo hasta su límite
Con igual imperiosa afirmación

La rauda luz sin cuerpo
No pierde un grado de su agilidad
Desde aquí cerca donde centellea
Esta diamantería compacta del follaje
Hasta el trazo de espátula allá al fondo
De la nieve ejemplar contra el azul lozano
Quién recordaba ya que es la belleza
Quien poderosamente nos vigila
Cada vez que dejó de vigilarla
Nuestra vista acortada
Que espïada enmudece
Pero ella es tras los velos
La guardia nuestra nunca interrumpida
Y que a veces desnuda
Cegándonos de nuevo su pecho soberano
Para que no olvidemos
Que sigue siempre abierta la rendija
Donde se filtra el rayo ardiente y diáfano
Con el que ella vigila
Nuestra atención nublada.


EFECTO LUMINOSO

El espacio termina bien allá al final
Donde ya justamente no hace falta más
En la muralla curva
Azuleante y ricamente rota
De los lejanos montes que se sientan sin premura
Y presiden tan sólo presenciando

Allá empujada contra el horizonte
La tierra se levanta cubierta de carácter
Y se incorpora casi hasta tener mirada

Alta ola aplastada contra el dique del cielo
La sierra desde allá refluye
En ondas ya debilitadas
Pero voluntariosamente erguidas
Y al fin se va aplacando en la clara llanura
Que viene suelta hasta nosotros

Y en su centro de pronto
Se ha suscitado una laguna ingrávida
De increíble oro fresco
El mundo nos tenía preparada aquí

Esta escena de magia juguetona
Que toma al vuelo una azarosa luz
Con que hacerse un ropaje fabuloso
En que envolver su seducción

Pero la seducción es ese gesto mismo
Y en él sigue estando tan desnuda
Como está siempre un gesto

En la emoción voluble
De esa belleza puerilmente obvia
Habla no menos seria una lenta verdad
Que reconocerá más tarde la memoria
Ya sin deslumbramiento
En sus severos accidentes puros
Como palpando reconoce un tacto
Y que es la voz de un suelo que encendidamente
Se hace habitable.

## SEÑAS CELESTES

El cielo puro y frío despliega ágilmente su extensión inmensa pero tierna y sin ninguna enormidad. Absorto en su gran silencio como en su alto deber, guarda cerca de su centro una sola nubecilla, que sepa el hambriento amor de la mirada que no le deja sin respuesta su piedad inmóvil.

## LLUVIA EN PRIMAVERA

Da pudor escuchar lo que se dicen
Lo que susurran tan de cerca
La leve lluvia y el follaje tierno
Esas dos juventudes cómplices
No se cansan del juego absorto
De sus secretos cuchicheos
Desentendidas de todo
Con ágil seriedad retozan
La juventud velada y mansa de la lluvia
Y esa otra del verdor puerilmente engallado
Están solos y a gusto en su gran casa húmeda
En ese asueto gris
De su gran libertad protegida y pacífica
Y en el fresco paisaje solitario
Sólo comparten esa dicha sin visita
Los pájaros que van y vienen por los mundos
Con las breves gargantas al desnudo
El íntimo rumor de la lluvia descalza
Da cuerpo con su vasto velo
Al gran silencio donde nada irrumpe
Ensanchado por fin hasta los horizontes
Donde sus raudos gritos sin ningún temor nadan
Y saben bien que el día
Pálidamente detenido

Ha estado desde el alba sin cesar terminando
Que el tiempo se abandona a uno de esos sentidos
Prolongados adioses para no partir.


## VIENTO OTOÑAL

No nos deja ignorar que es él quien está aquí
El viento otoñal mismo
Afablemente altivo
Que acaba de llegar inconfundiblemente
A bordo de esta nueva marejada del tiempo
Hecho tan sólo todo él
Hasta su fino tuétano
De este tiempo de siempre y su llegar perpetuo
Y sin embargo
Sólo a sí misma comparable su persona
En su frialdad que sueña en plena marcha
En su tenaz y noble viaje
Cubriendo un vasto cauce
Sobre las altas copas dobleigadas
En su incopiable conjunción
De ímpetu limpieza y lentitud

Los climas son sabores
El tiempo va dejando en su corriente
Esas extensas manchas de gusto inolvidable
A fin de que en su curso mismo algo transcurra
Algo sea alcanzado en movimiento
Algo quede anegado y rebasado
Para que no se precipite a la vez todo
En una única carrera
Encerrada en sí misma
Y que dentro de sí estaría inmóvil.

## RESCATE INVERNAL

También en este frío de inconmovibles ojos
Va a recorrer el cielo
La ruta de su día irrenunciable
Si se sube tan alto
Que su azul palidece
Es a fin de arrastrar con más holgura
Su carga aligerada
Y va abrigando bien la dura piedrecilla
De su encogido regocijo helado

Y aquí abajo una isla insumergible
Sigue siempre bogando
Encima de una espuma de blancas perdiciones
Por donde se abalanza sin temor
Seguro de barrer con su límpido alud
No un yermo de sepulcros sino de madrigueras
El impulsivo viento de insobornables filos.


## FASTOS DEL FRÍO

Va subiendo el nivel del agua de la noche
En esta vasta copa de frialdad
Fina penumbra aún vertiéndose sin prisa
Y que concentra cuidadosamente
Una limpia y solícita negrura

Y mientras
El claro cielo alto y boquiabierto
Con su luna de alegre espectro mineral
Es todo él un gran espejo frío
De festivas escarchas
En el que atenuado se refleja

Algún deslumbramiento
De beatitud alada en lo remoto

Ese incorpóreo resplandor
Atraviesa sin huellas
La vastedad oscurecida
Y resurge al tocar las cosas
Como un eco de luz
Distribuyendo en todas partes aquí abajo
Las resonancias de su halo

Y el que calla atendiendo
Y se aparta a bañarse en el glacial concierto
Está como en el fondo
De un inaudible lago de lucientes acordes
Sumido en una fiesta secretísima.

## CASI DESAPARICIÓN
(Colores de Pedro Serna)

Cae sobre el campo un violeta
Más que visto se diría que pensado

(Porque sólo el pensamiento
A veces
Parecería
Que puede así deslumbrarse
No con destello y violencia
Con un ensombrecimiento
Sobrecogedor de sus fulgores
Como a veces
Se deslumbra
La intimidad de un sabor
Que se nos va densamente a pique

A hundirse en la oscuridad
De la dulzura)

Pues muchas veces así nos ha mostrado
La vastedad diluïda
Hecha toda casi nada en el ocaso
Ese dudoso violeta
De fragilísimo pétalo
Cual si todo lo visible
Fuese a esfumarse en torno
En ese final desmayo
Cual si fuese a evaporarse el mundo
Con un gran vaho de luz

Como queriendo enseñarnos
Cuánto puede adelgazarse
El ímpetu de su peso caudaloso
Y toda su resonante realidad
Puede ser el tenue hilo
Que escurre visible apenas
A punto de interrumpirse

Para dejarnos ver cómo
Roza él sin sobresalto
Y tan delicadamente
El abismo del desplome
Sin despertar a su paso
Ningún peligro dormido
Y sereno
Ante este nuestro temor
Medio irreal
A la desaparición.

## NOCHE DE ESTÍO

Qué es lo que arde en la abrasada
Respiración de la negrura
Qué se consume pues
En esa combustión extática
Obstinada en su agobio
Qué fiebre de opresiva mina
Aun en lo abierto prisionera
Agita lerdamente
Esa profundidad de horno sin fondo
Que de lo más oscuro de su boca agónica
Sale de pronto este ágil soplo de frescor

Porque en lo más oscuro
De su sofoco sepultado
La noche saca todavía
Una impensable mano fresca
Y limpia como un agua
Porque este ahogo no es su tiranía
Es su pasión sufrida con la nuestra
Y ha de ser de su mano misma
Como hemos de seguir a flote
En su ola asfixiante
Y de abrazar también nosotros
El abrazo fatal que nos ahoga.


## VIAJE NOCTURNO

La noche es un descanso de ahogado terciopelo
El viento del viaje
Es un pesado chorro de dulzura
Que apacigua el oscuro tumulto de la piel
Un embate de alivio que mi cabeza hiende
Mientras cierra los ojos estragados

Y se deja vencer dichosamente
Hasta apoyar la nuca
En la blanda mudez de algún respaldo

La redonda negrura del espacio
Se ha hecho una sola masa
Toda ella liviandad
Calma y disposición
Todo se aviene a una fluidez de tregua
Y al fin del largo día
De gruesos coletazos y fugaces saqueos
Ya consumido el borbotón
Imprevisor de su avidez
Descolgando por fin los ojos a desgana
De sus altos y tercos asideros
Sobre alguna molicie fortuita finalmente
Un niño se dormía.


## LEAL OTOÑO

Ningún tiempo habitamos más lealmente
Que el pensativo otoño
La ingrávida estación intraicionable

En ella el transcurrir se hace tan puro
Que la nostalgia misma
No le vuelve la espalda
Lo que en ella soñamos
En ese mismo presente suspendido
Que nunca posa el pie
Y que nunca por eso deja atrás al deseo

Y aquel que con la palma alzada
Frena los ímpetus del día

Tiene en la limpia lucidez del frío
Toda su lentitud
Y ni un adarme de su pesadez

Y viaja con el tiempo en su alta nave
E íntimamente en su favor transcurre.

# III

## ENCARECIDAMENTE

### RUEGO DEL NAVEGANTE

Qué otro ruego ferviente
Sino el de contar siempre con la espera segura
De un lugar animoso de descarga y de tregua
No un bastión no un refugio
No otro domicilio
Que el designado en pleno aire mudable
Por el amor de la mirada
Tibio lugar de espera no porque nadie llame
No porque clame la impaciencia
Lugar de espera porque en él entramos
Con el rostro de paz del esperado
Como el barco acogido
Sin proclama en el puerto atareado
Y contra un firme espacio
Atracando en el tiempo en movimiento
En una hora de escala
Hecha suelo de lentos desembarcos
Y fondeadero azul de la memoria

Entre los pocos hace mucho acostumbrados
A conocer de lejos nuestras velas
Y a ver mecerse nuestro casco ocioso
En la pereza de esos muelles
Y sino el de volver a veces
A ese revuelco límpido de afanosa camada
Trayendo de muy lejos hasta su centro mismo
Alguna pura lumbre en la mirada
Que allá en su soledad
Ha sostenido a solas la de las sirenas.


## RUEGO DEL CAZADOR

Quieran no olvidar nunca los montaraces dioses que la caza empieza siempre con la salida audaz desde una madriguera, quieran que mi oído alerta en mis esperanzadas correrías no siempre otee en vano, quieran que a menudo hallen mi rastro las altas y veloces maravillas de certero dardo que han de hacerme su presa.


## RUEGO DEL MADRUGADOR

Bien vivo ya vivísimo está el mundo
Todo él hasta su centro cristalino
Desde infinitamente antes
De empezar a vivir
De nuevo intacto el nudo de su vida
En esta alada transparencia
De su luz sin arrugas
Y que tan delicadamente reina
Rozando todo de una vez
Sin apoyarse en nada

Otra vez flota él
        el inmanchable
En su blanco silencio misterioso
El tercamente virgen tras todos los estragos
El desnudo en su ruda tierra insepultable
Su íntima dicha ensimismada
De niña solitaria
Una vez más se asoma
Desde su claro acantilado
A las nieblas del tiempo
Y de nuevo despliega su limpieza
Otra vez penetrante como un frío

Asome también con ella
Eso en nosotros que en momentos
Llamamos alma
Eso que a trechos despunta
Y que siempre está a punto de vivir
Sepultado debajo
De una u otro afanosa inundación
Y calla limpiamente y nunca se desdice

Lo que se queda para siempre antes
Siempre ya en pie y siempre aún quieto
En espera de algo que lo ponga en pie
Eso que no conoce dormir o despertar
Y que una y otra vez vuelve a entrar en la luz
Ya con los ojos desde siempre abiertos
Siempre ya vivo cuando todo empieza
Más vivo hasta el siguiente despertar
Que todo el aluvión que le vive su vida

Siempre tocando el centro
Sin manchar nada
Con esos fuertes dedos suyos
Alegremente helados.

## RUEGO DEL PASEANTE

Hay un silencio para visto
Igual que hay un silencio para oído
En este quieto espacio de belleza
Una paz deja ver lo que nos calla
Como cosa corpórea que se desnudase
La vista no descansa sino que se recobra
Hay un silencio mudo donde nada se dice
Pero hay también este silencio en pie
Liviano domador de una airada estridencia
Que iría a enmudecerlo todo
Y deja el paso al sitio donde oír un decir
Su melodioso hálito es belleza
Cuyo cuerpo se da visiblemente

Oh paciencia inmortal
No dejes que olvidemos para siempre
Tu silencio que espera como la verdad misma
Siempre calladamente recobrada.

# IV

# OTRAS MIRADAS

## NOCHE DE SÁBADO

La noche se nos ha ido cielo arriba
Desde aquí abajo su negrura
No se distingue ya
De alguna ofuscación de la distancia

En el verano inmenso
Caben estos confines solitarios

Y lejos allá arriba de toda distracción
La sombra rumia absorta su ardoroso delirio

Los hombres y el espacio
Hacen su noche cada uno
No se miran jamás la una a la otra
La sombra de allá arriba gloriosamente obtusa
Y la nuestra de abajo finamente molida
Con polvo chispeante
Esos que entre nosotros aquí y allá se apean
Del remolino enrevesado
Apartándose un rato
Mientras departen con su propio peso
Ven con sorpresa el mundo
Como un premio estorboso y desmedido
Y al mirarse las manos
Las ven como algo ajeno que les fue encargado

Toda una casa de aire oscura y limpia
Flota vacante
Entre el efímero festejo de sus sótanos
Y su desván absorto
Pero esas grandes salas puras
Serán siempre hasta el fin inhabitables

El que vio en otras rutas
Pegándose a sus pasos como sombra su destino
Sabe que aquí va solo y sin su sombra
Sin un cómplice oscuro con quien alzar el vuelo
Y ya sólo le queda imaginar
La pura duración sin huella alguna
Pegada a su confín
De una inmóvil pasión que desertó del tiempo.

## ALREDEDORES

De quién puede venir
Y a quién podría perseguir
Tan desalmadamente
Este odio sin voz y sin mirada
Que no ha dejado ningún rastro aquí
De la más tenue vida que pueda amarse
No puede ser del mundo
Esta saña vacía e implacable
Que pisotea estas franjas de escoria
Vertidas por las pálidas ciudades
Con sus residuos vergonzosos
Sobras de espacio donde vastos bagazos
No dejan respirar al tiempo mismo

Nunca machacaría el mundo así
Las turgentes entrañas que son su propio orden
Ni aun por la furia de arrasar
Con ese mismo manotazo
Nuestra parasitaria impertinencia
Tampoco puede el hombre odiarse tanto
Y en estas zonas carcelarias
De venenosos horizontes
La dura herida abierta y muda
Donde le fue arrancada la belleza
Es un atroz boquete
Que ya ha dejado de dolerle al hombre
Que ya sólo podría dolerle al dolor mismo

Tan sólo cuando cae por fin la noche
Se acoge el hombre aquí
Al triste orden de sus luces
Que horadan sin vencerla la tregua de tinieblas
Siempre indecisas entre la nostalgia
Y la supervivencia

Por un rato olvidados de la esperanza ausente
Es la única hora en que se miran
Conmovedores en la luz que han hecho
Para suplir a la verdad
Y en la que por un rato
Se harán espectralmente
Visibles contra un fondo de lisa soledad
Mientras siga dormido afuera
Este odio de nadie
Con ese negro sueño
Que también es de nadie.

## IGUALDAD

Cuando los desfiladeros despóticos del tiempo se abren un rato
a estas sencillas explanadas, los hombres se sueltan por fin como
si fuera para siempre y reconocen sobre su piel su vida como el
roce delicioso de unas ropas holgadas y ligeras. En aquellas gargantas agobiantes el tiempo iba topándoles malignamente por la
espalda y a la vez tirando de su cuello con su sañuda cuerda,
pero ahora es otra vez este diáfano abismo que el pulmón respira. Y no es que olviden, pero están de nuevo en su sitio la memoria de atrás y la de adelante, y por en medio mana frugal y firme
la paz de su deseo. Pasará esta tregua pero sin haber amenazado nunca con pasar, aquí tan sólo el tiempo mismo es inminente, y el brillo de apetencia de los ojos puede salir del todo de su
clandestinidad. Nuestra gran libertad, mientras dure esta hora,
ni atropella a los muertos ni se debate mordida por sus peder-
nales, ningún velo aquí oculta la igualdad del dueño y el heredero, del don y la encomienda.

## TIEMPO ERRANTE

Debajo de estas nubes trotadoras
De tan veloz nostalgia
Que tan lúcidamente se abalanzan
A un imposible abrazo con la distancia en fuga
El día serpentea
Por entre la alternancia repetida
De luminosidades de súbito crecientes
Y bruscos oscurecimientos en bajada
No un parpadeo
Una respiración de la blancura
Desde su oscura boca fría
Dentro del aire azul del mundo

Todo aquí abajo vive una extraña evasión
Gozosa y sin partidas
El viento húmedo tan tiernamente miope
Que siempre vuelve a volver a marcharse
Los grandes árboles pacientes
De estoicas convulsiones bellas
Siempre tirando a un único horizonte
Como ropa tendida pero mucho más densos

El tiempo se ha evadido
Sólo para rondar su casa
En su paseo ensimismado
Cada etapa nos vuelve siempre a ella
Por fin tranquila y lejos
Para ser ella misma
Ausente en nuestra bella distracción
Y fuera de propósito cada vez encontrada

Nunca pensada ni añorada
Sino siempre husmeada en su intemperie.

## SOBREVIVIENTE

Hay días que la luz se deslumbra ella sola
Apasionada una vez más
Con la hora de abismo que le dio nacimiento
Nadie puede mirar sin parpadeos
Esa virginidad
Tan peligrosamente muda
Nadie puede callar bastante
Para acoger su desmesura
Sin romper para siempre los goznes del coloquio

Pero sabemos bien
Cuál sería el encuentro afuera
Entre hombres ya sin lazo
Que sólo en la rïada
De ese avasallamiento encandilado
Podría darse
Adivinamos bien en nuestro miedo mismo
Cuál es el cegador bocado de verdad
Que morderían en común por separado
Quienes pisando ese esplendor desierto
Y cada uno sin abrazo
Se rindieran al blanco embate de la luz
Desnudos y sin rastro de elocuencia

No daremos no obstante a las dementes llamas
Nuestra extensa hojarasca rumorosa
Donde se apaga esa limpieza
De alto diamante en vuelo
Y entre la que escondemos
La gran riqueza perezosa
De estos otros encuentros entre velos
Pardos abrazos imposibles de mirar desnudos

Y sabemos que sólo fugazmente
En el camino a ese relámpago inhumano

En un abrir y en un cerrar de ojos
Del que no guardarían ya memoria
Habrán podido verse
Sin manchar su silencio
Radiantes en la plena blancura verdadera
Quienes al cabo hayan sobrevivido
A esa totalidad de tentación.

## SALIDA DE NOCHE

Al salir chispeaba blandamente
Las calles se quedaban más dulcemente sordas
Más tibiamente ennegrecidas
Con la lenta humedad que ahogaba su destello
Como ahoga las voces un rumor
Y apagaba sus ruidos como apagar tizones

Contra el afable cielo emborronado
Que no se decidía a hacerse ya nocturno
Recortaban los árboles su oscuridad cansada
Y en una u otra dirección
Se iban viendo encenderse algunas lámparas

Pero en las plazas donde la penumbra
Aún prolongaba su reposo distraído
Cruzaba con un tenue resplandor
Saturado de un resto de luz aún no disuelta
Una lenta deriva de rostros de mujeres

Supe así sin sorpresa
Cómo me hallaba en un regreso remotísimo.

## VERANO Y LUNA

Aunque tan claramente hundida
Tan ahondada la luna
Dentro del aire corpulento del verano
Tan englutida en él
Como en su amiba el grano
Mínimo y nacarado
O como en la viscosa delicadeza a oscuras
De la ostra la perla

Y aunque envolviéndola el verano
a su vez tan redondamente
Tan aceptando en su vïaje ciego
Esa carga incrustada
En la incómoda gloria de su carne

Aunque los dos atados
Tan en el mismo saco interminable
Tan condenados ambos
A compartir cada momento
En su islote común de hondura y tiempo

Aunque los dos en ruta lado a lado
Nada habrán de decirse
La luna y el verano

Es en su misma taciturnidad
Donde están juntos
Donde sin atenderse mutuamente
Se comprenden a oscuras
Compartiendo hasta el fin
La hosca fidelidad intraicionable
Al gran ciclo del tiempo
Que alza su sombra inconmovible
De destino gigante

Como así también yo
Que nada les pregunto ni les digo
Agazapado tras mi piel desnuda
Que con borrosos soplos
Orea en sus jadeos la mudez abrasada
Acepto el suelo de mi islote
Y estoy con ellos taciturnamente
En las palabras de aquí dentro
Que no les doy.


REFUTACIÓN DEL VERANEO

No libera en verdad esta opulenta
Libertad del verano
No sube mucho por el aire sordo
Su ronco vozarrón anchamente arrastrado

Nostálgico y atareado
El silencioso atisbador no ignora
Que ese oleaje terco y espacioso
Es el de una marea vastamente encallada
Agitando su aliento poderoso
Que nunca dejará de ser jadeo
Esa fuerza jocunda
Lleva en su pecho un pozo de tristeza
Una ciega añoranza de su reino posible
Extendido en su torno
Como una inmensa libertad inerte
Por siempre infecundable
Por su gran apetito contra el suelo aplastado
Girando en corto sobre la cadena
De su peso excesivo

Es la verdad de esa añoranza fresca
Es la inmortalidad

De ese poder encadenado
Que acabará por vertebrar el año todo
Los años todos
Lo que exalta al nostálgico
Que no ha de romper nunca
El encadenamiento de los días
Para asomar los ojos
En ese ardor así santificado.


## VISTA DESDE EL MONTE

Hemos subido aquí a callarnos
Más cerca de las nubes pálidas
Y de su manso frío

Plantados en la loma solitaria
Reconfortados frugalmente
En una escueta solidaridad
De fuertes matas serias
Y de vastas espaldas de grandes rocas francas
Nos asomamos desde todos los niveles
De los tiempos vividos y soñados
A la inmensa llanura acostada en el fondo
Del gran silencio de los mundos
Velada de azulenco frío
Y toda de estragado terciopelo
Rico de tenues manchas prolongada
Hasta aquella imposible lejanía
Que se pierde en verdosos y violetas
Sin mostrar hasta el fin confín alguno

Ningún abismo de algún mudo firmamento
Podría estar tan lejos
Como este inmóvil mar vacío

Prodigioso regazo
De la tierra dormida bocarriba
Con los ojos cerrados en la eterna intemperie

Nunca estuvimos más a solas
Que enfrente de esta pura espera
Sin futuro y sin voz
Esta desnuda resistencia
Puesta como incansable basamento
Para aguantar la enormidad del tiempo
Que pesa sin mirarla apenas
Sobre esa vasta espalda ensimismada

Pero nunca estuvieron más unidas
Estas suspensas soledades nuestras
Que vuelan juntas ante nuestros ojos
Locamente chupadas
Por el imán de abismo de lo más remoto
Nunca nos mostró el salto más exaltadamente
Cómo la lejanía
Vertiginosa nos habita
Y cómo así pertenecemos juntos
A una fatal tarea
De disponer por todas partes centros
Que tercamente nos arrojan lejos
Y de mirar allá lo visible en su fuga
Poniendo siempre el pie tendido ya hacia el salto
Cómo seguimos siendo
Los mismos incurables cazadores
De agazapados sitios
Infatigables pescadores
De horizontes flotantes
Perseguidores de innumerables distancias
En nuestras correrías por el tiempo
Como por una azul llanura
De nublados confines.

## LUGARES

Por allá afuera sigue
Siempre entregado a sus carreras
Y sus caracoleos
Desordenando su desnudez misma
Inmaduro y vivaz
El frío viento luminoso y díscolo
No queriendo notar en su capricho
Como nos hemos refugiado de él
Tras nuestras dóciles paredes
Desde donde seguimos
Mirándole barrer y despoblar
Su aterido dominio

Nosotros aquí adentro
Seguimos removiendo la tibieza
Con que sumisamente nos rodean
Nuestros leves rebaños de palabras
Traídas hasta aquí a nuestro cobijo
Y que agitamos dulcemente
Entre los unos y los otros
Sin temor de perderlas
En la rauda locura de las ráfagas

Siempre se vuelve allá
Siempre habrá que volver
A poner pie en lo despoblado
Y nunca está del todo en sí
Quien no se yergue en la mitad
De las errancias más huracanadas
Pero ni la verdad enorme de la ráfaga
Ni la verdad como un licor bebida
En el coloquio cobijado
Han sido nunca más hermosas
Que la verdad de los lugares repartidos.

## LLUVIA EN LA HUERTA

Llueve con probidad sobre los huertos
Llueve con la soltura antigua
De una fuerza fatal y sin violencia
Allá abajo en el valle los frutales
Redondean sus hombros animosamente
Y con la vista baja
Resisten todos juntos al gozoso atropello

Pero igual que nosotros
Ellos tampoco pliegan sus pulmones
Vastamente se exhalan en su dicha encorvada
Se abandonan a oler gloriosamente
Llenan de errático perfume
El pesado aire húmedo
De frescura tan leve sin embargo

Este vaho del mundo
Hace del aire un interior inmenso
De limpio pulmón frío
La humedad abre poros
Todo en ella deslíe sus más íntimos jugos
Flotan intimidades confundidas
Todo el espacio es sucesiva intimidad

Y habitanto en común la región de su aroma
Los pensativos árboles
Se agrupan como un pueblo.


## DESLUMBRANTE

Algún dique de azul
Se ha roto en algún sitio

Sorprendida en el fondo

De este volumen de color henchido
Plano infinitamente
La realidad de pronto ultravisible
Sin eco ni lindero
Se inquieta de su ser

Los campos yacerán parpadeando
Tras sus pestañas encendidas
Confusamente amordazados

Pero aquí en la ciudad
Todo recorre bulliciosamente
La novedad del día ágilmente inundado
Curioso de nadar en estas aguas
Despreocupadas de si son creíbles
Casi alegrándonos de un mundo inerme
Todos sus velos disipados
De donde toda intimidad ha huido

Con susto e impacientes de avanzar suspendidos
Inopinadamente libres
De un destino de pronto sin embalses
Sin cauce y sin poder
Tan trasparentemente derramado.


## OCASO BLANCO

Tan altas
Las ligeras nubes
Ennegrecidas contra lo incoloro
Tan serenas
En soberana flotación
En la austera nobleza pálida del frío
Tan delicadamente ricas
De sutiles matices retenidos

Qué bien señalan su distancia
En su silencio nacarado
A fin de que aquí abajo
Se sitúe con límpida plomada
Mi lugar respaldado.

## PIADOSO ATARDECER

Por fin piadosamente iluminado
El cielo empieza a desistir
De su obsesión de azul

Caritativo y blanquecino
Beato en el desmayo de su orgullo
Deja ahora sonriendo enternecido
Que la tierra sonrose su casa cuanto quiera

Y llegará después al otro extremo
Y estrechará a la tierra mudamente
Contra su pecho inaplacable
La apasionada noche.

## IDEOGRAMA

El lejano estridor de las cigarras
Rumor de sed en las orillas de la noche

Algún tenue croar entre lo oscuro
Leve fulgor sonoro con pausas de luciérnaga

Los silbos desvaídos de algún ave
Como hilazas de voz flotando al viento

Y una música densa y torneada
Que con paso seguro llega desde la casa

Sólo porque la noche es negra y tierna
No se combaten todas estas cosas.


## COMO DIRÍA COLERIDGE

Es un otoño más en la carena
En mis lentos paseos
Abrigado y sin llagas
Siempre paso no lejos de los muelles
Donde mi vieja barca aventurera
Se mece aletargada en la fría grisura

Ni yo pienso en soltarle las amarras
Ni es en eso en lo que ella está soñando
¿Qué exaltado pavor desafiaríamos?
Yo salgo del amor leal de la guarida
A visitar el hálito aterido
Que cae del húmedo pulmón extinto de las nubes
Echándonos en cara su hosco aroma estepario
Y nada nos decimos
Vamos como dos viejos marinos taciturnos
Que no aluden jamás
A su antigua pasión de las regias tormentas
Pero caminan juntos y sus pasos
Pisan esa nostalgia maldecida.

# 13

# *Lo inmortal*
## y otros poemas
[1995-1997]

## I

## MÁS LEJOS

### LO INMORTAL

Salir de casa una mañana fresca
Y navegando con el rostro al aire
Como una alegre proa levantada
Que azota la marea más despierta
Saber de pronto que surcamos
La verdad desarmante
La limpia herida rauda de la dicha

Y no es que hayamos desgarrado
Con ademán grandioso
Las tercas ligaduras de las ropas
Sino que sólo ahora recordamos
Que bajo ese espesor vamos siempre desnudos

Esto hemos aprendido
De los volubles e incansables climas
Y sus sanos rigores

Arropando aprensivos nuestro frágil calor
No es que hayamos matado la inmortal inclemencia
Nuestro desnudo que bajo sus corazas
Cierra los tiernos ojos defendiéndose
Hasta el final sigue siendo más suyo
Que de ese mismo abrigo que con razón le opone

Luchamos siempre así justificados
Con todo lo inmortal que ulula afuera
Y que el vivo deseo de nuestra vida misma
Sostendrá siempre en vida.


## MÁS ESPACIO

Tanto espacio por cima de este espacio
Y cielo todo él
Tanto espacio desde aquí hasta siempre
Todo unido y el mismo
Igual deshabitado que habitado

Este lugar de frondas
De mecidos ramajes de tierras arrugadas
Tan libremente abierto al paso a las miradas
Se abre sobre otro mucho más abierto
Navegable sin fin inconsumible

Siempre habrá más espacio que mirada
Y todo él lo necesita el cielo
Para entregarse a sus fabulaciones
De resplandores sombras claridades

Nebulosos esbozos luminosas catástrofes
Enormes accidentes delicados enigmas

Y siempre la mirada
Tendrá puestos los pies en lo de abajo
Donde duran las huellas
Para no deshacerse mirando al loco cielo
Prodigarse sin fin
Sin dejar rastro.

## COBIJO

Después de navegar con el rostro desnudo
Por los frescos torrentes del gran viento
Cuya límpida lengua nos llega tartamuda
Entrecortada por los hipos de allá
Me cobijo colmado
Con mi brazada fiel de inmensidad
En un hueco mortal hecho a mi escala
Y miro desde aquí con los ojos brillantes
A lo desmesurado que no me vio pasar
Pero verá por siempre ya que no me vio.

## PRIMAVERA DEL MIOPE

Estuvo todo el tiempo ahí
Ahora se ve con evidencia
Oculta y reprimida en su rincón oscuro
Esta crecida primavera
Que nunca imaginamos tan madura
Tan incómodamente turbadora

La dejamos formarse sin mirarla
Prefiriendo creer que en su retiro
Seguía siendo la impalpable niña
Levemente aromada y fresco el vientre
Que luego dejaríamos correr entre nosotros
Inconsecuente y ágil
Con sus frágiles pétalos y sus delgadas brisas

Era mejor así
Para nuestra obsesión constantemente hipnotizada
Con sus propias y trémulas tareas
Mejor no interrumpir el turbio invierno
Avanzar otro poco en nuestra empresa
Tal vez improseguible si se alterara el mundo
No pensar qué pasaba a nuestra espalda
No preguntarnos si la tenue niña
No habría frutecido en su clausura
Embriagada la carne ardiente el hálito
Y el sexo ensangrentado

Y ahora que nos vence inocultablemente
Un sofoco de flores adensadas
Quisiéramos volver a andar ese camino
Recorrer ese trecho de irreparable tiempo
Por el otro carril que nunca visitamos
Donde la primavera
Hace causa común con el invierno
Las noches no persiguen a los amaneceres
La hosca borrasca danza al sol de las alturas
Y los hielos se besan con las germinaciones

Todo está aquí en el tiempo todo el tiempo
Sólo en nuestra miopía
Heroicamente fiel a sus rompecabezas
Se queda cada cosa fija y sola.

## PRESAGIOS DE VERANO

En este primer vaho somnoliento
    de su sensualidad
El año aún no piensa en nada
Está absorto sintiendo su volumen inmóvil
A punto ya de derramarse
Y que lo hará caer al fin no sabe adónde

¿Será una dicha
Esta gran fuerza ociosa y melancólica
Que vaga solitaria
Tan cerca de una quieta belleza sin comercio?
También las golondrinas exploran sus alturas
Con refrenada audacia

Y siempre
            siempre
Cada vez que se pare el mundo así
A mirarme con ojos que no ven
Ocupado en volcarse otra vez en sí mismo
La dicha de durar
Y los regazos bellos que la acogen
Volverán a punzarme
Con esta gran piedad de lo que vive.


## TORMENTA DE VERANO

Este es el viento aquel
Que al fin ha roto su cadena y vuelve
Cansado de yacer abochornado
En el sopor brumoso de mi olvido

De dónde vienes Poderoso
En qué perdidas madrigueras

De abdicación y exilios
Callaste tu poder todo este tiempo

Aquí estás otra vez
Caluroso y con frescas gotas puras
Lleno el pecho de roncos truenos nobles

Y vas soltándole la rienda
Por estos valles de horas amansadas
A tu imponente fuerza soberana
Y vas por todas partes sublevando
Un reino irreprochable de violenta hermosura

A qué esperabas Admirable
Si sabías que siempre seré de nuevo tuyo
Cada vez que desnudes
Huracanadamente a la belleza
Y que en toda su furia
La empujes por el mundo
Loca de sí
Fija en lo oscuro su mirada intensa
Sin miramiento alguno

Si sabías que habrías de encontrarme
Desnudo en el balcón y con mi casa abierta
Feliz y amenazado
Sosteniendo mi miedo azotado en tus ráfagas
Hermanándose al miedo conmovedor del mundo

Sacude sin cuidado mi vieja cabellera
Somos tú y yo y siempre volvemos
No arrancamos al mundo de sus sordas raíces
Nos arrojamos sobre su ancho cuerpo
Vapuleamos su melena abúlica
Con tormentosos ímpetus y emborronadas brumas
Sólo para inundarla de apasionadas lluvias.

## NOCHE SIN LUNA

La noche va escondiendo
Negras partes de sí más y más grandes
Y avaramente más y más lejanas
Más sombras cada vez vuelven la espalda
Esconden el gran puño que aventó
La siembra trémula de las estrellas
Y las dejó colgando de la ceguera a solas

Cada vez más tinieblas aprietan más los labios
Cada vez se enfurruña y aparta más lo oscuro
Se niega más y más a ser tocado
A darnos nada por respuesta a nada

La noche se hace más y más reacia
Como si no supiéramos que lo que busca
Es provocar que estalle su destino
De escrutada sin fin
Y enredada en las vueltas de una mirada errante
Flotar por fin en la región sin norte
Donde una voz extravïada acaso
Le hablaría de tú
Donde acaso lo oiría.

## RUMOR DE HOJAS

Todos los árboles de la plazuela clara
Mecen su joven fuerza
Abrazados a un viento limpio y alto
Que viene de bañarse
En las muy frías aguas de la infancia

El rumor obstinado de sus copas

Aflora al fondo cada vez que ceden
Los enconados ruidos que le hacemos al mundo

Frente al azul intacto que se muestra
    intransigentemente de su lado
El fresco viento impune
Desnuda a la emoción más tercamente virgen
Un ancho sentimiento de restallar las velas
De lucha de alas a contracorriente
De fuga de hojas nubes y semillas

La emoción será siempre
Hundida en la frescura
De su gloriosa inmadurez
Puro comienzo sin transformación
Nombre completo nuestro absurdamente único
Nombre imposible a solas por eso nunca oído
Y siempre aún decible
Labios de luz que nunca se pronuncian
Para que luego todo sea pronunciable.


## AGUA DE LUZ

Llega también ahora a nuestras calles
El fresco chapuzón donde se lava el día
La ligereza helada o alada de los soplos
Bastaría ella sola a deslumbrarnos
Si no hubiera esta luz
Desnuda impunemente en su blancura
Sin el más leve velo de un escrúpulo

Alma prepárate
Vas a tener que despojarte
De tu ropaje y tus tareas

Y dichosa y transida
Con chillidos y brincos y risas espasmódicas
Lavarte hasta los huesos en la tenaz limpieza
Hasta tocar de nuevo
Tanto tiempo olvidado
Ese canto rodado que te ancla
Al deslumbrado cauce improseguible.


## NOSTALGIA DE UN TEMPLE

Era una bocanada densa como ésta
Un aire no del todo despertado
De su vasto reposo
Que bajaba rodando blandamente
Al centro celebrado de nuestros panoramas
El que envolvía con sencillo lujo
Como una amistad libre y taciturna
Nuestra preciada lentitud alerta

No otra cosa soñaba desde siempre la piel
Para evadirse de sus vigilancias
Y sumergirse toda en el mar caldeado
Del abismal instante
La espera temblorosa del destino
No era ya tabla de evasión de nada
Era ya sólo un tenso eje
Que en plena aceptación nos sostenía erguidos

Así avanzábamos sin computar las huellas
Bebiéndonos las aguas con sal de luz del mundo
Sin macas de rencor nuestra esperanza entonces

Y ahora imploraría al duro amor del tiempo
En la mitad de esta desierta gloria
Entre estos seres a su vez hundidos
En la gran amnistía de la hora

Sin saber cómo estuvo allí ya entonces
Que hiciera aquí visible redimiendo los ojos
Aquella libertad que se alzaba animosa
Lamida por las lenguas imperiosas del viento
En el umbral del reino
Desafiando a las hambrientas fauces
Cuyo encendido aliento nos oreaba el rostro
Ansiando devorar a su elegido.


## NOSTALGIA DE UN LENGUAJE

En toda área de paz danzaban las palabras
No había una figura viva
En las confusas zonas de mi historia
Que una vez no se hubiera revolcado
Con mi lenguaje de insaciable ardor

Así iba yo poblado
Abrazado lamido mordisqueado untado
Por mil viejos amores indistanciablemente
Todos fieles y todos cálidamente vivos
Palpados bajo aquel manto sonoro
Tan sutilmente enumerado
Tan sutilmente enamorado
Que hacía mío todo lo de la vida mía
Que yo para vivir necesitaba.


## PALCO

También alguna vez se amansa el tiempo
Y se echa a nuestros pies a calentárnoslos
Hundidos en la hondura de su fiero pelaje
En su cálido temple de violencia depuesta

Y vuelvo a estar en el pausado palco
Siempre topado inesperadamente
Como un sereno y claro acantilado
Que la mano del náufrago encontró a ciegas

Y estoy de nuevo a salvo
Febril y arrebullado y siempre
Convaleciente aún de haber nacido
En la orilla piadosa de este lago de tiempo
Sin ímpetu y sin precipicio
Sin más deseo y también sin más castigo
Que durar mientras dure esta duración misma
Que aunque no tiene peso
Vuela no sé por qué con redundantes alas.


## OTOÑAL

Otoño se ha estancado en su lujo friolento
Dejándose llevar inmóvil por la hora
Más y más lejos de nuestros rastreos
Y poco a poco en la remota altura
Se va cerrando para sí su sueño
Dignamente intocado

Una vez más se queda triste y sola
Dolorosa y sobrante
La belleza del mundo

No aprenderemos nunca ese mínimo paso
Para ponernos donde nos alcance
Lo que ya estaba dado si nuestra violencia
No se arrojara siempre buscando en otro sitio

Otra vez es lo que es más nuestro
Lo que dejamos más a nuestra espalda

Si un día más se ha retirado virgen
La injusta soltería de esta belleza altiva
No es porque no estuviera en nuestros brazos
Es porque un día más erró el deseo.


## FRÍO

Cuando la fría brisa viajera
Diluye limpiamente los rastros de calor
Que aún opacaban nuestro espacio
Las hojas que el torrente empuja
Intensamente viven su rumor
Como una fe común que las sumerge

Nadie queda más solo
Que el hombre abandonado a los impíos hielos
Pero en la clara hondura sin doblez
De un frío de ojos limpios
Nos miramos los unos a los otros
Con un burbujear de leve gozo
Como en casa del otro cada uno.


## RELENTE

En la hondura impecablemente helada
Del cristalino invierno
Cruza de pronto un rico olor punzante
A humo de bosque
Un aroma agarroso opaco serpentino
Que no se deja abrir
Ni cerrar
Ni dejar nunca a un lado

Que llena tenuemente el mundo
Mas sin escapatoria
De una mortal nostalgia innegociable
Igual
        igual ¡ay infijable vida!
Que el relente de mí que desde siempre
Ha vagado tan lejos y sin aceptar nunca
Hacer de mí su casa.


## TIEMPO REVUELTO

Este airecillo revoltoso y frío
De un gris tan sin tristeza
Arrastra entre nosotros
Sólo sus pies helados

Su pecho desenvuelto
Su fluida cabellera esparcida sin fin
Sus tersos ojos gozadores
Se quedan allá arriba
En la altura con nubes remotamente ebria
Donde nunca se supo de estas bajas ciudades
Que seguimos haciendo

En lo alto hay tan sólo tierra virgen
Rasgamos un espacio que no urbaniza nadie
Y nunca poblaremos una ciudad celeste

Pero aquí en nuestras calles
Tocar los pies helados del viento inenjaulable
Nos da un jovial escalofrío
Unas ganas de risa trascendente
Regocijados de esa inquietante vida
Animosa y ajena
Tan pertinaz al menos como la propia nuestra.

## PLENA LUZ

Una limpieza de agua virgen llena el cielo
No hay horizonte
la mirada
Se asoma arriba y cae en un abismo
De luz sin peso que no termina nunca
Ir por la calle es ir cruzando bloques
De sol y sombra limpiamente rebanados
Como alternos países de la temperatura
Y al pasar a la sombra es como si cruzáramos
El cristal impalpable de una helada pecera

Se diría que el mundo se ha quitado la ropa
Y corre a zambullirse en lo intocado
Tiritando de vértigo y flaqueza
Pero exaltado de que no haya fondo

Su desnudez nos punza como nuestra
También nosotros si nos desnudamos
De la fiebre ancestral de nuestra carga
Vemos abierta aquí sin ningún asidero
La luminosa sima glacial donde aterida
Y exaltada respira nuestra audacia.

## PACTO ANIMAL

En la tarde incansablemente azul
Por estas lentas calles distraídas
Se nos va de la mano el pensamiento y sube
Como un globo sin dueño a confundirse arriba
Con la inmóvil altura de las casas
Que yerguen sus cabezas con los ojos cerrados
De cara a un limpio sol simplista

Sólo puestos allá a la orilla del cielo
Sin el impedimento de nosotros mismos
Nos callamos por fin como los animales
Que nada tienen que callar
Y reposan del todo en su silencio
Como si lo tuvieran todo
Definitivamente dicho

Pero también nosotros nos llenamos
De una nostalgia azul del solitario azul
Salvajemente libre y sin historia
Que es nuestro modo en esta tierra
De pisar con el peso de un paso de animal

Porque es verdad que ellos no saben
Que ser dueños de sí en su silencio
Es su pacto de paz con la infinita vida

Pero el nuestro es saberlo.


## COSECHA Y VIENTO

Venía de yacer entre cosechas
Gravemente aromado en el halago
De su amoroso vaho
Y un hondo viento mate
Revuelto en su gran cielo
Que hasta manoseándome la cara
Con sus blandos dedazos
Seguía absorto en su hosca lejanía
Agitaba los árboles en un delirio suyo
Y corría en mi torno trágicamente solo
Sin dejarse impregnar en su demencia
Del más leve perfume de mis cálidas mieses

Diciéndome a empellones
Que estaba aún abierto en su mortal peligro
El horizonte en torno de mi muelle cobijo

Y en medio del torrente ensordecido
Vuelto de espaldas siempre
Supe que esa obstinada ausencia de mirada
Era el salvaje abrigo de mi tibia cosecha.


## VILANOS

El gran verano acorralado
Ha vuelto apenas los cansados ojos
Al echársele encima por la espalda
Un ventarrón febril y atropellado
Que llegó incongrüente y perentorio
Con grandes nubes vanas y beatos celajes

Y bruscamente el aire se ha llenado
De una miriada de vilanos blancos
Copos de una nevada tupida y calurosa
Que el viento arremolina
En una fascinante y enigmática danza

Dónde guardaba el mundo
Tanto ingrávido copo
Interminablemente fiel a su diseño
De una intención tan inasible
Cómo pudo el verano tanto tiempo
Guardar una minucia tan múltiple y tan frágil
Para soltarla al viento toda junta
Como si hubiera sido un enérgico enjambre

Pero ahora que ya se ha desplegado
Cruzando alegremente por doquier el espacio

Entra en el mundo como siempre entra
Todo aquello que viene en los brazos del tiempo
A ser su pertenencia
Como dueña sin doble de este mundo

Y cómo no cedérselo cuando confía tanto
Como todo suceso cumplido en la inocencia
En que su advenimiento justifica
El imparable curso de su vida.


## II

# MÁS CERCA


### POÉTICA

Anduve por aquí
Recogiendo al pasar
Cosas que no esperaba
Y no me eran debidas
Ni tuve que pagar con amargas monedas
Que en mi vïaje no tenían curso

No podía partir
Sin volver a mirar con gozosa avaricia
Cada precioso diente de lo regalado
Ni mudo y con rencor como el ingrato
Que no confesará jamás un goce
Por el que no ha pagado.

## METECO

Alguna vez viví bien largamente
En un mundo de gestos en remojo
Y palabras sin hueso
Donde los hombres se agregaban
Los unos a los otros
No de otro modo que al rodar del tiempo

El único consuelo
Era cerrar los ojos

Y esperar que algún mudo soplo fresco
Me tocara la frente
Mientras yo perduraba en el refugio enfermo
De la amada ceguera.

## FERIADOS

Nos lo han dejado todo
En la ciudad vacía
Que todos desertaron
Tan sólo para lejos de ella
Hundirse aún más en su obsesión

Se irían sin saber que iba a ser tan azul
El frescor del silencio
Tan vasta la invasión de diáfana maleza
De la paz readmitida

Y no sólo de espacio somos ricos de pronto
También se quedó el tiempo
Chapoteando contra nuestros muros

Y vagamos sin rumbo
Con esa libertad paralizada

A la vez sin condena y sin destino
Del siervo que recorre ocioso
Los patios en solemne mudez del amo ausente

Y con todo con todo
Tampoco aquí nos falta
El vórtice de ausencia
Que es el callado aullido de toda plenitud
En la fría limpieza de los soplos
Que nada opaca ahora
Es triste estar con uno mismo
Mortalmente añorando algo fatal
Inquietante lejano inescapable
A quien rendir la vida.


VAGO ANHELO

Tal vez querría la ciudad voluble
Si pudiera si tuviera savia
Si tuviera tendones verdaderos
Vértebras poderosas empeñosos pulmones
Tal vez querría entrar de veras
En la jovialidad tranquila y ágil
Que orea levemente sus ojos entreabiertos
Y su obstinada boca mascullante

Se nota por sus calles apartadas
En la alta juventud de sus acacias
La ingenua dicha grácil e ignorada
De sus ramas de frondas que en profusos contrastes
La frescura ilumina o la sombra concentra

Pero quién toma en serio sus juegos de chiquillas
Que la ciudad tolera en su fatua fatiga.

## INTRUSOS

Qué alocados chillidos te has fijado
Lanzan las golondrinas allá arriba
En su vertiginosa geometría
Atiborrando en todas direcciones
De una maraña ingrávida de dardos
Aún más veloces que su propio vuelo
El exclusivo mundo de su cielo

Aunque es verdad que casi nadie escucha
¿No es extraño que en nada las inmute
Que aquí abajo pululen
Estos oídos nuestros de famosos fisgones?
¿Tan seguras están de que somos nosotros
Quienes lejos del centro de su absorbente orden
Distraemos sus ocios
Con nuestra opaca cháchara?


## LUNA DE VERANO

En esta calle a oscuras que boquea amordazada
Bajo el negro sofoco
Sólo la luna y yo

Marcho hacia ella y retrocede
Me quedo quieto y se detiene
Atónita y curiosa

Tan blanca tan redonda tan grande tan de hielo
En la espesa negrura amoratada
No sería creíble fuera de este momento

Pero en este rincón confuso
Tan ardorosamente extravïado

Tan lejos ella y yo de todos y de todo
Naufragados de un mundo irrecordable
Espiando mutuamente nuestros cursos
No pensamos en eso.


## CAFÉ

En este gran redil sonoro
Que es el café cada noche de viernes
Infatigablemente se arraciman
Cientos de mis queridos coespecímenes

Cómo decir mi asombro insuperable
De la inmortal viveza de su sublime cháchara
De dónde sacan pues la certidumbre
De que eso que se dicen que se muestran que se son
Ha de seguir teniendo algún sentido
Visto a unos palmos de distancia
Con qué candente grano se enfebrecen
E hinchan las leves pompas de pasión
Sobre las que gravita su molécula enana
Ellos tan inclinados a dudar
De que sea legítima toda onda que emane
De molécula extraña
Y que en el fondo saben que es falso el parentesco
Con el enjambre afásico de las abejas
Que nunca quiso decir nada
En el enjambre de ellas
Sino sólo en el nuestro
Y que a la vez jamás creyeron seriamente
Que Alguien más allá sepa qué queremos decir

A ellos tan ahítos de opinión
Y tan ayunos de verdad

Concededles clementes dioses
La antena cóncava de vuestro oído
Cuya danza se apoya frágilmente
Titubeando al borde del abismo
Sobre esa irresistible confianza suya.

## REFLEXIÓN DEL OJO

*Ante un cuadro de Ramón Gaya*

¿Se están moviendo o no, de pronto, esos profundos pero ligeros cuajos de color como flotantes tinturas subacuáticas? Parece que se esponjaran, que se expandieran aunque sin cambiar de tamaño, en una silenciosa y lentísima explosión como de terrón de azúcar en el agua. Se llenan todos de ecos mutuamente, se tiñen unos de otros, no del color de unos y otros: del sabor de cada uno rezumante. Sí, este lento surtidor de resonancias no es la armonía de los colores que estaba allí desde antes, es un concierto de sabores, es el orden que sueña punzantemente la dulzura. No, esto no es un sabor, es una música, el mutuo sostenerse ingrávido de los ecos, el diáfano castillo de cristal de los reflejos puros. No, aquí no suena nada, es el silencio, el volver en sí del ojo tan lejos del estupor como del hastío, la mirada que al fin llena todo su sitio sin rebasarlo un ápice, enfrente de la fiera realidad a la debida distancia, como el buen torero que espera la embestida de la fuerza y la guía a precipitarse en la luz.

Pero qué gran fortuna, ahora lo vemos, ahora salta a la vista, que toda esta excelsa operación callada no empiece en su propia excelsitud, que venga ya de allá preñada de su música, que este acorde visible no haya sido sacado afuera desde un ser interior encerrado en su gruta de negros colorines, como si hubiera un fuera y un dentro desde antes y hasta después irreconciliables.

Qué fortuna que esta dignidad de lo visible sea la del mundo y no la de una impía magia desdeñosa.

Qué fortuna o qué providencia. Porque los ojos que vieron ese canto en el testuz de lo real bajado para la embestida no transmitieron el secreto de ojo a ojo sin pasar por una mano. Y así no acaba su comercio en una sola apropiación por la mirada, sino que avanza más y pone la visión en nuestras manos. Nunca hay que quitar de en medio el grueso de la mano con su temple material y la espesa memoria de sus vicisitudes: es siempre de la mano como soberanamente la verdad nos lleva.


## RELAPSOS

Somos algunos todavía
          tristes
Esquivos taciturnos
Los que a solas seguimos alegrándonos
Como nobles relapsos clandestinos
De ver resistir tanto a la Belleza

Los que en secreto nos regocijamos
Disimulando el brillo feliz de nuestros ojos
De la gran terquedad de su profuso cuerpo
De la pesada fuerza
De su renuencia inconmovible
Retrógrada y tozuda como la ternura

Los que gozamos bajo capa
Con la ira impotente
De los que no acaban nunca de arrastrarla afuera
A sepultarla allí desfigurada y rota
Y que siguen topándose con ella
Fragmentada dispersa lacerada
Y tan serena como siempre

Lento navío siempre en el río del tiempo
Embarcación de la evidencia en marcha
Densa envoltura inmune a la falsía
Donde al fin la verdad baja sus armas

Somos algunos los que aún adoramos
A la diosa depuesta
Sosteniendo en silencio con fervor y miradas
Su generoso orgullo
El divino egoísmo de su luz soberana
Y entre nosotros corre la contraseña tácita
Que nos exalta tan invisiblemente
De una fe que sostiene el arco de los siglos.

## FIGURAS EN LA LUZ

Desnudos en el fondo del aire perezoso
Despatarran los árboles sus ramas
Y todo el verde fresco
Se pega a la limpieza deslumbrante
Y chupa luz por toda la superficie tierna
De su piel fragmentada

Los sonidos del mundo
Reinan de nuevo en este espacio
Despojado por fin de sus sordos andrajos
Y hasta en plena ciudad nadan desnudos
Los altos gritos fieros de los pájaros

Y las gentes se escuchan sorprendidas
Hablarse unas a otras
Con voz un poco demasiado alta
Y un poco involuntariamente hueca
Agrandadas y nítidas

Como ante ese gran susto improcedente
Que es estar en el centro
Indefenso y fatal de un escenario

Expuestas en el foco ardiente de la fiesta
En una plenitud impracticable
Hecha para ser precio de la sola memoria
Demasiado evidentes para escurrirse al margen
Demasiado compactos al sol para alcanzarse.


## FIGURAS EN EL CREPÚSCULO

La delicada tarde
Gloriosamente ensimismada
Limpiamente ignorante
De todo esto que a sus pies pulula
Prodiga interminablemente
Su prodigio de ingrávidas riquezas

Bajo ese gran fanal
Sin cesar matizado con delirio
La móvil multitud
Parece de repente congelarse
En una escena fija
De pequeñas figuras recortadas
Contra el deslumbramiento

No saben lo que reina a sus espaldas
Como tampoco esa belleza a solas
Sabe del hervidero que la habita

Pero más cegador aún
Que esa doble ceguera
Es el blanco misterio
Que la una a la otra las destina

Sé que no es para mí
Para quien este orden se trama inabordable
Pero tampoco oh luz de la palabra
Para nadie.


## CALOR Y OLVIDO

Porque el aire de pronto se ha aflojado
Perezoso y pringoso y derrengado
A todo lo ancho de su peso

Porque hoy hace calor como si nada
Como si aún bebiéramos
En el cuenco desnudo de la mano
El monótono don de cada día

Como si aún marcháramos sobre hierbas y arenas
Que no tuvieran dueño
Adentrándonos cada vez poco
En un orden tremendo
Con muy tenue proyecto
Y una atención gigante a la voz del destino

Como si aún habláramos de tú a los animales
Dejando que se expliquen ellos
En su cegada y lícita polémica
Antes del gran desprecio de temer por ellos
En lugar de temerles
Y la sanguinolenta mofa de producirlos

Porque hoy confusamente es indudable
Que el mundo en su deriva soberana
Nunca pensó en nosotros

Por la entrada a la fuerza en el buen juicio
Aprovechamos para abrir un rato
El viejo armario siempre descuidado
De las turbias raíces
Atender un momento a esas entrañas
De las que vamos impregnados y en las cuales
Somos de cabo a rabo
Los oscuros procesos que habitamos
Todo el vago subsuelo en que esta vez
Nos podemos mirar acariciados

Y sobre todo sobre todo aprovechamos
La gloria de pactar con lo de abajo
Para olvidar un rato como una ácida culpa
La alta y agotadora luz sin párpados
Centelleante y glacial
Donde estamos tan solos.


### FIN DE JORNADA

Cae la tarde flotando en la tibieza
Como un gran trapo en unas aguas quietas

El mundo desvaría de fatiga
Hasta los niños saben que a esta hora
Nada ya que se haga o se diga o se piense
Dejará algún vestigio en ninguna memoria
Ni rastros en ninguna arena

La gente vuelve a sus rediles
Con ecos en sus voces de esquilas melancólicas
y tribales balidos

Hay que juntarse y recogerse
Hay que soltarlo todo de las manos

Y dejar allá lejos y a oscuras las tareas
Para que duerman solas
Con la vaga certeza conformista y leal
De que todo regresa con cada nuevo día
Sin ánimo bastante para que no nos baste
Siempre saber que volveremos
Aunque nunca por qué

Pero es que la fatiga misma
Que apaga las preguntas es también
Un modo que tenemos de saber en silencio
Que sólo quien no hubiera de regresar ya nunca
Preguntaría de verdad perdido
En la noche sin fuego ni esperanza.


## ANDANTE GIUSTO

Cuando en algún paraje inesperado
De estas duras ciudades nuestras
Nos vemos lentamente sumergidos
En un charco de tiempo más y más moroso
Sentimos despertarse nuestro paso
Sabiendo bien ahora que recorre
El grave mundo para el que fue hecho

En un suave nublado apaciguante
Vemos las metas esperándonos serenas
Sin airada impaciencia
Sin querer destazar la distancia y su tiempo
Con sus tajantes dientes

En esa perezosa
Densidad tan leal todo se atarda
Hay tiempo suficiente

Para hacer caso del espacio
Para dejarnos alcanzar
Por las olas que el tiempo arrastra en su memoria
Para acordarnos como hermanos tras mil años reunidos
De que estar aquí vivos fue siempre el fundamento.


III

MÁS TARDE


EL VIEJO POETA

Llueve en mi mundo
Llueve sin prisa sin rencor sin saña
El día entero hemos andado juntos
Esta lluvia que vino a visitarme y yo
A ratos recorriendo lado a lado
Puesto a mi paso el son de su música plana
Los viejos territorios sembrados de la historia
De nuestra húmeda amistad de siempre
Y a ratos en su casa cada uno
Pero juntos también en nuestro gusto
Ella en su gran palacio de palidez y vaho
Yo en mi silencio tras de la vidriera
Con las manos ociosas pero siempre vivas
Descansando esta vez en el regazo
Todo el día cayó la lluvia convencida
Y era en mi mundo donde así llovía
Hace toda una vida que empecé a soñarlo

Como ahora lo vive mi obediencia
Hace toda una vida que he estado haciendo mío
Un mundo que por eso me era dado
Hace toda una vida que hago mía mi vida
No como algún pequeño dios
De risibles poderes
Sino siempre rindiéndome
Enamorado siempre sin defensa
De la evidencia de ojos de relámpago
No enarbolando nunca mi fútil banderola
Para tapar su desnudez de trueno
Sino entregado siempre a aquello que se entrega
Llevo toda una vida recorriendo la vida
Con todas mis palabras boquiabiertas
Dispuestas a prestarse calladamente a todo
Renunciando a ser habla para ser resonancia
Atentas siempre a no decir lo suyo
Cada vez que se topan en la puerta con algo
Que pide la palabra
Toda una vida llevo aprendiendo un lenguaje
Vulnerable y sin párpados como una oreja
Mil lugares así me confiaron su voz
Y oigo ahora a la vida en todas partes
Hablarme en mis palabras
El mundo entero ahora es mío
Como no lo es de nadie
Así como tampoco nadie es más de este mundo
Que el fiel recolector de intactos episodios
En que se abren los ojos de su cruda presencia
Todos los sitios donde un día supe
Tapar la boca a tiempo a mis certezas
Y dejarme anegar desnudo por la ola
Siguen mecidos para siempre
En su viva marea
Por todas partes voy reconociendo
Lo que dijo un lugar en un momento

En todas partes tengo algún amor
Del que supe el secreto
Y que será por eso para siempre mi cómplice
Vamos la lluvia y yo por nuestro mundo
También soy yo una lluvia
Van lloviendo en la tierra mis miradas
Que la empapan también y la fecundan
También yo como ella lluevo sobre mojado
Chapoteo en los charcos que ya sorbió mi sed
Cruzo sobre la tierra un vaho mío
Escurro por caminos que enlodaron mis pasos
Ahora cuando salgo a errar como la lluvia
Me topo a cada rato con sitios y momentos
De los que bien conozco la mirada
Aquí cumplí un solsticio
Allá le vi los pechos febriles a la noche
Esta arboleda un día me consoló de todo
Y otro día fui yo para otro parque
Consolador testigo de su hondura sin nadie
Aquel es el lugar donde luché un invierno
Con la hosca soledad de empantanados ojos
Y derribé por tierra
Su gran cuerpo empañado y la seduje
Y ese otro a aquél
Donde la Muerte me miró a los ojos
Y aceptó mi verdad
En ese otro lugar vencí a la guerra
Y vi que era legítima la espada que me hería
Y en uno más la nieve herética
Fraternizó con mi acosado idioma
En mil sitios mil veces
Una verdad errante me tomó la palabra
Se desposó con ella y le puso su nombre
Nunca mi boca ha bautizado nada
Siempre ha sido mi lengua bautizada
Tampoco digo ahora que esta lluvia es bautismo

Es el bautismo el que se dice
Con las mismas palabras que la lluvia
Me arranca de los labios chorreantes
Pues son muchos los golfos señalados
Que en mi memoria llevan como su nombre mismo
Una enigmática señal de lluvia
Bajo una lluvia turbia una mañana astrosa
Mi oído estaba al sol bajo el silbo del mirlo
Una lluvia me habló de la alianza
De las purezas y de los diluvios
Y otra me hizo entender la palabra «descalzo»
Y una más me enseñó que el frescor siempre danza
Y otro día la lluvia me buscó las palabras
Para decirme el nombre pluvial de los caminos
Lo que llueve en el mundo en mi memoria llueve
Mi memoria es ahora el mundo mismo
Que es mío todo entero y yo solo lo pueblo
Como toda una tribu y su prolija historia
Desde el comienzo mi lenguaje dijo
Hágase tu verdad
Desde el comienzo renuncié a mi nombre
Y me he llamado siempre Mundo
En todas partes busqué siempre ser vencido
No fui lacayo nunca de la odiosa Victoria
Y su mortífera eficacia
Sólo fui victorioso indoblegablemente
Cuando fue necesario resistir
En espera del centro al que rendirlo todo
Al fin por todas partes bajo todas las lluvias
Reconozco los sitios imborrables
De todas las amadas derrotas de mi idioma
Eso fue ser poeta
Desarmarle a mi idioma todos sus parapetos
Y no para reinar en las palabras
No para liberarlas
Para firmar como el relapso oculto

El supremo armisticio con lo que ellas acosan
Nada terrestre me es ajeno
He sembrado de huellas todo mi territorio
Igual que todo hombre que ha vivido
Pero yo solo al fin las oigo hablar conmigo
Sólo mi idioma absorto
No tuvo nunca nada que decirles
Sólo él fue el escucha
Y envuelto en mi lenguaje voy envuelto en el mundo
Tengo por fin toda mi vida afuera
De lo que el día hacía hice siempre mi historia
Y ahora en todas partes los sitios me la cuentan
Todo se acuerda de mi vida
Todo es tan mío como mi memoria
Toda una vida me ha llevado
Cuando hablo todo yo hablar sin mí
Y tras toda una vida soy ahora
Aquel para quien llueve cuando llueve en su mundo
A quien busca la voz en todos los rincones
Con quien quiere tener el tiempo su aventura
El que en el aire henchido
De este día de lluvia compañera
Respira el nombre entero de su vida
Con el que el mundo cada día se hace suyo.

# Índice

## PRIMEROS POEMAS

### 1

### País del cielo
[1943-1946]

## 2

## FIDELIDAD

[1944-1946]

## 3

## LA VOZ TURBADA

[1946-1948]

## 4

## LA TRISTE PRIMAVERA

### [1948-1950]

## 5

### EN EL AIRE CLARO
[1951-1953]

## POEMAS

### 1

### LUZ DE AQUÍ
[1951-1955]

## 2

## EL SOL Y SU ECO
### [1955-1959]

### 1

### 2

3

4

3

### HISTORIAS Y POEMAS
[1958-1967]

III. ARRITMIA, CON UN CROQUIS DEL NATURAL

4

ANAGNÓRISIS
[1964-1967]

I. PRELUDIO CON CANCIONES

El preludio

Las canciones

## II. INTERLUDIO IDÍLICO

## II. SEÑALES Y PRONUNCIAMIENTOS

### Primeras señales

### Segundas señales

### Suite del infiel

5

## TERCETO
[1967-1971]

## B

## C

### NUEVAS SENTENCIAS DE AMOR

### OTROS POEMAS

## B

6

FIGURA Y MELODÍAS
[1973-1976]

*Primera parte*
El dios oscuro

*Segunda parte*
## Palabras al tiempo

El tiempo en los brazos

Canciones fugitivas

Otras canciones para intercalar

7

PARTICIÓN

[1976-1982]

CUADERNO DEL DESEADO

8

CANTATA A SOLAS

[1983]

# 9
## LAPSO
[1984-1985]

# 10

## Orden del día

### [1986-1987]

# 11

## NOTICIA NATURAL

### CONSABIDA NOTICIA

### QUIÉN VIVE

### Desahogos

### Vida del tiempo

### Conmemorables (Nuevos sonetos votivos)

## 12

## FIEL IMAGEN

### I. CEREMONIA

### II. REFLEXIÓN DIRECTA

### III. ENCARECIDAMENTE

## 13

## LO INMORTAL Y OTROS POEMAS

Este
libro,
POESÍA
(1943-1997)
de Tomás Segovia,
se terminó de imprimir
en madrid el día 28 de
mayo de 1998 en los ta-
lleres de Marco Gráfico